O Lugar da Felicidade

Maddie Dawson

O Lugar da Felicidade

Vinte anos depois ela reencontra uma
paixão que nunca conseguiu esquecer

Tradução
Cristina Sangiuliano

Lafonte

Título original: *The stuff that never happened*
Copyright © Maddie Dawson, 2010
Copyright © Editora Lafonte Ltda., 2012

Todos os direitos reservados.
Nenhuma parte deste livro pode ser reproduzida sob quaisquer
meios existentes sem autorização por escrito dos editores.

Edição brasileira

Direção Editorial Sandro Aloisio
Tradução e Adaptação Cristina Sangiuliano
Diagramação Lumiar Design
Produção Gráfica Diogo Santos

Dados Internacionais de Catalogação na Publicação (CIP)
(Câmara Brasileira do Livro, SP, Brasil)

Dawson, Maddie
O lugar da felicidade / Maddie Dawson ; tradução Cristina Sangiuliano. — São Paulo : Lafonte, 2012.

Título original: The stuff that never happened.
ISBN 978-85-8186-067-1

1. Ficção norte-americana I. Título.

12-11292 CDD-813

Índice para catálogo sistemático:

1. Ficção : Literatura norte-americana   813

2ª edição brasileira: 2017
Direitos de edição em língua portuguesa, para o Brasil,
adquiridos por Editora Lafonte Ltda.

Av. Profa. Ida Kolb, 551 – 3º andar – São Paulo – SP – CEP 02518-000
Tel.: 55 11 3855-2294

atendimento@editoralafonte.com.br • www.editoralafonte.com.br

Para Jim, por tudo

CAPÍTULO UM

2005

*O*ntem, comecei a chorar no supermercado Crisenti's, perto da seção de congelados. E não foi um pranto cinematográfico e atraente; foi um misto de soluços, olhos e nariz escorrendo. Tive de puxar meu carrinho para o canto junto ao balcão da carne, enquanto procurava por um lenço de papel no bolso do casaco.

Não sou capaz de explicar por que isso aconteceu, exceto pelo fato de ser fevereiro em New Hampshire, que em minha opinião é motivo suficiente para um colapso nervoso. Faz seis meses que Nicky foi para a faculdade e que Sophie se casou, e por alguma razão, em uma segunda-feira como qualquer outra no supermercado, o peso de tudo isso fez com que eu me descontrolasse. Havia enfrentado bem o Natal, o primeiro aniversário da morte de minha mãe e as dezoito primeiras nevascas — e de repente eu estava chorando por tudo: pelo fato de que a vida nunca mais será igual ao que era quando meus filhos viviam em casa, por Grant nunca ter me perdoado por coisas que aconteceram há vinte e seis anos, por eu ser uma mulher de quase cinquenta anos, cuja única realização foi produzir um punhado de livros de ilustrações.

Livros de ilustrações! O termo os faz parecer dignos, como se fosse arte, talvez. Na verdade, estou falando de livros infantis, do tipo que apresenta animais vestidos como gente. Leitoas de vestido! Um tamanduá que usa cachecol xadrez! Acabei de ilustrar um livro sobre uma mamãe esquilo tentando fazer seus filhotes dormir. E sabe qual é a parte estranha da história? O que Grant jamais acreditaria? *Adoro* essa mamãe esquilo. Adoro seu abrigo amarelo, bem como o fato de ela, quando está acomodada no pequeno sofá lendo para seus filhotes, demonstrar sua felicidade radiante com expressões improváveis para um roedor.

Ao me lembrar disso, tive de cobrir os lábios com a mão para conter mais soluços.

— Sra. McKay? — disse o garoto atrás do balcão.

Bem, não exatamente um garoto — já é um homem. Foi amigo de Sophie e esteve em nossa casa dezenas de vezes ao longo dos anos, um dos inúmeros jovens que estavam sempre jogando basquete em frente à garagem, patinando no lago congelado, jantando e até mesmo passando a noite conosco. Interpretou o papel principal na peça da escola, quando Sophie cursava o segundo ano colegial. Brad era seu nome. Brad Simeon.

E porque os jovens não devem testemunhar colapsos da geração mais velha e adivinhar o que o futuro guarda para eles, tratei de me endireitar e abandonar a postura de "senhora louca e descontrolada".

Ele sorriu e perguntou se eu estava bem. Talvez as costeletas de porco não fossem do meu agrado?

Olhei para o pacote que continha duas costeletas finas em minha mão e ri. Será que os funcionários de supermercados costumam ver esse tipo de cena — fregueses se desfazendo em lágrimas de decepção pelas condições da carne? Respondi que as costeletas estavam ótimas, perfeitas. Brad perguntou como Sophie estava e eu me lancei automaticamente no discurso de mãe orgulhosa: Ah, ela está muito bem! Casada, sim, morando em Nova Iorque, e grávida! Ele não sabia? *Sim*, vou ser avó. Ora, obrigada — não, não me *sinto* velha o bastante para ser avó, mas em nossa família costumamos reproduzir muito cedo, ha-há.

E Nicky?

Discurso número dois de mãe orgulhosa: Ah, está *tão* feliz na faculdade, fazendo trilhas de inverno no momento e, sim, ainda joga hóquei — aquele menino quase não abre um livro, está sempre tão ocupado com outras coisas (não menciono as suspeitas de que essas coisas envolvam garotas, álcool e drogas), mas vai aprender. Só espero que ele não seja expulso antes de se dar conta de que está lá para receber educação acadêmica! Ofereci uma boa imitação da minha risada "o que se pode fazer".

Naquele momento, graças a Deus, o chefe de Brad o chamou. Ele deu de ombros, sorriu e voltou para aquela sala envidraçada e excessivamente iluminada onde trabalham os funcionários do açougue.

— Mande lembranças ao professor McKay — disse ele, ao se afastar, mas a essa altura já havia se virado de costas e, assim, não viu quando meus olhos voltaram a se encher de lágrimas.

Conto tudo à minha terapeuta, até sobre as costeletas de porco. (Você deve saber que terapeutas gostam de ser informados sobre colapsos em público.) Ela se chama Ava Reiss. Faço terapia com ela há pouco mais de um ano, desde que minha mãe faleceu, e nos sentamos uma vez por semana para examinar todos os incidentes mundanos e nem tão mundanos em minha vida, como duas lavadeiras tentando encontrar os pares de cada meia. Estou sempre prestes a dizer a ela que não virei mais, que a terapia não está funcionando, mas continuo a vir.

— Chorou no supermercado? — pergunta ela. — O que estava sentindo naquele momento?

— Bem, para começo de conversa, foi embaraçoso.

— Não foi o que eu quis dizer. Por que acha que começou a chorar? O que as costeletas de porco representaram para você naquele momento?

Ava tem por volta de quarenta e cinco anos, cabelos castanhos lisos, e usa suéteres de cashmere e saias longas com meias-calças de lã que sempre combinam com os suéteres. Acho que isso diz algo sobre sua personalidade. É preciso ser uma consumidora muito detalhista para escolher suéteres e meias que combinem, não é mesmo? Uma vez eu disse que me constrange o fato de ela nunca rir das minhas brincadeiras, e ela respondeu que uso o humor para evitar sentimentos reais, e eu disse:

— E o que você sugere que eu use?

Ela não gostou.

— As costeletas de porco... as costeletas, eu acho, representavam... o jantar? — digo eu.

Ava comprime os lábios, indicando que estou evitando meus sentimentos outra vez. Então, explico que o jantar é um tópico carregado de sentimentos complicados para mim. O jantar era a hora do dia que eu mais gostava.

Éramos a família do bairro em cuja casa a criançada se reunia. Toda comunidade tem uma casa assim; não se sabe como acontece, como as crianças descobrem que podem ir até lá e encontrar um centro social, talvez um segundo lar, mas eles sabem. Durante anos, essa casa foi a nossa. Eu me sentia tão privilegiada, tão honrada por estar ali, orquestrando tudo aquilo. Eu amava o barulho, a música e até mesmo as complicações. Tínhamos — na verdade ainda temos — uma longa mesa de carvalho surrada e cheia de marcas, mas bonita justamente por isso. Estava sempre coberta de lições de casa, projetos de arte e ciências, projetos de fantasias, amontoados maravilhosos de desordem e caos... e eu estava lá, no meio de tudo aquilo, ouvindo as crianças conversando, fofocando e provocando uns aos outros, enquanto eu trabalhava na ilustração de meus livros e cozinhava. Então, eu arrastava toda a bagunça para um canto e trazia da cozinha uma tigela de *chili* ou grandes travessas de berinjela à *parmegiana*, sopa de frango, espaguete, ensopado de carne, pãezinhos feitos em casa. A cozinha imensa, a luz e o barulho, a mesa e a conversa combinavam-se em um senso de movimento e segurança.

Tento explicar a ela que ser dona da casa especial do bairro fora algo novo para mim, diferente de tudo o que eu conhecera enquanto crescia. Nasci e cresci no sul da Califórnia, em um bairro formado por casas de quatro dormitórios, feitas de estuque, todas recém-construídas, com portas de vidro corrediças, piscinas e crianças brincando nas ruas, sem nunca se reunirem em lugar algum. A vida típica das cidadezinhas muito pequenas que havia em New Hampshire era algo que eu acreditava só existir em filmes. Grant, porém, crescera ali, na casa onde vivemos agora, jogando hóquei, deslizando na neve em um *sled* e esquiando, e para ele é isso o que normal significa: uma mãe e um pai, dois filhos, uma casa revestida de madeira, patins de gelo pendurados junto à porta dos fundos, fogão a lenha e cadeiras de balanço na varanda.

Significava. O que normal *significava.* Encerramos aquela fase de normal e, se depender dele, imagino que vamos nos transformar nos pais dele qualquer dia desses. Agora, *nós somos* o casal mais velho que vive na velha residência McKay — a casa em estilo de fazenda com a entrada curva, o pomar de maçãs, o lago, o celeiro e o portão que nunca fecha direito porque a dobradiça está perpetuamente quebrada, um símbolo desolador de tudo o que jamais será consertado.

Tudo é diferente agora, digo a Ava Reiss. Não reconheço mais minha vida. Ficamos sentadas no silêncio do consultório, ouvindo a neve tamborilar o vidro da janela.

— Sei o que está pensando — digo. — Acha que estou sentindo pena de mim mesma, quando não é nada disso. Leio revistas femininas. Sei que pessoas que estão prestes a completar cinquenta anos podem fazer o que quiser. Ao que parece, as mulheres de hoje devem parar de menstruar e usar todo tempo extra de que já não precisamos para trocar absorventes para descobrir a cura do câncer ou algo parecido. Grant diz que agora tenho tempo para fazer a minha *arte*, como se eu devesse simplesmente abandonar os livros infantis e, sei lá, começar a pintar Picassos. Como se acreditasse que isso é o que eu sempre quis fazer, mas não podia porque tinha de preparar o jantar todas as noites.

Ava bate com o lápis no bloco de anotações sobre sua coxa.

— Sabe, Annabelle, as pessoas às vezes usam esse tempo para renovar os laços com o companheiro. Afinal, ele não está passando pela mesma experiência que você?

Bingo! Lá estamos nós: encarando o problema. Não são as estúpidas costeletas de porco, não são os estúpidos livros infantis; a verdade é que estou solitária. Grant — meu assim chamado parceiro que sobreviveu comigo à criação dos filhos — *não* está passando pela mesma coisa, ou pelo menos não é o que aparenta. Ele decidiu usar esse tempo para mergulhar na tarefa de escrever um livro. E, quando digo "mergulhar", quero dizer que não tem tempo para mim ou para qualquer outra coisa. Vive e respira a história de uma fábrica da virada do século passado. Se fosse feita uma ressonância magnética do cérebro do meu marido neste exato momento, tudo o que se veria seriam livros de contabilidade amarelados, cabeçalhos de capítulos e páginas e mais páginas de notas de rodapé relacionadas ao estilo de redação de cartazes de piquetes.

Acordo pela manhã para ouvi-lo já digitando em seu escritório. Depois, ele fica acordado até tarde da noite, relendo o trabalho do dia e fazendo caretas, enquanto limpa a garganta e produz pequenos grunhidos de insatisfação. Até parece que é fisicamente doloroso para ele ler as próprias anotações.

O jantar, que já foi o momento de união, de intimidade — está bem, estou tentando não usar a palavra *comunhão*, mas vejo que não tenho alternativa —, até mesmo o jantar perdeu seu senso de comunhão e se tornou frio e silencioso. Ali estamos nós, parecendo refugiados debruçados sobre nossos pratos, comendo sem pronunciar uma palavra sequer. Não é de surpreender que a ideia de um jantar assim faça uma pessoa chorar sobre costeletas de porco no supermercado. Tive de começar a tocar os CDs de Miles Davis para impedir que o tilintar de nossos talheres me levassem à depressão profunda.

Ontem à noite, depois de cronometrar o silêncio por doze minutos inteiros, eu disse:

— Você tem alguma lembrança da nossa vida anterior? Refiro-me à criação dos filhos e tudo mais.

Ele emergiu do Mundo Fabril, piscando repetidamente, como alguém retornando de muito longe, e me encarou com ar surpreso. Pegou um pãozinho e respondeu:

— Lembro-me de que o nome de um deles — uma menina, certo? — começava com *S*, correto? — Franziu as sobrancelhas e pigarreou. — Espere. Não havia também um menino?

Fiquei tão feliz por ver uma amostra daquele velho senso de humor, que sorri.

— Ora, isso mesmo — confirmei. — A menina é Sophie e o menino, Nick. Ele costumava se sentar exatamente onde você está agora e derramava o leite com frequência. Com *muita* frequência, aliás.

— Ah, sim. E o que acha que aconteceu a eles?

A partir dessa pergunta tivemos uma conversa decente, até mesmo divertida por alguns minutos, durante a qual fingi lembrá-lo de que Sophie tem agora vinte e três anos e se casou no último verão em nosso quintal ("Lembra-se das lindas lanternas chinesas?"), e que Nicky está no primeiro ano da Universidade de New Hampshire, derramando o leite na lanchonete da faculdade, cercado de garotões de todas as descrições possíveis e, provavelmente, de muitas admiradoras também.

— E Sophie vai ter um bebê na primavera! — acrescentei, e ele riu alto, dizendo:

— Está brincando! Como isso é possível, se ela ainda é um bebê?

— Pois é. — Eu estava mesmo envolvida na brincadeira e, então, comentei sem pensar: — Bem, isso é um pouco triste, mas ela está morando sozinha em Nova Iorque.

É verdade: Whit, marido de Sophie, está no Brasil trabalhando em um filme-documentário para o qual ele havia se candidatado antes de ela engravidar — algo que os dois haviam planejado fazer juntos. Quando a gravidez se confirmou, era tarde demais para Whit desistir, e ele foi sozinho, com o apoio de Sophie.

Pela maneira como o rosto de Grant avermelhou, dei-me conta no mesmo instante de que havia cometido um grave erro ao conduzir a conversa por aquele caminho repleto de curvas perigosas. Ocorreu-me que talvez eu houvesse feito isso de propósito, para obter ao menos *alguma* reação dele.

— Que parte do cérebro falta àquele idiota para não saber que quando a esposa está esperando um *filho*, um homem não vai para o outro lado do mundo? — Grant sibilou.

Dei minha resposta costumeira de que Sophie e Whit ficarão bem, que ele voltará em tempo de acompanhar o parto e que nada disso é da nossa conta.

A essa altura, porém, Grant havia terminado o jantar e pude ver a cortina descer sobre seus olhos. Como certamente havia pronunciado sua cota de palavras, provavelmente para o mês inteiro, voltou a ficar mudo, beijou-me o rosto com seus lábios finos e secos e subiu para o escritório para retomar a batalha do capítulo quatro.

Arrumei a cozinha, apaguei as luzes e fui para o meu estúdio no sótão, onde me sentei diante do computador e troquei mensagens com meus dois filhos. Fiquei sabendo de tudo sobre os enjoos e dores nas costas de Sophie, e os planos entusiasmados de Nick sobre caminhadas nas trilhas cobertas de neve que faria no fim de semana seguinte.

"Está se cuidando?", digitei, e ele respondeu: J, que é supostamente uma resposta aceitável.

Quando me juntei a Grant algumas horas mais tarde, ele ainda dedilhava o teclado e resmungava. Parou por um momento, suspirou, tirou os óculos e esfregou os olhos antes de apanhar a xícara que eu lhe estendia.

— Como está o trabalho? — perguntei.

Ele deu de ombros e leu para mim o último parágrafo, algo sobre o discurso feito pelo contramestre durante a greve de 1908.

— Está bom — concluí.

— Não, não está. Falta *musicalidade*.

— Trata-se da história de *relações trabalhistas*, querido. Não teria musicalidade, mesmo que você fosse maestro.

— Já tentei de tudo, até cantarolar as palavras.

— Como eu disse, é impossível. — Comecei a massagear-lhe os ombros, e ele tolerou em silêncio, ainda concentrado na página. — Gosta? — indaguei. — É aqui que sente o nó?

Silêncio.

— Não — murmurei —, estou sentindo agora, bem debaixo dos meus dedos. É mais para cá, não é? É *aqui* que seu pescoço fica tão rijo quando você escreve.

Massageei com os polegares até ele gemer, inclinar a cabeça para trás e fechar os olhos.

— Sabe de uma coisa? — sussurrei. — Acabei de descobrir o que realmente me faz falta por não ter as crianças aqui.

— Hummmm.

— Quando temos filhos, somos forçados a fazer coisas que nem sempre queremos fazer, mas que acabam sendo divertidas. Como deslizar na neve em um *sled*. Ninguém faz isso, a menos que tenha filhos. O que é ridículo. Poderíamos deslizar juntos, nós dois. Afinal, não somos tão velhos e ainda temos os *sleds*. Um fim de semana desses deveríamos tirar uma folga de tudo isso, sair e descer a colina nos *sleds* algumas vezes, como costumávamos fazer.

— *Sleds?* Está brincando?

Isso, vindo de um homem que nos arrastava para fora durante os dias mais frios de inverno, para que aproveitássemos ao máximo cada nevasca.

— Sim. Não seria divertido?

— Por que não vai sozinha?

Pressionei o músculo do pescoço dele com força um pouco maior que a necessária.

— Ora, aí está uma ideia deprimente. Brincar na neve sozinha. É pior do que jogar boliche sozinha, e um sujeito escreveu um livro sobre quanto isso é patético.

Grant se afastou com uma careta de dor.

— Annabelle, talvez você não tenha notado, mas *eu* tenho de escrever um livro. Será que não vê essas pilhas de papéis e esse calendário com páginas virando rapidamente? Não sou exatamente uma pessoa à procura de outras coisas para fazer no momento. É preciso voltar ao trabalho, se não se importa.

— Não, é claro que não me importo. Só acho que precisamos nos divertir de vez em quando.

— Esta *é* a nova diversão — ele retrucou.

Então, respirou fundo e voltou ao teclado. Grant utiliza o método de "catar milho", que o faz parecer ligeiramente alarmado enquanto escreve, como se suspeitasse que as letras pudessem ter mudado de lugar desde a última vez que ele olhou. Fiquei ali parada ao lado dele, bebericando meu chá e observando nosso reflexo na janela. Era uma daquelas cenas pitorescas, a neve acumulada com certo charme nos cantos do vidro, como em um filme no inverno. E parecíamos tão radiantes à luz amarelada do escritório de Grant, juntos como em um retrato, como se fôssemos apenas um pouco melhores do que nós mesmos, seguros e em paz. Bem, exceto pelo fato de Grant estar de cenho franzido, os ombros tensos contendo sua irritação, e de não ser possível enxergar o vazio em meu coração.

Antes de sair do consultório de Ava Reiss naquela tarde, disse a ela que me havia dado conta de que nunca mais teria o prazer de deslizar na neve com meus filhos outra vez, ou de fazer um milhão de coisas com o companheirismo da vida de casada. Minha vida sofrera mudanças imensas, quase indescritíveis.

Ela se levantou e acendeu o abajur, antes de dizer:

— É uma grande mudança, Annabelle, mas o que você acha que tudo isso significa?

— Significa que, talvez, eu não queira continuar casada — falei devagar.

Houve um momento de silêncio e, então, ela suspirou e falou em tom gentil:

— Uau. Bem, Annabelle, aí está uma questão que, definitivamente, teremos de examinar. Receio que nosso tempo tenha terminado por hoje, mas voltaremos a isso na próxima semana.

* * *

Caso você esteja se preocupando com a possibilidade de ter se deparado com a história de uma mulher de meia-idade, entediada e deslocada, cujo marido tornou-se distante e cuja única esperança é perseverar na tentativa de tatear seu caminho pela vida enquanto busca sentido por meio de causas e autoanálise e blá-blá-blá, pode se tranquilizar. Não é esse o rumo desse livro. Acredite, eu não faria você passar por isso quando há tantas outras coisas que poderia estar fazendo.

A verdade é muito mais complicada. A verdade é que estou, de fato, apaixonada por outro homem.

Seu nome é Jeremiah, e não me dei ao trabalho de falar sobre ele com Ava Reiss porque, francamente, Jeremiah e eu não conversamos há uns vinte e seis anos, e sei exatamente o que ela diria a respeito disso. Perguntaria como posso sequer pensar nele como sendo real, e acharia que não obtive qualquer *lucro* com essa relação. Estou ciente, mediante outros comentários feitos por ela, que em sua opinião o amor é algo que deve render dividendos, e que podemos utilizá-lo mais como seguro social do que uma força misteriosa e deslumbrante, que nos sacode e arrasta para fora de nossa complacência e nos faz questionar e rir do mistério, ao mesmo tempo em que o amaldiçoamos e desejamos que ele se desvende por si mesmo, e sabendo que não se trata de algo que possa ser desvendado.

Teria de dizer a ela que o meu é *aquele* tipo de amor. Este, eu diria alegremente, é o amor que, pela definição dela, não faz bem a ninguém, nunca fez e, provavelmente, nunca vai fazer. Sim, sim, eu diria com um sorriso largo, é completamente inútil. Ava Reiss jamais compreenderia que esse tipo de amor eleva a alma, ou que Jeremiah está aqui comigo, fixou residência em meu coração, marcou seu próprio território, e está tão presente para mim quanto Grant está hoje em dia.

Talvez isso seja comum. Talvez toda a raça humana carregue uma dor como esta. Talvez estejamos todos sonhando com uma pessoa do passado tentador, que fica ali sem ser convidada, só observando dos limites de nossa consciência, alguém que faz as malas e sai de nossa mente assim que acordamos pela manhã, e cuja essência permanece conosco o dia todo, como se houvéssemos passado a noite com ela, passeando juntos por entre estrelas, beijando em sofás desconhecidos, estações de trem e estádios de futebol, rindo de coisas que não fazem o menor sentido.

Ah, droga — agora você entende por que não falo sobre ele. Porque não sei falar. Sai tudo errado e soa tolo e sentimental. Só minha melhor amiga, Magda, conhece toda a extensão da história, e, mesmo assim, mal compreende as trocas que fiz; ela sabe do pacto que fiz com Grant, sabe que a essência do amor é boa, não importa onde esteja dentro de nós, e desconfio que ela saiba que às vezes, durante meses, sou sustentada pela mão firme e quente de Jeremiah estendida para mim enquanto durmo, mesmo quando estou aconchegada a Grant, que ronca de leve ao meu lado, provavelmente sonhando com pessoas marchando em filas e carregando cartazes que dizem: "EM GREVE".

CAPÍTULO DOIS

1977

𝓒onheci Grant McKay na Califórnia quando tinha vinte anos, antes de descobrir que me apaixonar era uma deficiência minha e não um talento. Naquela época, estava sempre apaixonada por uma pessoa ou por outra. Poderia estar sentada em uma aula de inglês renascentista e me apaixonar pelo professor pela maneira como ele explicava um poema de John Donne e, então, continuar obcecada por ele pelo restante do semestre, mesmo que ele não fizesse mais nada de inspirador. Estava sempre prestes a me deixar aniquilar de amor por um dos rapazes que cantavam na minha pequena banda de rock, *Oil Spills*, embora meu principal namorado fosse o baixista, Jay. E havia me recuperado de outro namorado, mais oficial ainda, do colégio em Northridge, mas ele se alistara no Exército e embarcara para a Alemanha, e tudo o que me restava dele era a sua foto no quadro de cortiça em meu quarto. Eu estava sempre em estado de alerta para o amor. Era apreciadora dos melhores momentos das pessoas.

Grant apareceu em uma festa de minhas amigas, parecendo ridiculamente deslocado. Fazia lembrar um órfão de um metro e oitenta e três, um bebê-homem abandonado, com seus cabelos loiros e pele muito pálida — e eu o vi pela primeira vez em um canto da cozinha, as costas apoiadas no balcão e os braços cruzados sobre o peito. Ele observava tudo o que acontecia através de grandes óculos pretos do tipo Buddy Holly, cujas lentes pareciam garrafas de Coca-Cola, e tentava se fazer invisível. Seu corte de cabelo era errado com precisão, e ele estava vestido como se houvesse acabado de chegar de uma entrevista de emprego, de calça cáqui com vincos impecáveis e uma suéter azul-marinho de decote em V. Ouvi alguém sussurrar: "Quem é o Caxias?", e outro alguém responder: "Veio com Simon".

Eu cursava o penúltimo ano na Universidade da Califórnia em Santa Bárbara, e a festa — anunciada como a Festa do Armagedon Total — acontecia no apartamento de minhas amigas mais baderneiras, Janelle e Rennie. Era na verdade uma festa para celebrar o fato de as duas terem sido despejadas do apartamento por ser, como o senhorio escrevera em uma folha de caderno depois afixada na geladeira, "barulhentas demais, mal-educadas demais, *robando as vaga de outras pessoas e cauzando indessênsia e barulho que se todo mundo fizesse rezultaria num Armagedão total*". Na hora marcada, todos nós soltaríamos bombinhas de tinta na sala, no estilo Armagedon. Janelle já as distribuíra.

Supostamente, eu estava lá com Jay, mas ele estava saindo com outra garota também, e por isso eu usava as festas para me cercar de rapazes para deixá-lo com ciúme. O mundo era louco assim mesmo em 1977 — ninguém jamais dizia o que realmente pretendia dizer; de qualquer maneira, era tudo só diversão, e Jay estava no topo do edifício fumando maconha com três amigos e a garota com quem estava saindo. O nome dela era Flaxen, ou Foxie, ou algo parecido, e estava sempre sacudindo a cabeça para fazer esvoaçarem os cabelos ruivos cacheados. Quando ria, produzia um som parecido a um cavalo nervoso, e eu me recusava a subir para ver Jay fazer papel de tolo ao lado dela.

O problema era que não havia muito que fazer no apartamento, sem Jay lá dentro para me observar. Eu vestia uma saia justa e curta, meus cabelos loiros estavam repartidos ao meio com perfeição, completamente lisos, graças ao ferro a vapor de Magda, e eu usava apenas a quantidade necessária de sombra e delineador. O feminismo era importante, mas se uma garota cantasse em uma banda de rock, ainda assim tinha de prestar atenção à maquiagem.

O apartamento estava apinhado e mergulhado em fumaça. Todos nós — com exceção de Grant, claro — havíamos comparecido a inúmeras festas ali. No quarto dos fundos realizavam-se as travessuras de sempre: um conhecido de Rennie trouxera um cachimbo de latão e um punhado de haxixe turco, e podiam-se ouvir as gargalhadas de longe. Em outro quarto, cuja porta encontrava-se fechada, alguém estava provavelmente fazendo sexo, ou se preparando para começar. Sempre havia alguém fazendo sexo naquelas festas; seria loucura deixar o casaco em cima de uma cama, pois sem dúvida serviria de lençol para um casal em chamas. Na sala, uma luta era transmitida pela televisão em volume altíssimo, à plateia predominantemente masculina e às garotas que tentavam impressionar os rapazes — todos torcendo aos berros.

Grant estava parado junto à geladeira, estreitando os olhos para ler a carta sobre o Armagedon, e eu queria tirá-lo dali. Por isso, disse:

— Com licença, importa-se se eu abrir a geladeira para ver se ainda temos cerveja?

Ele virou e me encarou com aqueles seus olhos cinzentos, sempre piscando muito, mais ainda naquela época. Os cabelos, então mais fartos, caíram sobre seus olhos, e ele os afastou com a mão, antes de se distanciar da geladeira. Notei que ele examinava minha saia de couro branco, muito, muito curta.

— Quer uma cerveja? — ofereci.

— Na verdade, não, mas acho que vou tomar assim mesmo — ele respondeu com voz pesada, como se sentisse alguma dor.

Estendi a ele uma garrafa.

— Engraçada a carta do senhorio, não?

— Você acha?

— Bem, sim. Quero dizer, senhorios são todos idiotas.

— Não sei. Com exceção de alguns erros de ortografia e gramática, acho que ele tem razão. Deve estar cansado de ter seu apartamento destruído. Não podemos culpá-lo por isso.

— Bem, pelo que Rennie diz, ele não é uma pessoa muito agradável...

— Provavelmente, eu também não seria agradável se as pessoas tratassem minha propriedade como lixo — Grant declarou em tom perfeitamente agradável. — Além disso, deve ser um imigrante tentando ganhar a vida, e não domina o inglês e, por isso, fica confuso...

— Está bem, está bem — interrompi. — Já entendi.

Ele sorriu, e eu bebi um gole da minha cerveja, sentindo meu rosto se aquecer e sabendo que havia sido apanhada em flagrante na tentativa de me fazer passar por mais durona do que era. Naquela fase de minha vida, eu me esforçava para ser fria e durona, mas começava a descobrir que não passava de uma molenga. Minha mãe telefonara na semana anterior e contara que ela e meu pai estavam se separando. Desde então, eu me sentia prestes a explodir em lágrimas o tempo todo. Eu sempre desconfiara de que eles não eram profundamente felizes, mas que pais eram? No bairro suburbano do sul da Califórnia onde vivíamos tudo *parecia* normal, mas quase toda casa escondia algum segredo hediondo: divórcios, romances extraconjugais, brigas, abortos, falências, trocas de esposas, overdoses. Minha família simplesmente seguia adiante sem sobressaltos, e eu acreditava que meus pais sabiam de algo que os outros desconheciam sobre como manter a vida em equilíbrio.

Minha mãe trabalhava como recepcionista no consultório de um dentista e preparava o jantar (proteína, carboidrato e verdura, com fruta na sobremesa) todas as noites. Cuidava de meu pai, de meu irmão e de mim sempre sorrindo, exceto pelas raras ocasiões em que assumia o que meu pai chamava de "humor negro", quando era impossível agradá-la. Em tais ocasiões, ela limpava a casa e batia portas, gritando conosco como louca — mas, então, o mau humor passava e ela voltava ao normal, doce como mel.

Quando telefonou para falar da separação, sua voz soou estranhamente fria e distante. Geralmente, ela era carinhosa e generosa até demais na demonstração de seus sentimentos — era o tipo de pessoa que sempre tinha conversas longas e íntimas com desconhecidos na fila do supermercado, o que me deixava mortificada —, mas naquele telefonema ela parecia estar lendo um *script* redigido e distribuído pela Associação para Conversas com Adolescentes sobre Divórcio, verificando as sugestões à medida que falava. Disse que a separação era uma decisão já tomada, que ela não estava pedindo minha opinião ou meus conselhos, não era culpa minha ou de meu irmão, ela e meu pai nos amavam e queriam que fôssemos felizes, mas a verdade era que tinham *diferenças* e que a *separação seria um teste que poderia ou não levar ao divórcio*. Não esperava que eu ficasse contente com isso, mas esperava que eu compreendesse.

— E quando esse Armagedon vai começar? — Grant indagou, pigarreando, o primeiro de muitos desses tiques que eu ouviria pelo resto da vida.

— Não me pergunte. Esta festa me parece normal como qualquer outra. — Estudei-o com atenção. — Nunca esteve aqui antes?

Ele disse que não e, então, disse seu nome e contou que havia tomado o carro de um amigo emprestado e, quando fora devolvê-lo, o amigo o arrastara para a festa, prometendo que não ficariam por muito tempo. O amigo fazia parte da plateia que assistia à luta na sala.

— Você também é estudante? — perguntei.

Grant sorriu e pigarreou. Disse que se formara em matemática, mas agora fazia doutorado em história, concentrando-se em relações trabalhistas, e estava terminando sua tese sobre filhos de imigrantes que haviam ido para a Califórnia em busca de trabalho durante a Depressão. Nem deveria estar na festa, pois ainda tinha de trabalhar na introdução.

— Uau, parece um tema muito triste — comentei. — Crianças e imigrantes trabalhadores...

— Bem, não escolhi o tema por ser alegre — ele retrucou —, mas quando me aprofundo nas histórias das pessoas, encontro todo tipo de coisa.

— Por exemplo?

— Ah, você não se interessaria...

— Já estou interessada.

Grant fitou-me por um longo momento, como se tentasse descobrir se eu estava zombando dele. Não pareceu ser o sujeito mais confidente do mundo.

— Bem, as crianças tinham sua própria cultura, seus jogos e canções, e mesmo enquanto eram levadas de um lugar a outro, eram as verdadeiras responsáveis pela assimilação da nova cultura com as versões dos adultos.

— Ah, mas então são histórias — disse eu. — Você está, na verdade, contando histórias.

— Não, o que faço são análises, com tabelas, gráficos e tudo mais, mas há também essas insinuações. É justamente o que os historiadores procuram. Ora, vamos, você não quer ouvir sobre isso.

Estreitei meus olhos.

— Por que insiste em determinar o que quero ou não quero ouvir?

— Porque ninguém se interessa por esse tipo de assunto. Nem minha mãe quer ouvir sobre meus estudos.

— Veja bem, estamos apenas tentando conversar educadamente em uma festa — expliquei. — Uma das regras é que quando uma pessoa faz uma pergunta, a outra não deve insultá-la dizendo que ela não vai se interessar pela resposta. Deve responder à pergunta e, se perceber que os olhos de quem perguntou estão ficando vidrados, *então* saberá que deve parar de falar.

Ele me encarou e sorriu.

— É bom que as regras sejam explicadas de uma vez por todas. E você, o que estuda?

Respondi que cursava educação em artes porque gostava de pintar, e ele ergueu as sobrancelhas.

— Por que não estuda pintura em vez de educação?

— Porque não vou conseguir ganhar a vida como artista e, provavelmente, acabarei ensinando artes na escola primária — esclareci.

— Mas é isso o que você realmente quer?

— Não faço a menor ideia. Meu pai disse que um diploma em educação me daria uma retaguarda. De qualquer maneira, quem neste mundo faz exatamente o que quer fazer?

— Não entendo pessoas que pensam como você. Por que desistir antes mesmo de tentar? E não acho que os alunos da escola primária precisam de mais professores que não querem estar lá. Por que não cria coragem e se arrisca a ser artista de verdade, em vez de se contentar com educação antes de sequer tentar?

— Desculpe, mas você sabe *alguma coisa* sobre como conversar educadamente em festas?

— Acho que prefiro ter uma conversa real.

— Mas nos conhecemos há cinco minutos e você já está fazendo julgamentos sobre o que quero fazer da minha vida.

Ele pareceu constrangido.

Bebi outro gole de cerveja e sorri.

— Esta conversa *deveria* ser assim: você diria "Ah, você estuda educação em artes. Fascinante! E que estilos você prefere?", e eu diria "Ah, no momento estou estudando os expressionistas abstratos", e *você*, sendo quem é, diria "Ah, acho tudo aquilo uma porção de bobagens, todas aquelas cores misturadas, ora, qualquer criança de cinco anos faria melhor", e então *eu* talvez explicasse o que aprendi sobre expressionismo abstrato e por que é válido, e então você faria algum comentário sobre como a história das relações trabalhistas é o máximo, e terminaríamos nossas cervejas e seguiríamos cada um o seu caminho.

— O que haveria de educado em chamar o expressionismo abstrato de uma porção de bobagens?

— Bem, isso se enquadra na categoria tecnicalidade. Embora não seja exatamente educado dizer algo assim, é aceitável porque, número um, é uma expressão honesta do que você sente; número dois, não está diretamente relacionado a uma escolha pessoal que *eu* fiz e que você está insultando. Afinal de contas, eu só disse que estou estudando o estilo; não disse que sou a maior expressionista abstrata nos Estados Unidos ou algo parecido.

Ele me olhava fixamente, mas pude ver um leve sorriso começando a curvar seus lábios.

— Ah, entendi, mas como uma suposição errada sobre o gosto artístico de alguém se encaixa nisso? É considerado educado?

— Depende.

— Ah, é aí que as regras se tornam estranhas. Acho que é por isso que não vou muito a festas. A verdade, caso você esteja interessada, é que gosto muito de arte, sei um pouco sobre expressionismo abstrato, acho fascinante e tem muito a nos dizer sobre nossa vida interior.

— Leu isso em algum livro?

— Não. Simplesmente, é no que acredito. — Ajeitou os óculos. — Também acredito que algumas pessoas vieram ao mundo para fazer arte, para registrar sua experiência interior, e outras, para tentar explicar o Universo por meio de números, ou para tabular dados sobre trabalhadores imigrantes na Califórnia Central, e que todas essas coisas são boas.

— Muito democrático de sua parte.

Ele corou.

— E, já que entramos no assunto, não acho que as pessoas deveriam alugar apartamentos e então arruiná-los com bombas de tinta.

Bem, eu também não, mas, surpreendentemente, não havia refletido sobre a questão até aquele momento.

Janelle entrou na cozinha para pegar uma cerveja e disse:

— Uau, Annabelle, quem é o seu amigo?

Riu e revirou os olhos porque estava claro que ele *não era como nós*. Vi Grant entender a situação e baixar os olhos para os próprios sapatos. Não havia como evitar, talvez eu já houvesse começado a me apaixonar por ele naquele momento.

— Jay já foi apresentado a esse cara? — Janelle perguntou, rindo do ridículo da situação, e saiu gritando para os convidados em geral que já estava quase na hora do fim do mundo.

Grant ergueu os olhos e me encarou.

— Acho que essa é a minha deixa para ir embora. Foi bom conversar com você.

— Espere — eu disse, mas naquele exato momento, Jay desceu do telhado para me buscar.

Entrou pela porta dos fundos com seus olhos dilatados e o cheiro de fumaça impregnado nas roupas. Então, e isso foi mau, aproximei-me de Grant e agarrei seu braço para que Jay notasse e talvez ficasse um pouquinho enciumado. De nada adiantou, porque ele e os amigos estavam drogados e rindo de nada, entrando na cozinha como um batalhão, gritando comentários idiotas entre crises de riso histérico. A verdade era que haviam avistado carros de polícia entrando na rua, o que significava que todos nós deveríamos sair dali porque provavelmente seríamos presos por posse de drogas.

Alguém riu e gritou:

— *Merda!* Evacuar!

— Soltem as bombas de tinta! — outra pessoa berrou.

— Não, fogos de artifício! Temos fogos!

— Onde estão os fósforos? Peguem os fósforos!

Jay não estava sequer olhando na minha direção. Havia se perdido em meio à confusão de bêbados e drogados que riam e pegavam mais cervejas para levar consigo na fuga. Um rapaz pegou uma caixa de fósforos e começou a acender uma bombinha perto de mim. Grant me puxou pelo braço e me tirou dali, como se fosse a coisa mais natural do mundo. Saímos pela porta dos fundos e já estávamos na calçada, andando depressa, de cabeça baixa, quando a primeira bombinha estourou. Atrás de nós, podíamos ver as luzes vermelhas e azuis das viaturas policiais piscando, e ouvimos um policial comandar pelo megafone: "SAIAM DO EDIFÍCIO AGORA".

Lá fora, a noite era fria e o ar cheirava levemente a pólvora, mas à medida que Grant e eu continuamos caminhando, passamos a sentir o cheiro do mar, que ficava apenas dois quarteirões dali. Diminuímos o passo, satisfeitos por termos saído da festa sem sermos presos. Algumas vezes, quando o vento soprava na direção certa, era como se inalássemos sal, minerais e tudo mais que levasse a uma boa saúde. Quando disse isso a Grant ele riu. Perguntei quantos anos ele tinha e ele respondeu vinte e cinco. Então, ele não falou mais nada, limitando-se a pigarrear algumas vezes. Era alto, de maneira que eu precisava de alguns passos extras para acompanhá-lo, mas, quando percebeu, tratou de andar mais devagar e, rindo, explicou que não estava habituado a andar na companhia de alguém tão baixo.

— Ei, acabei não soltando minha bomba de tinta — lembrei.

— Graças a Deus — Grant murmurou.

— Tenho duas no bolso.

Mostrei-as a ele.

— É surpreendente que algo caiba no bolso dessa saia. Se não fosse tão curta quanto justa, você provavelmente não poderia nem mexer as pernas, quanto mais caminhar. Seria matematicamente impossível.

— Existe, de fato, uma matemática para saias?

— Não, mas acho que poderia haver uma fórmula. Seria geometria ou trigonometria. Um novo uso prático da matemática.

— Na verdade, esta saia é meu uniforme, por assim dizer. Costumo usá-la quando canto em uma banda.

— Ah, então, estava planejando se apresentar na festa?

— Não.

Grant riu outra vez.

— Diga-me uma coisa. Você consegue fazer algum comentário coerente?

— Onde está a incoerência no que eu disse?

— Você diz que a saia é curta porque é o que você veste para cantar, e em seguida admite que está usando a mesma saia em uma ocasião na qual não vai cantar. É um desafio à lógica.

Respirei fundo.

— Muito bem, se quer saber a verdade, usei a saia hoje porque canto na banda do meu namorado, que é o sujeito que chegou apressado do telhado, onde havia passado a noite toda com outra garota e... Só me vesti assim porque ele gosta, e achei que daria mais atenção a mim do que a ela, mas foi uma grande bobagem.

Era difícil acreditar que eu estava contando aquele tipo de coisa a um rapaz que acabara de conhecer.

— Entendo. E o que ele estava fazendo no telhado com outra garota, se é seu namorado?

— Ele não é o que se pode chamar de monógamo.

— Ah, não? Muito interessante.

Não pude conter uma risada.

— Sim, ele é bem interessante.

— Um grande achado. Gostaria de saber como esses sujeitos conseguem tudo o que têm.

— Você tem namorada?

Foi a vez de Grant soltar uma risada.

— Pareço o tipo de cara que desperta o interesse das mulheres? Viu alguma garota querendo conversar comigo na festa?

— Eu conversei com você.

— Só porque seu namorado estava com outra e você queria uma cerveja, e por acaso eu estava parado na frente da geladeira.

— Não. Conversei com você porque foi simpático. — Sorri, achando que ele me convidaria para ir a algum lugar com ele, talvez caminhar pela praia, ou até o centro da cidade, mas me enganei.

Chegamos ao automóvel do amigo de Grant, que estava destrancado, mas ele não tinha as chaves para dirigi-lo. Ocorreu-me que a maioria dos garotos tomaria como certo que nos sentaríamos no carro para trocar alguns beijos, no mínimo. Grant, porém, parecia não ter a autoconfiança necessária para sugerir algo assim, e simplesmente nos encostamos no carro, ele com as mãos nos bolsos, eu já sentindo que teria de cuidar dele.

— Você é da Califórnia? — perguntei, depois de um longo silêncio.

— Não. Cresci na área rural de New Hampshire, em um lugar do qual você certamente nunca ouviu falar.

Contou que sua família possuía uma pequena fazenda, onde várias gerações de McKay haviam vivido em meio a muitas vacas e coisas antigas. Neve, gelo, eleições presidenciais partidárias, montanhas, esqui, tudo isso. Gostei da voz dele e de como ele parecia ter certeza de que lar, família, pais não eram coisas totalmente ruins.

De repente, querendo saber como a frase soaria, eu disse:

— Meus pais estão se divorciando.

Grant piscou.

— Isso é ruim.

— Devem achar que estão casados há tempo demais e, agora que meu irmão e eu já estamos crescidos, não há mais a necessidade de ficarem juntos. Na verdade, não é um grande problema. Afinal, *sou* adulta e perfeitamente capaz de enfrentar a situação.

— Ainda assim — fixou os olhos nos meus —, você não deve ter imaginado que isso poderia acontecer.

— Verdade.

Desviei o olhar. Um automóvel se aproximava, e seus faróis iluminaram o asfalto onde um caranguejo corria junto à linha amarela.

— O fato de você estar na faculdade deve facilitar, já que você tem outras coisas em que se concentrar.

— Sem dúvida. Tenho muito em que pensar.

— Tem?

— Sim.

— Até mesmo em por que namora um sujeito que não é monógamo e por que vai a festas onde as pessoas explodem bombas de tinta? — Grant indagou rindo.

— Veja quem fala! Eu, pelo menos, *vou* a festas e não digo às pessoas que não deveriam estudar o que estão estudando.

Ele deu uma sonora gargalhada.

— Quanta animosidade! — exclamou e abaixou-se depressa, como se esperasse que eu o agredisse.

Então, é claro que fingi que ia mesmo esbofeteá-lo, imaginando que ele agarraria minhas mãos, nós fingiríamos lutar e ele me beijaria, e iríamos até a praia para namorar e talvez eu pudesse me apaixonar por ele de verdade.

Nada disso aconteceu. Grant parecia não saber quais eram as possibilidades e, após alguns instantes, eu já não conseguia encontrar lugar para ele em minha hiperativa imaginação romântica. Por isso, fiquei entediada, disse boa-noite e caminhei para casa. Atirei as bombas de tinta no lixo, onde elas produziram o som de tiros e quase fizeram meu coração parar.

CAPÍTULO TRÊS

2005

Grant e eu fazemos amor às quartas-feiras, às sete da manhã.

O que foi? Você não tem hora marcada para coisas assim? Talvez ache que sexo deveria ocorrer espontaneamente, quando os dois sentissem vontade. É possível que você seja uma daquelas pessoas tolas e convencionais que acreditam que a paixão não deveria ser regulamentada.

Acredite, essa história de hora marcada foi ideia de Grant. E porque gosto de sexo e também porque havia decidido tentar parar de discutir por motivos menores, concordei. Ele havia lido um artigo que dizia que pessoas de meia-idade geralmente ficam tão cansadas ou tão ocupadas, que simplesmente deixam o sexo de lado. Disse que era uma grande ironia o fato de casais passarem tantos anos tentando fazer amor em silêncio para não acordar as crianças, ou ficarem tão famintos entre uma vez e outra que ignoravam todas as medidas de precaução e tentavam fazer no chuveiro (muito perigoso), ou então se agarravam quando tinham dez minutos de privacidade durante a sessão de desenhos animados nas manhãs de sábado (pouco satisfatório) — e então, de repente, chega a meia-idade, os filhos se mudam para a faculdade e *pumba!* Ninguém tem vontade e as noites são passadas cada um em um canto da casa, e então, e então...

— E então, o que acontece a eles? — perguntei, quando Grant tocou no assunto pela primeira vez.

Isso foi antes de o livro o engolir, mas talvez ele já soubesse que sua obra o perseguia, pronta a devorá-lo, e estava tentando organizar seus afazeres e agendas antes de sucumbir ao ataque. Foi na semana seguinte à ida de Nicky para a faculdade. Ainda não havíamos mapeado o formato da nossa tristeza, e estávamos na cozinha, com o sol do fim de tarde de setembro entrando pela janela, sugerindo possibilidades.

— O que acontece a eles? — Grant indagou com um brilho divertido no olhar. — Ora, imagino que seus pênis se tornem silenciosos, seus casamentos desmoronem e a civilização como a conhecemos entra em um declínio deplorável. E, de minha parte, não acho que desejamos ser responsáveis por isso.

Assim, Grant e Annabelle McKay estão fazendo sua parte para a manutenção do mundo livre. Fazemos amor todas as manhãs de quarta-feira, com exceção de gripes, exames finais ou reuniões de departamento na universidade. Naquele dia, parado diante do calendário na parede, Grant determinou que teria de ser nas quartas-feiras porque era o único dia em que ele começava a dar aulas mais tarde e, por isso, não teria de se apressar. E não poderia ser no fim de semana porque ele gosta demais dos programas da Rádio Pública Nacional — e por que fazer sexo apressado só para poder ouvir o programa sobre automobilismo? Também não poderia ser à noite, quando vamos para a cama, porque ele gosta de tomar banho depois do sexo e, como já teria tomado banho pela manhã, isso significaria que tomaria banho duas vezes no mesmo dia, o que seria desperdício de água, assim como desperdício de tempo, e quando um homem está escrevendo um livro não faz o menor sentido desperdiçar um segundo sequer.

Está vendo? Estou fazendo aquilo de novo — contando as coisas da maneira errada. Estou fazendo Grant parecer um autômato, quando a verdade é que gosto muito de fazer amor com ele; Grant é entusiástico, bom e eficiente, e é de certa forma estimulante saber que na quarta-feira pela manhã terei a atenção dele todinha para mim, durante vinte minutos no mínimo. Outro dia, almocei com as esposas dos professores do departamento e falamos dos maridos e de sexo, como fazemos ocasionalmente há anos nas festas da universidade e nas arquibancadas dos jogos de futebol de nossos filhos. Dessa vez, tínhamos um item chocante na agenda de fofocas: o diretor do departamento de história, chefe de Grant, deixara a esposa com quem fora casado por trinta anos e se casara com uma aluna — uma *aluna* — sem nenhum aviso prévio. Naturalmente, tivemos de marcar um encontro de improviso para ouvir todas as histórias, apontar culpados, discutir o que faríamos se o mesmo acontecesse com uma de nós.

Todas elas ficaram chocadas, a desaprovação podia ser vista em seus rostos, mas eu estava um pouco... fascinada. Então, passamos a falar sobre sexo e descobri que talvez Grant tenha razão quanto à questão da meia-idade: muitos casais simplesmente não estão fazendo, aparentemente pela simples razão de que o sexo deixou de fazer parte de suas rotinas. Ouviram-se queixas e justificativas em torno da mesa: maridos que ficam acordados até tarde, assistindo a filmes eróticos na tevê a cabo em vez de irem para a cama com uma esposa de carne e osso, outros que se deixaram ficar acabados e barrigudos, embora encorajem as esposas a fazer implantes de silicone e usar calcinhas de renda preta. Alguns maridos se tornaram velhos chatos e resmungões. Não conseguem conversar sem dar sermão; leem em voz alta para as esposas, artigos edificantes do *New York Times*. Nós rimos, gritamos, derramamos bebidas e demos murros na mesa. Julie McNamara, que insistiu para que pedíssemos uma garrafa de vinho, já que íamos falar dessas coisas, de repente virou-se para mim e disse:

— Ora, Annabelle, não se atreva a se queixar. Tem muita sorte por contar com um marido como Grant. Pelo menos, ele não ganhou tanto peso que tenha de usar uma daquelas máquinas de respirar para não morrer sufocado no meio da noite.

É esse o alto padrão utilizado no julgamento de maridos — que não tenha de respirar por meio de uma máquina para continuar vivo? Todas riram do fato de Grant nunca fazer nada errado. Então, Joanna Caprio, cujo marido, Mark, me passou uma cantada em uma festa há dez anos, disse que a melhor coisa em Grant é sua reputação de ser totalmente imune a qualquer diversão extraconjugal. Também disse que nas festas, ano após ano, pode-se contar com ele para ficar em um canto, conversando sobre estatísticas trabalhistas a noite toda, e nunca se embriagar nem sair dançando com qualquer das outras mulheres. E nunca ninguém ouviu falar que uma aluna tentou convencê-lo a lhe dar uma nota melhor, oferecendo-se para dormir com ele. É simplesmente impensável, disse Joanna, e notei que todas tentavam imaginar meu sério e honesto marido dando em cima de uma aluna — uma ideia que as fez rir e sacudir a cabeça.

Juntei-me às gargalhadas apesar de me sentir um pouco constrangida, grata por elas não poderem ver que eu estava despedaçando meu guardanapo debaixo da mesa. *Sim*, eu queria dizer a elas, *tudo isso é verdade, mas ele é fechado como um caramujo. Vocês se queixam de que seus maridos as deixam entediadas quando leem artigos de jornal ou comentam o noticiário noturno, mas o meu marido simplesmente não fala. É como se eu não estivesse ali.*

E se acontece algo que Grant não gosta — bem, nesse caso, é como se não houvesse acontecido.

SEJA COMO FOR, chega a quarta-feira e, claro, acordo ao som do rádio despertando precisamente às sete horas. Ouço Grant digitando no laptop em seu escritório. Jeremiah está, mais uma vez, saindo de minha cabeça, depois de um sonho no qual estávamos em um trem que era também um café com mesas na calçada, onde comprávamos *croissants*.

Do escritório, Grant limpa a garganta com aquele "aham" de sempre e diz:

— Annabelle, estarei aí dentro de um minuto.
— Está bem — respondo.
— Não comece sem mim.
— Então é melhor você se apressar. Sabe como sou impaciente.

Ele ri e volta a digitar furiosamente. Finalmente, aparece na porta do quarto, piscando e passando as mãos nos cabelos, parecendo ter acabado de sair de um transe. O que deve ser verdade. Pelo menos metade dele ainda está em 1908.

Recebo-o com um sorriso. Aos cinquenta e três anos, ele aparenta ser exatamente o que é: um disciplinado e paciente historiador das relações trabalhistas, calmo e professoral. Nunca foi o que Sophie e suas amigas chamariam de gostosão, mas devo admitir que está envelhecendo muito bem. Ainda tem a maior parte do que foi um dia uma vasta cabeleira loira, um pouco desbotada agora, mas ainda caindo sobre a testa e erguendo-se em tufos no topo da cabeça. Diferente de mim, Grant continua exibindo o mesmo abdome liso de vinte e oito anos atrás, e seus joelhos e cotovelos são tão salientes que podem provocar sérios danos em mim quando ele se vira na cama. Até mesmo seu pênis monógamo — provavelmente, eu não deveria estar falando sobre seu pênis, mas que se dane —, até mesmo seu pênis é como ele: desengonçado e, ainda assim, professoral e digno.

Ele não diz nada. Simplesmente, começa a tirar a calça de abrigo e a camiseta, dobrando-as em uma pilha impecável, mantendo o cenho franzido.

— Como vai você? — pergunto, afastando as cobertas para recebê-lo. Tenho um rápido vislumbre de seu traseiro pálido e achatado, seu pênis professoral, e então ele vem para a cama e pressiona a pele gelada contra mim. Solto um grito. — Deus do céu! Você se transformou em gelo!

— É fevereiro, Annabelle. — Pronuncia o *i* em *fevereiro* com grande precisão. Eu sempre digo feveREro, o que o deixa louco. —Está nevando lá fora.

— Está *sempre* nevando lá fora aqui, e foi por isso que Deus inventou roupões de lã para pessoas que acordam cedo. Ora, deixe pra lá. Ponha as mãos aqui, vou te esquentar.

Coloco as mãos dele debaixo da blusa do meu pijama, fazendo um grande sacrifício pessoal, e pressiono o rosto contra o dele. Ele me encara piscando; Grant está sempre piscando os olhos cinzentos. Deve precisar de colírio lubrificante, e eu deveria convencê-lo a consultar Sam, o oftalmologista. Preciso me lembrar de marcar uma hora. Talvez ele até vá.

— Acho que você está a meio caminho de ser criogenicamente congelado. Há quanto tempo está de pé?

— Desde as quatro. Não dormi bem — ele responde em tom pesado e, então, pigarreia. Nada atraente. — Revirei-me na cama a noite toda e, finalmente, levantei-me e fui escrever a nova seção.

— Ah, isso é ruim. Conseguiu, ao menos, escrever bastante?

— Um pouco. Não muito. Não quero falar sobre isso. É hora de pensarmos em outras coisas.

Ele suspira e fecha os olhos, se concentrando, o que significa que estamos passando para a modalidade sexo. Beijo os lábios gelados e ele retribui, mas o conheço bem demais para saber que não está pensando em mim nem em sexo; ainda está preso ao livro, e seu corpo não permitirá nenhuma outra coisa no momento.

— Ora, ora. O Mundo Fabril parece ter voltado para a cama com você — comento em tom brincalhão.

Após um instante de silêncio, Grant admite:

— É horrível. Esta manhã dei-me conta de que terei de entrevistar mais descendentes. Não tenho material suficiente. Nem perto de suficiente.

— Vai dar tudo certo — digo. — Você tem cinco sobreviventes, as fotos das crianças dentro da usina e a filha do capataz...

— Não é o bastante, Annabelle — ele interrompe um tanto agressivo. — E, agora, terei de parar de escrever durante dias para corrigir os exames. Tenho dezenas de ensaios para ler. Dezenas! E, para completar, não consigo dormir.

Afago seus cabelos.

— Bem, se está cansado, talvez fosse melhor você voltar a dormir por uma hora ou duas. Certamente, não precisamos...

— Espere — ele volta a me interromper. Senta-se na cama, os olhos arregalados em alarme. — Você ainda guarda papel no seu criado-mudo?

— Papel de carta, sim.

— Pode pegar um, por favor?

Rolo para o lado e apanho a caixa contendo o lindo papel azul-claro com estampa de garças que veio do apartamento de minha mãe quando o esvaziamos depois que ela morreu. Então, encontro uma caneta e rolo de volta para entregar a caixa e a caneta a ele. Sinto uma pontada de tristeza momentânea — aquele papel, minha mãe.

— Preciso de um segundo apenas — ele garante. — Então, seguiremos com nossa agenda.

Grant franze o cenho quando escreve, e a ponta de sua língua fica para fora da boca. Apoio-me em um cotovelo e o observo, notando quanto suas têmporas ficaram mais grisalhas nos últimos tempos, mas estou pensando que este momento poderia ser divertido. Poderíamos rir juntos de como é adorável conhecermos alguém tão bem a ponto de nos sentirmos à vontade para parar de fazer amor e, ora, digamos, fazer algumas anotações pré-coito sobre um problema nas relações trabalhistas. No entanto, e talvez só porque Jeremiah continua flutuando pelo quarto, sinto a irritação crescendo em meu peito. Conheço essa sensação: é prima do estado de espírito que me fez chorar em meio às costeletas de porco.

— Espero que este seja um daqueles momentos cruciais para o livro — digo. — Estamos adiando nossos orgasmos por uma boa causa, pelo menos?

Ele abana a mão para que eu me cale. Não gosta da palavra orgasmo; uma vez, disse que é uma palavra feia, e que faz o ato sexual parecer algo clínico.

— Escute — falo após um momento, quando ele vira o papel para escrever na parte de trás. — O que acha de fingirmos que hoje é terça-feira em vez de quarta?

— Espere. — Grant continua escrevendo por mais alguns segundos, e então para e olha para mim como se não conseguisse se lembrar do que acabei de dizer. — O quê? Terça-feira? Quer que seja terça-feira?

— Sim. Isso é ridículo. Vamos trocar um aperto de mãos e nos encontrar aqui de novo amanhã de manhã. Ou, e por que não, na *próxima* quarta-feira. Melhor ainda, na primavera.

— Está bem, está bem. Hoje é oficialmente terça-feira — ele concorda, não percebendo minha intenção, e não venha me dizer que não é de propósito.

O livro, vitorioso, decide que já houve conversa humana demais e estende um braço de polvo, longo e escorregadio, e puxa Grant de volta à injustiça enfumaçada no Mundo Fabril. Quando saio da cama, alguns minutos depois, e vou para o chuveiro, Grant está escrevendo furiosamente.

O que está bem. Perfeitamente compreensível. Estamos casados praticamente desde sempre, como devo ter mencionado. Pode-se ter um ano meio ruim, especialmente quando se está escrevendo um livro, mas deve-se conversar sobre o assunto. É só o que estou tentando dizer. E tudo bem deixar de fazer amor, mesmo depois de tanto alarde para marcar um horário, mas não se tem de reconhecer que isso teve um significado, que foi uma perda, por menor que tenha sido?

Visto meu roupão atoalhado — eu, ao menos, não ando nua de um lado para outro quando está tão frio em nosso quarto, que é possível enxergar a própria respiração — e vou para o banheiro. Faço xixi e escovo os dentes e, quando estou prestes a entrar no chuveiro, deparo-me comigo mesma no espelho. Meu rosto de quarenta e nove anos me encara, e mesmo com as rugas e o inchaço matinais, é um rosto que finalmente passei a aceitar. Costumava achar que minha pele não era macia o bastante, mas agora não me importo. Parece que alguém desenhou linhas de lápis em torno de meus olhos castanhos, que sempre foram o que há de melhor em mim, e meus fartos cabelos de um loiro-escuro, que passei anos tentando alisar a todo custo, agora chega apenas à altura dos ombros, com reflexos para disfarçar os fios brancos, graças à L'Oréal. Mas está bom assim. Muito do que costumava parecer tão importante — abolir os pés de galinha e os ocasionais cabelos brancos — realmente não faz a menor diferença.

Inclino-me na direção do espelho. *Jeremiah, vou ser avó! Acredita? Eu, que você disse ter sido a pessoa mais jovem com quem havia dormido? Tenho quase cinquenta anos, agora, Jeremiah, e nem quero pensar em quantos anos você tem. Mas estou bem. Quero dizer, poderia perder cinco quilos, mas me recuso a ser uma dessas mulheres que pensam nisso o tempo todo. Tenho em meu corpo, agora, coisas nas quais um homem pode se agarrar: quadris de verdade e seios. Possivelmente, um pouco de gordurinha nas costas, não tenho certeza. Não me permito olhar.*

Isso é muito ruim, conversar com Jeremiah no espelho. Já é ruim o bastante quando minha mente divaga sozinha e constrói um cenário inteiro sobre ele enquanto durmo, mas a presença dele tem de ser completamente expulsa de meus pensamentos quando estou acordada. Dou um tapinha em meu abdome. Ah, estes cinco quilos poderiam facilmente se tornar dez. A verdade é que, apesar de minhas palavras corajosas sobre não me importar tanto com minha aparência, sei que em breve terei de pensar em perder peso, ou então começar a comprar calcinhas confeccionadas de material sintético. Não vou conseguir me suportar.

Quando saio do banho e vou até o closet para me vestir, Grant continua sentado na cama, rabiscando o papel de carta de minha mãe. Ele põe o papel de lado, tira os óculos e esfrega os olhos.

— Este livro está me *matando* — resmunga.

— Você e eu — corrijo.

Ponho o sutiã, prendendo o fecho na frente e, então, deslizando-o por sobre meus seios, conhecidos por aqui no passado distante como as Meninas. Tenho de me inclinar para frente para ajeitá-los, o que me deixa um pouco constrangida. Quando me viro, porém, vejo que Grant nem está me observando, pois pegou o papel e está lendo o que escreveu enquanto conversa comigo.

— Sabe de uma coisa? — ele pergunta. — Nem me espere para o jantar esta noite. Acho que vou ficar em minha sala e corrigir os ensaios dos calouros. E poderei trabalhar no capítulo cinco sem ser interrompido. É isso o que está me matando, aqui... as interrupções constantes.

— Acontece — eu digo, sentindo uma vergonhosa pontada de satisfação, e sei que, de fato, a presunção é o meu pior defeito — que, como você *deve* se lembrar, marcamos um jantar com os Winstanley para esta noite, no Villager.

Clark Winstanley é o chefe do departamento de história; é aquele recém-casado com uma aluna. Dizem as más línguas que ele marcou uma série de jantares para assegurar aos demais professores do departamento e às suas respectivas esposas que ele não perdeu a sanidade mental. Ou é isso, ou está só se exibindo por ter conquistado uma garota tão jovem. As esposas dos professores estão divididas em seus vereditos.

A expressão de Grant é de espanto.

— Está brincando! É hoje?

— Sim.

— Mas eu preciso trabalhar!

— Bem, alguns diriam que isso *é* o seu trabalho.

— Ele não tem nada melhor a fazer, em vez de desfilar por aí exibindo a própria estupidez? É como se estivesse colocando o pinto para fora e desafiando os amigos a medir quem tem o maior. Por que *eu* tenho de sofrer só porque um cretino decidiu entrar na crise da meia-idade?

— Que tal porque esse cretino em particular é o seu chefe?

— Pelo amor de Deus! Não quero ser obrigado a pensar na vida sexual dele!

Caio na risada.

— Esse jantar não foi marcado para pensarmos na vida sexual de Clark, mas sim para que ele possa tentar fazer tudo parecer normal.

— Qual é mesmo o nome dela?

— Padgett.

— Padgett. Certo. Eu esperaria Brittany ou Tiffany, algo nessa linha.

Grant passa as mãos pelos cabelos e olha com ar de ternura — alguns diriam desejo — para o papel onde rabiscou furiosamente suas anotações.

Morde o lábio, suspira, levanta os braços, prageja por entre os dentes e, finalmente, vai para o chuveiro.

Por estranho que pareça, sinto-me feliz pela primeira vez esta manhã. Ao menos, vamos sair. E Grant tem de ir comigo.

— Você sabia que Clark Winstanley ia deixar a esposa antes de o fato ocorrer? — pergunto a Grant no caminho para o restaurante. — Os homens costumam conversar sobre essas coisas?

Devo admitir que, no momento, estou um pouco obcecada pelas pessoas que atiram suas velhas vidas pela janela. Há algo de doentio nisso, eu sei, mas nunca me senti tão bem com relação ao velho e tedioso Clark Winstanley.

— O quê? Que coisas?

— Você sabia que Clark ia se divorciar de Mary Lou? Tenho me perguntado o que um homem diz a outro quando planeja um passo tão grande.

Grant estreita os olhos para a neve caindo na escuridão, provavelmente calculando quantos flocos estão caindo por minuto, para saber se dali a pouco ele terá de ligar o limpador de para-brisa. Detesta usar os limpadores; até parece que ligá-los custa dinheiro extra. Isso me deixa furiosa. Não consigo ver a estrada quando ele dirige. Quando digo isso, ele responde que não *preciso* ver a rua. Posso me sentar ali e relaxar, sabendo que ele nunca sequer riscou o para-choque.

— Afinal, ele contou a você, especificamente? Você percebeu alguma coisa?

— Por Deus, Annabelle. — Ele ri. — Não faço a menor ideia.

— Acho que se lembraria de algo como alguém dizendo: "Vou deixar minha esposa". Ou, talvez, tenha visto a nova mulher por lá. Ela já foi a alguma reunião do departamento?

— Por que está fazendo isso?

— O quê?

— Pensando nas pessoas dessa maneira, quando não é da sua conta.

— Não tem nada a ver com ser ou não da minha conta — explico. — É a condição humana, Grant. As mulheres se interessam por essas coisas. Conversamos sobre casamento. Sabia disso? As mulheres desejam ardentemente falar dessas coisas com os homens. Quero saber o que você pensa!

— Às vezes... — Grant murmura com um suspiro.

— Às vezes, o quê?

— Nada. Às vezes, eu gostaria que você não fosse tão tola.

Meu queixo cai, literalmente, e tenho de me concentrar para fechar a boca. Olho pela janela e não falo com ele até bem depois de chegarmos ao restaurante, que é muito elegante, com carpete alto, uma lareira imensa e lampiões cor de mel sobre as mesas, o tipo de lugar que tem cadeiras estofadas amplas e belos quadros na parede. Clark e Padgett já estão sentados à mesa, um ao lado do outro, mas ela está quase de costas para ele, concentrada em alguma coisa que segura debaixo da mesa, enquanto ele a observa e beberica sua bebida. Clark costuma beber coquetéis Manhattan, pelo que me lembro dos vinte e três anos de festas da faculdade.

Tola! Que palavra. Não acredito que Grant me chamou de tola.

Clark se levanta de um pulo e me cumprimenta com dois beijos no rosto, então nos apresenta a La Esposa, embora eu já saiba tudo sobre ela pelas fofocas das amigas. Sei que está fazendo mestrado em ciência ambiental e que seu nome completo é Padgett Halverson-Winstanley que, para mim, soa como três sobrenomes, e segundo as más línguas ela não é o tipo tradicional de esposa-troféu, que é o código utilizado para descrever para o fato de ela não ser particularmente bonita nem sensual. Padgett faz parte da nova geração de esposas jovens, ou seja, é obstinada, inteligente e usa roupas originais. "Originais", aqui, no sentido que Mary Lou Winstanley, dirigindo sua perua com cinco crianças e um amontoado de equipamento de futebol, jamais poderia usar. Clark conheceu Padgett em uma conferência organizada por ele. Logo depois, ela se transferiu para a universidade daqui e, então, *voilà*, seis meses mais tarde ele se divorciou de Mary Lou, que ficou com a casa e os carros. Nunca fui amiga próxima de Mary Lou, pois é um tanto fria com pessoas que considera "forasteiros" como eu, mas todos disseram que foi horrível para ela ser abandonada daquela forma, como um casaco velho. Ainda assim, quando a vejo no supermercado hoje em dia, ela parece exatamente a mesma de sempre, vestindo calça jeans e blusa de moletom com o nome da universidade, os cabelos curtos repicados e modernos. Ouvi dizer que conseguiu um excelente acordo no divórcio.

Clark aperta a mão de Grant e, então, cutuca levemente o ombro de Padgett, que continua sentada. Só então vejo que o motivo pelo qual ela está olhando para baixo: é que está enviando mensagens de texto para alguém no celular. Erguendo os olhos, ela nos oferece um sorriso distante e estende uma das mãos, mas a outra não abandona por um instante sequer as teclas do telefone.

— Padgett está organizando uma balada para os alunos de ciência ambiental — Clark explica, e sinto pena dele por ter de usar palavras como *balada*, quando na verdade prefere dizer *festa*, e também porque se pode ver em seu rosto que gostaria que ela se sentasse direito e conversasse conosco. *Não se preocupe*, tento dizer a ele em uma mensagem telepática, *sei que ela não será como as esposas mais velhas, mas isso não é problema para mim*.

— Bem — ele diz —, é tão bom revê-la, Annabelle. Você parece muito... relaxada.

Não compreendo o comentário e, como sou tudo menos relaxada, imagino que seja um código. Relaxada no sentido de cansada? Relaxada com o significado de que não estou me cuidando como deveria?

— Você também parece incrivelmente relaxado, Clark — arrisco.

Grant se senta, resmungando algo sobre não estar nem um pouco relaxado.

— Nesse caso, você precisa de um drinque — Clark determina, chamando o garçom.

— O que *preciso* são dias que tenham trinta e seis horas em vez de vinte e quatro, para que eu dê conta do meu trabalho — Grant corrige.

Dou-lhe um leve chute por debaixo da mesa, conforme nosso acordo: devo lembrá-lo de ser sociável quando ele começa a se portar como um ranheta. Ele morde o lábio e balbucia algo sobre um drinque ser boa ideia, e Clark começa a falar da última vez que ele e Padgett estiveram naquele restaurante, da comida e do serviço excepcionais, e cutuca a esposa de leve para que ela concorde. Então, a conversa sofre a primeira de muitas pausas naquela noite. O celular de Padgett emite um pequeno balido, e ela o apanha rapidamente e lê a mensagem. Clark bebe mais um gole do seu Manhattan e o garçom anota nosso pedido para as bebidas.

Inclino-me sobre a mesa e elogio a linda echarpe que Padgett está usando, e ela explica em tom um tanto frio que foi feita na Indonésia, com seda produzida por bichos-da-seda alimentados exclusivamente de produtos orgânicos, blá-blá-blá, e que é evidente que são muito mais felizes do que quaisquer outros.

— Esses bichos-da-seda, sem dúvida, têm assistência médica e participação nos lucros — concluo, e ela ri, de verdade.

Percebo Grant revirando os olhos — depois de todos esses anos, sou capaz de sentir seus olhos revirando mesmo quando não estou olhando para ele, mas que se dane. Não me importo. Depois disso, é fácil fazer Padgett dar todas as suas opiniões sobre tudo, do aquecimento das calotas polares à importância *vital* de usar roupas orgânicas e comer comida vegetariana.

— E você — ela pergunta, definitivamente à vontade comigo —, também trabalha, ou só fica em casa cuidando dos filhos?

Clark, que parece prestes a cortar a própria garganta, se apressa em dizer a ela que sou uma excelente, talentosa e premiada ilustradora de livros, e que já ilustrei uma quantidade enorme de histórias infantis.

— Ah, sim — diz Grant. — Ela acabou de concluir as ilustrações de um fascinante tratado sobre a noite de um esquilo, chamado "Bobo e Seu Cobertor Vão para a Cama". — Ao reconhecer a expressão em meu rosto, acrescenta: — A história é tola, mas os desenhos de Annabelle são adoráveis.

— Tenho certeza de que são maravilhosos — afirma Clark.

— Obrigada, Clark. Grant acha que, agora que as crianças cresceram, eu deveria pintar coisas mais sérias. Ele não quer encarar o fato de que eu *gosto* de ilustrar livros infantis.

Grant começa a emitir um som de protesto, mas o garçom chega naquele exato momento e o assunto se perde. Mais tarde, Padgett começa a zombar de Clark por ele não saber o que era *tempeh*, o alimento indonésio feito de soja, quando se conheceram. E, quando o vinho, a comida e minhas perguntas sorridentes a deixam completamente à vontade, ela conta uma história engraçada, embora um tanto constrangedora, sobre seu casamento, a respeito de um funcionário de hotel que não falava inglês e que pensou que Clark era seu pai! Imaginem! E o tal funcionário acreditava que, há, há, o pai da noiva estava tentando entrar na suíte nupcial, o que não era nada apropriado durante o que o funcionário considerou um momento íntimo. E lá estava o pobre Clark, tentando enfiar sua chave na fechadura, enquanto o funcionário tentava afastá-lo dali para que os jovens pombinhos pudessem se esbaldar.

Quando Padgett termina a história, caio na risada, mas nossos maridos permanecem sentados em silêncio. Grant agarra sua bebida a fim de esconder os olhos atrás do copo.

Padgett encara os dois.

— Como se o sujeito nunca tivesse visto um velho casado com uma mocinha! — declara às gargalhadas. — E tudo o que você queria era entrar no seu próprio quarto, não é, *Snoopy?*

Snoopy?

Fico surpresa por Clark não ter tentado impedi-la de contar a história, mas ele simplesmente solta uma risada aguda e mergulha o que resta de seu Manhattan. Sem conseguir evitar, caio na risada de novo, Padgett me acompanha e Clark segura a mão dela e diz:

— Bem, já que estamos nesse assunto, devemos contar a novidade a eles, querida?

Ah, meu Deus, penso. *Eles vão ter um filho.*

Endireito-me na cadeira e sinto-me grata por ainda não ter bebido vinho demais, pois assim posso perceber as nuances engraçadas que certamente estão por vir. Sinto Grant ficar tenso a meu lado, pronto para sabotar qualquer discussão que possa revelar alguma coisa que nos leve a pensar ainda mais sobre a vida sexual dos dois. Ele já sofreu o bastante.

Padgett limita-se a dar de ombros e abaixar os olhos, o que provavelmente significa que ela está lendo algo no celular. Acreditem, essa mulher recebeu e enviou aproximadamente um bilhão de mensagens durante o jantar, e eu estou me deleitando com uma imagem dela na sala de parto, enviando mensagens, enquanto faz força para empurrar o bebê, e também adorando a ideia de que sou a primeira pessoa a receber essa notícia e imaginando como os outros vão reagir quando souberem.

Clark pigarreia e fala com sua voz grave de chefe do departamento:

— Tem certeza de que não quer contar a eles, querida? — Quando ela sacode a cabeça, ele continua: — Não? Então, nesse caso, contarei eu mesmo. — Respira fundo. — Vamos tirar uma licença para viajar ao redor do mundo!

Grant mantém os olhos fixos em um ponto distante à sua frente.

O casal se beija nos lábios, e depois deposita beijinhos sobre as faces, nariz e olhos, um do outro. Clark se afasta com o rosto coberto de suor, sorrindo como louco, gengivas à mostra, doido de amor, inteiramente satisfeito consigo mesmo, e diz:

— Padgett não conhece quase nada do mundo, e terei o prazer de levá-la a todos os meus lugares favoritos. E, claro, esperamos encontrar alguns que se tornem *nossos* favoritos.

Cola a testa calva à testa lisa e sem rugas de Padgett, como uma fusão de mentes como se vê em *Jornada nas Estrelas*, e os dois tocam os copos, e Grant e eu também brindamos, embora um pouco atrasados.

Em seguida, Clark se inclina sobre a mesa e dirige-se a Grant em voz baixa:

— Vou recomendar que você assuma meu lugar na chefia do departamento.

Sinto as ondas de espanto angustiado emitidas por Grant, enquanto ele calcula quanto tempo aquela missão vai lhe tomar, mais o livro e seus três cursos, além dos ensaios que tem de corrigir. Ele diz que precisa pensar antes de aceitar.

— Trata-se de um avanço em sua carreira, para o qual acredito que você esteja pronto — afirma Clark, mas sei que Grant vai considerar o comentário como o mais condescendente que já ouviu, uma vez que é dois anos mais velho que seu chefe, estudou na Colúmbia e está definitivamente abaixo do próprio nível ensinando aqui nessa universidade minúscula, e todos sabem disso. — Não sairei antes do outono, assim você terá tempo de terminar o seu livro, e quem sabe até lá você não esteja disposto a atualizar o seu currículo para obter maior atenção dos comitês de premiações, hã?

Então, ele e Padgett voltam a trocar beijinhos, o celular volta a exigir a atenção dela, e quando nós quatro caminhamos até o estacionamento, tremendo de frio, Clark deixa claro que Grant tem de assumir a chefia do departamento, por Deus, pelo país e por amor. E, conhecendo meu marido, sei que em algum recanto de sua mente ele se sente profundamente lisonjeado, mesmo que um tanto tenso com a novidade. Detesta que lhe digam como deve se sentir em qualquer situação.

Permanecemos em silêncio pelos primeiros oito quilômetros, então Grant diz:

— Acho que talvez seja bom assumir a chefia do departamento.

— Sim.

— Embora jamais fosse pedir a posição.

— É claro que não.

— Mas se devo assumir só no outono... pretendo já ter terminado o livro até lá, e posso providenciar um horário mais tranquilo, dar menos aulas, quem sabe até fazer mais pesquisa.

— A ideia de um horário mais tranquilo me agrada — admito, e ele estende a mão para apertar a minha e sorri para mim.

Penso que talvez ele vá se desculpar por ter sido tão grosseiro e dizer que, quando terminar o livro, outra coisa que receberá boa parte de seu tempo e atenção será nosso casamento. No entanto, ele exclama:

— Pelo amor de Deus, prometa que vai me matar se algum dia eu ficar como Clark Winstanley!

— Com todo prazer.

— Estou falando sério. Pegue uma arma e me leve para o bosque se eu perder o juízo daquela maneira. Ele enlouqueceu de vez por aquela mulher! E ela é a criatura mais mal-educada... — Sacode a cabeça, incapaz de encontrar palavras que descrevam suas opiniões.

Faço uma imitação de Padgett enviando mensagens de texto sem parar, e quando Grant cai na risada, lanço-me em um monólogo na voz dela, no qual ela zomba de Clark por gostar dos Beatles, de quem em minha encenação ela nunca ouviu falar.

Grant pousa a mão em meu ombro.

— Desculpe-me por ter te chamado de tola.

— Desculpo, mas nunca mais faça isso. Do contrário, vou lhe *mostrar* a tola. E eu também agradeceria se você pudesse *não* desmerecer meu trabalho em público.

— Desmereci seu trabalho?

— Sempre. Acha ridículo eu ilustrar livros infantis...

— Annabelle, quantas vezes já discutimos isso? Trata-se de um elogio a você. Acho suas ilustrações ótimas, mas sei que é capaz de fazer muito mais que desenhar um esquilo chamado Bobo, por mais significativo que ele possa ser.

Olho pela janela.

— Desculpe — ele murmura. — Eu não deveria ter dito nada. Orgulho-me do seu trabalho, de verdade.

— Tudo bem — respondo, relutante. — Desculpa aceita. Eu acho.

— Posso compensar meu erro? Que tal pararmos para comer uma sobremesa politicamente incorreta? Estou faminto depois de jantar aquela comida para coelhos. Você quer?

— Sabe que sim.

— Sim, eu sei.

Paramos em uma sorveteria e tomamos sorvetes enormes, cobertos de chantili, calda e castanhas. No caminho para casa, temos de desabotoar as calças para podermos respirar. Esse é o lado bom de estarmos casados há tanto tempo. É tão bom ser casada e poder deixar meu estômago saltar para fora da calça.

— Padgett é maldosa quando zomba de Clark — Grant declara.

— É jovem demais, só isso. Já se deu conta de que Padgett é só um pouquinho mais velha que Sophie?

Ele ri.

— Não ficarei nem um pouco surpreso se ela se tornar mais uma de suas adoções. É só esperar para ver. Daqui a alguns meses, vou entrar em casa e você vai me explicar que Padgett é mero produto de uma infância terrível e que está formando um grupo de ambientalistas e ilustradores de livros infantis, e que vocês duas vão presidir uma conferência na qual vão preparar juntas uma receita de homus feito com grão-de-bico orgânico cultivado por vocês em nosso quintal.

— Está se esquecendo de que ela vai dar a volta ao mundo.

— Bem, não fosse por isso, seria a candidata perfeita para mais um Projeto Criança Abandonada de Annabelle McKay.

Tenho essa reputação na família — incorreta, eu acho — de estar sempre tentando consertar a vida das pessoas, colocá-las em contato com quem elas precisam conhecer, fazê-las se vestir melhor ou manter a postura ereta. A verdade é que sou a única na família que gosta de ouvir as pessoas.

— Você jamais faria isso, não é?

— Fazer o quê?

— Ora, me deixar por uma aluna que só usa roupas politicamente corretas e acha que sabe tudo.

Não estou falando sério; queria apenas que ele se virasse e olhasse para mim, que se juntasse a mim na brincadeira por um instante que fosse, antes de entrarmos em casa. Não tenho ao menos o direito a isso? Que meu marido segure minha mão quando atravessamos a garagem e crie o suspense de que talvez, assim que entrarmos, vamos começar a nos beijar, quem sabe nos livrarmos das camadas de roupas que estamos vestindo e — por que não? — fazer uma farra sexual em plena quarta-feira *à noite*.

Mas ele fala em voz baixa:

— Não seja ridícula. Sabe que nunca terá de se preocupar com isso. Temos o nosso pacto.

— Aposto que Mary Lou acreditava que ela e Clark também tinham um pacto. Não é para isso que servem os votos matrimoniais?

Chego mais perto dele e enrosco meus dedos nos dele.

— Não me refiro a *esse* pacto. Estou falando do nosso *outro* pacto — Grant explica, e é o mais próximo que consegue chegar de pronunciar o impronunciável.

Sem olhar para mim, abre a porta e sai do carro devagar. Saio em seguida. Ele entra na minha frente pela porta da cozinha. Está escuro e frio dentro de casa, exatamente igual a como estou me sentindo por dentro. Grant acende a luz sobre a pia e sou tomada pela sensação familiar de que meu humor está se tornando sombrio. Tenho mais a dizer. Minha garganta chega a doer de vontade. Mas dizer o quê? *O que quer dizer a ele, Annabelle?* Ouço a voz de Ava Reiss formulando tal pergunta. Poderia dizer algo como "Parece loucura, mas ultimamente tenho tido uns sonhos estranhos, e você não imagina quem está neles... Ah, uma coisa estranha me aconteceu: ontem, simplesmente comecei a chorar no supermercado! O que pode ter provocado isso?" Não há nada que possamos dizer um ao outro? Talvez existam coisas que nos esquecemos de examinar muito tempo atrás. Não poderíamos, simplesmente, dizer o que é? Só *dizer*?

Prendo a respiração por um momento, para então perguntar baixinho, envergonhada de estar sentindo medo:

— Você gostaria de esquecer o trabalho esta noite e vir para a cama comigo?

Grant consulta o relógio e suspira.

— Já perdi tempo demais. Preciso terminar o capítulo cinco esta noite. É sério.

— É bom ser considerada uma perda de tempo.

— Ora, pare com isso. Você sabe o que estou querendo dizer.

Sei o que eu gostaria de dizer. Agora eu sei. Quando perguntei a ele se seria capaz de fazer o que Clark Winstanley fez, não estava de fato perguntando sobre ele. Eu *sei* que ele não me deixaria por uma mulher mais jovem, mesmo que encontrasse uma que não se importasse com o constante pigarreado.

Sou eu.

É da possibilidade da minha partida que tenho medo.

CAPÍTULO QUATRO

1977

Foi meu irmão, David, quem me deu a notícia de que Edie e Howard, como costumávamos chamar nossos pais, não estavam simplesmente testando a separação. O impensável acontecera: nossa mãe, aquela mulher prendada, excelente cozinheira e dona de casa, além de recepcionista de consultório dentário, havia conhecido alguém, e essa era a verdadeira razão pela qual estava saindo de casa.

— O que quer dizer com *conheceu alguém?* — indaguei.

Eu estava falando do telefone público no centro estudantil. Se olhasse para fora, veria o lago do campus refletindo a luz do sol. Eu mal conseguia respirar. Enfiei o dedo indicador no disco do telefone, em um por um dos números, em rápida sucessão, como se pulasse amarelinha com o dedo.

— Isso mesmo. Um cara jovem, artista, garanhão, sei lá.

Tive de rir. Não podia ser verdade.

— Um *garanhão?* Mamãe está com um garanhão?

Silêncio. David era calouro, mas morava em casa e frequentava a faculdade local. Sempre fora um rapaz tímido, desajeitado e calado, com uma única namorada com quem estivera desde a sétima série. Provavelmente, faziam sexo desde os treze anos. Uma vez encontrei um preservativo no quarto dele. Após alguns instantes, ele disse:

— É, você não vai acreditar, Annie. Ele dirige uma perua Kombi toda colorida, com coisas escritas na lataria, e dá aulas de artes em algum curso para adultos que mamãe frequentou. Ela endoidou, só fala em feminismo.

— Feminismo? Está falando da mesma mulher que chora se Howard estiver dois minutos atrasado para chegar a casa?

— Pois é, eu disse que você não iria acreditar. Ela está louca ou algo assim.

— Meu Deus. E os dois estão brigando e gritando?

— Não — David respondeu. — Howard voltou a beber, mas insiste em dizer que Edie está só tirando umas férias da vida adulta. Ela nem fica mais muito tempo por aqui. Está sempre com o tal cara.

Duas semanas mais tarde, meu pai telefonou para contar que havia sido rebaixado no banco porque "os cretinos não davam o menor valor ao verdadeiro trabalho". Eu não conseguia me lembrar de jamais termos conversado ao telefone por mais tempo que o necessário para que ele passasse o aparelho a minha mãe. Agora ele falava com voz engrolada. Um homem trabalha em um lugar durante vinte malditos anos, chega ao cargo de gerente regional e, então, tem um maldito problema pessoal e é obrigado a tirar uma maldita folga para resolvê-lo e *descansar* enquanto decide o que vai fazer, e simplesmente tiram suas responsabilidades e o colocam para ler pedidos de empréstimo. Tossia a todo instante, embora fosse evidente que estava tentando esconder de mim a tosse. Com certeza, além da bebida, também voltara a fumar.

— Por isso, a menos que eu ganhe uma bolada no pôquer, não posso mais pagar seu aluguel pelo restante do semestre — concluiu. — E também não poderei pagar sua faculdade no outono. Achei melhor você saber de tudo isso agora para que possa se programar. A vida não é justa, filha, e acabou de ficar ainda mais injusta.

Engoli seco e tentei falar como adulta.

— Diz isso porque está muito chateado com mamãe?

— Não vou permitir que você fale mal de sua mãe! — ele quase berrou.

— Não pode passar a vida culpando os outros. É esse o problema por aqui, é a maldita culpa por tudo.

— *Não* estou culpando mamãe, mas, francamente, papai...

— Chega! Sua mãe não sabe o que está fazendo e merece a nossa simpatia. Ela está com um homem que poderia ser filho dela e vai precisar de muita sorte nessa segunda infância.

— Quer que eu volte para casa?

— Faça como quiser. Ninguém vai pagar sua faculdade ou seu aluguel. Portanto, é você quem deve decidir. Não criei uma idiota.

Um ruído abafado indicou que ele deixara o fone cair. Quando voltou a falar, sua voz soou distante.

— Não sei o que dizer. Talvez o namoradinho de sua mãe pague o aluguel e a matrícula para você. Não custa nada tentar.

Trinta segundos depois, ele finalmente conseguiu colocar o fone no gancho.

Como os problemas sempre vêm para mim aos punhados, três dias depois o morador do apartamento acima do meu pegou no sono enquanto sua banheira enchia, e a água infiltrou pelo teto — e o teto desabou em grandes pedaços encharcados. O senhorio disse que só poderia iniciar o conserto dali a algumas semanas e que não deveríamos usar nossa banheira até então. Sugeriu que nos lavássemos na pia do banheiro, o que nos fez rolar de rir.

Para sorte de Magda, sua irmã casada que morava em Santa Bárbara concordou em hospedá-la, mas não havia lugar para mim. Na verdade, Magda teria de partilhar o quarto com o sobrinho de cinco anos.

Em seguida, o dono do bar onde eu cantava uma vez por semana com o Oil Spills decidiu que não estávamos mais atraindo boa freguesia e que queria tentar outras bandas.

— Antes que o Universo me mande gafanhotos e sapos, acho melhor eu voltar para casa — disse a Magda. — É óbvio que estou predestinada a não estudar este trimestre e a cuidar para que minha família volte a se entender.

Magda acreditava piamente em sinais enviados pelo Universo. Concordamos que encontraríamos uma maneira de dividir um apartamento outra vez no outono, de um jeito ou de outro.

Naquele dia, atravessei o campus até o edifício da administração para saber o que tinha de fazer para trancar minha matrícula, e com quem me deparo, senão com Grant, pedalando sua bicicleta na minha direção. Ele piscou e diminuiu a velocidade, derrapou e jogou dois ciclistas que vinham logo atrás para a grama.

— Você! — exclamou, já saltando da bicicleta, enquanto os dois ciclistas prejudicados faziam sinais obscenos.

— Oi — cumprimentei. — Caso não tenha notado, você quase matou aqueles caras ali atrás.

— Desculpem! — Grant gritou com um aceno para os dois e voltou a me encarar. — Como vai?

Estava corado e suado.

— Bem, eu acho. Vou deixar a escola amanhã e voltar para casa.

Ele pigarreou.

— Por quê?

— Não tenho escolha. São tantos os motivos, que você nem vai acreditar. Está chovendo azar sobre minha cabeça. Aliás, você está correndo perigo, aqui parado, conversando comigo. Um avião pode cair sobre nós.

— Quem sabe eu goste de viver perigosamente. Diga-me quais são as três principais razões para você ir embora.

Contei a ele sobre o desabamento do teto em meu apartamento, meu conjunto sendo dispensado do bar, mas quando comecei a falar dos problemas familiares, um nó se formou em minha garganta.

— A casa está vindo abaixo, meu pai foi rebaixado no trabalho, tudo porque minha mãe o deixou por um garanhão artista que dirige uma Kombi colorida, com coisas escritas na lataria. E, como meu dinheiro acabou, decidi voltar e tentar ajudar minha família — concluí.

— Mas por que não espera só até o final do trimestre? Já não pagou a anuidade inteira?

— Não paguei o aluguel pelo trimestre e, agora, meu pai não pode me ajudar...

— Espere. São mais cinco semanas, apenas. Você pode encontrar um meio de se sustentar até lá, não?

Sacudi a cabeça.

Grant baixou os olhos para o chão e pigarreou, então olhou para o céu e estreitou os olhos, bateu um pé no chão, depois o outro, e disse:

— Acho que deveria ficar. Seria idiotice deixar toda a sua vida de lado só para tentar salvar seus pais. Por que não fica com uma amiga, por enquanto? Ou procura um emprego de garçonete durante meio período? Poderia ganhar o suficiente para comer.

— Talvez, mas é óbvio que minha mãe está passando por uma crise. E meu pai pode ter se tornado um alcoólatra, a essa altura. Quem vai ajudá-los, senão eu?

Naquele momento, Jay chegou por trás de mim e, como adorava fazer, me agarrou e quase me matou de susto. Vi a expressão de Grant mudar quando fui literalmente atacada e quase me desequilibrei com meus sapatos de salto plataforma.

— Jay! Pare com isso! — gritei.

Ignorando minhas palavras e rindo sem parar, ele me abraçou e começou a me balançar de um lado para outro.

— Jay, este é meu amigo, Grant — apresentei, tentando me desvencilhar dele —, portanto, comporte-se. Estamos tentando ter uma *conversa*.

— Oi, cara — Jay cumprimentou. — *Baby*, consegui uma apresentação para nós esta noite, no Bluebird.

— Verdade? Bluebird? — repeti, incrédula. Éramos loucos para tocar lá, por ser um lugar frequentado pelos moradores da região, não só por estudantes. — Vão nos pagar?

— Vinte e cinco mais bebidas.

— Está vendo? — disse Grant. — O trabalho já veio encontrar você.

Jay estudou Grant com expressão zombeteira, como se perguntasse "quem diabos é você, cara?". Por aquele olhar, concluí que ele tentaria marcar seu território diante de Grant, como um cachorro tem de urinar em alguma coisa para mostrar que é o dono do lugar. E, sem perder tempo, ele deslizou as mãos pela frente da minha blusa, na direção dos meus seios.

Grant murmurou algo sobre lembrar-se subitamente de que tinha um compromisso.

— Boa sorte para você — disse. — Espero que volte a pintar.

— Pare com isso — sibilei para Jay e dei-lhe um tapa na mão.

Ele fingiu me bater, também, e começamos a lutar de brincadeira. Quando olhei em volta, Grant pedalava para longe dali. Seu traseiro nem tocava o banco da bicicleta; pedalava em pé, oscilando para frente e para trás, com sua inacreditável calça cáqui de estilo entrevista para emprego, presa por elásticos na altura dos tornozelos.

— Quem é aquele cara? — Jay inquiriu.

— Ah, só um cara que gosta de me dizer quanto sou estúpida por voltar para casa. Ele acha que devo me hospedar na casa de alguém até o final do trimestre.

Esse era um assunto delicado. Jay morava com três amigos, mas tinha seu próprio quarto, e qualquer outro namorado teria me convidado para morar com ele. Dois dormiriam confortavelmente na cama de solteiro. No entanto, nós dois sabíamos que tal situação violaria algo muito básico em nosso relacionamento, que eu estava apenas começando a compreender: ele jamais estaria disposto a me ajudar com qualquer coisa.

No dia seguinte, com meus vinte e cinco dólares da apresentação, carreguei meu velho Fusca com todos os meus pertences, embora a determinação de partir se tornasse mais e mais fraca. Quando finalmente entrei no carro, decidi dar ao Universo mais uma chance de reverter seus sinais. Se uma canção de amor alegre tocasse no rádio, eu ligaria para Jay e diria que ele tinha de me deixar morar em seu quarto até o fim do semestre; se fosse uma música depressiva, eu voltaria para casa e para meus pais.

A primeira canção foi *No More Tears*, de Barbra Streisand e Donna Summer, o que era um problema. As mulheres estão felizes ou tristes quando cantam "Basta!" com os punhos erguidos no ar? Eu não sabia e, por isso, tinha de esperar por outro sinal. Dirigi sem destino por Isla Vista, passando pelo apartamento onde havia morado no primeiro ano e pelo bar no qual eu e Magda havíamos bebido na noite em que a mãe dela morrera. Passei, também, pelo edifício onde eu havia conhecido um sujeito chamado Jack e todos aqueles surfistas de La Jolla. Estacionei e caminhei pela praia — às vezes, à noite, as ondas eram iluminadas por animais marinhos microscópicos que possuíam luz própria, como mágica. Nada parecia ser um sinal.

Foi somente quando parei em um posto de gasolina para encher o tanque que vi o sinal que esperava: Grant, calibrando os pneus de sua bicicleta. Ele veio até o carro, os olhos fixos na minha mudança presa sobre o teto.

— Você não pode salvá-los — murmurou com voz muito baixa. — Não jogue sua vida fora por eles. Não é uma troca justa, sua vida pela deles. E, caso você não saiba, aquele sujeitinho não monógamo que você está namorando é um idiota. — Desviou o olhar, fixando-o longe, talvez nas montanhas, para então voltar a se inclinar junto à janela. — Escute — falou com um suspiro —, se quiser, pode ficar no meu apartamento pelo restante do trimestre. Passo a maior parte do tempo acordado, trabalhando na minha tese, mas dormirei no sofá.

Voltei para casa no final do trimestre e descobri, imediatamente, que meu pai não fazia a menor ideia de como reconquistar minha mãe. Era um total incompetente. Bastava atravessar a porta da frente para chegar a essa conclusão. Em primeiro lugar, a casa cheirava a cebola crua, e tive de caminhar por entre roupas sujas para chegar à cozinha, onde o lixo constituído de caixinhas vazias de comida congelada transbordava para fora do cesto. E as cortinas estavam fechadas. Meu pai nem sequer se dera ao trabalho de abri-las. Como podia achar que teria sua mulher de volta, se não fazia nem o mínimo esforço necessário? Edie acreditava no poder dos desodorizadores de ar e na claridade natural. Afinal, era recepcionista de um consultório dentário que cheirava a hortelã; seus valores incluíam escovar os dentes e usar fio dental duas vezes por dia, manter o quarto limpo e arrumado, comer frutas, fazer o trabalho doméstico e boas ações para os outros. Era essa a mulher cujo "Bom-dia, consultório do dr. Blandon" servia de conforto a pacientes odontológicos de toda região. A verdade era que minha mãe era a dona de casa perfeita, que nunca se mostrava entediada por ter de cozinhar, lavar, limpar e fazer artesanato. Era capaz de fazer qualquer coisa.

Durante minha infância, meu pai saía todas as manhãs para trabalhar em um banco e voltava cansado e mal-humorado. Era responsável por uma única tarefa doméstica: limpar a piscina e manter o equilíbrio químico da água. À tarde, depois do trabalho, ele saía para o quintal ainda usando a calça do terno e a camiseta que vestia por debaixo da camisa. Primeiro, colocava uma amostra da água em tubos de teste e aguardava o resultado. Eu adorava assistir ao processo, embora tivesse um pouco de medo, também. Ele detestava ser observado. Se percebia, dizia algo como "Está olhando o quê?". Por isso, eu sempre tinha de fingir que estava lá fora fazendo alguma coisa. Então, depois de corrigir o pH e eliminar os micro-organismos causadores de doenças, ele ficava ali, como que hipnotizado, retirando as folhas do fundo da piscina com o que parecia uma imensa peneira de cabo comprido. Eu brincava de amarelinha no quintal porque gostava de ficar de olho nele. Nunca se sabia quando diria algo engraçado. Era predominantemente quieto, com jeito de louco, perdido em seu próprio mundo, mas às vezes fazia coisas do nada, como colocar um bigode feito de casca de árvore e representar uma cena de Groucho Marx. Por isso eu tinha de observá-lo. Às vezes conseguia persuadi-lo a entrar na piscina comigo, mas ele não gostava muito de fazer o que lhe pediam. Dizia que estava ocupado demais, mas quando ninguém pedia, ele surgia na porta de calção e pulava na água, agitando braços e pernas como um doido, e passava uma hora deixando que subíssemos em seus ombros.

 Minha mãe sempre tentava convencê-lo a fazer coisas conosco, como jogos de tabuleiro, mas ele se recusava. Ela era o tipo de pessoa capaz de jogar Banco Imobiliário e perder tudo, sem nunca se zangar, mesmo que tirássemos todos os seus hotéis. Meu pai, por sua vez, jogava como se fosse caso de vida ou morte. Se não estivesse ganhando, tornava-se mais e mais carrancudo à medida que o jogo prosseguia. Uma vez, quando minha mãe tinha monopólios nas melhores regiões *mais* todas as ferrovias, ele se levantou e empurrou o tabuleiro para o chão, para então sair da sala praguejando. Meu irmão e eu continuamos sentados em silêncio, chocados e tentando decidir se íamos ou não chorar, mas minha mãe riu muito e nos disse que estava tudo bem, que papai reagira assim porque era um bancário *de verdade* e sabia que a vida não era simples quanto o jogo fazia parecer. Em seguida, ela se levantou, foi à cozinha e preparou para ele um daiquiri de banana e foi até o quintal, onde ele retirava folhas da piscina no escuro. Ela acendeu a luz da piscina, e o quintal se iluminou com aquele brilho aquoso. Vi mamãe tocar o braço de papai e fingir que não entregaria o daiquiri a ele. Em poucos minutos, os dois riam e ele a abraçava na tentativa de alcançar o copo que ela insistia em afastar dele. Eu disse ao meu irmão que era assim que se sabia quando duas pessoas se amavam, quando aquele tipo de coisa os alegrava.

 Minha mãe e eu falávamos de amor e homens o tempo todo.

 — Sabe como se lida com os homens? Temos de lisonjeá-los, fazê-los pensar que são a coisa mais importante de nossas vidas. Eles são muito fáceis, na verdade.

 Sobre garotos, ela dizia:

— Não fazem a menor ideia do que se passa, ou do que os outros sentem, e é por isso que temos de ajudá-los. Nós, mulheres, somos as responsáveis por como as pessoas se sentem.

Quando eu disse que achava injusto termos de fazer tudo isso, ela riu e retrucou:

— Não, não, não! Ah, não, querida. *Nós* levamos a maior vantagem. Sabe como a vida é maçante sem sentimentos? — Eu tinha uns doze anos à época, e nós estávamos na cozinha, enquanto meu pai e meu irmão estavam no quintal, ao lado da piscina, olhando fixamente em direções opostas. — Veja só aqueles pobres tolos. Não saberiam o que dizer um ao outro, mesmo que a casa estivesse em chamas! O que acha que estão pensando?

— Ah, papai está pensando em quantas folhas há na piscina agora, se comparado a quantas havia ontem, e David está pensando em futebol.

Ela caiu na gargalhada.

— Exatamente! Não é divertido? Você também é capaz. Só tem de ler suas mentes e, então, pode fazer deles o que quiser.

Meus pais saíam todo sábado à noite para dançar, mas faziam uma encenação antes de sair: meu pai dando o nó na gravata com má vontade e fingindo preferir assistir ao campeonato de basquete ou ao filme da semana na televisão, e minha mãe rindo e chamando-o de preguiçoso — anos e anos de noites de sábado assim, com ela empurrando-o para fora de casa, tudo para divertir David e eu, que presenciávamos tudo, deitados no chão da sala, assistindo à televisão. Ela sempre se virava e piscava para mim ao sair, e fazia o sinal de "ok" com o polegar e o indicador.

Quando eu tinha treze anos, todas as mulheres do bairro formaram um grupo de elevação da consciência, reunindo-se nas noites de quinta-feira só para conversar. No início, parecia inofensivo, como as reuniões que costumavam fazer em volta da piscina, enquanto nós, as crianças, usávamos boias e pulávamos na parte funda e elas nos observavam. Porém, à medida que os anos foram passando, o grupo foi se tornando um tanto estranho. Meu pai comentou uma vez, com uma risada mal-humorada, que três divórcios haviam ocorrido naquele grupo, e que uma das mulheres simplesmente deixara a cidade sem a família. Nem se dera ao trabalho de obter o divórcio ou escrever e mandar notícias.

Perguntei à minha mãe para que servia o grupo.

— O que vocês fazem, lá?

— Conversamos — disse ela.

— Mas sobre o que conversam?

Eu estava deitada de bruços na cama dela, os joelhos dobrados, balançando minhas pernas para frente e para trás como um metrônomo debaixo do ventilador de teto.

— Ora — ela respondeu —, conversamos sobre o nosso poder. Trata-se de algo que você vai ter de analisar em sua própria vida.

— Está se referindo ao fato de as mulheres saberem tudo sobre os sentimentos?

Ela riu.

— Não. Estamos todas um pouco cansadas de termos de ser as responsáveis pelos cuidados com todos os sentimentos.

Sentei-me na cama, subitamente interessada. Não fora eu quem apontara que era um fardo pesado demais para as mulheres carregarem? E não fora ela quem declarara que a vantagem era toda nossa?

Ela veio se sentar ao meu lado.

— As mulheres são responsáveis pelas coisas erradas há tempo demais — murmurou. — A propósito, você sabe tudo o que precisa saber sobre sexo?

Enfiei a cabeça debaixo do travesseiro e ela riu de novo.

— Esqueça, não vou embaraçá-la. Acontece que as mulheres precisam reassumir o controle sobre a própria sexualidade. Deixamos os homens ditar as regras por tempo demais. Alguma vez você já se perguntou por que estou sempre lhe dizendo que os garotos querem *só uma coisa*, e que você não deve ceder à pressão que eles fazem, porque eles só querem usar você?

— Sim — respondi em voz baixa, pensando: *"Ah, meu Deus, de novo não!"*.

— Pois quero dizer mais uma coisa: *você* é um ser sexual e, como mulher, tem a necessidade de expressar a sua sexualidade, também, e *você* tem direito a experimentar essa sexualidade. *Sexo* é apenas energia criativa. É bonito, e existe para todos nós, não só para os homens! E sabe de uma coisa? A sua geração é que vai ter tudo isso. O trabalho, o respeito, os sentimentos e tudo o mais. — Deu-me um abraço. — Sou uma mulher de sorte por ter uma filha como você, para poder ver isso tudo acontecer. Você irá para a universidade e terá um diploma de algo que realmente gosta, algo com que você possa se sustentar, de maneira que não tenha de depender de nenhum homem. E não venha me dizer que conheceu um *cara muito legal* e que é ele quem vai trabalhar, enquanto você abandona a faculdade para cuidar da casa e ter muitos bebês para fazê-lo feliz. Certo? — Ela me abraçava e me encarava, ao mesmo tempo. — *Certo?*

— Certo — balbuciei.

— E se você quiser orgasmos, até mesmo múltiplos, vai tê-los.

— Chega — pedi, desvencilhando-me dela. — Eu imploro!

Minha mãe estava morando sozinha em um apartamento minúsculo, mobiliado com peças que ela comprara em brechós, objetos que meu austero pai jamais suportaria: almofadas enormes, echarpes, velas perfumadas e cortinas roxas e transparentes, com estrelas aplicadas. Mais surpreendente que tudo era o colchão de água coberto pela colcha de veludo preto.

— Ora, esta é a melhor cama do mundo! — ela declarou. — Você tem de sentir como é! Venha, sente-se aqui. Passe a mão nessa colcha. Não é o máximo?

Sentei-me na beirada da cama e olhei ao redor. Dali, eu podia ver o canto que servia de cozinha, com uma cafeteira, um fogão de duas bocas e um frigobar. E no centro de tudo havia uma mesa desmontável, coberta de peças de artesanato feitas por ela. Meu pai sempre se referia aos trabalhos manuais de mamãe como "aquelas porcarias", mas agora eles ocupavam um lugar de destaque.

Baixei o olhar e me senti inexplicavelmente tonta. O livro *Os Prazeres do Sexo* estava no chão e havia uma sandália de couro masculina junto ao meu pé. Ora, o garanhão usava sandálias. Fiquei profundamente embaraçada.

— Você adorou, não? — minha mãe dizia. — Eu sabia que iria gostar. É o tipo de lugar certo para nós. Um lugar *feminino*.

Engoli seco e assenti em resposta. Ela abriu a geladeira minúscula, pegou duas Cocas e me ofereceu uma. Tinha no rosto um sorriso largo.

— Eu sabia que você entenderia — continuou. — Sei que é pequeno, mas pela primeira vez em minha vida tenho um lugar que é só meu.

Suspirei. Não seria tão fácil convencê-la a voltar para casa, para meu pai, se ela estava gostando tanto de viver em um lugar como *aquele*. Nem sua aparência era a mesma de antes. Os cabelos escuros estavam mais compridos, e em vez do discreto coque na nuca, ela agora os usava crespos — resultado de uma permanente — e soltos sobre os ombros, além de repartidos ao meio. Na maquiagem, muito delineador e *blush*. E vestia calça jeans e uma camisa rosa-choque, que não fora abotoada até onde deveria. Parecia muito jovem, embora, segundo meus cálculos, estivesse com quarenta e dois anos, ou seja, uma anciã.

Percebendo que eu a observava, ela deu uma voltinha.

— Gosta do meu cabelo?

— Claro.

— Está comprido. Sempre adorei cabelos compridos, mas seu pai queria que eu os mantivesse curtos, ou presos, porque era assim que a *mãe dele* usava. — Ela revirou os olhos. — Passei a vida inteira tentando me igualar à santa mãe dele. — Voltou a se sentar na cama e sorriu. — Mas Dmitri gosta assim.

Então, se pôs a me contar toda a história de Dmitri, o professor de artes, e como ele era um espírito livre e adorado por todas as mulheres da classe — mas fora com minha mãe que se identificara. Disse que ele a encorajava a expressar seus verdadeiros sentimentos. Quem poderia imaginar que havia no mundo homens que realmente respeitavam as mulheres e queriam o melhor para elas, não pensavam nelas estritamente como objetos sexuais, e justamente por isso eram os melhores amantes?

— Ah, mamãe...

Ela afagou meus cabelos.

— Imagino que seja difícil para você. Está me vendo de um jeito totalmente diferente, não?

Dei de ombros, sem saber o que dizer. Meus olhos se encheram de lágrimas e minha mãe me abraçou.

— Ah, meu anjo — murmurou. — Você sempre foi quem me compreendeu melhor. Mesmo quando ainda era bebê e esses olhos castanhos imensos me acompanhavam pelo quarto inteiro, eu sabia que você realmente me *enxergava*.

Explodi em lágrimas. Mamãe me apertou em seus braços e ocorreu-me que tudo acabaria bem.

— Ora, vamos, pare de chorar e olhe para mim — ela comandou. — Eu estou *feliz*! Voltei a pintar e fazer bijuterias. Estou descobrindo partes de mim mesma que nem sabia que existiam.

Comecei a soluçar.

— Quem sabe o que mais se pode encontrar nessa minha cabeça maluca? — Seu sorriso era muito largo. — Talvez eu ainda me torne médica, ou arquiteta. Ou, quem sabe, terapeuta sexual!

Ah, não, pensei. *Não comece a falar de sexo. Não podemos ser como mães e filhas normais, que não conversam sobre esse tipo de coisa?*

— Falando em terapeuta sexual, como está seu pai? A propósito, isso foi só uma brincadeira.

— Ele diz que está bem.

— Então, provavelmente está bem. Na maneira dele de pensar, ao menos.

O telefone tocou e ela foi atender. Obviamente, era Dmitri; pude perceber pela maneira como seu corpo se curvou em torno do fone, que ela pressionou contra a face como se fosse um objeto adorado. Olhei para a sandália no chão como se fosse uma serpente.

Quando mamãe desligou o telefone, fomos a uma lanchonete na qual havíamos estado um milhão de vezes com meu pai e meu irmão, um lugar onde frequentemente tomávamos o café da manhã nos fins de semana.

Mamãe apoiou os cotovelos na mesa e inclinou-se para mim.

— Conte-me sobre os homens em sua vida — pediu.

— Bem — falei devagar —, terminei com Jay três vezes e voltei para ele só duas, e acho que foi melhor assim.

— Jay... Jay — ela repetiu, franzindo o cenho. — É o rapaz do seu conjunto? Aquele que é sexy?

Não consegui me lembrar de haver descrito Jay para ela como sendo sexy.

— Sim — confirmei, mas, por precaução, acrescentei: — Bem, ele é bonito, mas não é muito bom para mim.

— Saiba que até mesmo os que não são tão bons têm algo a nos ensinar.

Concentrei-me no cardápio enorme, embora nada nele parecesse bom. Minha mãe piscou para mim e disse que comeria um hambúrguer para se manter forte. Acabei pedindo uma canja de galinha.

— Estou saindo com outro garoto — anunciei, referindo-me a Grant.

Desde que eu voltara para casa, ele e eu conversávamos por telefone todas as noites — conversas longas sobre o significado da vida e como nos sentíamos com relação às experiências que vivíamos no momento por causa de outras pessoas. Ele estava esperando notícias sobre as vagas de professor às quais se candidatara, e eu esperava para ver o que aconteceria com minha família. Nós dois nos sentíamos impotentes. Era o que sussurrávamos um para o outro ao telefone, como se fosse um segredo que nos mantivesse juntos.

Minha mãe não escondeu sua satisfação por eu ter me dado conta de que precisava terminar com Jay.

— Está vendo? Isso é ótimo! — aprovou. — Se um namorado não serve, você segue adiante. Faz uma pausa, reflete e encontra um novo amor.

Perguntei-me o que ela diria se soubesse de toda a verdade. Antes de voltar para Los Angeles, eu havia morado no apartamento de Grant por cinco semanas, e ele nem sequer tentara se aproximar de mim até três dias antes da minha partida. Havia me cedido a cama e passara a dormir em um colchão no chão, primeiro na sala e, então, porque era muito apertado lá, com toda a mobília, ele se mudara para o quarto, mas sempre muito casto. Nem sequer nos beijávamos. Grant era gentil e respeitoso, como minha mãe — pelo menos minha *antiga* mãe — chamaria, um "perfeito cavalheiro". Então, uma noite, ele simplesmente entrou no quarto, sentou no colchão, pigarreou e disse:

— Sabe, acho que estou... *meio assim*... por você.

Meio assim. O eufemismo me fez vibrar. Eu havia observado seu pomo de Adão subir e descer de nervosismo, e já estava um pouco apaixonada por ele só pela maneira como ele roncava de leve à noite e pelo fato de que, quando meus quadros foram expostos no centro estudantil, ele foi até lá de gravata e ficou um tempo enorme admirando minhas pinturas, e então me levou para tomar café e disse que queria compreender cada traço daquelas telas. Eu adorava o tom alegre de sua voz quando ele me dava bom-dia todas as manhãs, o cuidado com que retirava os cabelos do ralo do banheiro e como andava na ponta dos pés quando eu estava estudando para uma prova. Era o cara mais legal que eu já encontrara.

Ele murmurou com um tom de voz muito baixo:

— Você não tem de gostar de mim. Não é isso o que estou pedindo...

E eu me levantei, fui até ele e o beijei na boca. Fizemos amor e, talvez porque houvéssemos nos controlado tanto até então, ou porque já estivéssemos apaixonados um pelo outro, ou ainda porque Grant tivesse consideração especial pelo ato de fazer amor, foi ótimo. Muito melhor do que com Jay. Depois de três dias fazendo amor repetidas vezes, o trimestre acabou, as férias de verão chegaram e eu carreguei meu carro com meus pertences e voltei para Los Angeles, porque havia prometido a mim mesma que iria e porque precisava salvar minha família.

E assim, lá estava eu, sentada diante de minha mãe.

— Preciso perguntar uma coisa para você — falei com hesitação.

— O que quiser — mamãe respondeu. — Pode me perguntar qualquer coisa! — Tirou um maço de cigarros da bolsa e estendeu um para mim. Sacudi a cabeça e ela deu de ombros antes de acender um e dar uma longa e glamourosa tragada. Mal pude acreditar que minha mãe estivesse *fumando*. — Na verdade — ela continuou —, também tenho uma porção de coisas a discutir com *você*. Coisas que eu teria preferido morrer a conversar com *minha* mãe. Mas, primeiro, deixe-me fazer uma pergunta. Você já viu a sua própria vagina?

Falou em tom normal, como se fosse a mais natural das conversas, sem nem sequer se inclinar para mim e sussurrar. Engasguei com um gole do meu café.

— Levante os braços — ela instruiu. — Ajuda a abrir suas vias respiratórias. E, se ainda não viu, deveria observá-la bem de perto, porque é incrivelmente fascinante. Quem diria! Nesse novo grupo de mulheres que frequento, pegamos espelhos e... bem, olhamos. Não, pare de rir. Sente-se. Não fique envergonhada. Estou dizendo, é *encantadora*.

— Mamãe! — protestei, e ela parou de falar, os dedos ainda flutuando, depois de delinearem uma vagina no ar com o cigarro.

As pessoas olhavam para nós.

— O que foi? — ela perguntou.

— Mamãe, por favor. Não consigo falar disso aqui — sussurrei.

Ela riu alto.

— Ah, mas não há problema em falar dessas coisas. Na verdade, precisamos falar! E, aliás, fique sabendo que não é realmente a sua *vagina* que você vai ver, é a *vulva*. E essa é uma palavra que você nunca vai ouvir!

— Acho que preciso mudar de assunto — insisti, e ela voltou a rir.

— Está bem. Falaremos sobre o que você quiser.

Fixei os olhos na minha xícara de café, na esperança de que um momento de silêncio significasse uma transição adequada. Finalmente, falei:

— Preciso saber uma coisa. Você acha que poderá voltar para papai? Quero dizer, depois que tiver passado... tudo isso?

— *Tudo isso?* O que exatamente significa *tudo isso?* Está se referindo à minha vida? — Exalou uma nuvem de fumaça e cruzou os braços. — Seu pai pediu para que você me perguntasse?

— Não, mas olhe para ele. Está um lixo. Foi rebaixado no trabalho e...

— Não sou responsável por isso, Annabelle.

— Não, é claro que não. Eu não sabia se você sabia disso...

— Não posso me preocupar com isso agora!

— Mas você viveu com ele por vinte e tantos anos. E, agora, ele precisa muito de você. E ele a ama de verdade.

— Muito bem, vou explicar tudo a você só porque eu a amo e nós podemos conversar sobre qualquer coisa. A verdade é que não quero mais só me dedicar a cuidar desse homem frágil, esse homem que não quer sentir as coisas, que corre da vida em vez de correr para ela. E quanto a *mim?* Devo, simplesmente, abrir mão de *tudo* para que esse homem possa acreditar que a vida é um mar de rosas? Um homem, Annabelle! Para que ele *nunca* tenha de encarar o fato de que tem a responsabilidade de fazer outras pessoas felizes, ou de fazê-las se sentir bem ou importantes ou *o que quer que seja?* É isso que vale a minha vida?

— Mas você sabe que ele a ama — repeti com voz fraca. — E quer que você seja feliz.

— E o que isso significa? Vou lhe dizer uma coisa. Pode não ser nada demais para você, mas pela primeira vez, *a primeira vez em toda minha vida,* estou sozinha. E estou dormindo com um homem que se preocupa com o que essa experiência me faz sentir. E sabe o que mais? Eu tenho *orgasmos!*

Abaixei a cabeça e apoiei a testa na mesa, mal me dando conta de que meus cabelos estavam na minha sopa.

— Meu Deus, mamãe.

Um homem de idade e sua esposa, sentados a duas mesas da nossa, se levantaram e pediram à garçonete para mudar para outra mesa.

Minha mãe caiu na gargalhada, mas quando olhei para ela, vi que lágrimas rolavam por suas faces, borrando sua maquiagem.

— Não olhe para mim. Não olhe! Estou horrível — Secou o rosto com o guardanapo. — Sinto muito. Não, não sinto muito. Vou parar de me desculpar por cada coisinha. E, agora, vou ao toalete.

Ela se levantou e se afastou com suas sandálias de plataforma. Continuei sentada, tomando o meu café e olhando pela janela enorme da lanchonete, pensando sobre sexo.

Lá fora, um grupo de adolescentes passava pela calçada, os meninos desajeitados e assustados, as meninas usando botas de saltos muito altos, blusas decotadas e maquiagem exagerada, como prostitutas, e todos eles riam e batiam uns nos outros e tentavam empurrar um dos garotos para o meio da rua movimentada para que fosse atropelado, enfim, tentando arruinar a própria vida para sempre.

Olhe só para eles, pensei. Calculei que era o sexo que os levava a agirem daquela maneira. Estavam apenas passando tempo enquanto tentavam descobrir um meio de poderem fazer sexo. Acreditavam que sexo era o que os faria feliz.

Pareceu-me a coisa mais triste do mundo.

E, no entanto, aqui estávamos nós: todos passageiros condenados nessa imensa embarcação do sexo. Prisioneiros, até. Olhei para minhas mãos, que torciam o guardanapo, transformando-o em um nó. E minha mãe era a passageira mais infeliz de todos, lendo *Os Prazeres do Sexo* e dormindo com um artista incapaz sequer de manter as sandálias juntas em um par. *Onde* estaria a outra sandália?

Um mês depois, para minha surpresa, Grant apareceu na casa de meu pai. Eu havia acabado de limpar o chão da cozinha e estava comendo tacos e lendo revista à beira da piscina, quando ouvi a campainha. Limpei as mãos na parte traseira do short e fui abrir a porta.

E lá estava ele, alto e pálido, piscando tão depressa que parecia chocado por *me* ver ali. Ficamos ali parados, sem voz por um momento, e então ele me puxou e me beijou muitas e muitas vezes. Havia alugado um carro e deixado Santa Bárbara naquela manhã, pedindo informações sobre seu itinerário ao longo do caminho.

Grant ficava uma graça corado de constrangimento e surpreso consigo mesmo, com aquele charme despretensioso que eu adorava. Enfiou a mão no bolso da camisa e retirou um pedaço de papel todo dobrado. Era uma carta oferecendo a ele um cargo de professor na Universidade de Colúmbia.

— Estou aqui para dizer a você que vou para Nova Iorque — declarou, ofegante por tantos beijos. — Consegui o emprego que queria.

— Vai para Nova Iorque? Uau — murmurei.

Levei-o para a cozinha e servi Coca-Cola para nós dois. Grant me contou sobre o emprego, que ficava mais perto de sua família em New Hampshire e que representava uma oportunidade maravilhosa, uma vez que estaria no mesmo departamento que um professor com quem ele desejava trabalhar havia anos e cujos livros ele já lera, todos. Enquanto falava, me encarava com tamanha intensidade, que eu me via forçada a desviar o olhar a todo instante. Era como se seus olhos possuíssem luz própria, algo que eu nunca vira antes.

Eu estava apoiada no balcão da cozinha e não parava de derrubar coisas; era desconcertante a maneira como ele me encarava. Mais tarde, perguntou se podíamos tomar um banho de piscina — trouxera seu calção de banho. Tudo parecia surreal, como um filme em câmera lenta com cores fortes demais. Não parávamos de rir. Mostrei a ele a cascata que podíamos ligar, e ele continuou a me abraçar e a cobrir meu rosto de beijos.

— Já fez amor na piscina? — perguntei.

Grant fechou os olhos com expressão de dor.

— Não fale assim! Não quero pensar em você fazendo amor com outro cara — sussurrou. — Nunca mais diga nada sobre isso.

— Está bem — concordei.

Ao vê-lo mexer no calção, achei que ele havia tomado minha pergunta por um convite e que estava prestes a se despir em plena luz do dia, quando sexo na piscina era muito mais apropriado para se fazer à noite. Então, fiquei surpresa quando ele retirou um objeto brilhante das dobras do tecido azul. Desde quando calções de homem tinham *bolsos*? Era essa a pergunta que ocupava minha mente, quando ele pegou minha mão esquerda e segurou-a entre nós, na superfície da água.

— Acho que você já esperava por isso — Grant anunciou com voz trêmula —, mas quero que se case comigo e venha comigo para Nova Iorque.

Só me dei conta de que ele tentava colocar um anel em meu dedo tarde demais, depois de ter arrancado minha mão da dele.

— Ah! — exclamei.

— Escute, não sei como fazer isso direito, mas eu te amo de verdade — acrescentou. Então, pigarreou, passou a língua pelos lábios e se pôs a falar muito depressa: — Acho você a garota mais doce e mais linda do mundo e tenho vivido para as nossas conversas por telefone. A única coisa que torna meus dias suportáveis é saber que falarei com você à noite. Manter esse emprego em segredo foi a coisa mais difícil para mim, mas queria dar a notícia pessoalmente. E desde o momento que decidi vir até aqui e pedi-la em casamento, não consegui comer nem beber mais nada. E sei que sou diferente de você, e que provavelmente nunca serei um cara *descolado*, mas adoro seus quadros, adoro o fato de você ser uma artista, *entendo* sua arte e nunca vou dizer que deve pintar quadros que combinem com o sofá de alguém. Manterei você com suas tintas e telas pelo resto da vida, e se quiser mesmo ser professora de primeiro grau, tenho certeza de que será a melhor professora que já existiu. E também adoro seu jeito gracioso de se vestir, e o seu cheiro e de ouvi-la cantando no chuveiro. Eu costumava acampar no chão, do lado de fora da porta, quando você estava no banho, só para poder ouvi-la, e a primeira vez que fizemos amor foi a melhor coisa que já me aconteceu, e tive muito medo de que você dissesse que não poderia voltar a acontecer. Quero passar todo o meu tempo olhando para você e lhe dizendo coisas, e embora eu não passe de um *nerd* que pensa em greves e contratos o tempo todo, quero que saiba que sou financeiramente independente, agora, tenho alguns investimentos e sempre farei tudo o que estiver ao meu alcance para fazê-la feliz. Sua felicidade vai ser meu maior objetivo na vida. De hoje em diante. Para sempre. Estou falando sério.

Eu ri. Lágrimas surgiam em meus olhos.

— Eu...

Grant ergueu a mão que ainda segurava o anel que ele tentara colocar em meu dedo.

— Acho que sei o que vai dizer: que não nos conhecemos bem e que deveríamos esperar etc. etc. etc. Mas sinto que, não importa o que ainda vou descobrir sobre você, continuarei amando-a. E você sabe tudo o que há para saber sobre mim. Viveu em meu apartamento por cinco semanas e talvez agora me conheça tanto quanto conheço a mim mesmo.

 Baixei os olhos em direção das nossas pernas, que pareciam brancas e onduladas na água azul. A vida era muito mais complicada do que ele imaginava. Quem se *casa* nos dias de hoje, era o que eu estava pensando. Ninguém! As pessoas ficariam chocadas. Olhei para o balanço do outro lado do quintal, onde David e eu havíamos passado horas quando crianças e, agora, sentávamos todas as noites para fumar maconha juntos. A verdade que estivera me espreitando dos recantos de minha mente agora brilhava clara, ocupando posição central: eu estava me transformando em minha mãe, minha antiga mãe, ali naquela casa, espanando a mobília, abrindo as cortinas, esperando que ela vivesse sua pequena aventura extraconjugal e voltasse para assumir esse papel novamente. Mas ela não ia voltar e, agora, meu pai estava saindo com outra mulher, a vizinha da frente que começara a nos mandar jantares prontos, feitos por ela, e a convidá-lo para banhos de *ofurô*. A verdade era que meus pais estavam vivendo suas vidas e estavam bem. Fora muita pretensão de minha parte achar que eu poderia salvá-los, que faria alguma diferença. Grant estivera certo sobre isso e talvez fosse sensato e inteligente e estivesse certo também sobre tudo o mais que viesse a acontecer na vida.

 Olhei para ele e vi uma figura indistinta. Meus joelhos vergaram, ele me abraçou e me beijou, e, então, eu disse sim.

 Grant ficou tão emocionado que deixou cair o anel. Tive de mergulhar e tatear o fundo da piscina até encontrá-lo e devolvê-lo a ele para que pudesse colocá-lo em meu dedo.

CAPÍTULO CINCO

2005

Estou em meu estúdio, tomando café e dando os toques finais no desenho da mãe de Bobo, o esquilo, vestindo um conjunto de moletom amarelo (com um buraco atrás para o rabo) e descansando em sua sala de estar, depois de finalmente ter colocado Bobo na cama, quando Sophie telefona. Vejo o número dela no visor do meu telefone e me preparo para uma de nossas conversas típicas — como se sente sozinha com o marido fora, como é difícil trabalhar em uma revista cheia de mulheres traiçoeiras, como está preocupada se o bebê será normal —, mas quando pego o telefone ela está gritando. Inicialmente, não consigo sequer distinguir as palavras, mas então ouço "sangue", "bebê" e "socorro", e tenho o ímpeto de saltar para dentro do fone. Quero dizer a ela que me conte o que está acontecendo, mas não consigo. Sophie grita, berra, chora e produz sons histéricos que não chegam a formar palavras.

— Sophie, por favor, pare de gritar e diga-me o que está acontecendo para que eu possa ajudar — digo a ela, tentando não gritar.

Então, ela consegue me dizer o bastante para que eu possa deduzir os detalhes. Está no trabalho, no banheiro feminino, sentiu uma umidade estranha, olhou para baixo e havia sangue para todo lado. Todo lado. Fecho os olhos. Sophie está me ligando de um dos boxes, e é onde ela ainda está: sozinha no banheiro do escritório em Nova Iorque, com os sapatos cheios de sangue. Sou completamente tomada por uma calma fria, enquanto penso no que devemos fazer. Estou no piloto automático e o que quer que esteja operando minha mente diz a ela que vou colocar a ligação em modo de espera e ligar para a chefe dela, e a chefe chamará o serviço de emergência e conseguiremos uma ambulância para levá-la ao hospital. Sophie concorda e até se acalma a ponto de se lembrar do ramal da mesa da chefe. Fazemos tudo isso, a chefe vai até o banheiro e tira Sophie de lá, a ambulância chega e eu suponho que a levem ao hospital. E depois de todas essas ligações desesperadas — estou na linha ouvindo a chefe falar com Sophie, ouvindo minha filha chorar, ouvindo os paramédicos chegarem, colocarem-na na maca, as vozes gentis e competentes dos homens dizendo: "Pode levantar aqui? Isso... está tudo bem" — depois que tudo isso é feito e chega a hora de esperar, apenas, sento-me em meu estúdio no silêncio súbito, olho pela janela para a brancura imaculada da neve que cai e penso que minha filha está provavelmente perdendo o bebê, possivelmente perdendo a própria vida, e estou tão atordoada que nem consigo chorar. Não consigo fazer nada, nem erguer os braços, nem respirar direito.

Quando recupero a capacidade de movimento, ligo para Grant. Ele ouve o relato e, primeiro, sei que está calculando quanto deve ser subtraído da história por ser eu quem está contando. Você precisa saber que tenho fama de exagerada e, especialmente em se tratando de histórias médicas, não mereço confiança. Então, ele compreende, com meus últimos resquícios de energia, finalmente faço com que compreenda, e ele diz com voz pesada que começou a dar uma aula naquele instante, mas vai passar alguns capítulos para os alunos lerem e em seguida tentará vir para casa.

— Certo. Não. Você deve ficar na escola.

— O que está dizendo? Pensei que era isso o que você queria.

— Preciso ir a Nova Iorque. — Há barganhas que preciso negociar com os poderes superiores, lugares que preciso visitar sozinha em minha mente. — Tudo bem. Espere aí mesmo e ligarei assim que tiver mais notícias.

Grant parece hesitante.

— Acha que devo ligar para Sophie?

— Grant, ela está no hospital. Estão *fazendo coisas* nela.

— Sim, mas por que não podem nos dizer nada agora?

— Porque estão cuidando dela. E não temos escolha, senão deixar que cuidem dela por nós. Eu te amo — digo antes de desligar.

Ele também diz que me ama e pede que eu o avise assim que tiver alguma notícia. Qualquer uma.

Então, desligo o telefone e, claro, lamento não ter deixado que ele viesse para casa. Não há como me agradar. Eu o quero, mas não o quero. Ando pela casa e me descubro fazendo coisas estranhas, como acender as luzes e apagá-las em seguida, tirar o pó dos móveis usando a palma de minha mão em vez de um pano de limpeza e parar na porta dos quartos das crianças. O quarto de Nick foi quase inteiramente esvaziado quando ele se mudou para a faculdade: ele levou todos os equipamentos esportivos e troféus. De uma maneira ou de outra, mal ocupava aquele quarto já fazia muito tempo. Estava sempre ao ar livre, jogando basquete, escalando montanhas ou esquiando e, quando estava em casa, geralmente ficava no seu "ninho" na saleta, com seus travesseiros, seus cobertores malcheirosos e seu computador. Tudo o que resta agora são os velhos pôsteres de personagens de *Star Wars*, com bordas amareladas. Ele nunca me deixou colocá-los em molduras.

O quarto de Sophie, porém, é um templo aos seus anos de colegial. As prateleiras continuam ocupadas com seus troféus de hóquei e lacrosse, velhos livros da série *Baby-sitters Club*, revistas *People* antigas, anuários da escola, fotos de formatura. Em um canto estão seu taco de hóquei, seu travesseiro dos tempos de bebê e os patins de gelo. Sophie pintou o quarto de fúcsia quando estava na nona série — Grant dizia que aquela era a cor de uma de suas dores de cabeça — e insistiu em um tapete enorme verde-limão com bolas brancas, uma colcha xadrez cor de vinho e cortinas de juta marrom. Aceitamos a loucura, dizendo de brincadeira que aquelas cores indicavam tendências vanguardistas latentes, e que quando ela crescesse seria uma verdadeira artista, mas tudo não passou de um capricho. Recentemente, Sophie me confidenciou que o quarto nunca ficou como ela havia imaginado, mas ela teve vergonha de pedir que pintássemos as paredes de branco e puséssemos cortinas cor-de-rosa ou amarelas, como todas as suas amigas tinham. Pobre criatura... Eu quis encorajar cada impulso criativo de minha filha e criar o mundo artístico mais seguro e perfeito para ela, desde o momento que ela saiu de dentro de mim e me descobri de posse de uma menina — e ela sempre achou que tinha de ser extraordinária para me agradar.

Faço o que sempre faço quando estou aflita: ligo para Magda, em Atlanta. Assim que atende ao telefone, conto o que está acontecendo e, mesmo não sabendo absolutamente nada sobre gravidez, ela diz que ouviu histórias sobre sangramentos que não significaram a perda do bebê.

— Vai dar tudo certo — ela afirma.

— Está apenas tentando me fazer sentir melhor? — pergunto.

Ela diz que é claro que não, porque nada pode fazer uma mãe se sentir melhor quando sua filha está sangrando em outra cidade. Magda não tem filhos, portanto Sophie e Nicky são seus filhos honorários. Muitas vezes eu me sentei no chão, junto à porta dos fundos, no meio da noite, sussurrando para ela pelo telefone sobre algum problema monumental relacionado a filhos, sobre o qual eu precisava me aconselhar. Ela acha hilário eu pedir conselhos a ela, quando nos tempos de faculdade fora uma drogada de primeira ordem e, depois, adotara como filosofia de vida o envolvimento com homens maus, decepcionantes ou, por qualquer outra razão, inteiramente errados. Costuma dizer que os homens bons a deixam entediada. Mas Magda é sábia e divertida e é a única pessoa além de minha mãe que realmente me conhece. E, agora que minha mãe não está mais entre nós, Magda é a única que resta.

Digo a ela que meu cérebro foi invadido por formigas vorazes, e ela procura "sangramento na gravidez" na Internet. Então, lê para mim o que estou certa de serem somente as partes menos assustadoras dos textos que encontra. Ah, pode ser placenta prévia, diz ela, como se fosse uma boa notícia. É quando a placenta está no lugar errado, mas não é tão perigoso. Diz que vai torcer para que seja só isso, e ainda me faz lembrar que é uma torcedora muito eficaz; foi assim que conseguiu todos os seus amantes, seus empregos, apartamentos e o Saab vermelho conversível. E, assim sendo, o telefone toca uma hora e vinte e dois minutos depois, e é Sophie ligando do hospital, dizendo com voz controlada e corajosa que ela e o bebê estão bem. O sangramento parou e o ultrassom mostrou que ela tem placenta prévia, mas que tudo parece bem, agora.

A médica pega o telefone e me explica que placenta prévia parece muito mais preocupante do que realmente é.

— Sra. McKay, tenho certeza de que ficou muito assustada, mas está tudo bem, mesmo. Sophie está bem melhor, agora, e o bebê está bem, como se nada houvesse acontecido.

— Mas...

— Eu sei. É assustador, mas é provável que, com as devidas precauções, tudo correrá bem até o final da gravidez. Sophie terá de ficar em repouso absoluto até o parto, porque não podemos correr o risco de a placenta se separar da parede uterina. Ela me disse que o marido está fora do país...

— Diga a ela que posso ir — interrompi apressada. — Estou a caminho.

A médica ri.

— Era justamente o que eu ia lhe pedir — admite. — Vou devolver o telefone a Sophie. Faremos ultrassons semanais de monitoramento daqui por diante, mas, com exceção desses dias, quero que ela fique na cama o tempo todo e só se levante para ir ao banheiro.

— Ah, querida — digo, quando Sophie pega o telefone. — Ah, meu amor! Que coisa! Está exausta de alívio?

— Sim — ela responde com voz frágil. — Você realmente não se incomoda de vir cuidar de mim?

— Não! É claro que não! Vou cuidar direitinho de você.

Vou para o quarto com o telefone colado ao ouvido e começo a puxar malas de debaixo da cama.

— Sei que você é ocupada e isso não está certo, mas não acho que Whit possa deixar... ele não vai deixar o projeto agora, mas talvez consiga vir dentro de algumas semanas, e não será por muito tempo...

Ela acha que sou ocupada? Não recebeu a notícia de que passei a ser subutilizada?

— Ficarei por quanto tempo você precisar de mim. Não se preocupe com isso.

Posso levar as ilustrações de Bobo comigo e terminá-las lá. Digo a Sophie que farei as malas e pegarei a estrada o quanto antes. Consulto o relógio. Já é meio-dia e a viagem até Nova Iorque dura aproximadamente cinco horas. Vejamos, preciso conversar com Grant e preciso pensar em algo para as refeições dele e coisas assim. Ele não sabe cozinhar nada além de ovos e sanduíche de queijo quente, e seu colesterol já está alto. Ligarei de Nova Iorque para minha editora e talvez até encontre tempo para vê-la enquanto estiver lá. Posso entregar pessoalmente as ilustrações. Então, minha mente se envolve com o que preciso fazer no momento: onde está a mala grande, aquela que sempre uso? Está no sótão?

— Vai ficar bem até eu chegar aí? — pergunto. — Tem alguém para lhe fazer companhia?

— Minha amiga Lori folga às quintas-feiras e talvez possa ficar comigo — Sophie responde com voz apertada, como se tivesse um nó na garganta.

— Você está mesmo bem? — insisto.

— Acho que sim. Eu... vou ficar bem... Não sei. Estou com medo, mamãe.

É esse *mamãe* que quase me mata e me faz querer chamar um helicóptero que me leve diretamente para lá. Ela não deveria ter ficado sozinha e grávida em Nova Iorque. Não insisti o bastante para que viesse para cá enquanto Whit estivesse fora. Assim, eu poderia cuidar dela e ajudá-la.

— Não pense nisso agora, querida. Uma coisa de cada vez. O mais importante agora é pedir que chamem um táxi para levar você para casa. Chegando lá, ligue para Lori e peça a ela que fique com você. Tratarei de chegar aí o quanto antes.

— Está bem, mamãe.

As vozes ao fundo indicam que estão tirando Sophie da sala de exames, ou de onde quer que esteja, e preparando-a para deixar o hospital.

— Não posso ficar aqui até minha mãe chegar? — ela pergunta, e eu fecho os olhos.

Alguém diz algo em tom excessivamente alegre e, então, Sophie se dirige a mim:

— Bem, mamãe, nos veremos em meu apartamento quando você chegar.

Ao ouvir o clique do outro lado da linha, desligo o telefone e ligo para Grant na intenção de chorar e receber conforto, mas tudo o que ele diz é que vai dar as instruções para um trabalho escrito aos alunos de sua última aula e voltar para casa para que possamos tomar todas as decisões e providências necessárias. Trata-se de um código: não vou usar nenhuma palavra que possa indicar ao meu colega de sala o que realmente está se passando.

Deus nos livre de alguém saber de nossa vida.

Quando chega a casa, Grant não corre para mim e me toma nos braços como qualquer marido normal faria. Entrando no quarto com as mãos nos bolsos, ele faz três coisas típicas de Grant de uma só vez: pigarreia, pisca rapidamente e anda de um lado para outro. Então, diz:

— Que bom que você pode ir para lá. — Pega a maleta que deixou junto à porta e coloca sobre a cama, muda de ideia, pega a maleta de volta e suspira. — Acho que é a coisa certa a fazer. Tenho certeza de que é. É a solução. — Seu pomo de Adão sobe e desce.

— Você está nervoso, eu sei — digo.

— Não estou nervoso. Confio nos médicos. Sophie é jovem e vai ficar bem. É bom que você vá ficar com ela.

— Sim, é bom. Ela não pode ficar sozinha e não sabe ao certo quando Whit poderá voltar para cuidar dela.

— É *isso* que me deixa nervoso. Diabos! Por que aquele idiota se casou com ela, se não tinha a menor intenção de ser um marido de verdade? Quem vai para um orfanato no Brasil, quando tem seu próprio filho para cuidar?

— Eu sei, eu sei. Ele deveria voltar para casa. E nem sabemos se neste exato momento ele já não está cuidando disso.

— Não há o que cuidar — Grant protesta. — A maneira como se *cuida disso* é pegando um avião. Ou, então, simplesmente não indo embora quando se descobre que a esposa está grávida.

Grant está furioso com a situação desde o início, mas eu tenho surpreendido a mim mesma ao me descobrir compreendendo o lado de Whit, ao menos em parte: aquele filme será crucial para a carreira dele em um campo repleto de jornalistas talentosos; além disso, ele já estará de volta quando o bebê nascer; e, com Sophie insistindo em alto e bom som que não se importaria, que razão ele tinha para *não* ir?

O que eu havia esperado em segredo, porém, era que Sophie voltasse para casa e passasse a gravidez conosco. Eu já tinha tudo planejado: sairíamos juntas para comprar o enxoval do bebê e conversaríamos sobre gravidez e maternidade, e seriam meses maravilhosos, repletos de alegria, dos quais nos lembraríamos com ternura pelo resto de nossas vidas. Eu estaria ao seu lado para partilharmos cada chute do bebê e cada contração de falso trabalho de parto e, mais importante, para conhecer melhor a mulher adulta em que ela se transformou. Ao mesmo tempo, ela finalmente poderia me ver sem toda aquela angústia adolescente a influenciar seu julgamento. Mas não. Sophie decidiu ficar em Nova Iorque, trabalhando durante a gravidez, e só me restou disfarçar a decepção. Grant, no entanto, não se mostrara nem um pouco perturbado e declarara:

— Por que ela quereria vir para cá? É o marido quem ela quer ter por perto nessa hora, não os *pais*.

Está vendo? Não há um ponto sequer sobre o qual concordamos, ultimamente. É como gritar para alguém que se encontra do outro lado de um grande rio.

— Quanto tempo acha que ficará lá? — ele pergunta. — Supondo que aquele marido dela decida que os órfãos são sua prioridade e eu tenha de ir até lá para matá-lo.

— Ora, quem sabe? O bebê deve nascer dentro de três meses, e a médica me disse que Sophie terá de ficar em repouso até o parto...

Ele pisca.

— Três meses? Vai ficar três meses em Nova Iorque?

— *Sim.* Três meses.

— Meu Deus! E não tivemos nossa quarta-feira hoje, tivemos?

— Não, e nem a tivemos ontem, quando era mesmo quarta-feira. Nem de manhã, nem à noite, quando você desperdiçou uma oportunidade fabulosa.

Grant faz uma careta.

— Gosto de manter meus horários. Deveríamos ter mantido nosso horário.

— Bem, você tem mesmo uma maneira muito romântica de colocar as coisas.

— Sempre foi a minha especialidade. E devo dizer que, até agora, funcionou. Pelo menos, foi assim que conquistei o seu coração.

— Sorte sua ter outros tipos de charme. — Despejo todo o conteúdo da minha gaveta de calcinhas na mala. — Você precisa cuidar da sua alimentação enquanto eu não estiver aqui. Não pode viver de sanduíche de queijo quente com batatinhas fritas.

Ele esfrega os olhos e responde em tom ressentido:

— Sei fazer outras coisas além de queijo quente. Ovos, por exemplo.

— Ovos também têm muito colesterol. Seria melhor você comprar aquelas refeições congeladas saudáveis, como *Lean Cuisine* ou algo parecido. Ou então... ora, nem sei por que me preocupo. Você receberá convites para comer, quando as pessoas souberem que está sozinho.

— Por favor, pare com isso. Não vou comer na casa de ninguém. Imagine o pesadelo que seria. Como pode pensar que eu faria isso?

— Tem razão. Não, você não iria. Afinal, poderiam esperar que você conversasse. Imagine só!

— Preciso terminar meu livro. Não é provável que eu saia à procura de companhia, quando tem sido difícil o bastante com *você* sempre precisando...

Paro de colocar roupas na mala e o encaro.

— Esqueça. Não foi o que eu quis dizer — ele corrige e ri. — Ah, meu Deus, eu disse mesmo isso?

— Sim, para falar a verdade, você disse isso mesmo. E bem alto, aliás.

— Annabelle — Grant finge suplicar —, querida, meu anjo. Eu *preciso* desse tempo. Vou sentir sua falta, mas não vou mentir e dizer que sua ausência será um desastre. Terei a chance de me dedicar ao livro, sem me preocupar constantemente com a possibilidade de estar ferindo os seus sentimentos por não perceber que você é a pessoa mais infeliz do mundo, ou que não está fazendo o tipo de arte que gostaria e, por isso, está infeliz.

— Vá para o inferno, Grant.

Passo por ele e entro no banheiro para apanhar alguns itens necessários. Quando saio, ele já está em seu escritório, com a porta fechada. Grant não briga, pois estaria violando algum senso de decência vital ao que quer que exista na alma daquele homem. Resignação é o seu lema. Basta esperar a crise passar, enquanto os loucos ao seu redor passam por seus dramas.

Quando acabo de fazer as malas, batendo portas e gavetas, vou até o escritório e anuncio:

— Estou de saída. Venha se despedir, se quiser.

Ele abre a porta, toma minhas mãos nas suas e parece culpado.

— Não devemos nos despedir zangados um com o outro — murmura.

Eu só quero ir logo embora, e fixo o olhar nos meus sapatos.

— Ora, vamos deixar tudo isso de lado para que nossos últimos minutos juntos sejam agradáveis. Preciso dizer que sinto muito? Porque eu sinto muito, de verdade.

Suspiro.

— Talvez você queira que eu me ajoelhe e implore pelo seu perdão. É o que você quer? — Ele examina minha expressão, ajoelha-se no carpete, segura minhas mãos e fecha os olhos. — Por favor, querida, por favor, não vá embora zangada comigo.

— Levante-se. Você não está levando nada a sério.

— Estou. Juro que estou. Diga quais crimes cometi. Sou culpado. Assinarei qualquer confissão. Não deveria ter dito o que disse. Não quero que você vá. — Grant se levanta e me abraça, apertando meu rosto contra sua camisa. Então, ri e me aperta ainda mais. — Só quero escrever meu livro. Ah, Deus, só quero escrever esse livro. Quero tanto escrever esse livro.

— Está bem. Pode me ajudar a levar minhas malas para o carro?

— O que você quiser! Mas, por favor, pare de me olhar assim.

Vou até meu estúdio e apanho minhas ilustrações. Em seguida, pego casaco, echarpe, luvas, enquanto ele arrasta as malas para fora do quarto. Quando paramos junto ao carro, o vento sopra forte, e parecemos não saber como nos despedir.

— Bem — Grant arrisca —, acho que está na hora. Dirija com cuidado e ligue quando...

— Grant, chega. Olhe para mim. Será que você realmente não sabe que está tudo errado?

Ele revira os olhos.

— O quê? *Por quê*, Annabelle? Por que tudo tem de estar errado?

— Porque você nem me enxerga mais, e isso me deixa triste.

Agora, ele emite um suspiro exagerado.

— Pelo amor de Deus, Annabelle! Como pode dizer uma coisa dessas? É claro que enxergo você. Eu te amo.

— Mas não me ama com paixão.

Outro suspiro, mas esse é de advertência.

— Por que tem de fazer isso agora? É claro que eu te amo. O que você quer? Estamos casados há vinte e oito anos. Espere. Tudo isso porque não tivemos a nossa quarta-feira costumeira? É isso, não é?

— Não! Como pode pensar assim? Essa quarta-feira *costumeira* é só parte do problema! Ninguém precisa marcar hora para sentir paixão! Sabia que ninguém faz isso, exceto você? É tão comprometido, tão preso ao seu trabalho, que simplesmente não me vê! Não dá a menor importância aos meus sentimentos!

Grant fecha os olhos.

— Por que está fazendo isso? Por que não pode deixar as coisas se resolverem por si mesmas antes de fazer afirmações tão generalizadas? Por que tem de ver as coisas de maneira tão radical? É esse o problema. Você...

— Que evidência existe de que você me ama com paixão, Grant McKay? Vamos, aponte uma *evidência*! E não se atreva a mencionar o nosso *compromisso* das manhãs de quarta-feira. Não se atreva!

— Mas o que é isso? O que deu em você?

— Dê-me uma evidência. Antes que eu vá embora para passar três meses fora, dê-me uma única evidência.

— Quantos anos você tem? Dezesseis? Isso é ridículo!

Continuo a encará-lo. Passo a bolsa para o outro braço, sinalizando que não pretendo desistir tão cedo. Ele vai ter de pensar em algo para me dizer.

— Bem, quero que dirija com cuidado — ele repete após alguns instantes e sorri. — E não comerei manteiga enquanto você estiver fora.

— Ótimo. Você não quer que eu morra, e também não quer morrer de derrame. Isso é bom. É evidência concreta. Obrigada.

— Annabelle, você sabe que eu a amo, mas também sabe que não gosto de ser pressionado assim. Essa nunca será a melhor maneira. Nós nos conhecemos bem demais para isso.

Com isso, Grant me lança um de seus olhares sombrios, carregados de significado, por cima dos óculos e, de repente, sou tomada pelo impulso quase incontrolável de jogar o nome de Jeremiah no ar. Imagino como o impensável aconteceria. Eu me inclinaria para Grant e sussurraria "Jeremiah", sentindo o nome rolar sobre minha língua, preenchendo minha boca. "Jeremiah." Poderia repetir, por uma questão de efeito. Então, como pararia? *Jeremiah, Jeremiah, Jeremiah, Jeremiah.* A tarde de inverno ecoaria seu nome. O mundo inteiro reverberaria seu som.

Mas o que aconteceria, então? Tenho de pesar esse momento cuidadosamente. Grant empalideceria, apertaria os lábios e engoliria a raiva que talvez sentisse, ou explodiria comigo, dando vazão a todo o ressentimento contido por vinte e oito anos? E seria mesmo o fim de tudo, como ele dissera uma vez que seria? No dia em que fizemos nosso acordo, nosso pacto. *Não falaremos dele. Isso não aconteceu.*

Ficamos ali parados, olhando um para o outro. Sinto meu corpo tremer, aquele nome apertando minha garganta. Ora, o que tenho na cabeça para sequer contemplar a ideia de acender essa fogueira, estando prestes a partir por três meses?

— Preciso ir — digo, afinal.

— Está bem — ele murmura, passa a língua pelos lábios e me olha nos olhos. Há uma centelha do velho Grant em seus olhos. Ele põe as mãos nos bolsos. — Dirija com cuidado. Você precisa pegar a estrada e nada entre nós vai se resolver hoje. Ligo para você mais tarde.

E ficamos assim. Ele simplesmente dá meia-volta e entra em casa sem olhar para trás. Sem olhar para trás! Como pode um homem não olhar para trás, quando sua esposa acaba de acusá-lo de não amá-la o bastante? Entro em nosso velho Volvo, o símbolo da vida familiar e de tudo que já acabou, e bato a porta com toda força. Também não resisto e faço os pneus cantarem, o que não é tão fácil quando há um pouco de neve no chão. É preciso certo esforço, mas aceito o desafio.

CAPÍTULO SEIS

1977

A primeira coisa boa que me aconteceu por ter ficado noiva foi descobrir que ainda tinha o poder de chocar minha mãe, que parecia ter adotado como objetivo de vida chocar a todos. Estávamos de volta à Lanchonete do Orgasmo quando contei a ela e sua reação inicial foi ficar me olhando em silêncio. Após alguns instantes, ela começou a se abanar com o cardápio imenso e rir e revirar os olhos. Esperei. Então, ela se inclinou sobre a mesa, estreitou os olhos e disse:

— Diga-me uma coisa. Você está tentando extravasar algum resquício de rebeldia adolescente contra mim? Por que está disposta a fazer uma coisa dessas?

— Estou apaixonada — respondi.

Mamãe mexeu o café sem nem me olhar.

— Posso oferecer um plano alternativo?

Suspirei e cocei o cotovelo, o que ela interpretou como "Oh, sim, mamãe, por favor ofereça-me um plano alternativo ao meu casamento com o homem que amo".

— Acho que deveria morar comigo por uns tempos e trabalhar até nós duas conseguirmos juntar dinheiro o bastante para que você possa voltar à faculdade. Vejo que cometi um erro por não ter te trazido para morar comigo em vez de deixar que ficasse lá, servindo de cozinheira e lavadeira para seu pai e seu irmão. Admito que tem motivo de sobra para se lançar em um casamento prematuro.

— Não é nada disso.

— Você e eu podemos juntar forças. Trabalharemos e pintaremos quadros juntas. Farei bijuterias e você poderá me ajudar, e visitaremos festivais e feiras de artesanato. E, quando tivermos o dinheiro necessário, não teremos de depender de um homem para...

— Como isso poderia dar certo? Você vive em um conjugado e tem um namorado que dorme com você. Como pode sequer imaginar que eu deveria morar lá, também? Seria horrível.

Ela riu.

— Teríamos de encontrar um lugar maior, é claro, mas não é impossível.

A garçonete se aproximou da mesa.

— Quero uma salada do chefe — pedi.

Minha mãe pediu hambúrguer e batatas fritas e, assim que a garçonete se afastou, começou a falar sobre o poder das mulheres outra vez, e de uma reunião de que ela participara na qual as mulheres juraram apoiar a irmandade. E isso a levou a me contar sobre uma mulher que parecia gostar de Dmitri e como isso era difícil para ela, já que era sua namorada. Como podia *minha mãe* ser a *namorada* de alguém?

Ela parecia não notar que eu me tornara catatônica na intenção de desencorajá-la de continuar com seu discurso. Enquanto falava, ela desenhava pequenos círculos na poça deixada por seu copo, os olhos fixos na mesa.

— Sabe, filha, é muito bom explorar todas as expectativas da sociedade no que diz respeito a relacionamentos. Ou seja, não vim ao mundo para fazer Dmitri feliz, nem ele para me fazer feliz. Portanto, se descobrimos algo bom entre nós, não faz sentido insistir em vivermos assim para sempre. São as expectativas que matam o amor.

Olhou para mim, deixando claro que eu deveria dizer alguma coisa. Então, assenti em concordância.

— Sabe o que Dmitri me disse? Que o amor é como uma borboleta...

— Já sei. Se tentamos prendê-la, acabamos por matá-la — completei, com meu tom de voz mais entediado.

Mamãe se mostrou surpresa.

— Sim! Foi isso mesmo que ele disse. Você já conhecia? É tão... interessante ver as coisas dessa maneira, não é? Faz a gente abrir os olhos.

Balancei a cabeça em afirmativa.

— Bem, então, para concluir, estou apaixonada, vou me casar e me mudar para Nova Iorque.

— Quem é mesmo esse rapaz? — ela indagou. — É aquele tal de Jay. O sexy?

Fiz um resumo dos fatos: ele *não* era Jay, era *Grant McKay*, vinte e cinco anos, historiador das relações trabalhistas, nascido e criado em New Hampshire, pais *normais* (nesse ponto lancei a ela um olhar muito significativo), filho de fazendeiros, responsável, autêntico, nos conhecemos na escola, novo emprego em Colúmbia, me ama, eu o amo. O que mais?

— Ele, ao menos, é republicano?

— Não... nem eu.

— Isso é muito ruim. Significa que ele não vai ganhar dinheiro. Democratas não ligam para dinheiro.

— Mamãe, papai é o único republicano da família. Você é, basicamente, democrata, também. Só não quer admitir. É a favor até mesmo da legalização das drogas.

Ela me encarou com um daqueles seus olhares.

— O que quero saber é por que você não pode, simplesmente, dormir com ele por algum tempo, até essa suposta paixão passar. Não entendo por que você acha que precisa se casar. É jovem demais para isso. Ora, até *eu* sou jovem demais para isso.

— Porque eu *quero* me casar com Grant e ele me pediu em casamento. Quer se casar antes de se mudar para Nova Iorque.

— Bem, é claro que *ele* quer. Mas qual é a vantagem para você? Sabia que as estatísticas mostram que quando um casal se divorcia, exceto pelos problemas financeiros que as mulheres geralmente enfrentam, a mulher *floresce* emocionalmente e segue adiante com sua vida, enquanto o homem fica arrasado e seu mundo vem abaixo? Sabe o que isso significa?

— Não vou me divorciar de Grant.

— Como sabe? Não há como prever. Cinquenta por cento dos casamentos terminam em divórcio. Olhe para mim!

— Acontece que não sou você, mamãe. — Encarei-a com ar de tranquilidade. — Aliás, você e papai estão muito bem, agora. Os dois superaram o drama da separação em tempo recorde.

Ela riu.

— Sim, porque ele encontrou outra mulher disposta a submergir completamente sua vida na dele.

— Nada disso tem qualquer relação comigo.

— Pois deveria. Se você ama Grant, não se deixe oprimir por ele. Trate de apreciá-lo pelo que ele é. Assim, quando se cansar, poderá deixá-lo, simplesmente.

— Não quero deixá-lo — insisti. — Não é porque você cometeu um erro ao se casar, que estou errando também. Sei muito bem o que quero.

— Pense bem. O resto de sua vida... casada com esse homem.

— Mamãe, vai dar certo.

— Ele é bom de cama, pelo menos?

— Sim.

— Não se contente com "bom".

— O que quer que eu diga? Ele é estupendo. É um acrobata, foi o escritor fantasma de *Os Prazeres do Sexo*, e todas as mulheres morrem de inveja de mim por ter conquistado esse atleta sexual delicioso.

Mamãe riu alto. Ao menos, fez a gentileza de rir, mas em seguida deixou o olhar se perder na distância e mordeu o lábio.

— Ah, minha pobre menina iludida.

Apesar de seus protestos contra o meu casamento, minha mãe insistiu em organizar uma cerimônia com toda a ostentação possível de se conseguir em menos de um mês. Era como se, em seu entendimento, a *cerimônia* e o *ato* do casamento fossem coisas inteiramente distintas, e ela estivesse programada para garantir que o acontecimento fosse perfeito. Igreja, buquê, vestido branco, algo antigo e algo novo, e algo emprestado e algo azul, serviço completo. Consegui me impor na escolha de padrinhos, madrinhas e damas de honra, e também na recusa em usar o vestido de cintura alta que mamãe usou em seu casamento e guardou debaixo da cama todos aqueles anos. Por outro lado, fiquei impotente diante da máquina Edie Bennett, uma vez que ela se pôs em movimento e insistiu em um salão alugado, guardanapos cor-de-rosa com pregas e pombas brancas a serem libertadas durante a cerimônia. Ah, e camarões enrolados em bacon, servidos aos convidados em bandejas levadas por jovens de vestidos floridos. Convidei Magda para ser minha madrinha, e, embora ela estivesse chocada por eu estar me casando quando ainda éramos tão jovens, como ela mesma disse, aceitou o convite com a condição de não ser obrigada a usar um vestido com laço preto e sapatos combinando.

Ouvi minha mãe dizer às amigas por telefone que era hilário o fato de que, enquanto os filhos da maioria das pessoas se *recusavam* a casar — todos se contentavam em apenas *juntar os trapos* — ela, que acabara de descobrir em si mesma os elementos do novo radicalismo, tinha de conviver com uma filha que *insistia* em se casar.

Mesmo assim, ela disse a meu pai que precisávamos dar prioridade à união familiar. O momento exigia que nos uníssemos pelo meu bem. Meus três avós ainda vivos viriam do outro lado do país e deveriam continuar acreditando que meus pais viviam juntos. Por que magoar os inocentes, afinal?

— Isso deve vir de uma parte primitiva do cérebro de mamãe — expliquei a Grant. Eu pisava nos pés dele e nós balançávamos juntos. — Imagino que seja o lobo do casamento tribal, situado próximo ao lobo frontal. Ela faz questão de convidar todos os tios e tias, além de todas as amigas dela e quem quer que tenha estudado comigo. E quer cisnes esculpidos em gelo.

Grant franziu o nariz e me beijou.

— Não podemos fugir e nos casar em segredo, sem ostentação?

— Aparentemente, seria imperdoável.

— Nesse caso, pode contar comigo. Não quero fazer nada imperdoável logo de cara.

Eu não tinha tanta certeza de que ele conseguiria sobreviver à experiência social típica do sul da Califórnia. Às vezes, Grant parecia ter vindo de outro planeta. Até meus pais estavam encantados com ele — sociologicamente falando: um genuíno filho da Nova Inglaterra enfrentando bravamente a cultura do sol e da celebridade, a terra das piscinas, do adultério e do divórcio. Era como se um puritano houvesse caído do céu embaçado pela mistura de neblina e fumaça, e aterrissado ali, encantando a todos com seus modos singulares. Um dia, meu pai passou um braço em torno dos ombros de Grant e levou-o para conhecer o seu *bookmaker* e todos os seus amigos na loja de conveniência, em uma apresentação desconcertante do que os homens precisavam conhecer para prosperarem no mundo. Minha mãe, que passava mais e mais tempo em casa, apresentou-o aos *tacos* e *burritos* feitos em casa e, então, ficou até tarde da noite discutindo com ele em tom comovente o casamento fiel e sossegado dos pais dele, e acabou chorando pelo fato de nunca ter podido contar com o apoio de uma comunidade estável, religiosa e temente a Deus.

— Sabe a diferença que teria feito, se minha vida tivesse sido assim, centrada?

Observando-a secar os olhos com um lenço de papel, enquanto Grant se derretia, fui obrigada a me levantar e abandonar a discussão.

Duas semanas antes do casamento, sem nenhum aviso, ela voltou para casa. Disse que era só porque os avós viriam, assim como os pais casados e estáveis de Grant, e ela tinha de fazer nossas vidas parecerem um pouco menos atrapalhadas. Tinha de criar uma fachada de união e causar boa impressão.

Fiquei aliviada. Não queria que parecêssemos tão anormais. Eu não conhecia os pais de Grant, pois não houvera tempo de irmos a New Hampshire para isso, mas era impensável a possibilidade de que a mãe dele já houvesse frequentado reuniões de um grupo de mulheres que se juntavam para olhar suas partes íntimas em público. Minha mãe se instalou no meu quarto e declarou que éramos como grandes amigas passando algumas noites juntas. À noite, no escuro, confidenciou que havia se decepcionado com Dmitri, afinal. Disse também que sua teoria era de que a cerimônia de casamento de uma pessoa determinava o tom para o resto da vida a dois, e talvez fosse por isso que ela e meu pai não houvessem sido felizes como deveriam ser: seu casamento fora uma cerimônia rápida realizada pelo juiz de paz porque ninguém tinha dinheiro para uma grande festa. O que eu achava dessa teoria, hein? E era por isso que ela estava cuidando pessoalmente para que o *meu* casamento não fosse o motivo de um possível fracasso em minha vida com Grant. Portanto, aquele era praticamente um experimento científico para determinarmos se a cerimônia e a festa perfeitas levariam a um casamento perfeito.

Sinceramente, todo aquele aparato pré-nupcial começava a parecer um pouco exibicionista e exagerado. Para minha diversão, bem como de David,

Edie transformou a sala de jantar no quartel-general da festa, administrando as núpcias como um empreendimento comercial, com pastas e papéis, convites, placas e listas de convidados. Ela dava ordens ao telefone, gritando com floristas e fotógrafos e o pessoal que alugava mesas e cadeiras. Os presentes chegavam todos os dias pelo correio e eram abertos, catalogados e empilhados junto às paredes e debaixo da mesa, à espera dos cartões de agradecimento.

Seu retorno para casa era mesmo só pelas aparências, afirmara, quando se mudara de volta, mas todos nós fomos nos dando conta de que não era verdade. Ela e meu pai, que se haviam relacionado com frieza no início, começaram a passar mais e mais tempo juntos. Não demorou para que ela começasse a preparar o jantar como sempre fizera e a levar bebidas para meu pai, enquanto ele tirava folhas da piscina. A vizinha da frente parou de fazer convites para banhos de hidromassagem. Não se ouvia falar do misterioso Dmitri. Passados alguns dias, mamãe disse que meu quarto era pequeno demais para nós duas e se queixou de que eu me deitava muito tarde e fazia barulho enquanto dormia e me levantava muitas vezes durante a noite para ir ao banheiro. Então, mudou-se para a suíte, segundo ela, só para facilitar as coisas. Afinal, não queria que *sua* mãe desconfiasse de nada quando chegasse para o casamento.

Quando todos os avós chegaram, juntamente com o sr. e a sra. McKay, de New Hampshire, meus pais poderiam ter ganhado um Oscar na categoria Representação de Um Casal Feliz. David e eu estávamos fascinados.

— Edie e Howard se superaram — comentei com meu irmão, certa noite.

— E como! — ele concordou e nós caímos na risada. Estávamos desfrutando do que decidimos chamar de "A Última Festa do Baseado dos Irmãos Bennett" à beira da piscina. David fora convocado para padrinho, uma vez que os amigos de Grant não poderiam fazer a longa viagem, e por isso os dois haviam passado bastante tempo juntos, como, por exemplo, quando foram tirar as medidas para os *smokings*. David se referiu a Grant como o sujeito mais decente que ele conhecera na vida e, então, disse:

— Aposto que você é capaz de fazer com que ele mude de vida e comece a fumar maconha, também.

— Ah, não, não. Vou parar — anunciei. — Esta é minha última vez.

— Fale sério! Não vai parar, não.
— Vou, sim. Nem gosto tanto assim.
— Está louca. Não vai conseguir parar.
— Veja só. Minha última tragada.
David sacudiu a cabeça.
— Está bem. Se é o que quer.
— Você bem que poderia diminuir, também, sabia?
— Cada um na sua.
— David...
— O que é?

Eu disse que o amava, quando o que realmente queria dizer era que aquelas noites à beira da piscina haviam sido as melhores de minha vida. E que Grant e eu sempre adoraríamos recebê-lo em Nova Iorque.

— Não é porque vou me casar que você e eu não vamos nos manter em contato — prometi.

Assim, na noite quente de sete de agosto, com os ventos de Santa Ana vergando as palmeiras e levantando nuvens de poeira nas ruas, a cerimônia ocorreu em uma pequena igreja de pedra em Reseda Boulevard. As primaveras e os oleandros floresciam nos canteiros da igreja. Caminhei até o altar de braço dado com meu pai, e o clérigo perguntou a Grant:

— Aceita esta mulher...?

Nesse momento, meu cérebro congelou. Mulher? Seria possível que ele estivesse se referindo a *mim*? Eu não podia me lembrar de quase mais nada da cerimônia, exceto que eu havia feito muitas promessas, e Grant piscou e piscou e também prometeu uma porção de coisas, e os convidados jogaram arroz sobre nós e libertamos duas pombas, que voaram em direções opostas. Depois, dançamos e nos embriagamos. Magda e David fizeram brindes a nós.

No dia seguinte, iniciamos a viagem de quatro mil e oitocentos quilômetros até Nova Iorque, para começar nossa vida nova como adultos casados, honestos e práticos, inspirados pelo exemplo de nossos aparentemente bem casados pais, que ficaram pulando na calçada, acenando e gritando "Adeus! Boa sorte!".

Quando minha mãe me abraçou em despedida, sussurrou ao meu ouvido:

— Sinto muito por todos os erros que cometi, e só quero dizer que acho Grant um homem maravilhoso. Mas você vai me prometer que será sempre fiel a si mesma, apesar de estar casada. Não é fácil, mas é preciso tentar. Promete?

Como havia adquirido grande experiência em fazer promessas naquele dia, disse sim a mais aquela e, então, senti lágrimas nos olhos. Os olhos de mamãe também marejaram, e ela sacudiu a cabeça e pousou um dedo nos meus lábios.

— Não, não, não chore. Você ficará bem — murmurou. — Tenho certeza disso. Só trate de cuidar de *você*. Cuide de Annabelle.

Quando me juntei a Grant no pequeno caminhão de mudança que havíamos alugado, minha garganta doía tanto pelas lágrimas contidas, que era como seu eu houvesse engolido cacos de vidro. E eu já sentia tanta falta de minha mãe que mal podia respirar.

CAPÍTULO SETE

2005

Havia me esquecido quão pequeno um apartamento pode ser em Nova Iorque. Sophie e Whit... Bem, Whit nem tanto, mas *Sophie* mora na Rua Vinte e Dois, em um bonito apartamento de propriedade do pai de Whit, que é tão rico e generoso que nem cobra aluguel do jovem casal. Há muitas árvores do lado de fora e uma parede interna de tijolos aparentes, uma grade de ferro batido preta, uma cerca viva, que nesta época do ano não passa de uma porção de galhos secos, claro, e um elevador que nos faz lembrar todas as coisas preocupantes que aprendemos sobre a lei da gravidade quando geme e range para nos levar ao quarto andar.

No entanto, ao chegar lá, adquire-se uma noção renovada de gratidão pela vida, como Sophie um dia comentou. Saímos da gaiola de aço com vontade de beijar o carpete.

Chego a Nova Iorque por volta das dez da noite e, surpreendentemente, encontro uma vaga para estacionar na rua de Sophie, que, ao contrário das ruas de New Hampshire atualmente, não está coberta de neve. Aliás, o clima está quase ameno em comparação. Saio do carro e, por um minuto, sinto como se tivesse sido transportada no tempo. Não moramos especificamente aqui, Grant e eu, não nesse bairro, mas em alguns aspectos Nova Iorque inteira é parecida quando comparada a, digamos, New Hampshire.

Lori, a amiga de Sophie que mora no andar de baixo, aciona o trinco da porta de entrada do edifício para eu entrar, mas Sophie sai do quarto correndo e nos abraçamos no hall, apesar de ela ter recebido ordens médicas de ficar na cama o tempo todo. Não consigo parar de abraçá-la. Eu havia jurado que não choraria, mas quando vejo aqueles enormes olhos cinzentos se enchendo de lágrima, não consigo evitar. Caímos as duas em uma choradeira interminável.

— Ah, meu Deus, que dia difícil! Estou tão feliz por estar aqui! — murmuro, ainda abraçada a ela, que me aperta um pouco mais forte.

— Ah, mamãe, eu é que estou feliz por você estar aqui. Obrigada, obrigada por ter vindo.

Existe algo mais comovente do que ouvir uma filha nos agradecer aos prantos por fazermos simplesmente o que *devemos* e queremos fazer?

Lori sorri e, com tapinhas em nossos ombros, diz que, se precisarmos de qualquer coisa, basta chamá-la. Então, saí do apartamento sob nossos intermináveis agradecimentos.

Recuo um passo e dou uma boa olhada em Sophie. Sinceramente, ela está muito pálida e parece uma criança abandonada. Talvez porque esteja usando um blusão de moletom enorme que pertence a Whit ("para dar sorte e para que o bebê o conheça por osmose"), calça de pijama florida e pantufas de coelhinhos. Os cabelos estão presos em um rabo de cavalo. Ela possui uma mistura dos traços de Grant com os meus; é alta e esbelta como o pai e tem o rosto redondo como o meu e olhos grandes, mas da cor dos dele.

— Ei, que tal voltar para a cama? — sugiro. — Não deveria ficar deitada o tempo todo?

— Eu sei, eu sei, mas não posso ficar na cama cada minuto do dia, e só quero me certificar de que você esteja confortável. Comece tirando o casaco. O armário está abarrotado e, por isso, estou dependurando casacos na cadeira da cozinha. Se também estiver abarrotada, você pode...

— Darei um jeito. Vá se deitar.

Seguro-a pelos ombros e a conduzo de volta ao quarto, onde a cama está toda desarrumada e a televisão, ligada. Depois de afofar os travesseiros, acomodo-a na cama e puxo as cobertas até a altura do queixo de Sophie. Ela olha para mim e sorri, mas seus olhos estão tão tristes que tenho de lutar contra o impulso de entrar debaixo das cobertas e abraçá-la pelo resto da gravidez.

— Ora, veja! Que barriga linda! — falo com animação. — Você está muito maior do que quando a vi no Natal. Agora, parece uma mulher grávida *de verdade*.

— Diga isso ao meu corpo.

— Do que está falando? Seu corpo sabe disso e está fazendo exatamente o que deve fazer.

— Mamãe, sei que está tentando me fazer sentir melhor porque isso faz parte do perfil do cargo de mãe. Mas é óbvio que meu corpo não faz a menor ideia do que tem de fazer, ou não estaria tentando expulsar esse bebê de dentro de mim.

— Expulsar o bebê? Não é o que está acontecendo. A placenta, que afinal de contas não tem cérebro, perdeu seu senso de direção e foi parar no lugar errado, só isso. Você vai ficar bem.

— Só se ocorrer um milagre médico.

— Bem... — começo a falar, mas a voz falha. Sophie continua me olhando, e sei que ela reconhece a preocupação em meu semblante. — Você está recebendo todo o cuidado necessário. Cuidaremos para que, se for preciso um milagre médico, ele aconteça.

Digo que vou preparar um chá para nós duas. Conto que parei em uma loja de alimentos naturais em New Hampshire e comprei chá para gravidez, composto de ervas capazes de tornar qualquer bebê saudável.

— Até mesmo um bebê que está sendo despejado? — ela retruca. — Boa sorte.

Sorrio, acaricio sua barriga e vou para o que se faz passar por cozinha no apartamento minúsculo. A cozinha é, na verdade, apenas uma parede da sala, que por sua vez fica a dois passos do banheiro, que tem o tamanho de um selo postal, e aproximadamente dez passos de corredor até o quarto de Sophie e Whit. Devo admitir que se trata de uma forma muito inteligente de usar o espaço; tudo o que é necessário à vida está distribuído em prateleiras alinhadas na parede de tijolos aparentes. As tigelas estão empilhadas em cima dos pratos; a gaveta de talheres também pode ser usada como tábua para cortar; a mesa de sessenta centímetros é também a mesa de trabalho de Sophie, e contém seu laptop e algumas pastas. Livros de culinária, álbuns de fotografias, toalhas, lençóis, sabonetes... são artigos de luxo que tiveram de ser guardados em caixas decorativas dispostas em cima e debaixo de prateleiras e mesas. Grant diz que é como um quebra-cabeça chinês: cada coisa deve caber dentro de outra ou, ao menos, servir a dois propósitos. Até o sofá se transforma em cama de casal, na qual Grant e eu dormimos da última vez que estivemos aqui — quando trouxemos Sophie de volta depois do Natal —, e, se bem me lembro, é preciso ter cuidado e manter os pés fora da lareira. Suspiro olhando a sala ao meu redor. Como é possível reduzir a vida ao ponto em que uma caixa de chá em saquinhos a mais pode mergulhar a cozinha no caos? E, no entanto, eu vivi assim durante anos em Nova Iorque. Onde estava com a cabeça quando decidi trazer duas malas? Onde posso colocar minhas coisas? E onde eles pretendem colocar as coisas do bebê, as fraldas e toda a parafernália? Na lareira? Teremos de discutir isso.

Enquanto espero a água ferver, vou ao banheiro, faço xixi e lavo o rosto. Ouço o celular de Sophie tocar e me imobilizo para ouvir a conversa. É Grant. Ela está dizendo que acabei de chegar e estou no banheiro. Ele gostaria de falar comigo? Não? Está bem. Sim, está tudo bem. Sim, ela vai ficar em repouso. Sim, ela falou com Whit. Ele está aflito. Não, ele provavelmente não poderá vir para casa agora. Esperando para ver. Está bem, também te amo muito. Até logo.

Quando tenho certeza de que ela desligou, abro a porta e ela grita para mim:

— Era papai ao telefone. Pediu para eu te dizer que pode ligar se tiver alguma coisa para falar com ele. Do contrário, ele vai dormir cedo.

— Não, não tenho nada em particular a dizer — grito de volta no tom mais neutro que consigo forjar.

É claro que Grant declarou guerra quando ligou para o celular de Sophie em vez de ligar para o meu. Muito bem. Se ele quer fazer o jogo do silêncio, é o que faremos. É muito mais fácil lidar com um impasse conjugal quando se está a cinco horas de distância.

Preparo chá com torradas e, quando volto para o quarto tagarelando sobre os supostos benefícios da folha de framboesa para mulheres grávidas, Sophie está sentada na cama de olhos arregalados, muito assustada. Parecia exatamente igual ao seu primeiro dia no jardim da infância, quando se atrapalhou e perdeu o ônibus escolar de volta para casa, e se convenceu de que seria expulsa da escola por ser criança demais para seguir instruções. Quando cheguei à escola para apanhá-la, ela havia se contido com rigidez por tanto tempo que, ao me ver, explodiu em soluços, para surpresa da simpática diretora, que acabara de me dizer que minha filha era uma menina muito corajosa.

— O quê? O que foi? — pergunto, colocando na cama a assadeira que agora serve de bandeja para o chá.

Por um instante, ela não consegue falar. Sento-me ao seu lado e a tomo nos braços, sussurrando baixinho como fazia quando ela era mesmo um bebê. Finalmente, ela diz:

— Ah, mamãe, estou com tanto medo.

— Está tudo bem, querida. Tudo vai ficar bem.

Ela chora tanto que mal consegue formular palavras. Aperto-a contra meu peito.

— Eu não tinha sentido tanto medo até você chegar, mas agora que você está aqui, sei que algo muito, muito ruim deve estar acontecendo para você ter vindo de tão longe.

— Não, não. Não é tão ruim. Você vai ficar bem. Estou aqui para lhe fazer companhia enquanto precisar permanecer na cama.

— *Mamãe,* sabe que não está tudo bem. O *bebê* pode não estar bem.

— O bebê nascerá perfeito, você vai ver. Agora, por que não toma esse chá para gravidez que eu trouxe? Folhas de framboesa são...

— Como pode dizer isso com tanta certeza? E se algo der errado? E se meu corpo não souber como se comportar?

Sophie assoa o nariz e atira o lenço de papel em uma imensa pilha de lenços usados.

— Escute — falo com voz calma. — Seu corpo sabe exatamente o que fazer. É a natureza que o comanda. E isso às vezes acontece com a placenta, mas o bebê está bem. Os médicos não teriam deixado você vir para casa se achassem que o bebê corria algum risco — explico e afago seus cabelos.

Ela soluça e me encara com seus olhos grandes. *Continue.*

Assim, trato de pensar em mais coisas para dizer.

— Acho que este momento é o pior de todos por causa da incerteza. Mas sabe de uma coisa? Vou lhe contar o que minha mãe dizia quando eu me preocupava demais com alguma coisa, e me ajudava de verdade. Ela dizia que não importava o que acontecesse, não importava quanto medo eu sentisse, nós sempre ficaríamos bem porque enfrentaríamos o problema juntas. Você não terá de ficar sozinha. Nunca.

Sophie enterra a cabeça em meu ombro.

— Tudo isso está sendo tão terrível, mamãe!

— Eu sei, minha filha.

— Não estou falando só do sangramento. É tudo. A gravidez toda. Desde o Natal... quando voltei... só choro e choro. E, às vezes, quando estou indo para o trabalho, ou quando estou voltando para casa, não consigo respirar. Outro dia, no metrô, tive de me sentar e colocar a cabeça entre os joelhos porque meu coração batia tão depressa que achei que fosse desmaiar.

— Ah, minha querida. Isso é um ataque de ansiedade. Deveria ter me falado sobre isso.

— E no trabalho todas as mulheres saem para beber à noite e jantam juntas, mas eu nunca vou. *Não posso*. E não conheço ninguém que seja como eu. Sempre tive um milhão de amigas e, agora, ninguém sequer conversa comigo! Ninguém da minha idade está tendo filhos, só mulheres mais velhas estão grávidas. Mesmo nas consultas do pré-natal, na sala de espera, todas as mulheres têm mais de trinta anos, e têm maridos e babás e... tudo o que faço é vir sozinha para casa todos os dias. E Whit está tão longe, e ele não entende. — Ela se atira nos travesseiros, chorando ainda mais. — Não tenho *ninguém*, e ele nem se importa!

— Ele, simplesmente, não compreende — corrijo. — Tenho certeza de que se importa, mas não sabe o que você está passando. Nem eu sabia que estava enfrentando tantas dificuldades. Você esconde muito bem, querida. Parece tão competente em qualquer circunstância.

— Mas *não* sou competente! Talvez tenha sido competente um dia, mas agora sou uma boba chorona e estou completamente sozinha. E meu marido não me ama o suficiente para saber que deveria estar aqui comigo!

— Ele te ama, sim. Foi você quem disse que não haveria problema nenhum por ele estar longe.

— *E eu tenho de dizer que preciso dele?* — ela praticamente berra. — Ele não sabe disso? Estou esperando o filho *dele!*

Não consigo pensar em nada para dizer, nada que possa ajudar. Amo minha filha, mas ela é tão diferente de como eu era na idade dela. O que dizer a alguém que nunca sofreu uma verdadeira decepção com a vida, que sempre teve tudo o que quis?

Estava sempre no centro de tudo, no colégio: capitã e artilheira do time de hóquei, atriz principal nas peças da escola; era presidente do grêmio estudantil e fazia parte da lista dos melhores alunos todo semestre. Mais importante ainda, estava sempre cercada de pessoas que queriam estar ao seu lado. Quase nunca ficava sozinha. Só agora me ocorre que ela não sabia como viver sozinha.

Depois do colégio, Sophie não quis estudar em uma das faculdades locais, perto de casa, o que me surpreendeu. Provavelmente, eu não devia ter ficado chocada. Afinal, era filha de um professor universitário, e Grant conversava muito com ela sobre a importância de subir o máximo possível em sua carreira. Sophie escolheu a Universidade Brown, se formou em comunicações e, apesar de minha apreensão, se deu muito bem fora de casa. Lembro-me de Grant sacudindo a cabeça e rindo, ao dizer:

— *É claro* que ela tinha de ir... para espalhar aquela sua magia pela região. New Hampshire pôde contar com ela durante dezoito anos e, agora, é simplesmente justo que Rhode Island tenha sua chance.

Éramos os pais orgulhosos, porém humildes, sozinhos no quarto à noite, quando a conversa passava a ser sobre os dons de nossos filhos. Havia os sucessos de Sophie, mas Nicky também começava se mostrar um grande esportista, embora não o bom aluno que a irmã era — e me lembro de nos considerarmos seres humanos de sorte porque nosso DNA, misturado, realizara muito mais do que poderíamos ter realizado separadamente.

Então, durante o último ano, Sophie conheceu Whit. Ele vinha de uma família rica de Nova Iorque, estudante de cinema e fotojornalismo, o tipo de jovem que fala muito depressa e tem tantos planos, sonhos e ideias, que parece não conseguir mantê-los na cabeça. Grant, com seu jeito laborioso e deliberado de levar a vida, não gostou de Whit desde o início, mas eu conhecia minha filha e percebi que Sophie estava determinada a agarrá-lo, que algo naquele jeito sonhador a conquistara. E ela o conquistou quase imediatamente. No Natal do último ano de Sophie na escola, eles se apaixonaram; Whit passou parte dos feriados conosco e, em seguida, os dois foram a Nova Iorque para que Sophie conhecesse os pais dele — e quando o verão chegou os dois haviam conseguido empregos em uma revista na cidade.

— Próximo alvo: "The Big Apple", eu disse. — Saia da frente, Rhode Island. Sophie segue lentamente para oeste.

Para Grant, foi um desastre.

— Diabos! Ela não pode ir para Nova Iorque com ele. Mal o conhece — protestou.

E nem riu da ironia quando o lembrei de que o mesmo acontecera conosco. Eu não viera de mais longe ainda, de uma cultura mais diferente ainda, para viver em Nova Iorque nos anos de 1970?

Ele se limitou a franzir os lábios e produzir um som estranho no fundo da garganta.

— Ei, não acha que ela é capaz de se cuidar melhor do que *nós?* — indaguei. — E veja só, continuamos aqui!

A única razão pela qual tive certeza de que Grant ouviu o que eu disse foi o fato de ele fingir com tanto capricho que não ouvira. A pequena veia pulsando como louca na têmpora direita foi o único sinal externo perceptível. Reconheci o pulsar daquela veia de encontros anteriores com verdades desagradáveis.

Mas Nova Iorque nem foi o pior que ele teve de aceitar. Whit queria fazer documentários e, no outono seguinte, Sophie me contou que ele havia montado uma equipe de filmagem, com equipamento e financiamento, e estava planejando fazer um filme sobre um orfanato no Brasil. Tratava-se de um lugar que o colega de quarto dele na faculdade mencionara, uma instituição extraordinária, em que voluntários ajudavam crianças de rua do terceiro mundo em sua educação e formação, crianças abandonadas que, não fosse a orientação recebida ali, acabariam morrendo nas ruas. Whit queria fazer um filme sobre como o orfanato mudava as vidas, tanto das crianças, quanto dos voluntários de famílias abastadas dos Estados Unidos que haviam aberto os olhos para a pobreza.

E Sophie iria com ele. Disse que escreveria histórias sobre o lugar e o povo, enquanto Whit filmaria a jornada dos voluntários e como a experiência os afetava. Viveriam no orfanato, escrevendo e filmando, por no mínimo seis meses; os diretores estavam muito entusiasmados com a publicidade, e Whit conseguira o patrocínio de investidores de porte, por intermédio dos conhecimentos de seu pai. Tudo estava acontecendo depressa, as peças se encaixando, disse ela, e pelo tom de sua voz eu sabia que estava excitada e assustada ao mesmo tempo, e que nada impediria tamanha aventura.

— Notei que há pontos de exclamação demais em nossas conversas sobre essa viagem — comentei com toda calma. — Que tal diminuirmos um pouco as expectativas e tornar a discussão mais realista, considerando os problemas e tudo mais?

— O único *problema*, se quer saber, é que papai não quer que eu vá. Ele me envia e-mails todos os dias, dizendo que eu não deveria acompanhar Whit nessa viagem, que o projeto não é exatamente meu, que estou metendo os pés pelas mãos e que preciso pensar melhor.

Suspirei. Aquele era o eterno mantra de Grant para os filhos: *Pense melhor*. Lembro-me de tê-lo ouvido gritar a frase na garagem, no ano em que foi treinador do time de basquete, e também quando revisava os deveres de história de ambos, ou os testava em questões de física ou equações algébricas, ou quando patinavam no lago congelado, ou esquiavam na neve. *Pense melhor*. Qual é o verdadeiro significado disso, afinal? Por que é *isso* que devemos dar a nossos filhos antes de soltá-los no mundo? Se eu tivesse de resumir minha filosofia de vida em um comando de poucas palavras, provavelmente seria *"Caia na real"*.

Naturalmente, Sophie queria que eu interviesse junto a Grant em favor dela e de Whit. Como se eu fosse capaz de convencê-lo de alguma coisa. Grant e eu já estávamos discutindo por causa da viagem e o que ela significava. Eu o acusei de querer que todas as pessoas a quem amava ficassem em New Hampshire, bem perto, para que ele pudesse ficar de olho em nós; ele disse que vejo romance até mesmo nos esquemas mais absurdos e perigosos na vida, e que acharia igualmente perfeito se Sophie insistisse em se inscrever em um programa espacial, ou fazer parte de um circo, ou... ou fazer uma viagem no tempo para a idade da pedra. Disse também que ela nunca havia demonstrado a menor inclinação para fazer filmes documentários no Brasil até aquele sujeito aparecer, que não era um projeto dela e que ela não passava de um apêndice de Whit. Era isso o que eu queria para nossa filha, que ela se tornasse mero apêndice do marido? E por que deveríamos acreditar que Whit sabia o que estava fazendo? Era um sujeitinho rico e mimado, que nunca ouvira "não", e o dinheiro que usaria nem era dele... e por aí afora.

Um dia, no meio de uma briga, Grant simplesmente pigarreou e disse que se sentiria melhor se os dois se casassem antes de viajar. Assim, Whit provaria seu comprometimento, ou algo parecido. Eu sabia o que ele estava fazendo: lançando um desafio, colocando todas as suas fichas na roleta, certo de que o relacionamento de Whit e Sophie não era tão sério. Não aprovei.

No entanto, eles disseram sim. Ainda me pergunto por que deram ouvidos a Grant; afinal, já moravam juntos em Nova Iorque e tinham idade suficiente para fazer o que bem entendessem. Um dia, Sophie me disse ao telefone que o pai tinha razão e que eles iriam se casar.

— Se é só para que seu pai concorde com a viagem, você não precisa se casar — sussurrei em um ato subversivo, mas eu tinha de dizer. — Detesto pensar que você pode estar se casando só porque seu pai quer. Definitivamente, não é um bom motivo para começar uma vida a dois.

Mal pude acreditar no quanto minhas palavras se pareciam com as de minha mãe. Nem em quanto as de Sophie se pareciam com as minhas.

— Não, não, é claro que não é *só* por isso — ela respondeu. — Ora, mamãe, é o motivo pelo qual vamos nos casar *agora*, mas sei que nos casaríamos mais cedo ou mais tarde. Além do mais, eu *quero* me casar! Acho uma ótima ideia! Quero uma cerimônia no quintal, debaixo da pérgula, e quero convidar todos os meus amigos do colégio e fazer uma grande festa, e quero um vestido com renda, pérolas e cauda. Está bem? Quero uma cauda bem longa!

E foi assim que tivemos uma grande festa de casamento em junho passado — recepção no quintal, todos os amigos do colégio, todos os amigos do *primeiro grau* e um imenso vestido branco com pérolas, rendas e cauda muito, muito longa, o pai entregando a noiva, damas de honra, serviço completo. E se Whit parecia menos que entusiasmado com os detalhes do casamento e se concentrava exclusivamente nos detalhes da ida ao Brasil e tinha de ser lembrado de sair para comprar as alianças e alugar o *smoking*, convidar um padrinho... Bem, calculei que sua personalidade funcionava assim. Era um homem de cinema e tinha muito em que pensar.

Porém, em setembro, quando havíamos finalmente nos acostumado à ideia do casamento, da viagem e da perspectiva de viver longe de Sophie por meses a fio, tivemos uma nova surpresa.

— Não quero que conte a ninguém, mas fiz um bebê — ela me contou ao telefone.

— Você o quê? Espere. Você fez o bebê? Teve ao menos a ajuda de Whit?

— Bem, não parece, a julgar pela maneira como ele está reagindo à notícia.

Só então compreendi. Às vezes, sofro um atraso de nove segundos, como acontece nos melhores *talk shows*.

— Ah, meu Deus! Sophie! Você está grávida?

— Aparentemente, sim.

— E não foi... planejado?

— Não, é claro que não foi planejado — ela respondeu e riu. Fiquei me perguntando o porquê da risada. — Foi uma completa e total falha do método contraceptivo.

— Mas pensei que você estava tomando pílula.

— Sim, claro, eu *estava* tomando pílula, mas comecei a ter efeitos colaterais e minha médica disse que me receitaria uma pílula diferente e mandou a receita para a farmácia errada. Eu não sabia e, quando fui à farmácia onde tenho cadastro, eles disseram que não sabiam o que havia acontecido, mas que podiam providenciar a receita. Em seguida, tive de trabalhar até tarde, todas as noites, porque a revista tinha de ir para as bancas. Por isso, deixei de tomar por uma semana, eu acho, mas pensei que não haveria problema. A médica disse...

— Sophie. Sophie. Tudo bem. Já entendi. Foi uma falha administrativa de método contraceptivo.

— E não foi minha culpa.

— Bem...

— Mamãe! Não foi minha culpa.

Exceto, querida, pelo fato de que existem outros contraceptivos além da pílula. Existem preservativos, sabia? Ora, de que adiantaria um sermão? Preferi perguntar:

— O que isso representa no que diz respeito à viagem?

— Ah, não quero ir para a América do Sul e ter meu bebê lá — ela respondeu. — Em um orfanato? Está brincando?

— E o que Whit pensa sobre isso?

— Ainda não sei exatamente, porque ainda não conversamos. Talvez ele queira adiar a viagem para o ano que vem para podermos levar o bebê conosco. Assim, acho que seria ótimo vivermos, os três, na América do Sul.

— Vai propor isso a ele?

— Propor o quê?

— Adiar a viagem por um ano.

— Acho que seria melhor se a ideia partisse dele. O que você acha? Como foi ele quem contratou a equipe, é ele quem tem de saber o que o pessoal vai fazer no ano que vem. Você não acha que a antecedência é suficiente para que possam mudar de planos? Afinal, a viagem está prevista para daqui três meses. — Sophie ficou quieta por alguns instantes. Pude ouvir a alteração no ritmo de sua respiração quando ela pareceu finalmente se dar conta da gravidade da situação. — Se ele tiver mesmo de ir, não haverá problema algum. Serei muito madura e compreensiva.

E foi assim que ela ficou em Nova Iorque e recusou a oferta de voltar para casa e ficar conosco até o bebê nascer. E também foi assim que Whit foi para a América do Sul com sua equipe de filmagem e o dinheiro dos amigos de seu pai, um homem casado determinado a seguir adiante com seu plano, apesar de todos os obstáculos que foram colocados em seu caminho.

Não digo isso a muita gente, especialmente à minha família, mas sinto certa admiração por uma pessoa capaz de fazer isso, de se manter inabalável diante de mudanças de planos e de pessoas gritando, chorando, ameaçando e agindo com se o mundo houvesse se tornado um inferno.

Então, me lembro de que é a minha filha que ele está desapontando e sinto minha certeza se abalar.

SOPHIE E EU nos aconchegamos debaixo das cobertas e assistimos à ultima hora de *Sintonia de Amor*. Quando sentimos fome, eu me levanto e preparo sopa e mais chá. Mal acabo de me deitar de novo e meu celular toca. É Nicky.

— Ei, mamãe. Liguei para casa e papai me disse que você está com Sophie. Ele disse que houve uma emergência. O que está acontecendo?

Conto a ele o que se passou e ele pergunta:

— Por que Whit não volta para cuidar dela, afinal?

— Ele voltará assim que puder — digo e Sophie olha para mim.

— Papai está furioso com ele. — Ricky está comendo algo crocante enquanto fala, como de costume. — Acho que gostaria de colocar a cabeça dele a prêmio.

— Vai dar tudo certo — afirmo. — Ninguém vai colocar a cabeça de ninguém a prêmio.

— Sim, claro, mas ele está de péssimo humor. Contei a ele sobre a trilha que vou percorrer neste fim de semana nas Montanhas Brancas, e ele disse que não quer que eu vá, ouça isso, porque ele não pode ter dois filhos correndo perigo mortal de uma só vez, especialmente quando você nem está em casa para se encarregar de metade da preocupação. O que é isso, agora? Não posso viver minha vida porque o bebê de Sophie está com problemas?

— Ora, Nicky, dê um desconto a seu pai. Ele está trabalhando no livro e está um pouco rabugento.

— Ah, percebi a rabugice assim que ele perguntou "por que comigo tudo é sempre uma questão de vida e morte". Ele não confia em mim, mãe. Acha que sou completamente desprovido de bom senso.

— Não é verdade. Seu pai sabe que você tem bom senso.

— Foi exatamente o que ele *disse*. Ao que parece, devo ficar sentado no meu quarto até esse bebê nascer. Talvez seja melhor nem comer esses *pretzels* porque, sabe como é, se eu me engasgar com um deles, papai poderá ter um ataque.

— Nicholas, deixe-me perguntar uma coisa. Por que tudo tem de ser tão radical com você? Não poderia escolher uma trilha de inverno que não envolva picos congelados e percorrê-la com um amigo, em vez de ir sozinho só para provar que é capaz? Só por algum tempo?

— Eu não ia sozinho! O que vocês pensam de mim, afinal?

— Está se esquecendo de que nós o conhecemos desde que nasceu.

— Acho que estão transferindo para mim a frustração causada pela recusa de Whit em voltar para casa.

Não consigo conter uma risada.

— De onde tirou essa ideia?

— Da aula de psicologia. Eu *aprendo* coisas aqui, sabia?

— Sei disso. Agora, ouça. Preciso cuidar de Sophie. Trate de se cuidar e tente não escorregar no gelo.

— Você também — diz ele.

Por insistência de Sophie, durmo ao lado dela, na cama, nessa primeira noite, em vez de ir para a sala, a dez passos dali. Na verdade, fico contente com isso, porque quando as luzes se apagam, descubro que posso observá-la o tempo todo. Não durmo muito; o aquecedor, controlado por um misterioso zelador de sangue gelado que deve pensar que os moradores estão morrendo de frio, não para de emitir ondas de calor sufocante, seguidas por sons metálicos estridentes, como gongos chineses no ano-novo. A cama é pequena, dura e estranha, e uma nesga de luz da rua cobre meu rosto. Permaneço acordada principalmente porque não consigo desligar minha mente e, além disso, simplesmente preciso vigiar todo o tempo o rosto de Sophie, mais pálido que a lua, com olheiras profundas. Mesmo dormindo, ela parece exausta. Como alguém pode estar cansada *e* adormecida, ao mesmo tempo? A certa altura, fico tão neurótica que lhe tomo o pulso enquanto ela dorme, só para me tranquilizar.

Gostaria de saber exatamente quanto sangue ela perdeu e como, exatamente, seu organismo vai repor a perda. E, mais importante ainda, se alguém está mesmo fazendo algo para manter o bebê em seu lugar. Todo aquele meu discurso corajoso: será que ela desconfia de que não faço ideia do que estou dizendo? A médica soou tão confiante — mas, claro, não é a filha *dela* que corre o risco de perder o bebê.

Ah, esse não é um bom rumo para meus pensamentos, mas não consigo evitá-lo. Tenho o impulso de sair da cama, ir para o corredor e ligar para Grant. Esse é o tipo de situação que ele é tão bom em identificar como sendo bobagem. Mas não posso ligar para Grant agora. Estou furiosa com ele e, além do mais, dou-me conta, com uma pontada de angústia, que nada que ele pudesse dizer me faria sentir melhor.

Tenho a sensação de que passo a noite inteira alternando entre cochilar de leve e olhar fixamente para Sophie, e fico sobressaltada e ansiosa cada vez que ela se mexe. Sinto um grande alívio quando os primeiros sinais de luz cinzenta atravessam as cortinas, indicando que já posso me levantar e começar o dia. Naturalmente, porém, assim que me dou conta de que posso me levantar, caio em um sono profundo e superaquecido, onde pesadelos me aguardam. Primeiro, fugi de casa e há muito sangue, um carro, um bebê chorando em algum lugar distante, mais uma porção de coisas nefastas das quais não me lembro com clareza, sinos tocando, alarmes disparando e uma mulher gritando. E quando meus olhos se abrem outra vez, são oito e meia da manhã e Sophie é a mulher gritando. Está falando ao celular, andando de um lado para outro, e está furiosa.

— *Não*. Não é nada disso!... Não, tenho de ficar *na cama o tempo todo*. Sim, provavelmente até maio... Sim, *você* acha fácil. Por que não tenta ficar no meu lugar? — Ela olha para o teto e pisca repetidas vezes. Então, desliza até o chão, onde se senta com as costas apoiadas no batente da porta, sem me encarar. Quando volta a falar, sua voz deixou de soar furiosa e adquiriu um tom sombrio: — Sim, é ótimo que ela esteja aqui. *Alguém* tinha de vir e cuidar de mim, claro... Quanto tempo mais?... Meu Deus, Whit. Nem mesmo em se tratando de uma emergência? Sim, sim, ela vai ficar quanto tempo for necessário. Ela é minha mãe!... Está bem. Não, não sei. Eu sei. Está bem. Certo. Você também. Até.

Fecha o telefone com toda força, explode em soluços e se atira na cama.

— Eu o odeio! Odeio! Odeio!

Chego mais perto e ofereço um lenço de papel. Ela assoa o nariz e cobre o rosto com as mãos.

— Pobre Sophie. É muito difícil — murmuro.

— Ele é um idiota. Papai estava certo. Whit se importa muito mais com aquele documentário estúpido e com aqueles órfãos estúpidos do que se importa comigo e com seu próprio filho. Sabe o que acabou de me dizer? Disse que preciso manter a cabeça erguida. Acredita nisso? Manter a cabeça erguida! Isso é coisa que um marido em seu juízo perfeito diga à esposa que está *sangrando* e correndo o risco de perder o bebê? "Mantenha a cabeça erguida?"

— Eu entendo, querida. Mas, Sophie, é tão comum os homens não saberem o que dizer. As mulheres se queixam disso há tanto tempo. A essa altura, acho que sofremos uma epidemia nacional.

— Epidemia é eufemismo! Ele *nunca* sabe o que dizer! É um riquinho mimado que sempre teve o que quis e nunca teve de se importar com alguém antes! É um retardado emocional, isso sim! Ah, sim, que sorte a minha ter me casado com ele!

— Sophie, filha, você...

— Escute — ela interrompe e se vira contra mim. — Você é casada com um santo, alguém que sabe o que significa amar outra pessoa. Portanto, nada do que você diga agora vai me ajudar porque você não sabe o que é ter de convencer um homem a se importar com você. Papai jamais a deixaria sozinha quando estava grávida! *Jamais*, e você sabe disso.

— Sophie...

— Ele ficou ao seu lado durante todo o tempo, nas duas vezes'em que você esteve grávida, não foi? Aposto que, quando tinha enjoos, ele segurava os seus cabelos enquanto você vomitava. Sabe o que ele me disse? Que quando você estava grávida de mim, tinha desejo de chocolate com amêndoas, e que ele se levantava todas as noites e saía para comprar, porque por mais que ele houvesse comprado na noite anterior, você os encontrava e comia todos e, então, queria mais. E ele nem se importava. Aliás, estava rindo quando me contou, como se fosse a coisa mais linda que tivesse a dizer sobre você. *Papai* não teria tomado dinheiro emprestado para ir embora e deixar você sozinha!

Era verdade. Grant havia comprado muitas barras de chocolate com amêndoas e cuidado de mim quando eu ficava enjoada, mas não faria o mesmo agora. Os anos que Sophie recorda são do tempo em que ele era todo família, quando éramos sua prioridade número um. Agora, parece um conto de fadas. Olho para ela e vejo como seu rosto está vermelho e inchado. Talvez eu devesse dizer a ela que, hoje em dia, eu não conseguiria atrair a atenção de seu pai, mesmo que tingisse meus cabelos de roxo e corresse nua pela casa, e que tudo o que ele aparenta desejar de mim ultimamente é o precioso silêncio para que ele possa trabalhar. Ela não acreditaria em quantas noites levo o prato dele ao escritório e desço para jantar sozinha na cozinha. Ou como é ainda pior quando nos sentamos, silenciosos, à enorme mesa da sala de jantar.

— Nunca o perdoarei pelo que ele está fazendo — Sophie declara.

— Bem — ouço minha própria voz soar calma e casual —, talvez você se surpreenda com o que é capaz de perdoar e relevar. O casamento é uma longa estrada, e há muitas coisas pelo caminho...

— Não, mamãe, *não*. *Você* não tem o direito de comparar nada do que aconteceu no seu casamento com *isso*. Nem tente. Conseguiu se casar com o homem mais atencioso e comprometido do mundo. — Ela começa a chorar e rir ao mesmo tempo. — Papai é tão comprometido que chega a ser maçante. A pessoa mais comprometida e maçante na face da terra. De alguma maneira, mesmo sendo tão jovem, você sabia que essa seria uma boa combinação. Como você sabia? Conte para mim.

CAPÍTULO OITO

1977

Quatro dias depois do casamento, dei-me conta de que havia cometido um erro terrível, horrível, medonho ao me casar com Grant.

Havíamos achado boa ideia usar nossa viagem através do país como lua de mel. Afinal, disse ele, o que poderia ser mais romântico do que estarmos sozinhos na cabine de um caminhão de mudança alugado, com os presentes de casamento encaixotados e empilhados na carroceria, acampando pelo caminho, durante a viagem da Califórnia até Nova Iorque, para começarmos uma vida nova? Mas aqui está o que descobri na primeira semana de casada: meu marido era um tirano. Dependente de descongestionante nasal, caxias, tedioso, mão-de-vaca e tirano.

Em primeiro lugar, havia a questão do caminhão alugado. *Ele* tinha de ser o motorista todo o tempo; cada vez que eu me sentava ao volante, ele produzia sons sibilantes e assustados, muito teatrais, apesar de eu ser uma motorista exemplar. Então, havia o fator passatempo: só ouvia noticiários e entrevistas no rádio, o tempo todo. Música *country*, o gênero predominante nas estações situadas na imensa região central dos Estados Unidos, o deixava doente. Grant não tolerava nenhum sinal de estática; tinha dores de cabeça. E, quando parávamos para comer, ele nunca conversava com as garçonetes, nem mesmo com aquelas muito simpáticas do Meio-Oeste que o chamavam de "querido" e tentavam puxar conversa com muito charme. Ficava sentado, rijo, constrangido, enquanto eu conversava com as pessoas, tentando nos fazer parecer apenas um casal recém-casado e feliz, a caminho de Nova Iorque.

E havia, também, a questão das acomodações. Havíamos decidido acampar em vez de gastar com hospedagem em hotéis. Precisaríamos de todo o dinheiro que pudéssemos economizar quando chegássemos a Nova Iorque, até que eu conseguisse trabalho. Concordei com o plano, imaginando que armaríamos nossa barraca à margem de lagos e em bosques, e dormiríamos nos braços um do outro, perto da fogueira. Aparentemente, porém, Grant tinha algum fetiche por segurança e só considerava passar a noite em *campings* aprovados pelo manual AAA, com chão de concreto, cercas de arame, gerentes e salas de recreação (embora, naturalmente, ele se recusasse a pôr os pés em uma delas porque não queria conversar, ou nem mesmo ver outras pessoas durante a viagem). Fogueiras eram proibidas, assim como dormir sem roupa. E ele tinha mais medo de mosquitos e pernilongos do que de nos matar com doses letais de repelente enquanto dormíamos na barraca. Eu ficava acordada ao lado dele, todas as noites, a pele lambuzada de repelente — necessário, segundo ele, para desencorajar os pernilongos de picá-*lo*, mesmo que eu estivesse disposta a oferecer minha pele como jantar para os bichinhos.

Eu poderia continuar enumerando os fatos e, em minha mente, *continuei* compilando uma longa lista de nossas diferenças. Cada dia, à medida que percorríamos os quinhentos quilômetros diários necessários para podermos devolver o caminhão em Nova Iorque dentro do prazo estipulado de dez dias, olhando a paisagem plana coberta por plantações de milho e ouvindo as vozes soporíferas dos noticiários e entrevistas no rádio, eu permanecia em silêncio no banco do passageiro, cerrando e descerrando os punhos e planejando meu divórcio.

Imaginava como aconteceria. Eu poderia, simplesmente, sair sorrateiramente enquanto Grant estivesse usando o banheiro de alguma lanchonete (ele se recusava a usar banheiros de postos de gasolina, claro), atravessar a estrada, saltar por sobre as barreiras de concreto e pegar uma carona de volta a Los Angeles. Quem sabe eu aceitasse carona do motorista de um carro esporte, alguém que adorasse gastar dinheiro em motéis em vez de economizar cada maldito centavo acampando. Ou, talvez, um gentil casal de meia-idade parasse no acostamento e se oferecesse para me levar para casa, e teriam uma história de vida fascinante para me contar, que mudaria a minha. *Posso ver em seus olhos que você se casou com o homem errado*, diria a mulher. *Quando conheci Bert, nossas conversas eram tão deliciosas que tive certeza de que toda minha vida seria repleta de conversas interessantes, uma após a outra. Eu não me importava por sermos pobres. E sabe por quê? Éramos capazes de conversar, mas conversar de verdade, um com o outro.*

Assim que pensei nisso, abri os olhos e espiei Grant. Ele estava curvado ao volante, o cenho franzido e cantarolando baixinho algo totalmente dissonante, as mesmas quatro notas se repetindo todo o tempo. Lá estávamos nós, atravessando o Estado do Kansas, sob intenso calor e umidade, e mesmo assim ele vestia calça preta e meias brancas, e a calça era curta demais para ele, de maneira que os tornozelos magricelas cobertos pelas patéticas meias brancas eram realçados. Ele coçou o nariz, passou a mão pelos cabelos e, então, voltou a cantarolar. Esquecera-se de barbear um lado do rosto e, agora, estreitava os olhos por cima dos óculos escuros. Eu sempre achara as idiossincrasias de Grant tão adoráveis, a maneira como ele se recusava a se importar com tantas coisas porque vivia em seu próprio mundinho. Agora, porém, tudo o que eu sentia era desespero.

— Em que está pensando? — perguntei.

— O que disse?

— Em que você está *pensando?*

— Ah... — Deu de ombros e sorriu encabulado. — Não sei. Acho que estou pensando em sindicatos trabalhistas.

— Sindicatos trabalhistas. Está mesmo pensando em sindicatos trabalhistas?

— Estou.

— Mas está pensando *o que* sobre eles? Está pensando nas pessoas que pertencem a eles ou na história deles? O que há para pensar? Está... contando sindicatos?

Ele riu.

— Não. Estou pensando que é maravilhoso que eles tenham conseguido salvar este país.

Dobrei um mapa que estava no chão aos meus pés.

— Alguma vez, você pensa sobre nós? Sobre nosso casamento? Ou sobre como vai ser quando chegarmos ao nosso destino?

— Não. Acredito que essas coisas se resolverão por si mesmas.

— Não, não. Você está invertendo tudo. São os *sindicatos trabalhistas* que vão se resolver por si mesmos. Sobre *nós*, você precisa pensar.

Virei-me para a janela sentindo as lágrimas arderem em meus olhos. O que eu havia feito da minha vida?

Grant estendeu o braço e, em um gesto que dizia "tenho o direito de marido de estar aqui", pousou a mão em meu joelho.

— Sabe onde quer passar esta noite? Procurou no manual AAA?

— Não — respondi, ainda olhando pela janela.

— Já são quatro e meia. Precisamos decidir logo em que camping vamos parar.

— Não quero decidir nada.

— Você não quer... Espere. Está chorando?

— Não. Sim.

— Diabos! Você *está* chorando! O que aconteceu? Espere. Está infeliz?

Estávamos nos aproximando de uma saída da estrada e, para minha surpresa, Grant parou o caminhão no acostamento. Havia trigo, trigo e mais trigo por todos os lados. Talvez houvesse milho, também. Nuvens de poeira se ergueram em torno das janelas, e ficamos ali sentados, os dois olhando o para-brisa.

— Você está infeliz? — ele voltou a perguntar.

Comecei a soluçar.

— *Sim,* estou infeliz. Estou arrasada.

Grant apertou os lábios, pigarreou e tamborilou os dedos no volante. Finalmente, disse:

— Imagino que não tenha nada a ver com você não querer decidir sobre o camping.

Limitei-me a encará-lo em silêncio.

— Não — ele deduziu. — É porque eu disse que estava pensando em sindicatos trabalhistas em vez de no nosso casamento? Se é por isso, saiba que ainda não sei como *pensar* sobre casamento. Acho que vou aprender, se...

— É por *tudo* — interrompi. — Não tivemos lua de mel e temos de passar todas as noites nos campings mais ridículos, higiênicos e *estúpidos*. Nem são lugares bonitos, com lagos e flores! E estou farta das notícias e das entrevistas no rádio. Eu *detesto* esse tipo de rádio! E não me agrada o fato de você não me deixar dirigir, e odeio nossa barraca!

Até aquele momento, eu não sabia que tinha sentimentos negativos com relação à barraca, mas precisava dizer tudo o que me viesse à cabeça. Cheguei a acrescentar à lista o fato de que minhas coxas estavam tão suadas que grudavam no assento plástico — ele se apressou em dizer que era por esse motivo que usava calça comprida — e perdi a paciência e disse que deveríamos, simplesmente, ligar o ar-condicionado, ao que ele respondeu que isso aumentaria drasticamente o consumo de combustível.

— Esta viagem deveria ser a nossa lua de mel! — explodi. — Quem passa a lua de mel atravessando o país, em pleno verão, sem ar-condicionado?

Grant ficou quieto por um longo momento, antes de dizer:

— Está bem. Sei o que temos de fazer. Esta é uma daquelas situações em que devemos nos reorganizar e começar tudo de novo. E pedir reforços. Vamos para um motel. Então, sairemos para jantar em um bom restaurante.

— Um restaurante com toalhas nas mesas.

— É claro que terá toalhas nas mesas, flores frescas...

— Sem garrafinhas de plástico com catchup sobre a mesa.

— De jeito nenhum! Nada de catchup no restaurante inteiro! E você pode pedir o que quiser. Não vamos nem pensar em dinheiro, esta noite. Está bem? Esta noite é para *nós*.

Abaixei a cabeça e voltei a chorar e soluçar. Não esperava tanta ternura e compreensão.

— E nada mais de noticiário e entrevistas no rádio — ele continuou. — Ouviremos música, até mesmo *música country*, mesmo que haja muita estática.

Naquela noite, depois de jantarmos lasanha em um restaurante italiano situado no centro de uma cidadezinha chamada Cow Fart, que significa Peido de Vaca, no Kansas, nos hospedamos em um motel com ar-condicionado, cama de verdade e lençóis limpos. Tomamos banho juntos no banheiro de azulejos brancos e ensaboamos um ao outro. Grant lavou meus cabelos com xampu e usou a ponta dos dedos para lavar minhas orelhas. Eu disse que o amava e, mais tarde, nu no meio do quarto, ele bateu os calcanhares no ar, como um personagem de desenho animado expressando alegria. Ligamos o rádio e soubemos que Elvis morrera naquele dia e, em sua honra, apagamos as luzes e dançamos ao som das músicas de Elvis que tocavam nas rádios. Dancei com meus pés sobre os de Grant.

— Está vendo? — ele sussurrou. — Nós podemos ser felizes. Vai dar tudo certo.

E ENTÃO... bem, então meu irmão levou um tiro na cabeça.

Ele não morreu. A bala atravessou o crânio, arranhando parte do cérebro, e saiu pela parte de trás da cabeça, deixando-o inconsciente. Crianças que voltavam da escola o encontraram caído em uma poça de sangue na calçada.

Descobri no dia seguinte ao incidente, quando liguei para minha mãe de um telefone público em frente à lanchonete onde havíamos tomado o café da manhã. Liguei apenas para dizer olá, para dar notícias. Era a primeira vez que eu podia confiar em mim mesma para ligar para casa sem chorar, nem implorar que ela mandasse a cavalaria me buscar. Foi lá, na cabine telefônica empoeirada no estacionamento, com pequenas pedrinhas se juntando entre meus pés e a sandália de dedo listrada de rosa, e mosquitos voando em torno de meus cabelos ainda molhados do banho, que eu soube que meu irmão estava na unidade de terapia intensiva.

— Ele está vivo... por enquanto — minha mãe anunciou com uma voz que não se parecia em nada com a dela. — Ainda não sabem dizer muito mais.

Enrolei o fio do telefone no dedo indicador até não ter mais força. Os números brancos no disco eram salientes. Eu havia sofrido insolação uma vez; meus dedos reagiram como se aquelas saliências fossem a urticária que eu havia coçado, mesmo depois de ser advertida de que não deveria tocar a pele doente. Saliências e mais saliências. Não havia ar na cabine telefônica, ao menos não o suficiente para que eu conseguisse respirar. Assim, chutei a porta para abri-la e machuquei um dedo do pé. Grant esperava não muito perto dali, as mãos nos bolsos, os olhos estudando um centro comercial do outro lado da estrada. Para ele, aquele era apenas mais um dia normal. Fizera sua esposa feliz e, agora, queria retomar a viagem.

David estava na unidade de terapia intensiva, recebendo cuidados vinte e quatro horas por dia, minha mãe repetiu. Era como se estivesse programada para recitar uma lista de coisas a dizer a quem telefonasse e, algumas vezes, ocorresse uma falha no circuito e ela se repetisse. Falava com voz alta, aguda e urgente, como uma garotinha trêmula e insegura. Disse-me várias coisas e, em seguida, repetiu todas elas: a bala não atingira nenhuma parte vital; ele estava sob efeito de sedativos e analgésicos e, por isso, dormia o tempo todo e não podia falar, mas recobrara a consciência pouco depois do incidente; alguém dissera que ele havia brincado com o motorista da ambulância; sua fala estava intata, mas a brincadeira fora sobre o mundo ter ficado todo negro e sobre ele achar que teria de aprender a enxergar com os ouvidos.

— Mas quem atirou em David? — perguntei.

Segundo mamãe, fora mais uma daquelas histórias sem sentido. Fora um estranho. Simplesmente, aproximou-se quando ele estava no carro, parado em um farol vermelho no sul de Los Angeles, e atirou à queima--roupa. Tratava-se de uma onda de violência, disse ela. Coisas terríveis aconteciam e nem ficávamos sabendo.

— Sul de Los Angeles? — praticamente gritei. — Ah, meu Deus! Ele não deveria ter ido lá.

— Você conhece David. Tem amigos em todos os lugares.

Meu coração apertou-se no peito. Eu sabia que a presença de David na região sul de Los Angeles significava tráfico de drogas. Meu irmão comprava drogas naquela área e revendia aos amigos nos subúrbios. Era um idiota. Grandessíssimo idiota. Mas eu havia me sentado no balanço à beira da piscina e fumado maconha com ele e, portanto, de certa forma, havia colaborado com aquela situação. E, se vocês querem mesmo saber da verdade, fora eu quem o apresentara à maconha, anos antes. Levei um pouco para casa e, por farra, pus um punhado no molho de macarrão, como se fosse um tempero qualquer. Como orégano, pensei. Queria ver como minha família agiria sob o efeito de uma droga. Não seria divertido ver meu pai ficar chapado sem saber? O que eu não sabia era que meus pais sairiam naquela noite. David, que tinha catorze anos, comera pratos e pratos de espaguete e, em seguida, fora tomado por um ataque de riso que o deixara caído no chão. Jogamos Twister, rindo tanto que mal conseguíamos respirar, e caindo um por cima do outro. Pouco antes de ele ir para a cama naquela noite, expliquei:

— O que você sentiu é efeito da maconha... você está chapado.

Vi seus olhos se arregalarem. Um mês depois, ele comprou seus primeiros trinta gramas da erva, e dois meses depois disso era dono de um próspero comércio de maconha.

Deus, eu era um irmã horrível.

Minha mãe murmurou com voz muito baixa:

— Isso aconteceu para me punir. É a única certeza de que seu pai e eu temos. É carma, por ter abandonado minha família. Cometo um erro enorme, e meu filho quase é assassinado.

— Mamãe, não é assim que o mundo funciona — respondi. — Olhe ao seu redor e veja quantas pessoas fazem coisas terríveis de verdade e nada de ruim acontece a elas. Carma, ou é o sistema mais defeituoso que existe, ou só mais uma grande piada.

Ela começou a chorar.

— Por favor, não diga isso. Não podemos discutir uma com a outra, nunca mais. As pessoas devem dar apoio umas às outras, e é o que vou fazer. Errei ao deixar seu pai e pensar só em mim mesma. E, se David sobreviver, passarei o resto de minha vida junto de vocês, dizendo todos os dias o quanto eu os amo.

Comecei a chorar, também. Eu era a pior pessoa, a mais culpada naquela história. Ainda assim, sabia que quando contasse tudo a Grant, ele me defenderia. Diria: "Não seja ridícula. Essas coisas acontecem. Seu irmão teria descoberto a maconha por conta própria, mesmo que você não houvesse colocado a erva no espaguete".

Era o que ele diria, e seus olhos cinzentos se mostrariam plácidos, sua voz não se ergueria, nem desceria um tom sequer. Ele aceitava as coisas, simplesmente, tanto as boas quanto as ruins. Eu queria estar em casa com minha mãe, para segurar sua mão e assegurá-la de que ela não precisava dizer todos os dias que me amava. Eu já sabia.

Quando falei que voltaria para casa, ela protestou:

— Mas está em lua de mel.

— Não importa — insisti.

Soluçando incontrolavelmente, ela passou o telefone para meu pai. Ouvi a voz dele ao fundo, alegando que não havia nada a dizer, mas ela o forçou a falar. Ele foi monossilábico, como alguém que fora acordado no meio da noite. Não parecia ter condições sequer de formar opiniões. Perguntei se ele e mamãe estavam se alimentando, e ele aparentou não entender por que eu faria uma pergunta como aquela.

Quando desliguei, fui até Grant, que agora estava no caminhão, estudando mapas e assobiando. Contei a ele o que havia acontecido. Uma gota de suor deslizou por dentro da minha blusa, até o cós do meu short.

— Sinto muito, mas preciso voltar para casa — murmurei, protegendo os olhos contra o sol com a mão para encará-lo. — Acho que não posso mais ir com você para Nova Iorque.

Vi a cor abandonar seu rosto.

— Vou com você — ele disse. — Voltaremos juntos e ficaremos lá alguns dias, até as coisas se acertarem. Então, partiremos para Nova Iorque outra vez.

— Não acho que as coisas vão se acertar em alguns poucos dias.

Passei a mão pelo interior da porta aberta do caminhão, imaginando o que aconteceria se a porta se fechasse e esmagasse meus dedos, se a dor em meu coração se tornaria melhor ou pior.

— Bem, ficaremos pelo tempo necessário, então — insistiu. — Com certeza, os médicos poderão dizer mais dentro de poucos dias. Podemos tomar as providências necessárias lá e, quando pudermos, seguiremos para Nova Iorque.

— Não. — Eu sabia que não estaria pronta para ir a Nova Iorque em alguns dias. — Escute. Tem um trabalho à sua espera e precisa devolver o caminhão em Nova Iorque na data marcada, que está muito próxima. Você segue adiante e cuida de tudo o que for necessário lá, enquanto eu volto para casa e cuido do meu irmão...

Ora, mas o casamento não contava para nada? Grant disse que estávamos casados, oras, e que era isso o que as pessoas casadas faziam: ficar uma ao lado da outra em momentos de dificuldade. Não fora com isso que eu concordara quando nos casamos? Esse era o nosso primeiro teste. Eu não sabia o que "na alegria e na tristeza" significava? Tínhamos feito *votos*. Fora assim que o casamento de seus pais havia durado tanto. Eles permaneciam juntos, sempre. Seu pai jamais teria deixado sua mãe voltar sozinha. Era o que tínhamos de fazer.

Expliquei que não achava que tal princípio se aplicava à nossa situação. Em primeiro lugar, era cedo demais. E nada daquilo tinha a ver com nosso casamento, ou com ele, ou com nosso futuro. Lembrei que ele perderia o emprego que conseguira em Nova Iorque — para trabalhar com o homem que ele mais admirava na vida, a quem passáramos a chamar de O Grande Homem. Além disso, havia o depósito pago pelo caminhão. Se voltássemos para a Califórnia e, mais tarde, retomássemos a viagem a Nova Iorque, teríamos maior dificuldade em encontrar um apartamento pelo qual pudéssemos pagar. Eu acreditava de fato em tudo o que estava dizendo.

A verdade era — e eu não soube disso até embarcar no avião, apertar o cinto e aceitar o martíni, o primeiro em minha vida, oferecido pela comissária — a *verdade* era que eu não queria Grant comigo. Queria ter aquela experiência sozinha. Tratava-se da *minha* vida. Não havia lugar para Grant na pequena hierarquia de pessoas que podiam saber da compra de drogas de meu irmão que dera errado, ou das teorias malucas de minha mãe sobre carma e sua incursão no feminismo e tudo o mais, ou na maneira como meu pai fechava os olhos quando o mundo exigia algo dele, mesmo que fosse o mínimo.

Essa era a *minha* família, com seus defeitos e loucuras, que no momento enfrentava uma situação muito difícil, e eu precisava voltar e ficar com eles. Grant ficaria bem. Tratei de lembrá-lo de que seríamos um casal casado mais tarde. Eu tinha de cumprir meu papel de irmã e filha por mais algum tempo. Demos azar, só isso.

— Ligarei para você — prometi a ele na lanchonete do aeroporto.

— Mas você vai mesmo me encontrar em Nova Iorque? Sou seu marido e não quero ficar sem você.

— É claro que vou! — afirmei.

No entanto, quando o avião decolou e bebi meus primeiros goles de martíni, o que eu sentia era algo totalmente diferente: por mais triste que fosse o incidente com meu irmão, havia algo mais à espreita em um canto de minha mente, algo que eu não queria admitir — eu havia recebido uma moratória, um perdão, um passe livre em meu casamento e mais uma chance de estar de volta à minha casa, com minha mãe e meu pai e, claro, um irmãozinho ferido e doente, e eu precisava de todos eles desesperadamente. Nunca deveria ter partido.

Teria a chance de voltar à infância antes que o portão se fechasse para sempre.

GRANT COMPLETOU a viagem em tempo recorde, dormindo em campings de concreto e ouvindo as notícias no rádio, para seu contentamento, eu aposto. E quando chegou a Nova Iorque descobriu que alugar um apartamento e se estabelecer nele era muito mais difícil do que havia imaginado. Era um homem sozinho contra todo o impenetrável sistema de senhorios e agências imobiliárias da cidade. Além do mais, disse ele ao telefone, como poderia adivinhar que tipo de lugar *eu* gostaria? Como teria certeza de ter escolhido o apartamento certo? Talvez eu houvesse me esquecido, por estar ausente, do quanto ele era inepto na vida cotidiana. Por isso, contou durante uma de nossas longas conversas tarde da noite, aceitara o convite para morar temporariamente com O Grande Homem. Que sorte fantástica!

O Grande Homem tinha uma esposa e um casal de gêmeos ainda pequenos, além de um apartamento que a família estava disposta a partilhar. Sim, eles o convidaram! Na verdade, o escritório da esposa fora transformado em quarto para Grant, o que era ótimo, uma vez que ela era bailarina e estava produzindo um show, o que a forçava a trabalhar no estúdio, e não em casa. De qualquer maneira, já havia um sofá-cama no escritório, além de uma escrivaninha e caixas de fotografias de família, decorações de Natal e toda a parafernália da vida familiar, caixas de roupas e brinquedos de bebê. Era adorável, segundo Grant. Os gêmeos entravam e o acordavam com beijos e cutucões nos olhos todas as manhãs. Um deles insistia para que ele usasse o desentupidor de privada como chapéu, o que era aparentemente uma grande honra.

Tratava-se do arranjo perfeito, disse ele, porque... bem, porque lhe dava a chance de se adaptar à vida em Nova Iorque e ao trabalho na universidade sem que tivesse de fazer isso sozinho. Se eu estivesse lá, acrescentou, provavelmente não teria de depender dos outros. E não teria feito a maior amizade de sua vida. Ele disse exatamente isso: a maior amizade de sua vida. Com bons jantares, boas conversas e bons vinhos.

— E estão loucos para conhecê-la — disse. — Por favor, venha logo, assim que sua família puder ficar sem você.

Prometi que iria. David saíra do coma, mas estava paralisado da cintura para baixo e perdera a visão de um olho e parte da audição. Ficaria na clínica de reabilitação por um longo período, ao que parecia. Não havia muito mais que eu pudesse fazer por ele.

— Bem... ele terá pessoas que o ajudarão a se recuperar — Grant concluiu.

Pude ouvir o tilintar de copos e risadas ao fundo. Ouvi, também, um homem dizer: "Diga a ela que estamos transformando você em nova-iorquino, forçando-o a comer muitos brioches e *bagels*. E diga que já estamos meio apaixonados por ela só de ver uma fotografia, embora eu desconfie se tratar de uma foto falsa que você usa para impressionar as pessoas".

— Uau, O Grande Homem tem voz humana normal! — comentei. — Ele não fala em estrondos como pensei que Deus falaria.

Grant riu.

— Eu sei! Você o ouviu? Aquele é Jeremiah. Acho que está começando a pensar que você não existe. Por isso, você *precisa* vir e provar que ele está errado.

CAPÍTULO NOVE

2005

*A*doro estar de volta a Nova Iorque. Sabe como é? É como voltar a ser jovem. Sinto que tudo é possível.

Sophie e eu nos adaptamos uma à outra e convivemos de maneira agradável, como eu sabia que seria. Ela é tão parecida comigo, que sei exatamente o que a deixa animada e, portanto, temos sempre muitas dessas coisas, tanto quanto desejamos. Ficamos à toa na cama, assistindo a filmes, cochilando e comendo quando temos vontade. Desempenho o papel de mãe-curandeira, preparando canja de galinha, pão integral, legumes e verduras. Trago a revista *People*, comédias românticas em DVD, loções hidratantes perfumadas, brilhos labiais e esmaltes de unha em cores variadas. É como se existíssemos em uma bolha — uma bolha superaquecida, de um único aposento, exclusivamente feminina e cercada de tudo o que poderíamos desejar. Lá fora, galhos sem folhas arranham as janelas do apartamento, o sol nasce e se põe, o vento sopra, buzinas tocam. Aqui dentro, somos pedicure e manicure uma da outra, penteio os cabelos de Sophie em coques sofisticados e o aquecedor nos banha com ondas de ar quente. Decidimos que devemos usar franjas, as duas. Penteio a minha até me parecer com Chrissie Hynde, vocalista do grupo *Pretenders*, que tenho de explicar a Sophie que se trata de uma banda que fazia sucesso nos anos em que havia morado em Nova Iorque. Sophie prefere uma franja leve, algumas mechas apenas, pois assim realça seus grandes olhos cinzentos.

Estamos as duas trabalhando, também. Improvisei uma mesa de desenho em um canto do quarto e estou terminando as ilustrações de Bobo, concentrando-me em aperfeiçoar as expressões dos personagens. Minha editora diz que sou a rainha em se tratando de fazer animais parecerem humanos em seus sentimentos.

— Basta uma manchinha de um milímetro de tinta marrom no lugar errado para as pessoas se lembrarem subitamente de que esquilos não passam de ratos com belos rabos — ela disse uma vez, me fazendo rir.

Sophie, que trabalha como assistente da editora-chefe da *La Belle*, uma revista de interesse geral para mulheres jovens, recebeu a tarefa de ler, durante o período de repouso, manuscritos enviados espontaneamente — histórias que pessoas comuns mandam de todos os lugares, na esperança de que serão publicadas na revista. A maioria não tem a menor chance, mas o trabalho de Sophie é ler todas elas e decidir se merecem atenção da editora. Poderia ser um trabalho desencorajador, uma vez que ela estaria destruindo as esperanças de tanta gente, mas algumas das histórias são engraçadas e tocantes, e ela lê vários parágrafos em voz alta enquanto pinto.

Esses manuscritos são trazidos toda semana por Christina, outra assistente, que geralmente fica para tomar chá conosco. É encantadora e peculiar, e adoro a facilidade com que faz Sophie rir das fofocas e politicagens do escritório. Ela logo se torna uma visita regular para o jantar, o que é ótimo porque às vezes nos enjoamos uma da outra e precisamos de vida nova trazida de fora.

— Precisa ter cuidado com minha mãe — diz Sophie, com olhar zombeteiro. — Ela tem um talento... — fez uma pequena pausa dramática —...acho que se pode chamar isso de talento, para adotar as pessoas. Você conversa com ela por cinco minutos e ela a convence a contar todos os seus segredos. Quando chega o fim da noite, ela saberá tudo sobre você.

— Sophie, isso não é verdade! — protesto rindo.

— Ninguém entende como ela consegue.

Christina ri e diz que não tem segredos, o que não é verdade, claro, e, em poucos minutos, ela, Sophie e eu conversamos sobre homens, chefes, a vida em Nova Iorque, como sabemos quando estamos felizes e se os homens experimentam a felicidade da mesma forma que as mulheres — todos eles assuntos fascinantes. Pouco tempo depois, Lori e sua colega de apartamento, Tara, começam a subir, também e, à noite, temos algo parecido a um salão de beleza. Nós nos acomodamos na cama e em almofadas no chão, tricotando, conversando, rindo e comendo.

Todas têm problemas com homens, cada uma por um motivo diferente — alguns homens são distantes, outros são pegajosos demais, há homens que deixam toalhas molhadas no chão *e também* são pegajosos, e, claro, há os homens que decidiram ir para o Brasil — e eu adoro a maneira como exploramos as diversas camadas de sentimentos, contando histórias, tentando explicar os mistérios que não podem ser explicados. Sinto como se houvesse feito isso minha vida inteira.

— Como é possível ter certeza de que deixamos de amar alguém, mas, quando sabemos que ele vai se casar, temos vontade de saltar da janela? — Lori indagou, uma noite.

— Queremos o que não podemos ter — disse Christina. — É da natureza humana.

— Se o tivesse de volta, não iria querê-lo — Sophie acrescentou. — Os problemas de antes voltariam rapidamente, e você o deixaria outra vez.

— Mas e se tudo mudou? Se você estivesse errada? E se houvesse tomado a decisão errada? — Lori insistiu. — Como podemos saber?

— Minha mãe é quem tem um casamento feliz — Sophie falou. — Pergunte a ela.

Todas se viraram para mim com grande expectativa, e minha garganta se fechou e não consegui falar. Sei menos que qualquer outra pessoa sobre esse assunto.

UM DIA, Sophie e eu estamos sentadas na cama e apanho meu papel e aquarela e começo a pintar um retrato dela. Faço com que pareça esperançosa e radiante. Tenho notado que, a cada dia, ela se torna mais forte e mais feliz, exceto pelo fato de sempre parecer deprimida depois de falar com Whit ao telefone, ou depois de ler os e-mails enviados por ele. Não acredito que ele diga coisas para magoá-la, mas sei que às vezes um homem é capaz de partir seu coração muito mais quando está longe, mas feliz, e você se dá conta de que é meramente tangencial à vida dele.

Grant liga para Sophie várias vezes por semana, mas nunca pede para falar comigo. E um dia ele manda uma caixa de barras de chocolate com amêndoas, com um bilhete que diz: "Para o caso de você ter os mesmos desejos que sua mãe costumava ter".

— Imagino que você converse com papai quando sai para ir ao mercado ou algo assim — ela comenta.

— Por que diz isso?

— Porque nunca ouço você falando com ele. Pensei que ele fosse ligar todos os dias, enquanto você estivesse por aqui.

— Seu pai está muito ocupado com o livro.

— Ah...

Sinto os olhos dela fixos em mim quando volto às minhas ilustrações. Acabo de decidir que o agasalho da mãe de Bobo precisa de um pouquinho mais de sombra.

Um dia, quando estou fora do apartamento, ligo para Ava Reiss e informo que quero suspender nossas sessões de terapia indefinidamente. A ligação me faz sentir ótima.

— Obrigada por tudo que você me ajudou a refletir e compreender — disse eu com voz alegre à caixa postal —, mas no momento pretendo simplesmente estar com minha filha e viver uma vida não analisada.

Fora muita sorte minha Ava Reiss não ter atendido ao telefone. Ela não acredita nas virtudes da vida não analisada. Teria dito: "Mas, Annabelle, precisamos explorar o fato de você ter dito que não quer continuar casada. O que me diz?".

Talvez ela não dissesse isso, não sei. Estou em férias de meu casamento com Grant; dos silêncios dele; de nossa casa escura e fria; de sentir saudade de minha mãe; do vento que uiva quando sopra contra o lado norte da casa; da neve que se acumula no lado do jardim que não pega sol; da sensação de que estou constantemente precisando perder cinco quilos; de marcar almoços com minhas amigas para ouvi-las falar sobre o fim de seus casamentos e seus medos do futuro; do pavor que sinto em meu peito ao acordar todas as manhãs.

Sophie e as amigas são mulheres que foram decepcionadas por homens, mas percebo que elas têm certeza de que se trata de um estado meramente temporário; acreditam que o amor virá e as transformará. Os homens começarão a se comportar de maneira correta, ou novos homens vão aparecer e proporcionar a elas uma vida na qual não ficarão confusas nem desapontadas novamente.

Mas, então, surge a questão de Lori: "E se ele era o homem da minha vida e eu o perdi e não poderei tê-lo de volta? Viverei o resto de minha vida na incerteza?".

Todas concordam que essa seria mesmo a pior coisa: viver com a incerteza.

UM DIA, estou trabalhando na aquarela de Sophie, completa com faces coradas e emolduradas por finas mechas de cabelos cacheados, a epítome da maternidade jovem e saudável, quando ela pergunta:

— Mamãe, poderia pintar um retrato de *lima bean*?

Está se referindo ao bebê. Ela o chama de *lima bean*, que significa feijão verde, ou simplesmente Beanie, um "apelido carinhoso".

— O que você quer é... um retrato da foto tirada da ultrassonografia?

Tento imaginar se daria certo. Um retrato de uma criatura curvada como um salgadinho de milho?

— Não, não. — Sophie abana a mão com ênfase. — Como você imagina que ela vai ser. Um retrato da nossa fantasia sobre ela... quando ela nascer.

— Espere. Vamos voltar a fita. Você disse... ela?

Sophie ri e aperta os joelhos.

— Ah, eu disse?

— Sophie! É verdade? Ah, meu Deus! Beanie é menina?

Ela confirma com um gesto de cabeça e seus olhos se enchem de lágrimas, embora ela continue sorrindo.

— Sim, vou ter uma menina. Descobri há pouco tempo, naquele dia...

Deixo o pincel de lado e vou abraçá-la.

— Ah, querida! Ah, meu Deus! Uma filha? Isso é maravilhoso! Uau, uau. Como Whit reagiu quando contou a ele?

— Ainda não contei.

— Não? Ainda não? Está esperando pelo momento certo.

— Sim, e o momento certo será quando ele estiver aqui e a médica lhe entregar a filha recém-nascida.

Não consigo evitar uma risada.

— Mesmo? Uau, você tem muito autocontrole. Eu, provavelmente, também não quereria contar, mas, quando desse por mim, já estaria ao telefone relatando cada detalhe.

— Não — ela diz ainda sorrindo, mas um sorriso furioso. Está prestes a explodir em lágrimas outra vez. — Não se trata de autocontrole. Simplesmente, não quero contar a ele. Esse conhecimento é só meu, todo meu, e, agora, seu também.

Passo os braços em torno de mim mesma.

— Uma *menina!* Uma menininha. Mal posso acreditar. — Sento-me na cama e abraço minha filha. Não posso evitar: penso em minha mãe, nessa sucessão de mulheres que estamos trazendo ao mundo, quanto se estende no passado distante e quanto ainda continuará no futuro. Minha mãe teria adorado estar aqui neste momento. Era como se ela soubesse que este momento chegaria. Um dia, não muito tempo antes de ela morrer, fui visitá-la na clínica de repouso e nós nos sentamos no jardim de inverno para conversar. Àquela altura, ela estava divorciada de meu pai havia muitos anos, e havia tido um casamento feliz de dez anos com um homem que ela conhecera em um baile para solteiros, e que morrera vítima de um derrame cerebral um dia, quando estava colocando o lixo para fora. Depois de viver alguns anos sozinha, ela decidira se mudar para uma clínica de repouso para idosos em New Hampshire, para estar perto de nós. Estávamos sentadas diante das imensas janelas de vidro que iam do teto ao chão. Não havia sol, apenas neve acumulada sobre o pequeno lago congelado no jardim, mas concordamos que era bonito assim mesmo. Não era a beleza praiana da Califórnia, mas apresentava as maravilhas da natureza que se vê nas páginas do mês de janeiro dos calendários. Como fora possível, perguntei a ela, duas californianas até a alma serem transplantadas para um inverno digno da página de janeiro?

E foi quando ela sacudiu a cabeça e disse:

— Tudo por causa de Grant, um homem que nós nem conhecíamos pela maior parte de nossas vidas. Não poderíamos ter previsto que você viria para cá. É claro que, olhando para trás, era o que tinha de acontecer, mas você está tão distante do que imaginei que sua vida seria. — Ajeitou o turbante que passara a usar depois que seus cabelos começaram a cair. — E será assim com você e Sophie, também. Você não vai reconhecer a pessoa que ela vai se tornar. Sabe disso, não sabe?

Apertei a mão de minha mãe, sem conseguir falar nada, pois um nó na garganta me impedia de dizer qualquer coisa que fosse, e ela acrescentou:

— Só espero que ela tenha uma menina para que saiba o que é ser desafiada todos os dias de sua vida, como aconteceu conosco.

Caímos, as duas, na gargalhada.

Está vendo? Ouço a voz de Ava Reiss em minha mente. Você *pensa que pode tirar férias da vida não analisada, mas a verdade é que não pode.*

Viro-me para Sophie, a quem ainda reconheço muito bem, e digo:

— Sabe o que acho que deveríamos fazer em vista desse novo conhecimento? Acho que devemos pegar o computador e encomendar algumas roupinhas cor-de-rosa. E, também, um cesto de vime branco com babados.

Por um instante, ela parece incerta, mas então diz:

— Vai ser ótimo! Acho que fica mais real, não acha, quando sabemos que estamos carregando uma pessoa com sexo definido. Você se dá conta de que precisa comprar coisas para ela.

Pego o notebook do chão e, juntas, navegamos em todos os melhores *websites* de artigos para bebês. Compramos pagãos cor-de-rosa, macacões com estampas de animais de fazenda, toalhas de banho com capuz, pijamas, botinhas de tricô, cobertores e touquinhas. Nunca nos divertimos tanto. Então — *clique* — compramos um cesto daqueles que vêm com véu de tule e babados coloridos. Rindo, Sophie diz não saber aonde vai colocar tudo aquilo quando a encomenda chegar.

— Mas você precisa ter as coisas de que o bebê vai precisar — digo a ela. — E, além disso, sempre há espaço. Você cria o espaço.

No jogo de gato e rato que Grant e eu estamos aparentemente jogando, ele é o que desiste primeiro e finalmente me telefona. O que é um grande triunfo, claro. Ele nunca gostou de conversas longas e profundas ao telefone e, agora, parece ter uma lista de assuntos à sua frente. Ele tica cada um à medida que são mencionados. Está gripado. O capítulo seis o está enlouquecendo. Seus joelhos estão rijos. Acabou de nevar. O entregador de óleo foi hoje. Como eu estou? O que Sophie está fazendo? Como está o tempo em Nova Iorque? Tenho saído muito? O que a médica diz?

Respondo com voz cuidadosa, destituída de qualquer sinal de raiva ou paixão. Digo que lamento por ele estar gripado, pelo seu capítulo e pelos seus joelhos, mas não me apresso em preencher os silêncios, como teria feito antes de tirar férias de lidar com ele. Enquanto falo, pego um bloco e desenho um retrato do quarto de Sophie, a mesa de cabeceira com nossas xícaras de chá e um prato de *brownies* junto ao abajur.

Digo que Sophie está bem. Fez ultrassonografia na semana anterior e tudo parece normal. Não teve mais sangramentos.

— Ah — diz ele. — Suponho que isso a fez sentir-se melhor.

— Sim, a cada dia que passa ela está mais forte.

— Bom, muito bom. — Silêncio. — E ela está se sentindo bem?

— Gostaria de falar com ela?

— Não, não. Falei com ela hoje cedo. Só queria saber como você vai e se está precisando de alguma coisa.

— Não, nada. Estamos bem.

Longo silêncio.

— Bem, vou desligar, então, e voltar ao trabalho.

— Está bem.

— Ah, sim. Estive pensando... talvez na semana de férias escolares de primavera... talvez Nick e eu possamos ir até aí para ver você e Sophie.

— Seria bom, eu acho. Se você estiver adiantado em seu livro.

Ele ri.

— Bem, não acho que vou estar, mas quero ver Sophie. E você. Antes de o bebê nascer.

— Quando será isso?

Ele ri de novo.

— Ora, quem sabe quando um bebê vai nascer? Eles não têm seu próprio calendário, que ninguém conhece?

Permaneço em silêncio. Grant pigarreia.

— Piada de mau gosto. Você quer saber quando serão as férias de primavera? Não se preocupe. Será só daqui a duas semanas. Estou apenas tentando planejar com antecedência.

— Está bem, então. Parece uma boa ideia.

— Certo. Voltaremos a conversar. Até logo.
— Até logo.
— Amo você, Annabelle.
— Eu também. Boa noite.

Desligo o telefone e me deparo com Sophie me encarando com seus olhos enormes.

— O que foi? — pergunto.
— Nada. — Ela se ocupa em alisar as cobertas, bocejar, espreguiçar. Então, depois de alguns minutos, diz: — Você e papai estão brigados?

Sorrio para ela. Ainda estou tentando dar um bom exemplo.

— Não. Você sabe que ele detesta falar ao telefone.

Ela ri.

— Verdade. Ele é, definitivamente, o tipo "em pessoa" — concorda, mas continua parecendo desconfiada. — Mesmo assim, pensei que ele não suportaria ficar longe de você. Achei que telefonaria todas as noites.

Mais uma vez, não consigo conter uma risada.

— Para falar a verdade, Sophie, acho que se sente aliviado por estar sozinho esses dias. Ele está mesmo trabalhando duro no livro. Além disso, sabe que você e eu estamos fortalecendo nossos vínculos de mãe e filha. Não creio que ele queira nos importunar.

Ela alisa a barriga saliente e boceja.

— Papai é um cara muito legal, sabia?
— Ãhã.
— Sobre o que é o livro que ele está escrevendo, afinal? Ele nunca me falou sobre isso.

Dou a ela a versão reduzida: é a história do sindicato trabalhista de uma fábrica, quando essa fábrica foi fechada na virada do século, e de como todos os trabalhadores se uniram em protesto, assumiram a direção e mantiveram a fábrica funcionando para não perder seus empregos. Ele está fazendo o primeiro estudo abrangente do fechamento e seus resultados, entrevistando os filhos de alguns dos trabalhadores...

— Parece fascinante! — ela exclama. — E esse é o primeiro estudo sobre o assunto? E o livro será publicado e irá torná-lo rico?

— Não sei se ficará rico, mas será publicado. O problema é que tudo indica que ele será nomeado diretor interino do departamento de História no outono e, por isso, quer termin...

Sophie franze o cenho.

— Por quê? O que aconteceu ao sr. Winstanley?

— Ora, foi a maior fofoca do ano. Não acredito que não contei a você. Ele deixou a esposa e se casou com uma aluna, e os dois vão...

— *O quê?* Ele se casou com uma *aluna?* O pai de Jen se casou com uma aluna?

Eu havia me esquecido completamente que Jennifer Winstanley estudara na mesma classe que Sophie. É esse o problema de cidades pequenas; há um milhão de conexões para nos lembrarmos. Todos estão ligados a tudo o que acontece de alguma maneira que não nos lembramos.

— Sim, uma aluna, e eles vão...

— Meu Deus! O sr. Winstanley? Essa é a história mais lamentável que já ouvi! Credo! Ele se casou com uma de suas alunas?

— Na verdade, ela não era aluna *dele*. Ele a conheceu em uma conferência, pelo que sei, e foi depois disso que ela se transferiu para a faculdade e eles se apaixonaram. Quando ele se deu conta de que seus sentimentos por ela eram sérios, pediu o divórcio.

— Pobre Jen! E a mãe dela é tão legal! Não posso acreditar que ele deixou a sra. Winstanley depois de tantos anos porque se encantou com uma aluna. É tão repugnante que acho que vou vomitar aqui mesmo.

— Ora, Sophie, você sabe que esse tipo de coisa acontece. É tão comum que praticamente se tornou clichê.

— Não com pessoas como os Winstanley! Ele era um homem sério e honrado. Sempre foi simpático comigo, quando eu ia *na* casa deles.

— *À* casa deles. Você não ia *na* casa deles.

A correção não a distrai de seu ultraje; nisso, é exatamente igual a todas as esposas de professores. Todas nós queremos ouvir os detalhes e, então, expressar nossa profunda indignação. Todas nós adoramos o drama da situação e, claro, a oportunidade deliciosa de nos compadecermos da pobre Mary Lou.

— Meu Deus — Sophie continua. — Ouvir uma história como essa é o bastante para fazer uma mulher odiar os homens. Não se ouve falar de mulheres fazendo isso, decidindo, quando estão na meia-idade, que cansaram de seus maridos. Qual é o problema desses homens?

— Acontece dos dois lados — falo em tom pouco convincente. — As pessoas mudam, ficam entediadas, percebem que suas vidas estão à deriva e que não estão felizes, sentem-se presas... quem sabe o que mais?

Ela me olha fixamente, incrédula.

— Não acredito que está defendendo aquele homem! — Atira um lenço de papel amassado em mim. — É um patife!

— Não, não estou *defendendo* ninguém. Só estou dizendo que é simplista demais acreditar que existe uma única maneira de ver a história. Há sempre outros lados da situação, mais do que conseguimos enxergar. E as pessoas mudam; suas necessidades mudam...

— Ah, Clark Winstanley mudou, sim. Tornou-se um tarado. E você pode defendê-lo quanto quiser, mas sabe que papai jamais faria esse tipo de coisa. Simplesmente, não faria. Você tem de saber disso. Aposto que são poucas as mulheres que podem afirmar isso com certeza sobre seus maridos.

Fala em tom de acusação, como se eu não merecesse o que tenho. Quero falar mais sobre a complexidade e todas as razões pelas quais um casamento pode acabar, mas Sophie é uma mulher cujo marido está longe, e sei que não está em condição de ouvir nada disso agora. E Deus sabe que não quero deixá-la nervosa. Quando se teme pela própria vida, há consolo em ao menos estar do lado certo da divisão moral.

— Sabe o que papai disse? — ela pergunta. — Quando conversei com ele sobre me casar com Whit, ele disse que quando alguém decide se casar, tem de ser por um único motivo, por saber que aquela é a pessoa com quem se quer ficar para sempre, e não importa o que ela faça, ou quem mais se conheça ao longo da vida, ou que tipo de problemas os dois tenham de enfrentar. Seu lugar é ao lado da pessoa com quem se casou, com quem assumiu o compromisso de sempre resolver as questões e encontrar uma saída. Ponto final. Devem-se fazer todos os esforços para que dê certo.

— Jesus! — exclamo, rindo. — Você deve ter ficado apavorada. Ele faz o casamento parecer um campo de prisioneiros na Sibéria.

— Mas você é prisioneira do amorrrrrrrr — ela retruca. — E, por isso, está tudo bem. Porque você está em perfeita segurança. Alguém disse que vai amar você, aconteça o que acontecer.

Soa muito mal dizer que a melhor parte de cada dia é quando saio para ir ao mercado fazer compras para a casa? Lá, encontro gloriosas laranjas, maçãs, aspargos e espinafre, todos acomodados em caixas e tão frescos que praticamente brilham. Isso é o que me lembro de mais ter gostado em Nova Iorque: os mercadinhos daqui, mesmo no inverno, proporcionam a sensação de um verão abundante, com sua variedade de *bagels*, pães integrais, azeitonas, bolachinhas, salmão defumado, queijo; tudo ali, acenando para os fregueses. Depois de tantos anos vivendo em New Hampshire, havia me esquecido de que, no inverno, a cidade cheira a edifícios, asfalto, fumaça de carros, casacos de lã, e não simplesmente o ar frio e metálico da neve e gelo e pinheiros. É maravilhoso andar pela calçada, passando pelas pessoas apressadas que não sabem absolutamente nada sobre mim nem tampouco querem saber.

Alguns dias, antes de voltar para Sophie, eu me permito sentar ao sol no parque, observando e relembrando. É como se pudesse caminhar de volta para o passado, se quisesse, e encontrar tudo ainda à minha espera. Caminhei por estas ruas com o coração completamente aberto, estive nesses mercados ao ar livre, manuseando tangerinas e pomelos, quando tudo o que eu queria era o amor impossível em vez de me contentar com o alimento fresco, redondo e cítrico que me era oferecido.

Um dia, deitada na cama ao lado de Sophie, conto a ela minha conclusão de que a vida em New Hampshire gira em torno de nos estabelecermos e nos entrincheirarmos até mesmo os jogos de lá envolvem discos duros e máscaras resistentes. Em Nova Iorque, porém, mesmo no inverno, a cidade está sempre aberta e repleta de possibilidades.

— É a energia daqui — digo —, a maneira como ela vibra sob a superfície de todas as coisas.

Sophie ri.

— Não é energia o que está ouvindo. É o ruído do metrô, sua doida.

— Sim, até mesmo o metrô! É como se houvesse um outro mundo no qual se pode entrar. Uma pessoa pode se perder aqui, misturar-se à multidão e nunca mais ter de encarar sua velha vida.

— Mamãe, quando fala assim, não posso evitar a ideia desconcertante de que você não gosta da sua velha vida.

— Sophie — falo com todo cuidado —, você se lembra como é seu pai, não?

— O que está querendo dizer?

Dou uma risada.

— Sei que ele é um homem muito bom, e que você o idolatra, mas acho que se lembra de que, para ele, a vida é preto no branco. Lembra-se de quando teve uma briga horrível com sua melhor amiga no colégio, por ela ter dito todas aquelas coisas horrorosas sobre você?

Ela assente com um sinal de cabeça e eu continuo:

— E eu achava que você deveria esperar alguns dias, até a situação se acalmar, para ir à casa dela e conversar com ela? Mas seu pai acreditava que ela havia atravessado um limite imperdoável e que você nunca mais deveria falar com ela.

— Ah, sim. Ele disse: "Pense melhor, por que você haveria de querer alguém assim em sua vida?", e *então* disse que fora bom que isso tivesse acontecido, porque agora eu podia ver o tipo de pessoa que ela realmente era, e nunca mais voltaria a confiar nela. — Sophie sacode a cabeça.

— Sim, é exatamente isso o que estou dizendo. Um homem bom, sempre a favor do que é certo, contra tudo o que é errado, mas às vezes...

Ela ri.

— E agora que somos só ele e eu em casa — explico —, todas aquelas ideias do que é *certo* e do que é *bom*, não têm ninguém a quem possam ser dirigidas, exceto a mim. Às vezes, é demais.

Um dia, volto para casa depois de uma manhã no parque e procuro Jeremiah no Google.

Não que seja um crime, mas é algo ridículo para se fazer e, claro, bastou eu ter a ideia para sentir que precisava procurá-lo. Digito o nome dele no computador de Sophie enquanto ela está no banheiro e rezo para encontrar alguma informação bem depressa e ainda poder voltar ao *website* da Baby Gap, antes que ela apareça.

As páginas demoram a carregar. Aqui está o que consigo descobrir nos três minutos de que disponho: Ele não trabalha mais na Universidade de Colúmbia. Viveu na Suécia por algum tempo. Seus livros não estão vendendo bem na amazon.com. Ele pode estar em Nova Iorque.

Está viúvo.

Respiro fundo.

Sophie volta para o quarto, parecendo uma mulher da Renascença, com sua pele pálida e os cabelos presos no topo da cabeça. Sorrindo, ela exibe o polegar, indicando que não há o menor sinal de sangramento. O bebê está conseguindo se manter no lugar.

Casualmente, clico em um relatório do Censo. Mais de oito milhões de pessoas vivem em Nova Iorque, digo a ela. Quais seriam as chances de encontrar, por acaso, alguém que conhecemos?

— Quase zero — ela responde.

CAPÍTULO DEZ

1977

Muito bem, aqui estamos: Jeremiah.

Esta é *aquela* parte da história. A parte maravilhosa, terrível, assustadora.

Jeremiah era casado, um homem casado com filhos pequenos. Deixe-me esclarecer isso em primeiro lugar, porque era quase o que havia de mais importante nele. Era o que definia todo o restante, assim como os cabelos escuros, brilhantes e ligeiramente encaracolados, aqueles magnéticos olhos azuis, o sorriso desajeitado e o fato de que, aos trinta e poucos anos, ele já era professor catedrático na universidade devido a um estudo brilhante que fizera anos antes.

Carly, sua esposa, era alta e esbelta, vestia *collant* e *fuseau* com uma saia diáfana de bailarina e, sim, sapatilhas modelo balé, daquelas que se amarram nas pernas. Seus cabelos naturalmente ruivos estavam sempre presos em um coque apertado, seu abdome era liso, quase côncavo, e ela possuía rosto fino e nervoso, que registrava tudo o que ela pensava, o tempo todo. Era agitada, bebia muito café e, para mim, era uma mulher mais velha fascinante, que já construíra uma carreira de sucesso como bailarina. Bem, ela também tinha trinta e poucos anos, era mãe de um casal de gêmeos adoráveis e casada com um homem a quem as pessoas se referiam como O Grande Homem. Não precisava de mais nada para completá-la, enquanto, ao final daquele verão, logo depois de completar vinte e um anos e já casada, eu me sentia como se fosse feita de gelatina, sem forma e sem direção definidas, com meu coração partido ainda preso à Califórnia.

Eu sofria por David, que acordou no hospital, chocado ao se descobrir tão mudado. No início, ele não queria falar com ninguém, especialmente com meus pais, que brigavam como se ele não pudesse ouvi-los, e como se, naquele quarto de hospital, com os dois filhos presentes, pudessem travar de maneira definitiva todas as batalhas que haviam consumido seu casamento. Seria preciso uma equipe de psiquiatras para compreender os dois, foi o que eu disse a David quando tive permissão para levá-lo ao jardim. Empurrei sua cadeira de rodas até um pátio deserto, onde ficamos conversando. Estávamos nos escondendo do zumbido constante da televisão ligada nas salas de espera do hospital, do cheiro das bandejas com as refeições, o ruído irritante dos sapatos das enfermeiras no chão de ladrilhos, das vozes excessivamente alegres de terapeutas que entravam esperançosos no quarto de David, apenas para saírem como flores murchas depois da exposição ao nosso drama familiar.

Estávamos muito tristes, mas não podíamos demonstrar essa tristeza porque meu pai estava sempre carrancudo e nervoso e podia explodir a qualquer momento. Minha mãe tinha o rosto inchado de chorar e se desmanchava em lágrimas caso alguém simplesmente olhasse para ela. Tudo o que acontecia entre nós quatro naquele quarto parecia ser o resultado de um acordo não declarado que havíamos assinado sem saber. Nós ardíamos por dentro, contínhamos nossa irritação e fingíamos estar ótimos para David, que era o mais desanimado de todos, mas que estava no processo de formar a carapaça resistente de que precisaria para continuar vivendo.

Isso é o que sei agora. Na época, tudo o que sabia era que precisava ir todos os dias ao hospital e tentar assimilar esses sentimentos confusos, o que se parecia em muito com tecer linhas enegrecidas, juntamente com fios de esperança e união, tentando obter uma bela tapeçaria que dizia que nossa família ficaria bem.

Os bons momentos — e houve alguns — aconteciam quando eu ficava sozinha com David e sua carapaça se dissipava, deixando à mostra o ferimento rosado que podíamos examinar e até mesmo rir. Íamos para o nosso pátio secreto, um lugar escondido por árvores e plantas que um assistente de enfermagem nos mostrou, onde os funcionários fumavam maconha e se escondiam de seus supervisores durante seus intervalos de trabalho.

— Acho que é simbólico o fato de este lugar parecer uma selva, já que é óbvio que estamos sob ataque de napalm familiar — eu disse um dia. — Estar lá dentro com Edie e Howard é como estar no Vietnã.

— *Eu* acho que é simbólico o fato de este lugar parecer uma selva — David retrucou —, porque, se eu tiver de ficar neste hospital por muito mais tempo, vou plantar algumas sementes aqui e cultivar minha própria maconha.

Caímos, os dois, na risada. Seu olho estava coberto por bandagens, e ele tinha essa noção maluca de que, quando tirassem os curativos, o globo ocular cairia no chão. Mas, quando estávamos lá fora, ele achava até isso engraçado. Sua risada se tornara profunda, ressonante e úmida, como se o acidente houvesse deslocado algo em seu sistema respiratório e ele estivesse cheio de líquidos. David disse que queria duas coisas: que eu fosse embora dali para Nova Iorque e começasse minha nova vida, e que eu providenciasse uma maneira de ele receber maconha no hospital. Eu poderia fazer isso? Talvez, ir até o balcão dos enfermeiros e procurar por um assistente que parecesse drogado?

— Fique por lá e observe até encontrar um que seja o mais incompetente e que não consiga parar de rir, mesmo quando estiver esvaziando comadres — ele sugeriu. — É esse quem vai saber como conseguir maconha.

Rimos da ideia até perder o fôlego e, então, David adquiriu tom sério:

— Você tem de ir o quanto antes. Vá. Estou falando sério. Grant está à sua espera. Você é uma mulher casada, afinal. Mas, primeiro, a maconha. Muita maconha.

Comprei sessenta gramas de um dos amigos de David e entreguei a ele no hospital. Cheguei a Nova Iorque na tarde de uma quinta-feira úmida e enevoada, quatro semanas depois da chegada de Grant. Foi uma grande confusão. Grant me encontrou no aeroporto, e eu estava tão tensa que ele teve de soltar meus dedos da alça da mala para poder me abraçar.

Bebemos uma cerveja no bar do aeroporto, e Grant não parava de apertar meu braço e falar sobre O Grande Homem e Carly, como eles eram ótimos. Disse que os dois tinham um casamento muito feliz, que os gêmeos eram lindos demais. Notei que ele tinha olheiras profundas e só parecia animado quando falava deles. Quando perguntei como estava passando e como iam as aulas, ele não conseguiu pensar em nada para dizer.

— Bem — ele disse —, são o que se poderia esperar que fossem.

Os alunos eram bons. As aulas eram difíceis. O Grande Homem dissera que era sempre assim no início; todo professor novo tinha de trabalhar vinte horas por dia e fazer o possível para estar sempre um passo adiante em seu trabalho para convencer a todos, os alunos, o departamento, a universidade, de que era capaz. Então, quando tivesse a situação sob controle, quando houvesse provado sua capacidade e seu valor, a vida se tornaria mais fácil. Grant pigarreou. A vida acadêmica seria muito mais difícil do que jamais imaginara, mas estava preparado para o desafio. Repetiu várias vezes alguns clichês sobre ter de trabalhar cento e dez por cento.

Eu havia passado por tanta coisa, que agora encontrava dificuldade em me identificar com ele. Meu marido, eu pensava. *Marido*. Aquele casamento súbito não fora mesmo uma piada? Dei-me conta de que não sabia absolutamente nada a respeito dele.

A cerveja — era a primeira cerveja que ele bebia, desde nosso jantar no Kansas, mas insisti para que bebesse porque precisava que ele se soltasse — fez com que ele relaxasse um pouquinho e confessasse estar aliviado por eu ter voltado para ele. Seus olhos pareciam vidrados por detrás das lentes grossas. Disse que não tivera certeza de que eu iria mesmo encontrá-lo. Seus dedos tamborilavam a mesa em ritmo nervoso. *Veja só isso,* pensei. *Ele, agora, rói as unhas.*

— Como está a sua família? — perguntou, mas então olhou por cima do meu ombro, para a televisão na parede, que mostrava os ventos de Santa Ana na Califórnia, com palmeiras dançando de um lado para outro e partículas de cinzas salpicando a paisagem como neve. — Aposto que está contente por ter deixado aquele clima louco para trás — disse, tirando a carteira do bolso para pagar a conta.

Nem sequer olhei para a tela. Uma onda de tristeza me invadiu à menção da Califórnia.

— Não sei se David poderá voltar a andar — murmurei. — Ele perdeu tantas coisas.

— Mas ele está melhor do que pensaram que estaria, no início. Já é um começo.

— Mas está tão pior do que antes de levar o tiro... É o que me deixa tão triste por ele. Não consigo parar de pensar em tudo o que ele perdeu.

— Eu entendo, mas acho que você precisa parar com isso. — Deu um sorriso triste e gentil. — Não há muito que você possa fazer por ele. David tem sua própria vida.

— Bem... a verdade é que ele não tem muito para chamar de vida, agora.

— Não, não, não. Não acredito que seja essa a melhor maneira de encarar os fatos — Grant protestou, e tive a sensação de estar tendo um pequeno vislumbre daquela parte de sua personalidade, que seria sempre tão difícil de eu aceitar: a parte que diz que não se pode olhar as coisas ruins. Tudo tem de ser transformado em algo bom. — Que ajuda David pode encontrar no fato de todos ficarem se lamentando o tempo todo? Ele não quer que as pessoas sintam piedade dele. Precisamos animá-lo, fazê-lo compreender que coisas ruins acontecem, mas ele pode se recuperar.

"E se tudo o que precisarmos for chorar com ele?", pensei, mas não disse nada. Grant pegou minha mão e beijou cada um de meus dedos.

— Sabe de uma coisa? Quando paro diante de minhas classes para dar minhas aulas, sinto meu rosto ficar muito vermelho. E me lembro de você e digo a mim mesmo: "Bem, se Annabelle me ama, não posso ser tão ruim". — Então, abaixou a cabeça e sorriu para mim, muito tímido, fazendo meu coração quase parar.

— Tenho certeza de que você é ótimo — afirmei. — Sempre foi um excelente professor.

Rimos, constrangidos, porque nos lembramos que eu não fazia a menor ideia de que tipo de professor ele era. Na verdade, eu nunca o vira ensinar qualquer coisa a ninguém. Ele me conduziu para fora do bar, através do aeroporto, sussurrando ao meu ouvido que me jogaria na cama assim que chegássemos ao apartamento. No carro, nos beijamos por um longo momento, e ele acariciou meu rosto com a ponta dos dedos e olhou para mim com ternura.

— O problema é que, quando tivermos relações em casa, teremos de ser muito, muito silenciosos. Acho que não podemos sequer ofegar, sem acordar os gêmeos.

— Você realmente acaba de dizer "relações"?

— Sim — Grant murmurou, confuso. — Por quê?

— Não sei... Não consigo pensar em nada sexy quando ouço essa palavra. Não poderíamos usar um termo mais excitante, como... *trepar?*

Ele sorriu.

— Eu havia me esquecido do quanto você é objetiva.

— Vamos alugar nosso próprio apartamento logo? — perguntei. — Porque, para falar a verdade, não acho que eu seja capaz de trepar sem ofegar.

— Claro. Estou na escola o tempo todo, mas você pode procurar um lugar para nós. E... Annabelle?

— O quê?

O sorriso nos lábios de Grant parecia doloroso, e ele tocou a ponta do meu nariz.

— Será que poderíamos... não dizer *trepar?* Por favor? Essa palavra tem uma conotação muito negativa para mim. Se você não quer dizer *relações*, poderíamos usar *fazer amor?* O que você acha?

— Fazer amor soa bem — concordei, mas passei a me sentir tímida com ele.

Grant era homem inocente, simples e de bom coração, que vinha de um planeta onde as pessoas eram circunspectas, não falavam palavrões em público, acreditavam que as famílias estavam destinadas a permanecerem juntas e que quando se fazia amor com alguém, tinha de ser por amor. E ele me amava. Provavelmente, claro, porque ainda não se havia dado conta do que o esperava. Mesmo assim, talvez eu pudesse ser feliz com ele, se tentasse com afinco.

Naquela noite, depois que entramos sorrateiramente no apartamento escuro e silencioso, e fizemos amor, fiquei acordada durante horas, ouvindo os sons de sirenes se aproximando e se afastando pelas ruas, pessoas andando na calçada, rindo e conversando no meio da noite, portas batendo em algum lugar do edifício. Como as pessoas conseguiam viver naquelas condições? Ninguém nunca dormia? Com as luzes da rua lá fora, era quase tão claro como dia dentro do quarto onde dormíamos. O quarto estava cheio de livros sobre feminismo e dança, e sobre dança feminista. A todo instante, eu batia a cabeça em uma caixa com um rótulo dizendo "Textos de Jeremiah".

Antes que o sol nascesse por completo, acordei ao som de um grito e de uma criança dizendo:

— Ai, ai, ai!

E uma mulher ordenando:

— Parem com isso, os dois!

Então, iniciou-se uma discussão acalorada para decidirem se aquele machucado em particular necessitava ou não de um Band-Aid — a mulher parecia achar que não, mas a criança insistia. Pus o travesseiro sobre a cabeça, mas ainda pude ouvir um acordo: um Band-Aid cor da pele seria aplicado porque aquele machucado, o que quer que fosse, não merecia um Band-Aid colorido, que era para machucados de verdade. Voltei a dormir, mas depois do que pareceram poucos segundos, exceto pelo fato de o sol agora brilhar na janela, ouvi o som de paredes e teto vindo abaixo, a geladeira abrindo e fechando junto à minha cabeça e a mesma mulher insistindo:

— Não, não, não. Já disse que você não pode pôr água na sua granola. Granola é para ser comida com *leite*. E você não pode despejar o leite. Não, não, *não!* Ponha isso de volta. Quem faz isso sou eu! — E então ela berrou: — Jeremiah, quer fazer o favor de tomar uma atitude! Preciso sair e essas crianças estão me *matando!*

Aparentemente, os gêmeos estavam desmantelando a cozinha, prateleira por prateleira, a julgar pelo barulho, e ouvi uma voz masculina:

— Será que você não consegue falar em um tom de voz normal? Ficar histérica por cada coisinha só piora as coisas. O melhor a fazer é colocar o leite em uma jarra pequena e deixar que ele mesmo despeje na granola.

— Talvez você tenha tempo para esse tipo de coisa, mas eu não tenho *tempo* para limpar a imundície, depois que ele despejar o leite na cozinha inteira! — a mulher retrucou. — E você pegou a roupa limpa da lavanderia? Brice está cheirando a cocô, e como troquei os quatro últimos cocôs, agora é sua vez.

Ouvi Grant rir no travesseiro ao meu lado.

— Hora de acordar — sussurrou e me puxou para ele.

Nos beijamos por alguns minutos, com o pandemônio e as discussões sobre cocô a cinco centímetros de nós, do outro lado da parede fina.

— E então, o que acha que vai fazer hoje? — Grant perguntou.

— Procurar um apartamento, eu acho.

Ele riu e sentou-se na cama.

— Ótima ideia. Tenho aulas e reuniões o dia inteiro, mas, se você quiser, talvez possamos nos encontrar para almoçar na Broadway. Terei só vinte minutos entre minha reunião com o diretor esta manhã e minha aula do meio-dia, mas podemos comer um cachorro-quente ou algo assim por volta de duas e quarenta. E terei de voltar para a escola em seguida.

— Certo — falei devagar. — E como vou saber de que maneira chegar até lá?

— Ah... Bem... — Olhou ao redor, incerto. — Ora, não sei como explicar o caminho. Pode caminhar, se quiser, basta ir até o fim da rua, virar à direita, andar dois quarteirões... Espere. É melhor você perguntar a alguém. Ao contrário do que você pensa, os nova-iorquinos são muito amigáveis e prestativos.

— Você dá aulas todos os dias?

— Sim. Estou em um comitê, faço aconselhamento com alguns alunos e ainda tenho as horas a cumprir no departamento...

— Nunca vou ver você, não é?

Ele mordeu o lábio, parecendo culpado.

— Bem, venho para casa todas as noites. Nossos reencontros serão sempre deliciosos, como ontem à noite.

Eu começava a perceber o que acabara de fazer: havia atravessado o país inteiro para ser hóspede de desconhecidos. Grant passaria o tempo todo fora, e eu não poderia sequer passar o dia fazendo o que faria se tivéssemos nosso próprio apartamento: recuperar-me da diferença de fuso horário, deitada na banheira, comendo meio litro de sorvete de chocolate com menta e falando com Magda ao telefone. Eu teria de me levantar, me vestir, ser uma hóspede animada e simpática, agradecida e interessada em tudo. E, como a ligação para Magda era interurbana, eu não poderia ligar para ela.

— Preciso tomar banho — Grant disse. — Já estou atrasado.

— Você não vai, ao menos, me apresentar àqueles... maníacos na cozinha? — sussurrei.

Ele parou e me encarou, espantado. Tinha nas mãos a calça cáqui e a camisa azul e estava pronto para desaparecer do quarto.

— Eu... não posso. Não tenho tempo. E não os chame de maníacos. São pessoas muito boas. Você vai ver. E sabem que você está aqui. Basta ir até lá e dizer oi. Eles sabem quem você é. Diga que quer leite, não água na sua granola. Confie em mim. Vai ser fácil.

— Está bem. Pode ir. Esqueça.

Virei-me na cama, ficando de frente para a parede.

— Ora, vamos, você nem é tão tímida — Grant apontou. — Saia do quarto e pronto.

Naquele exato momento, a porta se abriu com um estrondo, e os diabinhos de dois anos de idade entraram e se atiraram na cama, no estilo camicase. Virei-me em tempo de ter um rápido vislumbre de dois elfos estridentes e ruivos se atirando na minha direção, quando um deles aterrissou exatamente sobre minhas costelas e quase perfurou meu rim com o cotovelo, e o outro começou a pular para cima e para baixo no meio da cama, gritando:

— Gwantie! Ganhei um Band-Aid! Gwantie, *ó* meu Band-Aid! Guantie, *ó!*

Tentei puxar as cobertas sobre mim enquanto, ao mesmo tempo, cobria a cabeça com meus braços, na esperança de salvar meus olhos e alguns dos meus órgãos vitais de serem perfurados.

— Ei, ei, *ei*, você tem mesmo um Band-Aid, Lindsay! Ei, Brice, tenha cuidado! — Grant estava dizendo em meio à gritaria, aos pulos e aos puxões no cobertor, quando ouvimos passos e risadas.

Espiei por entre meus braços e vi, a poucos centímetros de minha cabeça, um homem com fartos cabelos castanhos e olhos azuis, curvado sobre mim, os braços esticados, rindo muito enquanto tentava agarrar uma criança em cada braço. Pareceu nada menos que magia, como se ele houvesse capturado espíritos no ar. Então, muito competente, com as duas crianças gritando, se contorcendo e chutando em seus braços, recuou para fora do quarto. Eu ainda me esforçava para segurar as cobertas, para que meu corpo nu não ficasse completamente exposto, quando olhei para a porta e surpreendi sua piscadela conspiratória e indolente — eu, essa desconhecida que ele nunca vira antes — olhando para mim como se me conhecesse desde sempre. Ao fechar a porta, ele disse:

— Vamos fingir que não foi assim que nos conhecemos, está bem?

Nós NOS conhecemos de maneira apropriada na cozinha, mais tarde, depois que todos finalmente saíram. Àquela altura, eu já havia explorado o apartamento, que adorei. É claro que era pequeno pelos padrões da Califórnia, mas tinha teto muito alto e elegante, muitos quartos e corredores, além de vários pequenos nichos. Adorei o fato de tudo ser sofisticado e desorganizado, o que me pareceu um equilíbrio adorável, exatamente como uma casa deveria ser. Havia tapetes persas e móveis de carvalho na sala, uma lareira, mesas e pilhas de livros em todos os lugares, além de papéis e bichos de pelúcia. Sobre a mesa de centro de madeira entalhada havia um trenzinho de madeira, uma boneca sem cabeça e, pasmem, um vaso de cristal com peônias — um grande risco com os gêmeos de dois anos, pensei, mas lá estava. Um aparelho de som estéreo. Grandes janelas com venezianas e cortinas de *chintz* florido, prateleiras repletas de livros. A sala de jantar contava com uma mesa formal e cadeiras estofadas com tecido listrado, uma escrivaninha coberta de papéis a um canto, mais prateleiras com livros e uma caixa de papelão cheia de pastas sobre tapete ao lado da escrivaninha. Material de História. Não havia dúvida de que era ali que O Grande Homem trabalhava. Situado no corredor que seguia para o fundo do apartamento, estava o quarto dos gêmeos, ensolarado, com dois berços, caixas plásticas de cores vivas cheias de brinquedos e um tapete de retalhos. Espiei o quarto ao lado — a suíte do casal, pequena e atravancada, com paredes pintadas de violeta e uma cama *king-size* que ocupava quase todo o espaço, que ainda não fora arrumada e sobre a qual peças de roupas usadas haviam sido atiradas e abandonadas.

Voltei à cozinha à procura de algo para comer. Ali a luz do sol também banhava todo o ambiente, com grandes janelas que davam vista para um pequeno gramado junto à saída de incêndio. Havia balcões de madeira e uma mesa redonda na qual, a julgar pelos farelos, tigelas e leite derramado, era onde a família fazia suas refeições. Eu examinava o interior do armário, procurando pela granola, quando ouvi um som atrás de mim e me virei.

— Oi — disse ele e, ao ver a expressão em meu rosto, acrescentou: — Ah, desculpe se a assustei. Mais uma vez, apareço do nada, e justamente quando você pensou que teria um momento de paz. — Falou devagar, com voz calma, como se fala com um animal selvagem na tentativa de não afugentá-lo. — Minha carga semanal foi reduzida, este ano. Na verdade, estou de licença, portanto, estou sempre entrando e saindo. Um tanto irritante.

Explicou que fora deixar as crianças no berçário, que era de fato a residência de uma mulher do bairro que cuidava de seis ou sete crianças.

Não era exatamente a situação ideal, mas o que se podia fazer com gêmeos de dois anos de idade, que ainda usavam fraldas?

— Seus filhos são adoráveis — menti.

— Ah, sim, adoráveis, mas isso é apenas um sistema de segurança que a natureza nos proporciona, para que não os abandonemos na calçada, junto com o lixo, um dia. Porque, não se engane, são o que costumo chamar de *encrenca*. — Olhou para mim e sorriu. — Encontrou tudo o que estava procurando?

Senti minhas faces arderem.

— Estava procurando pela granola. Pensei que...

— Está aqui — disse ele, apontando para o pote de cerâmica onde guardavam o cereal.

Em seguida, pegou um pacote de café na geladeira, um filtro em uma gaveta, o tempo todo falando de maneira direta e autodepreciativa, até que eu conseguisse me acalmar. Como ainda não desfizera as malas, eu vestia uma camiseta de Grant que dizia "Historiadores fazem por mais tempo" — sem deixar claro exatamente o que faziam — e a minissaia que usara na viagem. Além disso, ainda não havia penteado os cabelos. Por isso, eu me esforçava para não olhar para ele, adotando a teoria supersticiosa de que, se não o encarasse diretamente, ele também não me veria. No entanto, pelo canto do olho, pude notar que era esbelto e cheio de energia, vestia calça jeans e camiseta preta com uma inscrição chinesa na frente e sorria para mim o tempo todo, afastando a todo instante os cabelos um tanto longos dos olhos muito azuis.

Mostrou-me onde eram guardados pratos e copos, pegou duas xícaras e apontou para uma banana na fruteira, ao mesmo tempo em que se desculpava pelo caos daquela manhã. Generalizou o estado de desordem de tudo, fazendo um gesto exagerado para indicar a cozinha inteira, e acabou incluindo todo o apartamento e, possivelmente, toda a cidade de Nova Iorque. Quando o café ficou pronto, serviu uma xícara para cada um de nós. Havia apenas leite desnatado para misturar ao café. Rindo, ele explicou que Carly não permitia a entrada de creme na casa porque estava tentando recuperar a antiga forma.

— Você vai se acostumar a nós. Pelo menos, é o que espero — acrescentou, ainda rindo.

Sentou-se na cadeira diante de mim à mesa redonda.

— Aqui vai o relatório que Grant, provavelmente, foi educado demais para lhe dar: as crianças são barulhentas, loucas, e nós não as domesticamos nem um pouco — disse. — E Carly é bailarina e principal organizadora da casa, exceto pelo fato de passar a maior parte do tempo fora, no momento, na tentativa de voltar à boa forma física, juntamente com outros bailarinos aposentados, para que possam produzir um show. Aposentados, no mundo da dança, significa que todos já completaram trinta anos de idade. É horrível o que bailarinos têm de enfrentar, e meu apoio e simpatia não são considerados suficientes, embora eu me esforce com afinco. Ainda assim, devo confessar que cometo meus crimes.

— E quais são os seus crimes? — indaguei, curiosa.

Ele deu uma risada.

— Quer mesmo saber? Gosta dos detalhes sórdidos? Está bem. Meus crimes. — Tamborilou os dedos na mesa. — Primeiro, não acho que meio centímetro de carne a mais seja um transtorno importante a ponto de mudar a vida de alguém. Segundo, dizem que não estou me ocupando o bastante, ultimamente, devido ao meu horário de trabalho reduzido. E, deixe-me ver, também fui acusado de não ter coisas ruins suficientes acontecendo em minha vida, o que provoca em mim uma grande deficiência de profundidade e compreensão, o que é verdade, mas o que se pode fazer? Sair à procura de acontecimentos trágicos e desagradáveis? — Deu de ombros e nós dois rimos. — *E* não lavo a louça do jantar até a manhã seguinte. Talvez esse seja o meu pior crime.

— Sério?

— Horrível, eu sei. Ainda não conheci uma mulher capaz de suportar a visão de pratos sujos e ressecados depois de passados quinze minutos do jantar. Carly diz que *não consegue* relaxar sabendo que as sobras de comida estão ressecando nos pratos. Simplesmente, não consegue.

— Ela não consegue?

— Nem *tente* me dizer que sofre da mesma aflição.

— Nunca pensei sobre isso, eu acho. Se os pratos forem lavados em algum momento, então... ora, quem se importa?

— Exatamente! É o que penso. Mas descobri um remédio pacífico e eficaz para esse problema, que talvez possa ser considerado mais um de meus crimes. — Ele se inclinou sobre a mesa e sussurrou: — Em vez de lavar os pratos depois do jantar, eu os guardo no forno. Engenhoso, certo? Certo? — Reclinou-se na cadeira, sorrindo.

Ri outra vez.

— Você sabe — ele continuou —, ou talvez não saiba porque está casada há pouco tempo, mas deixe-me dizer: em um casal, aquele com mais tempo livre sai perdendo em todas as discussões conjugais. É um fato. Portanto, se você é a pessoa menos ocupada, aceite meu conselho e finja ter uma quantidade enorme de afazeres. Gostaria que alguém houvesse dito isso para mim quando ainda estava em tempo de fazer diferença.

— Bem, receio não poder seguir o seu conselho, porque ninguém na face da terra poderia ser mais atarefado do que Grant.

— Tem razão. Nesse caso, você vai ter de apelar para o plano B, que é simplesmente assumir a preguiça, relaxar e se divertir. Mergulhe na falta do que fazer e se deleite com ela. Faça as unhas, escove os cabelos, boceje muito. Acostume-se ao ócio. É um caminho que também tem seus benefícios. Trate de diminuir as expectativas das pessoas com relação a você, o que pode ser muito eficiente.

Levantou-se e começou a lavar a louça, tanto do jantar, que teve de ser retirada do forno, quanto do café da manhã, e eu me postei ao lado dele para secar os pratos, o que fez com que ele zombasse de mim.

— Se pretende assumir a preguiça, esse não é um bom começo — advertiu. — Deveria estar balançando a cabeça e jogando os cabelos de um lado para outro. Ah, sim, Grant disse que você é artista. Isso deve significar que não pode vadiar tanto quanto precisa.

— Não sei se posso ser chamada de artista. Estava estudando artes na faculdade.

— Parece sério.

— Talvez eu devesse levar meu curso mais a sério. Deixei a faculdade. E agora é hora de pensar no que vou fazer. Preciso sair e comprar algum material, eu acho, e decidir o que vou tentar fazer. — Minha cabeça latejava pelo cansaço da viagem e pela diferença de fuso horário. — Tem algum analgésico em casa?

— Analgésico?

— Estou com dor de cabeça. Deve ser por causa da viagem.

— Se me permite dizer, não acho que tenha nada a ver com a viagem. Dor de cabeça é o que sempre tenho quando o assunto passa a ser trabalho e louça para lavar. E, irresponsáveis que somos, permitimos que isso acontecesse. Mas tenho analgésicos, se quiser.

— Obrigada.

— Estão em algum lugar do armário do banheiro. Vou lhe mostrar onde fica. É melhor você já começar a se acostumar com nosso sistema de desorganização.

— Grant e eu logo passaremos a ter nossas coisas — eu disse, enquanto o seguia até o banheiro. — Vocês são muito gentis por deixar que moremos aqui, mas é óbvio que não precisam comprar nossa aspirina!

— Não se preocupe. Somos profundamente gratos a vocês por estarem aqui. Ainda não sabem, mas são parte de um plano para salvar nosso casamento. Deveríamos estar pagando os dois por isso! — Ele estava sorrindo, e, como não compreendi o que queria dizer, limitei-me a sorrir também.

Entramos juntos no banheiro, que era todo preto e branco, com uma janela alta situada acima da saída de incêndio. Ele retirou toalhas, medicamentos, bolsas de água quente e cosméticos do armário, até finalmente exibir em um gesto de triunfo um vidro de analgésicos e erguê-lo como um troféu. Em seguida, adivinhou corretamente que eu não quereria usar o copo todo manchado de creme dental que se encontrava sobre a pia, e voltamos para a cozinha, onde ele encheu um copo com água e estendeu para mim.

Teve de sair logo em seguida; estava orientando outro professor além de Grant que, segundo ele, estava se saindo muito bem, um excelente professor. Parou na porta, apalpando os bolsos e a pasta, certificando-se de que tinha as chaves, os bilhetes de metrô, todos os documentos necessários. Não tinha; com um suspiro teatral, voltou para o quarto para apanhar outra pasta. Fiquei no hall de entrada, admirando os quadros na parede, as gravuras indianas e as esculturas.

Houve um momento embaraçoso, mas adorável, quando ele voltou. Ficamos ali parados, em silêncio, durante quatro ou cinco segundos. Senti que ele olhava diretamente para mim, como se estivesse memorizando meus traços. Fiquei agitada e lamentei não ter penteado os cabelos. Ele sorriu.

— Acha que vai ficar bem, sozinha em casa? É mesmo inacreditável que tudo o que fiz todo esse tempo foi falar de mim. Queria só aclimatar você, para que não pensasse que somos lunáticos. Juro que não sou assim. Sei que passou por momentos terríveis com seu irmão, mas estou muito contente que esteja aqui... você *e* Grant. — Chegou mais perto. — Promete que vai ser preguiçosa e indolente pelo resto do dia? Experimente e, depois, quando alguém perguntar por que não fez nada, diga que é bonita demais para trabalhar.

Estávamos no meio de setembro. O ar do início de outono era fresco e limpo, o céu aparecia muito azul por detrás dos edifícios. Chegava a ser difícil acreditar que estava no mesmo país que continha a Califórnia, com sua vastidão ressecada e estéril, suas estradas e seus longos trechos de terra desocupada, desperdiçada, shopping centers e estacionamentos, fileiras de edifícios de apartamentos agrupados em torno de piscinas. Tudo aqui era compacto, eficiente, concreto. Eu adorava andar pelas calçadas, sentir a vibração dos trens de metrô e me dar conta de que vivia em apenas uma das camadas da cidade, enquanto outras pessoas ocupavam espaços ao meu redor, acima e abaixo de mim, e eu não podia vê-las. E nunca me cansava de admirar o carinho com que as pessoas cultivavam os pouquíssimos centímetros de solo de que dispunham para plantar. Cravos e crisântemos floresciam nos canteiros mais ínfimos. Algumas pessoas cultivavam grama de verdade — gramados em miniatura — nas floreiras em suas janelas.

Grant nunca estava em casa, naquele primeiro semestre. Abraçou a posição de professor assistente como algumas pessoas abraçam os votos de ordens religiosas. O trabalho o consumia. Os únicos momentos em que eu conseguia fazê-lo esquecer o trabalho era quando fazíamos sexo, ou seja, o tempo todo quando ele estava em casa. Muitas vezes, eu caminhava até a universidade, usando os vestidos coloridos que trouxera da Califórnia, na esperança de lembrá-lo de nossas raízes compartilhadas. Lembra-se de Isla Vista? Lembra-se da praia, e da vez que fizemos amor na piscina da casa de meus pais? Lembra-se do dia em que me pediu em casamento? Lembra-se *por quê?* Mas eu sempre o encontrava distraído, enfiado no escritoriozinho minúsculo que dividia com outro assistente, sua metade em ordem eterna e impecável, com pastas empilhadas perfeitamente sobre a mesa, enquanto a outra metade, pertencente a uma mulher que só vestia roupas de cor marrom e parecia se assustar até mesmo quando a cumprimentávamos, era cheia de bibelôs de esquilos, cartões-postais do Grand Canyon e canecas de café pela metade, algumas com coisas verdes flutuando na superfície.

Eu costumava provocá-lo por causa dela.

— Não se atreva a erguer os olhos dos papéis e pensar "E por que não? Que mal haveria em ir até lá, atirá-la sobre a mesa e trepar ali mesmo?"

Ele me encarou por um longo momento.

— Por favor, não fale assim. Às vezes, você me assusta.

— É mesmo?

Estávamos na sala dele. Sua colega de escritório, Bronwyn Lorimer, acabara de sair. Mantive os olhos fixos nos dele, enquanto começava a desabotoar muito lentamente os trinta botõezinhos que fechavam a frente de meu vestido.

— Ora, pare com isso! — Grant olhou em volta. — Por que está agindo assim? Está tentando fazer com que eu seja demitido?

Fui até ele e o beijei. Após um instante, ele se deu conta da futilidade de tentar me afastar e retribuiu meu beijo. Mas, quando finalmente se afastou, falou com voz baixa:

— Não devemos falar assim aqui dentro. Quem sabe quando alguém vai entrar?

— Sim, e Deus não permita que alguém nos veja nos beijando. Tenho certeza de que isso nunca aconteceu na universidade. — Sentei-me em sua cadeira giratória e examinei a sala, com suas janelas de dez centímetros e prateleiras metálicas. — Eu enlouqueceria se tivesse de ficar aqui dentro o tempo todo.

Grant pigarreou.

— Isso, porque você é uma artista. Precisa de luz e paisagens. Eu, por outro lado, sinto-me grato por ter uma mesa em um lugar sossegado, onde posso me instalar para pensar.

No início, me dediquei a contatar corretores imobiliários, mas logo desisti. Todos os espaços disponíveis que poderíamos pagar tendiam a se localizar em bairros perigosos, daqueles que têm viciados em drogas caídos pelas ruas. O final da década de 1970 não foi um bom período para a cidade. O presidente Ford se recusara a prestar auxílio a Nova Iorque, e parecia que tudo estava afundando. Jeremiah e Carly acharam que seria ridículo deixarmos o apartamento, uma vez que todos nos dávamos muito bem.

E era verdade. Carly era maravilhosa comigo. Com sua voz rouca e excitante, e a facilidade com que me fazia confidências, levava-me a acreditar que seríamos grandes amigas, um dia. Uma vez, disse que ela e Jeremiah se entendiam melhor quando viviam com mais alguém.

— Somos forçados a nos comportar — admitiu. — Não consigo manter um bom casamento em particular. Nossos melhores anos foram os que tínhamos espectadores conosco.

— O que ela quis dizer com isso? — perguntei a Jeremiah.

Ele soltou sua risada relaxada e íntima, e explicou que Carly queria dizer que eles não brigavam tanto porque não gostavam de brigar diante dos outros.

— Talvez você não tenha notado, mas Carly é uma pessoa impetuosa e obstinada. É capaz de gritar e fazer estardalhaços, e, quando está sozinha comigo, parece que desperto toda a sua fúria por razões que sou incapaz de evitar. Ah, você vai adorar saber disso! Sabe como nos referimos a vocês dois, quando não estão por perto? Os "salvadores de casamento". Se conseguirmos chegar às bodas de ouro, prometo que haverá uma placa especial em que o nome de vocês estará gravado.

EU ADORAVA morar com crianças, mesmo que fossem exaustivas, teimosas, ainda usassem fraldas e não mostrassem sinal algum de que jamais fossem se transformar em seres humanos civilizados. Mesmo com tudo isso, eles me faziam rir cem vezes por dia. Os dois pareciam querubins, com os cabelos ruivos de Carly e os enormes olhos azuis de Jeremiah. A barriga gorducha das crianças eram deliciosas, e, quando estavam dormindo ou aconchegadas a mim enquanto eu lia para elas, quase me esquecia de que poderiam se tornar maníacos turbulentos sem nenhum aviso. Simplesmente, começavam a brigar por brinquedos, gritar, derramar leite, atirar comida nas paredes, ou se recusavam a vestir os casacos, ou os pijamas, ou a terminar o jantar. Lindsay era uma menininha séria e dominava o irmão (sete minutos mais jovem), levando as mãos à cintura com ar tão imperial, que fazia os adultos rirem muito. Brice era sapeca e trapalhão e capaz de fazer qualquer coisa por uma risada. Carly, um dia, comentou que quando ele entrava em uma sala, o papel de parede automaticamente começava a descascar. Mas eles me chamavam de Anniebelle, vinham sentar-se em meu colo só porque gostavam e, no dia que li *Boa Noite, Lua* treze vezes seguidas, Lindsay disse que me amava mais do que a todo mundo!

Por mais que as crianças me encantassem, porém, eu era simplesmente fascinada por Jeremiah e Carly. Nunca em minha vida conhecera pessoas tão honestas e bem-humoradas sobre as deficiências e dificuldades do casamento. A maneira como estavam sempre erguendo e sacudindo as mãos para o alto e discutindo em tom sibilante, por motivos que pareciam ao mesmo tempo cômicos e irônicos, era tão *adulta*. E suas brigas não eram nem um pouco assustadoras. Eram desentendimentos totalmente diferentes dos que meus pais costumavam ter, e que sempre pareciam sombrios e ameaçadores. Carly ficava furiosa com Jeremiah por suas opiniões sobre livros, filmes e peças, com a mesma facilidade com que se enfurecia por ele ter deixado Brice sem fralda, ou por ter escondido os pratos, se esquecido disso e ligado o forno.

E, sempre que estávamos os quatro juntos, à mesa do jantar, por exemplo, e os dois e Grant se punham a conversar, eu me sentia como uma criança que tivera permissão para ficar acordada até mais tarde e sentar-se à mesa dos adultos, só porque tínhamos visitas. Eu me sentia tão jovem e incompetente perto deles, como se nunca fosse compreender ou fazer parte da vida cosmopolita. Jeremiah e Carly eram mais velhos e fisicamente bonitos, tinham móveis bonitos, taças de vinho, convidados, agendas e um lar que se equilibrava à beira do caos, mas que funcionava perfeitamente assim mesmo. Foi excitante descobrir que ter uma família não tinha de ser um empreendimento em tempo integral, como minha mãe e as amigas dela faziam, mas podia acontecer, simplesmente, de maneira casual e improvisada. Jeremiah e Carly, assim como seus amigos, eram sofisticados e arrojados, e, para minha surpresa e choque, Grant parecia se sentir inteiramente à vontade com eles, capaz de manter longas conversas sobre escritores, dramaturgos e artistas. O que me fez vê-lo sob uma nova luz, como alguém que sabia das coisas. Ele poderia ser um nova-iorquino, enquanto eu não passava de um bebê. Uma criança da Califórnia.

Às vezes, todos conversavam e eu era deixada de fora, e quando erguia os olhos, eu me deparava com o olhar de Jeremiah fixo em mim. O sorriso discreto, a sobrancelha ligeiramente arqueada, pareciam concluir que tudo o que acontecia em torno da mesa eram meras bobagens superficiais, e que só nós dois sabíamos o que era realmente importante.

Eu queria desviar o olhar, mas não conseguia. Sentia-me marcada pela compreensão que ele demonstrava ter em relação a mim. Era como se aquele lugarzinho dentro de mim que ele conseguira ver houvesse sido chamuscado por seu olhar.

E aquele olhar dizia que nós — ele e eu — éramos os únicos a conhecer e a compreender a verdade.

Eu sabia que Grant e eu não deveríamos ficar, mas simplesmente não conseguíamos ir embora. Assim, nós quatro nos acomodamos a um ritmo de vida que, de alguma forma, funcionava. Grant e Carly eram os laboriosos, atarefados, que saíam de casa pela manhã envoltos em sua grande importância. Jeremiah dizia que eles eram as formigas e nós, as cigarras, e que era obrigação deles cuidar de nós. Ocasionalmente, eu conseguia empregos temporários como datilógrafa em bancos e escritórios, que exigiam que eu usasse saia, meias finas e sapatos fechados, o que Jeremiah chamava de tentativas lamentáveis de me transformar em formiga. Na maior parte do tempo, porém, eu ficava em casa e, muitas vezes, Jeremiah e eu passávamos o dia inteiro juntos. Um de nós levava as crianças ao berçário de manhã e, então, ficávamos sozinhos. Ele me mostrou a cidade, levou-me ao meu primeiro passeio de metrô no vagão da frente, em disparada na escuridão subterrânea. Fomos a parques e museus. Fazíamos juntos as compras da casa, planejávamos o jantar, caminhávamos pelo bairro e nos aconchegávamos em casa com nossos livros ou trabalhos imaginários. Eu fazia desenhos, ele datilografava em sua escrivaninha e nos reuníamos na cozinha para tomar café requentado. Andávamos de meias o tempo todo e observávamos o sol da tarde descer no horizonte, enquanto bebíamos vinho e preparávamos o jantar.

Ele me contou que deveria usar o tempo de sua licença na universidade para escrever um livro sobre algo relacionado à história de uma insurreição no interior do Estado de Nova Iorque, mas o que realmente desejava era mudar de área e escrever um livro sobre a filosofia da criatividade. Estava cansado do trabalho que, no passado, fazia sem esforço ou sacrifício.

Queria descobrir o que articulava a vida das pessoas, a espiritualidade e o misticismo que carregavam dentro de si. Então, ele dava aquela risada autodepreciativa de sempre. Mostrava-se hesitante e quase formal comigo, mas sempre pronto a rir. Sabia uma imensa variedade de coisas: tocava violão, falava três idiomas, cozinhava pratos sofisticados e conversava com qualquer pessoa sobre qualquer assunto. No mercado, eu me afastava para escolher frutas e, quando voltava, o encontrava agachado, conversando com um morador de rua sobre replanejamento urbano, constelações estelares ou a melhor maneira de acender um cigarro quando não se tem fósforos.

Confessei a ele que não sabia o que deveria fazer da minha vida. Talvez devesse começar a pintar quadros ou, quem sabe, voltar à faculdade e me formar. Deveria estar pintando? Trabalhando mais? Procurando um emprego corporativo em período integral?

Um dia, ele disse:

— Por que diabos todo mundo tem de *fazer* alguma coisa? Por que não podemos, simplesmente, nos divertir? Acho que é o que você deveria fazer. Resista, resista. Faça o mínimo possível pelo máximo de tempo possível.

Grant, quando pressionado para dar sua opinião, repetiu o mesmo que sempre dissera: que meu talento era imenso e que eu deveria fazer arte pela minha realização, arte pela arte. Carly achava que eu deveria procurar um lugar onde pudesse ter meu próprio estúdio, além de galerias que exibissem meus trabalhos e, possivelmente, conseguir mentores, benfeitores e patrocinadores. Isso era o que ela chamava de "suporte".

— Eu gostaria de dar suporte à sua arte — ela disse, um dia —, mas vejo que não está produzindo nada. E quero saber por quê. Está deprimida?

Gaguejei uma explicação vaga de que não tinha tempo, nem espaço. A verdade, que eu não admitia por excesso de timidez, era que eu estava desorganizada e confusa demais. Arte era a última coisa em que eu conseguia pensar naquela minha nova vida. O máximo que eu conseguia fazer era retratar as peônias do vaso sobre a mesa de centro, ou os gêmeos correndo no parque, e não sentia a menor inclinação para mostrar nada daquilo a ninguém.

— Perfeito! — ela declarou. — Falta de tempo e de espaço? Podemos resolver isso! Não podemos, Jeremiah?

Carly e alguns amigos haviam alugado um lugar gigantesco no SoHo, onde no passado funcionara uma fábrica de sapatos. Outros artistas estavam tentando estabelecer seus estúdios lá e, segundo ela, se eu levava mesmo a sério minha arte, talvez pudesse fazer parte de uma cooperativa para ter meu próprio estúdio. Poderia eu me considerar uma "artista séria", de acordo com a definição de Carly e seus amigos?

— Gosto dela, mas às vezes ela me assusta — confidenciei a Jeremiah uma tarde, quando tentávamos convencer as crianças a brincar com massinha de modelar.

— Ah, ele é assustadora — ele disse com uma risada. — Sempre foi. Aliás, é uma das pessoas mais *intensas* que já vi.

— Mas muito leal e comprometida — acrescentei. — Uma boa pessoa.

— Ah, sim, nem é preciso dizer. Uma pessoa maravilhosa. Grant, também.

— Sim, ele é ótimo.

— Vocês dois são, sem a menor sombra de dúvida, os melhores salvadores de casamento no mercado.

E, por um breve instante, nossos olhares se encontraram acima da cabeça das crianças. Rapidamente, Jeremiah afastou os cabelos dos olhos e eu me concentrei nas massinhas.

U<small>M DIA</small>, voltei do meu trabalho temporário em um banco, e lá estava ele, martelando a máquina de escrever na mesa da cozinha, enquanto os gêmeos batiam com colheres de pau em panelas. Jeremiah ergueu um dedo no ar, como se dissesse "Espere!", e disse que tivera uma ideia para seu livro. Não seria um tratado sobre criatividade ou sindicatos trabalhistas, afinal; seria um romance! Ele não conseguia parar de datilografar. Parecia quase febril. Escrevera o dia todo e as ideias brotavam em um fluxo rápido e constante. O excesso de energia o deixava trêmulo.

Percebendo que a fralda de Lindsay cheirava à distância, levei as crianças para o quarto onde, depois de trocar os dois, sentei-me no tapete de retalhos e me pus a soprar bolinhas de sabão, enquanto eles tentavam estourá-las. Quando Jeremiah se juntou a nós, exibia um sorriso largo.

— É um romance! Um romance de verdade! — anunciou, segurando as mãos de Bryce e pulando com ele para cima e para baixo. — Ah, Bricey, sua mãe vai ficar tão furiosa quando descobrir o que papai está fazendo com sua licença. Quem poderia imaginar que eu escreveria um romance!

— Por que ela ficaria furiosa? — perguntei. — Não é ela que acredita que todos devem ser tão criativos quanto for possível?

— Ha! Será que não aprendeu *nada* desde que chegou aqui, minha querida Annabelle? Aquilo é só conversa. As mulheres podem ser criativas, mas os homens devem pagar as contas, ser professores na Universidade de Colúmbia, e por aí afora.

Fui forçada a admitir que ele tinha razão. Uma noite, já fazia algum tempo, Carly esperara os homens irem dormir e me pegara em uma emboscada na cozinha, para me advertir:

— Você não pode deixar estes anos passarem. Já basta ter se deslocado da Califórnia para cá e abandonado a faculdade pela carreira do seu *marido*. Felizmente, veio parar em Nova Iorque, em vez de uma cidadezinha nos confins de Dakota do Norte, como acontece com tantas esposas de professores universitários. Agora, você tem de assumir o controle da sua vida e conseguir encontrar exatamente o que precisa. Faça com que as coisas aconteçam da maneira que você quer.

E como fazer isso, quando eu nem mesmo sabia o que queria? Senti meu rosto arder sob aquele olhar intenso. Disse a ela que precisávamos de dinheiro, e que fora por isso que eu me cadastrara na agência de empregos temporários. Até então, eu havia trabalhado em um banco, uma agência de talentos, uma firma de relações públicas e um escritório de advocacia. O que me parecia ótimo, naquele momento.

Carly dera um murro no balcão, dizendo que eram todos "empreguinhos de merda".

— Sabe o que é isso? Depressão! — declarou. — Quando uma artista não está produzindo sua arte, ela começa a perder contato com o seu eu essencial.

— Não acho que seja depressão. Talvez eu simplesmente não tenha ambição.

— Bem, não vou desistir de você, mesmo que você desista de si mesma. Quando se sentir pronta, lembre-se de que há muitas oportunidades lá fora. E, às vezes, é preciso se forçar a abrir as portas. E, pelo amor de Deus, não vá cometer o mesmo erro que eu e ter filhos antes da hora.

Não pude acreditar que ela havia dito aquilo. Em minha opinião, era aceitável alguém dizer que não queria filhos, antes de tê-los — crianças sem nome e sem rosto, que jamais seriam conhecidas —, mas falar com tamanha insensibilidade de crianças já nascidas era totalmente errado. Ao notar minha expressão, ela se inclinou para mim e falou por entre os dentes:

— Escute, amo meus filhos tanto quanto qualquer outra mãe. Não perco para *ninguém* quando se trata de ser uma boa mãe! Mas estou falando de outra coisa. Ter uma carreira! E não ser engolida pelas questões domésticas. Filhos são ótimos quando estamos prontas para eles, e não vou dourar a pílula e dizer que é a coisa mais maravilhosa do mundo, a maior realização de uma mulher, porque *não* é. Perdi meu corpo quando tive os gêmeos. Ter dois de uma só vez foi mesmo muita falta de sorte. — Encarou-me por um instante, desafiando-me a discordar. — Annabelle, estou falando *do ponto de vista do meu corpo*. É só o que estou dizendo. Ganhei vinte e quatro quilos, que tive de suar muito para perder, mas estou conseguindo. Estou voltando a desabrochar, embora nunca mais voltarei a ter aquele tempo de volta. Você, por outro lado, não tem nenhum impedimento e, mesmo assim, vai para o seu empreguinho de merda todos os dias. Estou dizendo isso porque ninguém mais vai dizer: *você precisa destes anos*. Nunca serei uma grande bailarina por causa do tempo que passei afastada de minha carreira. Você não sabe, mas quanto mais fica parada... Está perdendo tempo. Sou mais velha que você. Tenha cuidado, é só o que digo. Pare de deixar as pessoas se aproveitarem de você.

— Quem está se...

Carly ajeitou uma mecha de cabelos atrás da orelha com gestos irados.

— Seu *marido* — disse. — E o meu também vai se aproveitar, se você deixar. Fiquei sabendo que, na semana passada, você levou as crianças ao berçário duas vezes. Estou avisando: não permita que ele faça esse tipo de coisa. É ele quem tem tempo livre de sobra. Os homens já têm quase todas as cartas na mão. Não admita que tomem as suas, que nem são tantas.

No entanto, foi Carly quem acabou usando e abusando do meu tempo livre. Ela brigou com a dona do berçário, Marjorie, uma mulher do tipo maternal de quem passei a gostar muito em minhas frequentes idas com

Jeremiah para apanhar os gêmeos. Marjorie tinha quarenta e poucos anos e fazia o tipo ex-hippie, com uma longa trança caindo pelas costas. Era dócil, embora um pouco agitada, e parecia genuína em seu carinho pelas crianças a seus cuidados. Com frequência, ela, eu e Jeremiah nos sentávamos nos degraus do alpendre, bebendo vinho às cinco da tarde, enquanto as crianças brincavam no pequeno quintal cercado. Carly, porém, tinha problemas com ela. Como Brice e Lindsay estavam se aproximando dos três anos de idade, a mãe só queria que ouvissem histórias lidas de livros que não tivessem nenhuma referência machista. Nos livros, as mães *não* deveriam ser as únicas que cuidavam dos filhos. *Não* deviam usar aventais *nem* cozinhar. Os pais tinham de ser mostrados fazendo o supermercado e colocando os filhos para dormir. Eu até achava que ela tinha certa razão, mas o que poderíamos fazer? Parar de ler histórias para as crianças?

Não. Aparentemente, Carly tinha um plano para remediar a situação e, uma noite, depois de colocar os gêmeos para dormir, ela tirou da bolsa uma pilha de livros do berçário, juntamente com alguns pincéis mágicos. Riscaríamos os trechos ofensivos e mudaríamos o sexo de alguns personagens, explicou ela com um sorriso largo.

— Uau! Como conseguiu trazê-los para casa? — perguntei.

Atrás dela, fora de seu campo de visão, Jeremiah ergueu as sobrancelhas com expressão cômica e representou, por mímicas, alguém roubando livros, enfiando-os em uma bolsa e saindo na ponta dos pés. Tive de conter uma gargalhada.

— Hoje — ela contou — eu disse a Marjorie que gostaria de almoçar com os gêmeos no berçário, e ela concordou. Então, enquanto estavam fazendo um piquenique no quintal, escapei sorrateiramente e pus uns dez livros na bolsa. Amanhã, Jeremiah os devolverá. Na semana que vem, tentarei pegar outros.

— Você, simplesmente, *pegou* os livros?

— Sim! Não me olhe assim. Marjorie deveria ficar feliz. Ela é uma de nós, afinal. Ela e o marido são feministas. Ele marchou contra a guerra no Vietnã, e ela não depila as pernas há mais de uma década. Portanto, acredito que ela mesma teria feito isso, se dispusesse do tempo necessário. Sinceramente, vejo minha atitude como um presente para Marjorie e para o berçário.

Como seria de esperar, Marjorie não encarou a situação da mesma forma. Quando me surpreendeu tentando devolver os livros à prateleira na manhã seguinte, ficou horrorizada com o que havíamos feito. Apressei-me em explicar a questão das mulheres em posições de poder e a importância de meninos e meninas crescerem sabendo que as mulheres podiam fazer o que quisessem, mas minha boca ficou tão seca que eu mal conseguia articular as palavras.

— Mas... isso não é... um tipo de censura? — ela indagou.

Expliquei outra vez. Não consegui pensar em mais nada para dizer. Afinal, eu também achava que fora mesmo uma péssima ideia.

— Cachinhos de Ouro era uma *menina!* — ela disse, folheando o livro e descobrindo que Cachinhos de Ouro havia se tornado um menino chamado Cachos, uma mudança que Carly considerara particularmente brilhante. — Ela possuía curiosidade, energia e excelente capacidade de julgamento, o que são todas boas qualidades...

— Carly disse que a história era machista — informei, embora me sentisse subitamente convencida de que Cachinhos de Ouro não apresentava o menor sinal de machismo.

— Sabe de uma coisa? — Marjorie declarou. — Adoro os filhos dela, mas simplesmente não suporto mais as loucuras de Carly Ferguson-Saxon. Ontem, ela veio aqui e fez um milhão de perguntas sobre o almoço que eu estava servindo: se o macarrão era integral, de onde vieram as maçãs e se não era interessante o fato de os menininhos receberem sua comida antes das menininhas, quando isso aconteceu simplesmente em razão de onde cada um deles estava sentado naquele momento. Então, fez um discurso interminável sobre os horários dos cochilos, das cantigas de ninar que costumo cantar para as crianças. Aquela mulher é intragável.

— Carly é uma mulher de opiniões firmes — murmurei, sem saber ao certo o que dizer.

— E você mora com ela! Não sei como pode!

— Eu a considero uma mulher... moderna — retruquei com lealdade. Marjorie olhou para mim como se eu estivesse louca.

— Não sei como pode — repetiu. — Não preciso desse tipo de aborrecimento em minha vida. Acho que já basta.

Naquela tarde, quando Jeremiah e eu fomos buscar os gêmeos, Marjorie entregou a ele uma nota dizendo que tinham duas semanas para providenciar outro berçário porque ela e o marido estavam reduzindo sua jornada de trabalho e que lamentavam informar que não poderiam mais oferecer os serviços até então prestados.

No caminho para casa, Jeremiah e eu não conseguíamos parar de rir de tudo aquilo.

— Maldita Carly! — ele falou, sacudindo a cabeça, enquanto empurrava o carrinho duplo, com Brice e Lindsay acomodados em seus assentos. — Não acredito na facilidade com que ela nos coloca em situações complicadas. Não é incrível? Não podemos mais deixar nossos filhos no berçário porque ela é uma ladra de livros! E sabe o que isso significa para nós dois, eu e você, não sabe?

— O quê? — perguntei, sentindo os joelhos amolecerem apenas por tê-lo ouvido pronunciar as palavras "eu e você".

— Teremos crianças em casa o tempo todo. Ela vai pedir a você que cuide deles. Espere para ver.

Foi exatamente o que ela fez, prometendo que continuaria a procurar por um novo berçário, mas que a data de seu show, ou *evento* — ela não gostava que fosse chamado de show porque a palavra criava pressão exagerada sobre os bailarinos — estava se aproximando, e ela precisaria passar ainda mais tempo fora de casa.

— Já que não está produzindo sua arte, mesmo... — era como a maioria das frases de Carly se iniciava, agora.

— Tem certeza de que quer mesmo fazer isso? — Grant perguntou.

Havíamos saído para uma caminhada depois do jantar. Era fim de novembro e, finalmente, fazia frio. Quase todas as folhas haviam caído das árvores, e eu arrastava os pés entre elas enquanto passeávamos pelas ruas residenciais. Enrosquei meu braço no de Grant para que ele tivesse de andar mais devagar.

— Acho que sim — respondi. — Afinal, gosto de crianças.

— Bem, nesse caso, acho que há dois bons motivos para você aceitar — ele prosseguiu, animado. — É uma maneira de retribuir a gentileza deles por nos hospedarem. E talvez você adquira experiência nos cuidados com crianças e, quando tivermos nossos filhos, você saberá o que fazer.

O comentário me deixou furiosa.

— Não acredito que você disse isso!

— O quê? O que eu disse de errado?

— Foi um comentário muito machista. Por que eu tenho de retribuir a gentileza deles pela nossa hospedagem? E por que só eu preciso adquirir experiência com crianças? E você, o que faz nessa história?

— Do que está falando? Sabe que trabalho um milhão de horas por dia. E o que há de errado em dizer que você precisa adquirir experiência? Todos nós precisamos adquirir experiência em muitas coisas.

— E como fica a minha pintura? Não se importa mais com o fato de eu não estar pintando quadros?

Havíamos parado no meio da calçada e Grant parecia confuso.

— Por que não pinta, se é o que quer? O que a impede?

Embora estivesse tão chocada quanto ele pela minha própria explosão, continuei:

— O que me impede? Onde você espera que eu pinte? *Onde?* No canto do nosso quartinho minúsculo, onde até meus grampos de cabelo atrapalham e bloqueiam a passagem? Ou talvez na mesa da cozinha, onde os gêmeos constantemente derramam todo tipo de coisas? Onde *você* sugere que eu pinte?

Por um momento, ele pareceu arrasado; seus olhos pareciam dois buracos no rosto à luz fraca da iluminação da rua. Ergueu as mãos espalmadas no gesto universal de um homem inocente sendo acusado injustamente.

— Se quiser mesmo pintar, encontraremos um meio de fazer isso acontecer. Você nunca disse que queria, ou que não pintava por não ter um local adequado. Carly não disse que conhece pessoas que poderiam alugar um espaço para você pintar com eles... um tipo de cooperativa?

— Não vou pintar com um bando de esnobes! — exclamei e explodi em lágrimas.

— O que está acontecendo, afinal? Como sabe que são esnobes?

— Porque são! Porque os conheci. E porque Carly acha que deixo todos se aproveitarem de mim, e não sabe que não estou preparada para pintar com gente que me considera uma reles amadora! Estou completamente deslocada, não sei o que quero fazer e é por isso que vou concordar com essa ideia maldita de cuidar das crianças, porque não há mais nada para me ocupar. Mas faço questão que *você* saiba que estou infeliz.

— E o que devo fazer? O que quer de mim, afinal?

— O que quero de você? O que acha? Quero que seja o meu *marido*, que fique ao meu lado e que cuide de mim. Quero que desperte o que há de melhor em mim. — Esforcei-me para lembrar das palavras específicas que Carly utilizara. — Quero que você me ajude a descobrir meu poder de realizar meu eu interior.

Grant riu.

— Meu bom Deus! Que conversa é essa? Você sabe que estou ao seu lado. Eu te amo! Eu te adoro! Escute, se não quer cuidar das crianças, diga que não pode e pronto. É simples assim.

— Eu não disse que não quero.

Ele suspirou, estreitou os olhos e fixou-os na distância. O que vi foi uma figura adorável, com o vento despenteando seus cabelos. Mas, então, *teve* de pigarrear como sempre fazia, e o encanto se dissipou.

— Não entendo você — murmurou. — Quer cuidar dos gêmeos, mas quer continuar infeliz. É isso?

— O que realmente quero é que mudemos para o nosso próprio apartamento. E, também, quero ter minha carreira. Você não tem um minuto de folga, está sempre fora de casa, e as únicas pessoas que conheço são Jeremiah e Carly, e agora sinto que *tenho de* cuidar dos filhos deles, para podermos morar aqui, e não estou pintando... — Eu não conseguia parar de chorar e dizer todas aquelas coisas sem sentido, nas quais eu nem sabia se acreditava de verdade.

O que eu queria era que ele continuasse me abraçando, que dissesse que eu era bonita, que dissesse *"Não se apaixone por Jeremiah, apaixone-se por mim"*.

— Annabelle, não vamos brigar. Tenho um milhão de provas e trabalhos para corrigir, estou redigindo uma proposta e tenho um aluno que chegará às sete e meia da manhã para conversar sobre sua nota. Faça o que quiser. Terá todo o meu apoio. Se quiser pintar, se é mesmo essa a sua vocação, pinte. Se quer que nos mudemos daqui, volte a fazer contato com agências imobiliárias. Se não quer cuidar dos filhos de Carly, diga a ela que vai ajudá-la a encontrar outra solução. Agora, vamos para casa. Podemos?

— Para casa. Como se tivéssemos uma casa.

— É a nossa casa, por enquanto. E você pode encontrar um apartamento para nós. Está bem, querida?

Passou o braço em torno de minha cintura e me apertou contra ele. Lentamente, começamos a caminhar de volta. Ficamos em silêncio por muito tempo. Mal pude acreditar que havíamos nos afastado tanto do apartamento de Carly e Jeremiah. O ar noturno tornava-se mais frio. Pressionei o corpo contra o dele e ele me cobriu com o próprio casaco. Senti a fúria se dissipar e dar lugar ao alívio. Tudo não passara de uma pequena tempestade, nada sério, afinal.

— Você não está nem um pouco feliz, aqui? — ele perguntou com voz doce após algum tempo. — Sei que gosta de Jeremiah, ao menos. E ele gosta de você. Vejo a alegria de vocês, quando conversam um com o outro, durante o jantar. Mesmo que não goste tanto de Carly, você parece sempre ter um milhão de coisas para conversar com *ele*, certo?

Meu sangue gelou e minha mente disparou em defensiva. Estaria sendo acusada de alguma coisa? Deveria começar a pensar em argumentos?

Fiquei quieta e, logo, o sangue parou de latejar em minhas têmporas. Grant estava apenas comentando algo positivo que havia notado. Não estava fazendo nenhuma recriminação. Quando chegamos ao edifício, ele me tomou nos braços e me colocou no primeiro degrau, de maneira que ficássemos quase da mesma altura, e me beijou de leve nos lábios, muitas e muitas vezes.

Fiquei ali, parada, apreciando a chuva de beijos de meu marido, mas, ao mesmo tempo, pensando que talvez Jeremiah ainda estivesse acordado quando entrássemos. Talvez sorrisse para mim outra vez, como fizera no jantar.

Parte de mim esperava que ele estivesse lá, mas havia uma outra parte que só queria pegar Grant pela mão e fugir com ele dali o mais rápido possível. Quem sabe pudéssemos voltar para a Califórnia, morar em uma caverna na praia e nos esconder daquilo que insistia em me caçar, como seu eu tivesse um alvo pintado na testa.

CAPÍTULO ONZE

2005

— Mamãe. Mamãe, acorde. Preciso perguntar uma coisa.

Sento-me na cama, pronta para sair correndo e entrar em um táxi. A palavra *mamãe* sempre teve esse efeito sobre mim — mesmo que pronunciada a cinco cômodos de distância, em um sussurro rouco, é capaz de me fazer despertar do sono mais profundo. É como o telefone vermelho na Casa Branca.

— Ah, querida! Filha! Você está bem?

Antes mesmo de estar completamente acordada, estou de pé, acendendo a luz. Sophie está deitada de lado, apoiada no travesseiro. Seus olhos estão secos, e ela não parece sentir dor. Meus batimentos cardíacos começam a voltar ao normal e pergunto:

— O que aconteceu?

O relógio na mesa de cabeceira diz que são duas e quarenta e sete.

— Estou bem. Decidi não acordar você, mas não consigo parar de pensar e, por isso, não consigo dormir — ela explica com a voz clara de quem está acordada havia muito tempo. — Estava aqui, deitada, e cheguei à conclusão de que algumas coisas ficam melhores quando falamos sobre elas no meio da noite. Já percebeu isso? Que no meio da noite falamos sobre coisas diferentes? Whit e eu costumávamos ter nossas melhores conversas de madrugada. Acho que as pessoas são mais verdadeiras a essa hora. O que você acha? Talvez seja assim porque a essa hora não estamos com nossas defesas armadas.

Ela está obviamente louca e totalmente sem sono. Assim, esfrego os olhos e tento colocar minha mente em foco.

— Está bem. Minhas defesas, com toda certeza, ainda estão dormindo. Sobre o que quer conversar? Está ansiosa?

— Quero falar sobre casamento aberto.

— Casamento aberto? Jura?

— Sim. É quando somos casados, mas podemos ter outros parceiros...

— Sei o que é.

— Quero saber se você acha que funciona. Uma mulher com quem trabalho contou que ela e o marido iam se separar, mas então decidiram ter um casamento aberto e dormir com outras pessoas. Ela disse que isso salvou seu casamento, porque nenhum dos dois sente ciúme. Quando o marido está com outra parceira, ela sai com as amigas e faz o que tem vontade, como ir a festas e conhecer pessoas. E, segundo ela, quando ficam juntos de novo, estão mais felizes. O que você acha disso?

— Uau. Talvez seja *demais* para uma discussão na madrugada, mas minha impressão inicial é de que ela está mentindo. Não acho que funcione. Ao menos, não com a maioria das pessoas.

— Foi o que pensei, também. — Sophie fala devagar, os olhos fixos no teto.

— Trata-se de uma daquelas ideias geniais que acabam se revelando pouco práticas — acrescento. — Não combina com a natureza humana.

— Mas pense nos Winstanley. Não acha que, se eles tivessem concordado com um casamento aberto, poderiam estar mais felizes, agora? Se o sr. Winstanley se sentisse atraído por outra mulher, poderia ter um caso com ela, apagar aquele fogo e voltar para a esposa. Assim, a família inteira não teria de sofrer.

— É possível, mas não acredito que Mary Lou aceitasse uma situação como essa.

Dou uma risada ao imaginar a sempre prática e sensata Mary Lou dando um beijo de despedida em Clark, antes que ele saísse de casa, de braços dados com Padgett.

— E você, acha que conseguiria perdoar papai se ele fosse do tipo que se sente atraído por outras mulheres? O que quero dizer é, se amamos alguém de verdade, não fazemos todo o possível para não perder essa pessoa?

Não é sobre isso que estamos falando.

No dia anterior, Sophie havia passado muito tempo diante do computador, olhando as fotos que Whit mandara. A certa altura, ela me chamou e eu me plantei ao seu lado, enquanto ela continuava a estudar as fotografias. Na maioria, são de crianças adoráveis, de olhos escuros, que encaram a câmera com sorrisos tímidos, ou dos trabalhadores construindo o novo orfanato. Há vastos campos verdejantes, onde são cultivadas verduras e legumes, e uma cozinha de aço inoxidável reluzente, onde se veem pessoas sorridentes mexendo panelas gigantes e servindo seu conteúdo. Vemos, também, o rosto agitado, porém satisfeito, do diretor, além de fotos dos membros da equipe de filmagem, posando para a câmera, bebendo cerveja, andando por uma cidadezinha, jogando frisbee com as crianças.

Em uma fotografia, só uma, está Whit, junto de uma mulher que se parece um bocado com Sophie, uma jovem bonita, de rabo de cavalo, camiseta verde e short jeans e no instante em que a foto foi tirada, capturado para sempre pelas lentes, o braço de Whit encontra-se em torno dos ombros da moça e ele está olhando para ela com um sorriso. Trata-se de um sorriso espontâneo, alegre, que poderia significar qualquer coisa para qualquer pessoa, exceto, é claro, para Sophie.

Whit se apaixonou por outra mulher no Brasil.

Quando vejo a foto, tenho um choque. Não me surpreendo quando Sophie passa por ela rapidamente e, quando terminamos, eu a vejo voltar àquela foto e ampliá-la na tela.

Pedi licença e fui à cozinha, preparar outro bule de chá para gravidez. Em seguida, sugeri que assistíssemos a uma comédia em DVD. Peguei *Sintonia de Amor*, que não tem nenhuma cena de infidelidade conjugal.

Agora, é madrugada e os fantasmas estão à solta em sua mente, e ela quer saber se eu perdoaria Grant. E o que posso dizer? Olho para ela e não consigo pensar em nada verdadeiro que possa ajudá-la. Pergunto-me se deveria afagar os cabelos de minha filha grávida, solitária, deixada para trás, e oferecer a doce garantia de que ela é casada com um homem maravilhoso, que jamais a magoaria. Será que acredito mesmo nisso?

Quem sabe em que acredito? O que está claro é que são três horas de uma madrugada fria de inverno, Sophie está no sétimo mês de gravidez e, no Brasil, seu marido está dormindo sozinho, ou não. De um jeito ou de outro, Beanie Bartholomew logo chegará ao mundo e precisará de amor e cuidados, mas, acima de tudo, de uma mãe que acredita ser amada.

— Acho que eu tentaria compreender — respondo devagar —, mas tudo dependeria das circunstâncias, e se seu pai estivesse mesmo apaixonado por outra mulher, ou se estivesse apenas perdido e tentando entender o que se passa dentro dele.

Ela suspira e sorri.

— Você não consegue sequer imaginar, não é? A situação está muito além do que você acredita ser possível.

Um dia, o telefone toca e é Cindy Bartholomew, mãe de Whit. Fica surpresa por eu atender ao telefone, e tenho de explicar sobre o súbito sangramento. Ela se mostra adequadamente mortificada. Nós nos conhecemos no casamento em nossa casa, claro, e na época eu me lembro de tê-la considerado charmosa e agradável. Não se cansava de repetir que a Nova Inglaterra era o lugar mais lindo que já vira, e que adorara nossa casa, nossos amigos e tudo mais. Insistimos para que ela e o marido se hospedassem em nosso quarto de hóspedes e, embora poucos dias depois, eu tenha passado a achar só um pouquinho irritante sua tendência a falar com o marido como se fala com um bebê, a companhia dos dois me agradou. Eles contavam histórias engraçadas, principalmente quando já haviam bebido um pouco. Cindy e Clement estão sempre viajando pelo país, monitorando seus vários investimentos, e sempre que estão em Nova Iorque tentam visitar Sophie e saber do estado dela e do bebê. Quando ela pergunta se seria possível combinarmos um encontro, respondo:

— Claro. Adoraríamos ver vocês.

Enquanto marco uma data, Sophie sacode a cabeça com ênfase e mergulha debaixo das cobertas.

— Eles também são sua *família* — digo ao desligar o telefone. — Por que não quer vê-los? Aliás, não são eles os proprietários deste apartamento?

— Sim. *Meu Deus.* São proprietários de tudo. Quando estão aqui, sinto como se estivessem tentando garantir que não fiz nada terrível para destruir seu imóvel, e tudo o que tenho vontade de fazer é sair daqui.

— Não se preocupe. Não nos fará mal algum sermos simpáticas com eles. Podemos servir uma bandeja de frios aqui no quarto.

— Está bem — ela concorda sem convicção.

Os Bartholomew chegam no domingo à tarde, e nós quatro nos acomodamos da melhor maneira possível no quarto, que é onde Sophie e eu temos recebido todas as nossas visitas. Desta vez, porém, é insuportável. Imediatamente, compreendo o que Sophie tentou me dizer: Clement, que é uns vinte anos mais velho do que Cindy, faz o tipo inquieto, sempre parecendo prestes a entrar em uma reunião na qual espera ser comunicado que foi eleito rei do Universo, e que as coisas em casa não vão bem. Anda de um lado para outro, suspirando e bufando, abrindo armários e batendo com as juntas dos dedos nos tijolos da lareira. É óbvio que Cindy está habituada a esse tipo de comportamento; seus olhos muito bem maquiados o seguem todo o tempo, e ela o chama de vovô e diz a ele que fique à vontade para fazer tudo o que um vovô deve fazer, embora eu não faça a menor ideia do que seja que ele deva fazer.

Finalmente, Clement volta e para na porta do quarto, fazendo-me lembrar do magnífico lutador francês conhecido como *André, O Gigante*, e faz um pronunciamento:

— Muito bem, já estou pronto para levar três lindas mulheres para almoçar.

Ora, não podemos, e a situação é explicada a ele mais uma vez. Não podemos sair de casa. Sophie, aliás, nem pode sair da cama. Para minha surpresa, Sophie se levanta e diz que não haverá mal algum em sairmos para um breve almoço. Ao contrário, talvez lhe faça bem.

— Espere — digo.

— Não. Mamãe! Como pode me fazer mal? Vou descer de elevador, entrar no táxi, ir para o restaurante e me sentar imediatamente, comer, entrar em outro táxi e voltar para casa. — Seus olhos imensos me imploram: — Afinal, se posso sair para ir à médica, por que não posso sair para almoçar?

— Acho que sua médica quer que você fique *deitada* — argumento, mas é evidente que ela se sente embaraçada.

Cindy Bartholomew começa a produzir pequenos sons que me fazem pensar em galinhas, na tentativa de acalmar as coisas, como se uma discussão terrível estivesse prestes a começar.

Clement resfolega e diz:

— Assumirei a responsabilidade.

Fico consternada. Não há como *assumir a responsabilidade*. Um bebê ainda não nascido pode estar em perigo, como se pode assumir a responsabilidade por isso? Gostaria de contar essa história a Grant. Ao *velho* Grant. Sempre rimos de homens como este, que se consideram poderosos a ponto de serem capazes de interferir em questões de vida e morte.

Cindy não para de falar alto, com voz estridente, parecendo preocupada. Clement nos assegura de que chamará os médicos se for necessário. Pode conseguir uma cadeira de rodas, se isso ajudar... está com seu celular e somos três adultos para tomar conta de Sophie o tempo todo. Não será problema.

Sophie continua me lançando olhares, implorando por minha concordância. É o que ela quer.

Assim, saímos, estranhando a claridade e o ar fresco. Clement sinaliza para um táxi, que estaciona com obediência junto ao meio-fio, como um cão treinado. O dia está prematuramente quente, com muito sol e promessas de mais calor. Em casa, não teríamos um dia assim antes do final de maio. Em Nova Iorque, porém, tudo é possível. Sophie diz que é maravilhoso estar ao ar livre, sem estar a caminho do consultório médico. Tem certeza de que o sangramento foi uma anomalia que não vai se repetir. É importante para ela sentir que seu corpo é competente o bastante para segurar seu bebê, mesmo quando ela fica de pé. Isso é ótimo, ótimo.

Cindy olha para mim com uma expressão que não consigo compreender. Calculo que signifique "nós, mulheres, sabemos o que fazemos". O que não é exatamente verdadeiro. Chegamos ao restaurante, um lugar elegante, com iluminação suave, lambris de madeira e guardanapos macios, e Clement pede mimosas para os quatro. No mesmo instante, eu e Sophie protestamos com veemência: mulheres grávidas não podem beber álcool. Não, nem um copo. Sim, sem dúvida, os tempos mudaram.

Ele se mostra profundamente contrariado, mas tratamos de mudar de assunto. O mercado imobiliário, o tempo, a recente viagem dos Bartholomew à Itália.

Depois de alguns goles da minha mimosa, ocorre-me que não mencionamos Whit. E reparo a falha:

— O projeto de Whit parece estar indo muito bem. Vocês falam sempre com ele?

Todos à mesa ficam em silêncio. Cindy responde com um aceno de cabeça e desvia o olhar. Clement pede mais mimosas, embora ainda não tenhamos terminado as primeiras. Em um ato de coragem, Sophie conta uma história que Whit contou a ela, sobre uma criança que ele conheceu em uma cidadezinha, que acreditava que talvez pudesse vir para os Estados Unidos com ele se a pessoa certa vencesse as eleições. Era o que a criança pensava que eleição significava: uma passagem. A história é sem graça, além de difícil de acreditar, e após um breve momento de silêncio cortês, Cindy me pergunta se o inverno foi muito rigoroso em New Hampshire.

Mais tarde, quando peço licença para ir ao banheiro, ela me acompanha.

— Desculpe o clima constrangedor que se criou quando você mencionou Whit — ela diz. — Trata-se de um assunto delicado, essa situação... Bem, estou certa de que *você* sabe.

Estou secando as mãos em uma toalha de papel.

— Ah, sim. Sei como é *isso*. Assunto delicado — respondo, pensando que ela veio ao banheiro para me dizer algo sobre o marido. Conheço o jeito de uma mulher prestes a confessar que seu casamento não é satisfatório.

Ela sorri.

— Bem, é claro que, no momento, você é a pessoa mais incomodada pela situação.

— Incomodada?

— Sim, por ter de vir para cá. Afinal, você há de concordar que Sophie não poderia ter engravidado em momento pior. — Ela se aproxima do espelho e examina o batom, que se entranhou nas rugas em torno da boca. — Desde que meu filho tinha dezesseis anos, digo a ele que tem de se responsabilizar pela proteção do casal. Ele não me deu ouvidos, e veja só o que aconteceu.

— Bem, acho que, às vezes, os casais tomam decisões inconscientemente. Esse tipo de coisa acontece.

— Sim, mas às vezes um deles não é informado da decisão. — Cindy se endireita, ajeita os cabelos e me encara através do espelho. — Não estou dizendo que Sophie fez algo errado. Ele foi tão irresponsável quanto ela.

— Nenhum método contraceptivo é cem por cento seguro e...

— Mas meu filho tem uma carreira promissora pela frente e, agora, vai ser pai aos vinte e três anos. Sabe quanto sacrifício ele terá de fazer?

— Os dois terão de fazer sacrifícios — corrijo com voz baixa. — E, por enquanto, parece que Sophie é quem está se sacrificando. Afinal, ele foi para o Brasil conforme havia planejado.

— A *carreira* dele estava em jogo. Você faz ideia do prejuízo profissional que ele sofreria se cancelasse a equipe de filmagem e se retirasse do projeto? Foi o momento mais absurdo para uma gravidez acontecer. E poderia ter arruinado a vida dele.

Muito bem, agora ela ultrapassou meus limites.

— Escute — digo —, tomei o partido do seu filho desde o início, para o choque de minha família. Acredito, honestamente, que ele agiu corretamente ao perseguir seu sonho e realizar o documentário, embora ele...

— Ora, isso é óbvio!

—...*embora* ele tenha abandonado minha filha, *sua esposa*, no momento em que ela mais precisava dele. Dei razão a ele e defendi sua decisão. Em momento algum, Sophie pediu a ele que não fizesse essa viagem! Nunca. Mas isso não quer dizer que ela não esteja sofrendo por ter sido abandonada. E a gravidez não está correndo como se esperava, mas até ela ser forçada a ficar em repouso absoluto, todos os dias, ela ia para o trabalho e cuidava da casa, mesmo estando completamente sozinha...

— A escolha foi *dela* — Cindy interrompe. — Sou mãe de um homem, Annabelle, e sei do que as mulheres são capazes. Os homens são facilmente manipulados. São vítimas de seu pênis. Nunca se dão conta do que acontece ao redor. Uma mulher decide ter um filho e pronto. Ele está perdido, seus planos de carreira, arruinados. E meu filho tem só vinte e três anos de idade, o que corresponde a catorze anos em uma menina!

É então que me lembro de que Cindy Bartholomew é a segunda esposa de Clement, e que depois de alguns coquetéis, no verão passado, ela admitiu entre risos que Whit fora concebido um pouco antes do fim do casamento anterior de Clement. Portanto, é claro que ela só consegue enxergar o mundo desse ponto de vista — de que as mulheres usam a gravidez para forçar os homens a tomar decisões desagradáveis. Fico furiosa, é claro, por ela incluir minha filha nessa visão horrorosa das mulheres... mas, enquanto estou alimentando toda a minha raiva, uma coisa engraçada acontece.

E daí, penso. E se o pior for verdade e Sophie realmente manipulou Whit para se casar com ela, já pensando em engravidar? Não importa. É assim que muitos casamentos começam. É como muitos bebês vêm ao mundo. Desde o início dos tempos, há sempre alguém criticando e dizendo "Como ele pode querer ficar com *ela?*" ou "O que ela vê *nele?*". A verdade é que não entendemos o amor.

Viro-me e olho para Cindy Bartholomew, toda pintada e vinte anos mais jovem que um homem que acredita que sempre dominará o mundo, e é como se eu pudesse enxergar sua essência, a mulher assustada que existe atrás de toda aquela pose e maquiagem. Então, compreendo que é só amor que ela está expressando, amor por Whit, e medo de que a felicidade dele esteja em risco. Ele é o filho que ela concebeu em circunstâncias questionáveis com um homem já casado, e agora seu coração se aperta pelo que pode acontecer a ele. É amor. Nada mais.

Assim, digo a ela o que sempre digo a Grant:

— Precisamos deixar que nossos filhos tomem suas próprias decisões. Não é mais nosso papel cuidar de tudo por eles. Temos de libertá-los para que compreendam e resolvam seus problemas.

Nesse momento, ocorre-me que, um dia, Sophie se encontrará em um banheiro de restaurante como este, pensando em sua filha, e temendo pela incursão dessa filha no amor. Por alguma razão, a ideia de todas essas mães marcando seus territórios em banheiros de restaurantes, preocupadas com seus filhos, me faz tão feliz que pego Cindy pelo braço e a levo de volta à mesa, onde Clement Bartholomew está abraçando minha filha com lágrimas nos olhos.

Quatro dias depois, Sophie tem uma consulta marcada com sua médica. O tempo tornou-se cinzento e frio outra vez, e nos agasalhamos com suéteres e casacos para nos aventurarmos lá fora.

— Parece que estou indo ao cinema para assistir a um filme estrelado por Beanie — ela diz com as faces coradas.

Hoje, farão outra ultrassonografia para verificar se tudo está mesmo correndo bem. Nós duas adoramos ultrassonografias; é quando podemos ver Beanie Bartholomew em toda sua glória.

— Talvez ela acene para nós, hoje.

Além disso, hoje é cinco de março, apenas dois meses antes da data prevista para o parto, o que significa que esse bebê já pode nascer. Ela ficaria bem. Ah, seria assustador; provavelmente, teria de passar algum tempo na unidade intensiva neonatal. Haveria drama e alvoroço, e eu teria de prender a respiração e andar de um lado para outro no corredor. Mas poderia acontecer. Estou aqui há quase quatro semanas. Sophie e eu mantivemos esse bebê saudável em seu lugar por mais um mês inteiro e, não, não estou querendo créditos, mas fiz, sim, minha parte, preparando refeições balanceadas e mantendo Sophie em repouso.

— Se estiver tudo bem — ela diz quando estamos nos vestindo —, acho que deveríamos comemorar com um passeio.

— Deveríamos comemorar vindo para casa, voltando para a cama e sendo cuidadosas por mais um mês...

— Mamãe. Nada de mal aconteceu depois do almoço no restaurante, outro dia. E você mesma disse: se o bebê nascesse agora, nós duas sobreviveríamos. Ela já tem os pulmões formados.

— Ela pode ter pulmões, mas um bebê prematuro não é fácil, e é com você que me preocupo.

— Mamãe! Não se preocupe. Está tudo bem.

— Tenho de me preocupar. Faz parte do meu perfil de cargo.

— Seria melhor se guardasse sua preocupação para si mesma. É o que uma boa mãe de verdade deve almejar: preocupar-se em silêncio sem transmitir a preocupação à filha.

— Certo. Vamos ver como *você* vai se sair nessa tarefa, dentro de dois meses.

Ela ri.

— Eu disse *almejar*. Não disse que alguém seja realmente capaz de fazer isso.

A ultrassonografia é ótima. Quando a técnica (Nina, já conhecemos sua presença calma e maternal) posiciona o bastão sobre o ventre de Sophie, nós três tomamos um susto. Porque, lá está, perfeitamente formado, um rostinho redondo, de olhos abertos, nos encarando. A cabeça vira e o bebê leva a mãozinha à boca.

— Ah, meu Deus! Olhe só para ela! — Sophie murmura e começa a chorar.

Sinto meus olhos se encherem de lágrimas e aperto a mão de Sophie.

— Ela é linda. Parece com você. Veja que narizinho bonitinho!

Fico tão emocionada que pego o celular, ligo para Grant e descrevo o rosto do bebê para ele.

— Ela se parece com sua avó Petra.

— Você não conheceu minha avó Petra — ele diz.

— Não há uma foto dela na parede do corredor? Uma foto que vi quase todos os dias da minha vida de casada?

— Não sei...

— Grant, tem certeza de que mora na mesma casa que eu?

— Aparentemente, não — ele responde em tom seco. — Não consigo encontrar você por aqui.

Fico em silêncio por um instante. Então, digo:

— Mas você estará aqui muito em breve, não é?

E sou surpreendida por uma onda de calor que toma conta de meu corpo, uma onda de calor que, por incrível que pareça, não é sintoma de menopausa. Tenho vontade de contar a ele sobre Cindy Bartholomew e algo que descobri sobre homens, mulheres e bebês vindo ao mundo, mas estou no consultório médico, com lágrimas escorrendo pelas faces e um rostinho de bebê olhando calmamente para nós.

E, então, o que poderia acontecer de melhor: Sophie também pega seu celular e faz uma ligação para São Paulo, no Brasil.

— Whit! Beanie é *menina*. Sim, menina! E sabe o que mais? Ela está sorrindo para mim neste exato momento! Sim, no ultrassom! Ela tem um narizinho lindo, e minha mãe diz que se parece comigo quando eu era bebê. — Sophie fecha os olhos, ouve e começa a chorar. — Também te amo. Eu sei... falta pouco tempo.

Para comemorar, almoçamos em uma *delicatessen* na rua do consultório.

— Sanduíche de pastrami com mostarda no pão integral — Sophie pede à garçonete. Está exultante, o rosto corado e radiante. — Com bastante queijo e cebola. E salada de repolho. Ah, picles, também. E uma Coca.

Não pergunto "Não vai ter azia, depois?".

Sentamos a uma mesa e comemos enquanto admiramos o retrato que Nina tirou do rosto do bebê. Sophie diz que vai escanear a foto e enviar por e-mail a Whit, para que ele também possa ver a filha. Digo que precisamos comprar verduras para o jantar, a fim de compensar o almoço excessivamente salgado, pecaminoso e cheio de gordura. Lembro que estamos perto do bairro onde morei, onde há um mercadinho adorável. Pergunto se ela se sente disposta a ir até lá comigo, ou se devemos voltar para casa.

— É claro que vou com você! Estou me sentindo ótima!

E, assim, nós vamos. Sei que posso estar errada em permitir que ela caminhe tanto, mas deixo assim mesmo. De lá, iremos diretamente para casa. Andamos de braços dados, enquanto conto a ela como eu gostava desse mercadinho mais que qualquer outra coisa em Nova Iorque. Quando fui embora, foi um grande choque descobrir que, em New Hampshire, é preciso fazer uma compra semanal porque só existem os grandes supermercados...

Ainda estou tagarelando sobre batatas-doces, tangerinas, pães de centeio e picles, quando chegamos ao mercado e, de repente, o mundo parece dar uma cambalhota para então desaparecer de debaixo de meus pés. Minha visão se torna tão enevoada que, por um instante, me pergunto se ainda estou na cama, sonhando.

Jeremiah está lá, no mercado.

Jeremiah. Eu o vejo. Poderia me aproximar e falar com ele. Está escolhendo maçãs. Não tenho dúvida de que seja ele.

Não pode ser. Olhe bem.

É ele. Como poderia não reconhecê-lo? Tem o mesmo rosto, os mesmos gestos, tudo é igual. Sua orelha. Sua postura. Está vestindo calça jeans e paletó. Os cabelos ligeiramente encaracolados repousam sobre a gola. Apanha algumas maçãs e as coloca na cesta. Paro de falar; minha boca simplesmente deixa de funcionar, de produzir sons.

Como...? Mas como ele pode estar no mesmo lugar que eu? Tantos milhões de pessoas, e aqui está ele, no mesmo mercadinho onde costumávamos comprar comida juntos? Quem acreditaria?

Acreditem. Talvez eu tenha atravessado um "buraco de verme" no Universo — Nicky costumava me explicar tudo sobre os buracos de verme, através dos quais seria possível viajarmos entre diferentes dimensões — e, na verdade, esteja de volta a 1977 e a qualquer momento os gêmeos vão sair de detrás dos melões, como no dia em que precisamos desmontar a pilha inteira para encontrar minha chave, que Brice deixou cair dentro de uma pirâmide de frutas. A chave deslizara até o fundo, como um ser vivo à procura da escuridão. Vejo o rosto não barbeado do Jeremiah de então, sinto a manga de sua camisa roçar na minha quando ele me dava pedaços de fruta para segurar. Mesmo os momentos difíceis, eu pensava, eram tão bons, tão divertidos e ricos.

Ele está em Nova Iorque. Minha boca resseca.

Olá, Jeremiah. Sim, esta é minha filha, Sophie. Ah, sim, a cara de Grant, não acha? Claro.

Os lábios de Sophie estão se movendo; ela está falando, concordando comigo, eu acho, sobre as vantagens das compras diárias. Ou, quem sabe, disse isso há alguns minutos e, só agora, as palavras conseguiram atravessar a barreira do tempo e alcançar meus ouvidos.

— Faz mais sentido comprar o que se precisa todos os dias...

A voz dela soa indistinta; não ouço o restante da frase. Abaixo os olhos depressa. Ele seguirá para o lado contrário. A gravidade — ou alguma força benigna do Universo, como força centrípeta ou algo parecido — vai arrastá-lo para longe de mim. Não estamos destinados a nos encontrarmos de novo. Ou... ora, se ele vier para este lado, não vai me reconhecer. Estou completamente diferente do que era. Passaremos um pelo outro e seus olhos permanecerão neutros quando pousarem em mim. Ele nem vai desconfiar que sou eu. Vou fingir que estou olhando para algum produto na prateleira. Não posso falar com ele. Não quero que ele me veja.

Jeremiah vira para o lado oposto a mim e começa a andar. Vejo seus cabelos, já não tão fartos e um pouco grisalhos. O paletó escuro é grande demais para ele. Sua postura nunca foi das melhores, mas ele sempre se movimentou com leveza e agilidade. Está mais curvado, agora, mas me parece uma postura humilde, como se ele não quisesse ocupar muito espaço por consideração aos fregueses mais apressados. Uma mulher com dois filhos pequenos se aproxima, e o vejo estender a mão para afagar a cabeça de um e de outro. Está de perfil, e o vejo sorrir. Ele adorava crianças. *Adora.*

Este é o presente. Isto está acontecendo, e Jeremiah está neste mercado com você.

Sophie está dizendo:

— Devemos comprar maçãs? Adoro maçãs verdes, mas agora me dão azia. Acho melhor levar maçãs gala...

Sua voz, porém, vem e vai, como se alguém brincasse com o botão de volume.

Jeremiah para de repente. Prendo a respiração, achando que ele vai se virar e vir na minha direção, mas não é o que acontece. Após um momento, ele segue adiante, afastando-se de mim, e vira no final do corredor. Não posso mais vê-lo. Solto o ar preso nos pulmões.

— O quê? — pergunto a Sophie.

Vejo que ela percebe o tremor em minha voz e ergue os olhos alarmada. Não quero falar de maçãs. Não posso.

— Está se sentindo bem, mamãe? Parece agitada — diz ela.

— Estou bem.

— Quer maçãs gala?

— O quê? Claro. Galas são ótimas.

— Quantas?

— Não sei. Quatro, eu acho.

— Quatro? Sou capaz de comer três, sozinha! — Ela ri. — Mamãe, está prestando atenção no que eu digo?

— Então, pegue três.

Minhas mãos, segurando as alças da cesta com força, estão molhadas de suor. Sinto-me prestes a desmaiar.

Sophie ri outra vez.

— Não! Três, não. Você também vai querer maçãs, não vai? Que tal levarmos seis?

— Como você quiser.

— O que você tem, mamãe?

— As luzes fluorescentes estão me enlouquecendo. Não está ouvindo o zumbido? Detesto esse ruído irritante!

— Certo... Precisamos de mais alguma coisa, além de sorvete? Preciso tomar sorvete. Quero chocolate com banana, já que pelo menos as bananas são saudáveis. Espero não sofrer por ter comido todo aquele pastrami. Por que me deixou comer tudo aquilo, estando grávida de sete meses? Que tipo de mãe é você? Deveriam caçar sua licença.

— Quero ir embora. Vamos. Irei ao outro mercado mais tarde, se precisarmos de alguma coisa.

— Um minuto.

Fico imóvel, como se estivesse presa ao chão, enquanto ela vai até o freezer e volta com uma embalagem de meio litro de sorvete. Em seguida, nos encaminhamos para o caixa. Não vejo Jeremiah e sinto a mais inesperada pontada de decepção. Isso é ridículo; pareço uma colegial andando pelo corredor errado, vendo *o cara*. Exatamente como naquela época, não sei o que esperar. É errado vê-lo, mas como posso evitar? Estudo as revistas. Jennifer Aniston e Brad Pitt estão morando em casas separadas. Vão se divorciar? Viro as páginas rapidamente e devolvo a revista à prateleira. E lá está ele. Estamos em 2005. Não vejo Jeremiah desde 1980. Eu era praticamente uma criança.

Ele vem na minha direção para entrar na minha fila. Eu poderia tocá-lo, se quisesse. Com os cabelos cobrindo meu rosto, inclino-me para examinar os chicletes e doces e, em um gesto automático, minha mão forma uma concha em torno de meus olhos. Ele também se inclina para pegar pastilhas para tosse, minha mão se abaixa e nossos olhares se encontram.

Zap! E tudo desaparece, como nos sonhos.

— Annabelle? — Sua voz não chamou meu nome em tantos anos e, agora, soa rouca. — Meu Deus! Annabelle! É mesmo você?

— Sim — acho que respondo. — Jeremiah.

— Uau — ele murmura, parado diante de mim com um sorriso largo, os olhos brilhando. Precisa fazer a barba. Seus cabelos estão compridos demais. — Não acredito. — Rindo, pega minha mão e não a solta.

Conversamos. Ele faz comentários sobre o mercado continuar ali, que está de volta a Nova Iorque, depois de viajar pela Europa, e como é incrível esse nosso encontro. Trata-se de uma coincidência típica de Nova Iorque. Sua voz é calma, como naquele primeiro dia, quando me surpreendeu em seu apartamento, explorando os armários da cozinha. Havia me contado, muito tempo depois, que estivera me observando por muito mais tempo do que eu imaginara; eu estava de costas e minha saia havia deslizado quadris acima, e ele não fora capaz de desviar o olhar. Ficara excitado. Naquele primeiro dia. Agora, ele fala das maçãs e dos sorvetes que ele e Sophie têm nas mãos. São do mesmo tipo. O zumbido em meus ouvidos é alto demais e me impede de ouvir tudo o que ele diz. De repente, meus sapatos surgem diante de meus olhos. Devo estar olhando para baixo, não sei.

Quando me permito erguer a cabeça e encará-lo, os olhos dele estão brilhando de prazer. Sua voz é a mesma. Retiro minha mão da dele. Não consigo assimilar o fato de estarmos nos tocando, mas isso é ridículo, e nos abraçamos, o que requer certo malabarismo com as verduras e frutas que ambos seguramos. Sophie — ah, sim, Sophie! — limita-se a sorrir com cortesia perplexa, observando-nos, e depois do nosso abraço, em câmera lenta, apresento os dois, lutando para manter minha voz sob controle.

— Esta é minha filha. Sophie, este é um velho amigo meu e de seu pai. Jeremiah Saxon.

Sinto na boca um gosto de giz. Falo alto demais. Ele se curva com elegância. Eu havia me esquecido dessa sua qualidade: como era cavalheiresco e sedutor, com suas maneiras típicas do Velho Mundo.

— Muito prazer em conhecê-lo — diz Sophie.

É uma experiência surreal vê-los apertar as mãos, os dedos longos de Jeremiah quase escondendo as mãos pequenas e gorduchas de Sophie.

— Nossa, ela se parece muito com você — ele diz. — Embora, observando mais atentamente, vejo uma mistura de você... e de Grant.

Seus olhos exibem o brilho da travessura na pequena hesitação. *Ela é filha de Grant, certo? Vocês... ficaram juntos, afinal?*

Ofereço um aceno de cabeça quase imperceptível. *Sim. Ficamos juntos. Embora você não mereça saber nada a respeito.*

Seus olhos expressam pura felicidade. Na verdade, é um misto de tristeza e felicidade. O sentimento toma conta de nós dois. Vou ter de aceitar isso e deixar para analisar depois. Deve ser essa a sensação de choque, uma névoa súbita de ruídos e impressões, todos misturados. Ouço o zumbido das luzes fluorescentes e, ao mesmo tempo, noto que as feições de Jeremiah estão mais relaxadas, embora não me atreva a fitá-lo como gostaria. Sophie é extremamente alerta para esse tipo de coisa. Ela não se moveu nem um milímetro, e continua olhando de um para outro com um sorriso. Preciso me controlar.

Fazemos o relatório esperado: Grant dando aulas na universidade. ("Ainda?", diz Jeremiah, erguendo as sobrancelhas em surpresa.) Dois filhos. Nicky no primeiro ano da faculdade. E, agora, uma neta. O primeiro bebê de Sophie.

Quando chega sua vez, Jeremiah diz que os gêmeos estão bem. Sim, têm quase trinta anos. Lindsay é tradutora nas Nações Unidas. Brice trabalha para a Agência de Segurança Nacional. Quanta ironia, não? Nenhum dos dois é casado nem tem filhos. Que sorte Grant e eu termos uma netinha a caminho. Ele se lembra de quanto gostávamos de crianças. E ri. Vejo Sophie perceber a eletricidade trocada entre nós.

— Quanto tempo vai ficar na cidade? — ele pergunta.

Explico que não sei ao certo, que vim por causa de complicações na gravidez de Sophie, mas que está tudo bem, agora. Aproveitando a deixa, Sophie exibe a foto do ultrassom, e Jeremiah esfrega os olhos, mal acreditando que tal imagem seja possível. É incrível a tecnologia moderna, capaz até mesmo de fotografar um bebê no ventre da mãe.

Digo que, se entendi bem, as pessoas podem se comunicar através de pedacinhos de plástico que colocam na orelha, e ele cai na risada.

Sem saber como, o assunto passa a envolver sua esposa e meu marido, e ele conta com pesar que Carly falecera no ano anterior. Câncer. Eu já sabia, mas sinto algo dentro de mim se soltar, como um elástico que se parte. A essa altura, já pagamos por nossas compras, embora eu não tenha me dado conta disso, e estamos espremidos junto à entrada do mercado, no caminho dos outros fregueses. Jeremiah pergunta, à sua maneira gentil e hesitante, se gostaríamos de tomar um café com ele.

— Não, não podemos. Temos de levar o sorvete para casa — respondo depressa demais.

— Bem, então, que tal outro dia? — Seus olhos estão fixos nos meus.

— Vocês podem ir — Sophie diz. — Irei para casa e porei o sorvete na geladeira. Vá, mamãe. Precisa descansar um pouco da nossa rotina.

— Não! — protesto e, mais uma vez, o tom urgente em minha voz me trai.

Vejo Jeremiah sorrir com timidez e desviar o olhar. Sophie tem um sobressalto, mas cai na risada.

Mas não posso ir com ele. Não posso tomar café. Meus joelhos estão prestes a se vergarem. Já é demais sentir a mão dele em meu ombro, seus lábios em minha face quando nos despedimos. Ele me dá o número de seu telefone, dobra um pedaço de papel e coloca em minha mão, e Sophie diz a ele onde mora. Ouço minha filha falando como se houvéssemos invertido papéis e eu fosse sua tímida filhinha de cinco anos, contando que quase não saio, que não tenho com quem conversar e que me falta companhia de adultos de verdade. Jeremiah sorri.

— Farei com que ela ligue para você — ela promete. — Mamãe está mesmo precisando de um velho amigo.

Está flertando com ele! Fico atordoada.

Depois que ele vai embora e nós duas estamos a caminho de casa, sinto os olhos dela fixos em mim, enquanto seus passos acompanham os meus.

— O que foi *aquilo?* — pergunta. — Você parece prestes a ter um ataque cardíaco.

Tento suavizar minha expressão.

— Ora, não foi nada. Apenas um velho que vai me matar de tédio, falando da morte da esposa e da sua vida triste e patética desde então, e vai esperar que eu tenha coisas boas a dizer para consolá-lo.

— Uau — ela murmura e enrosca o braço no meu. — Eu não sabia que você já adotava criaturas carentes há trinta anos.

— Vinte e oito — corrijo, fixando os olhos na calçada.

— Tanto faz. Mas ele parece ser um velho legal.

Um velho legal! Como se ele fosse um velhinho inofensivo — será que é assim mesmo que ela o vê? Fico confusa.

— E Deus sabe que faria bem a você, sair daquele apartamento de vez em quando — Sophie acrescenta.

Na terça-feira seguinte, agindo contra o bom senso e com o coração aos saltos, encontro Jeremiah para um café. Só para ver o que acontece, porque, certas coisas, temos de saber, sejamos pessoas casadas ou não.

CAPÍTULO DOZE

1978

Meu primeiro inverno em Nova Iorque foi frio, com muita neve. Por mais que eu me agasalhasse, ou tomasse litros de café, não conseguia me aquecer e me manter quente. Nos dias em que não trabalhava em escritórios como temporária, eu ficava no apartamento, usando suéteres enormes e pantufas de coelhinhos. Meu nariz escorria muito. Eu tremia.

Havia acalentado a esperança de passarmos o Natal e o Ano-Novo na Califórnia, mas Grant disse que estaria ocupado demais com o trabalho e, além disso, não queria gastar dinheiro. Disse que precisava se preparar para seu segundo semestre como professor. Assim, tiramos apenas alguns dias de férias e fomos para o interior de Nova Iorque, onde nos hospedamos em uma pousada próxima a uma antiga tecelagem desativada, onde um movimento trabalhista utópico havia nascido e morrido. Visitamos as ruínas na neve, examinando chaminés e tijolos velhos. Grant postou-se com reverência sobre a fundação do edifício, olhando a sua volta, enquanto eu batia os dentes ao lado dele. Lá fora, a neve se acumulara sobre as sempre-vivas, e o sol já encontrava o horizonte. Eram três da tarde, mas parecia noite.

— Isto aqui é como uma igreja para você, não é? — perguntei.

Grant riu e olhou para mim, piscando, como se houvesse acabado de se lembrar que eu estava ali.

— Ah, Grant! Você é tão... tão *você*!

— Sou obsessivo, eu sei — ele murmurou, pesaroso. — Deveria ter confessado isso antes de fazer você se casar comigo e te arrastar para o outro lado do país.

Mas, então, nos beijamos, e os lábios dele eram a única coisa quente por ali.

Quando voltamos para o carro, eu disse:

— Há uma coisa que não entendo. Por que queria tanto trabalhar com Jeremiah? Ele não parece nem um pouco interessado nessas coisas.

Grant se preparava para sair de ré da clareira onde havia estacionado, mas colocou o câmbio em marcha neutra e pousou as duas mãos no volante.

— Ora, não subestime Jeremiah Saxon — disse. — É verdade que ele está sobrecarregado com a vida familiar, agora, mas já fez pesquisas extraordinárias. Uma delas foi aqui mesmo, nesta tecelagem. É quem mais se destaca no estudo dessas comunidades utópicas, desses experimentos sociais, nos quais todos seriam iguais. Sua compreensão desses movimentos, assim como seus escritos sobre eles foram *soberbos*. São trabalhos fabulosos, magníficos. E há os livros. Escreveu vários livros, todos excelentes, sobre o assunto.

— Verdade?

Olhei para as ruínas com novo interesse, sentindo meu coração acelerar.

— Essa foi uma das razões pelas quais eu queria conhecer esta tecelagem — Grant continuou, em tom de idolatria. — Queria ver o que ele viu.

Voltei a olhar ao nosso redor. Apenas pedras, uma fundação, chaminés, árvores. O rio passando por grandes placas de gelo, com o esqueleto de uma velha roda de moinho. Fantasmas do que quer que existira ali, um dia. Jeremiah estivera lá, pisando naquelas pedras, fazendo anotações sobre os fantasmas que as haviam habitado um dia. De repente, o lugar adquiriu uma aura totalmente diferente.

Naquela noite, jantamos em um restaurante construído de pedras e iluminado por velas, situado no sopé da montanha, e o proprietário sentou-se à nossa mesa e contou histórias sobre o dia em que a tecelagem fechou e seus pais choraram à mesa da cozinha. Grant piscava e assentia, enquanto suas mãos espalmadas sobre a toalha xadrez de vermelho pareciam tremer de desejo de anotar tudo o que ouvia.

— Quer fazer algumas anotações? — perguntei mais tarde, quando voltamos à pousada.

— Não, não. Esta é a tecelagem de Jeremiah. Aqui, sou mero intruso.

Virei-me para ele a tempo de ver a expressão de reverência que já se dissipava em seu rosto.

— Espero, um dia, poder ser tão perspicaz quanto ele... Suas anotações são meticulosas. Ele entende tudo.

— Não diga isso! — protestei com intensidade maior do que desejava. — Você tem suas próprias qualidades. Precisa aprender a respeitar o que *você* tem.

Em fevereiro, houve uma nevasca gigantesca — passaram a chamá-la de A Nevasca de 1978 — e meu irmão telefonou para saber se eu estava mesmo suportando a vida na Costa Leste. Ele havia se mudado para um centro de reabilitação.

— E então, o que está achando da vida de casada com o cara mais certinho e desajeitado do planeta? — perguntou. — Sabe que digo isso no melhor sentido possível. Sinto profunda admiração por um sujeito aparentemente incapaz de perceber que existe um mundo inteiro fora de sua cabeça.

— Poderia estar melhor, se eu conseguisse vê-lo — respondi. — Grant trabalha o tempo todo.

— Dando aulas? Sempre achei que esse era um daqueles empregos tranquilos, muitas férias, só três horas de aulas por dia.

— Não para Grant.

David ofegava enquanto falava, e eu sabia que estava conduzindo a cadeira de rodas para o jardim, onde podia fumar. Sua voz soou abafada quando ele acendeu o cigarro. Então, disse:

— Você deveria se alegrar. Pelas minhas observações, concluí que casais que não se veem com frequência conseguem manter a ilusão por mais tempo.

— Que ilusão?

— A ilusão de felicidade. O casamento é considerado a solução mágica, quando, na verdade, tudo o que a maioria das pessoas quer é fazer sexo de vez em quando e, então, ser deixadas em paz.

— Não é verdade.
— É, sim. Acredite.

Apoiei-me na parede da cozinha. No cômodo ao lado, ouvi Jeremiah explicar às crianças que só poderiam sair se vestissem seus macacões apropriados para neve, e que isso significava que teriam de parar de correr pela casa sem roupas e subir nos móveis. Sempre falava com as crianças como se fosse um negociador trabalhista e eles, facções sindicais em conflito: "Muito bem, agora vamos examinar a relação risco/benefício de subir no sofá, quando podemos vestir os macacões e sair para brincar. Brice, o que você acha?".

Seis meses haviam se passado desde o acidente de David e, segundo ele, havia melhorado só o suficiente para se dar conta de tudo o que não teria pelo resto de sua vida. Disse que não acreditava em mais nada, e por que deveria? A namorada o deixara — com razão, na opinião dele. Ninguém achava graça no humor dos paraplégicos. A tolinha não compreendia as piadas sobre seu desejo de se suicidar. Estavam juntos desde que tinham doze anos e, agora, ele não suportava a maneira como ela o fitava, os olhos cheios de piedade.

— Você é a única pessoa que me entende de verdade — disse. — Não vai ligar para a polícia e dizer que estou pensando em me matar.

— Está pensando em se matar, David? — perguntei.

— Ah, sim. E como! Você também não pensaria, se soubesse que vai passar o resto da vida em uma cadeira de rodas, com enfermeiros sabendo de tudo o que você faz, enquanto as pessoas vêm lhe contar histórias sobre camaradas decentes e corajosos que transformaram limões em limonada e se tornaram grandes inspirações? — Mudou a voz para um falsete estridente ao proferir aquela última parte. — Não *quero* ser inspiração para outros. E por que seria? Tenho de fazer algo em uma escala grandiosa, só para que todos se sintam melhor pelo fato de eu não poder mais usar minhas pernas? Danem-se! Isso não passa de um amontoado de besteiras.

Fazia sentido.

— É claro que não precisa ser inspiração para ninguém — concordei.

— Obrigado. Pode fazer o favor de dizer isso a Edie? Acho que ela quer que eu seja o primeiro paraplégico a escalar o Monte Everest ou algo assim. Que fique famoso.

— E como as unidades pai e mãe estão reagindo? — perguntei.

Jeremiah entrou na cozinha empunhando um macacão apropriado para neve azul-marinho e uma luva vermelha. Parou, inclinou a cabeça e fez uma careta. *Está tudo bem?* Assenti e gesticulei com os lábios: "É meu irmão", e ele fez outra careta, triste, colocando o polegar para cima e, então, para baixo, com ar de interrogação. Balancei a cabeça: *mais ou menos*. Depois de me olhar com simpatia, ele voltou para a sala.

David dizia:

— Ah! Temos um assunto novo. Há uma nova separação iminente. Não querem que eu saiba o porquê, como você deve imaginar, pois posso não resistir à ideia de que sou *eu* o culpado. O pobre e frágil David não tem condição de encarar a verdade. Eles têm um filho aleijado e brigam o tempo todo... mas, ora, vamos impedir que ele venha a pensar que as coisas não vão bem.

— Não é o que eles sentem. Tenho certeza de que não é. Eles se separaram antes, e não foi por sua causa. O casamento deles é estúpido.

— Certo. Você sabe disso, eu sei disso, mas o resto do mundo está ocupado em reescrever a história. Um dia, eu fingia estar dormindo para não ter de aturá-los, e ouvi Edie dizer à assistente social que as coisas não iam bem com Howard e que ela ia sair de casa. Ele é uma besta. Você deveria ficar feliz por não ter de interagir o tempo todo com o dócil caxias com quem se casou, porque nunca vai saber o que poderá descobrir. A melhor coisa que me aconteceu foi Michelle admitir que não conseguiria cuidar de um aleijado pelo resto da vida e não ficar por perto para me torturar.

— Ora, David, você sabe muito bem que não foi o que aconteceu. Você fez Michelle terminar com você, e eu detesto quando fala assim!

Após um momento de silêncio constrangedor, ele falou:

— Certo... Bem, vou desligar agora, e contar os comprimidos para dormir que finjo tomar, mas escondo debaixo do travesseiro, e ver se já tenho o suficiente para me matar quando chegar a hora. Cuide-se.

— Espere. Está mesmo pensando em suicídio?

— Não comece *você* também! — Ele riu. — Não acabei de dizer que você é a única que não vai chamar a polícia?

— Mas já não sei dizer se está brincando ou não! — gritei.

— É claro que estou brincando — David afirmou com seriedade. — O que você acha? Agora, volte à sua vidinha e espere o sr. professor caxias voltar para casa e se lembrar do seu nome. Preciso convencer uma enfermeira a me dar mais comprimidos do que o médico receitou.

E desligou.

Jeremiah ainda estava na sala, tentando convencer os gêmeos a vestir seus macacões, quando desliguei o telefone. Através das cortinas, via-se o céu cinzento como chumbo, e um galho de árvore carregado de neve arranhava o vidro da janela. Parei na porta, os braços em torno do corpo, observando-os. O nó em minha garganta era imenso.

— Se formos ao parque — ele dizia às crianças —, Annabelle e eu vamos puxar vocês nos *sleds*.

Dei-me conta de que teria ficado furiosa se Grant houvesse me escalado para uma tarefa qualquer sem antes me consultar, mas, por alguma razão, não me zanguei com Jeremiah. Ele olhou para mim e ergueu uma sobrancelha à espera de confirmação. Assenti em resposta.

Brice cavalgava o braço do sofá, enquanto Lindsay dançava e batia os pés nas rosas desenhadas no tapete, uma brincadeira que ela e eu havíamos inventado nos dias em que eu a apanhava no berçário. Por um momento, senti-me desconectada, como se flutuasse acima deles. A vida de meu irmão corria perigo na Califórnia e ali estava eu, em Nova Iorque, naquele apartamento atravancado, a neve caindo lá fora, essas crianças que não me pertenciam, mas de quem eu gostava muito, e também esse homem. Esse homem! Olhei para Jeremiah, para os cabelos que cobriam a gola alta do suéter, os olhos sorridentes, a calça jeans com uma chupeta no bolso. Estava sentado nos calcanhares, segurando o macacão de Lindsay, como se tentasse persuadi-la a deixar que ele a vestisse. E ele ria. Meus ouvidos começaram a latejar, como se o sangue em minhas veias corresse depressa demais. Gostaria de me ajoelhar diante dele. Com os olhos brilhando de divertimento, os dedos longos segurando o macacão, ele chamou a filha.

De alguma maneira, trabalhando lado a lado, vencemos a batalha de vestir os gêmeos para um passeio na neve. Eu havia passado minha vida inteira desconhecendo as dificuldades apresentadas por macacões de neve, gorros que tinham de ser amarrados debaixo do queixo, cachecóis que envolviam o pescoço da maneira certa e luvas com cordões que se prendiam às mangas. Disse a Jeremiah que os pais da Califórnia tinham uma vida muito fácil e nem sabiam.

Quando já estávamos prontos para sair, Jeremiah caiu na gargalhada.

— Ah, não! Sente o cheiro? Acho que temos um cocô-soleira.

— Cocô-soleira?

— Sim, esse é o termo científico para descrever cocôs que são feitos no exato momento em que se está saindo de casa. Os cientistas ainda não sabem ao certo a causa desse fenômeno, que pode ser resultado da ansiedade de sair de casa, ou estar relacionado às correntes de ar que se formam quando abrimos a porta, ou ainda uma consequência da pressão exercida pelas roupas usadas para sair. Seja o que for, temos de cuidar disso *imediatamente*.

Uma investigação rápida esclareceu que Brice era o culpado e, sem perder tempo, Jeremiah deitou-o no chão da sala e tirou suas botas, meias, macacão, suéter, calça, blusa, macacão de algodão e fralda, enquanto o menino se contorcia na tentativa de escapar. Nesse ínterim, Lindsay e eu dançávamos pela sala, principalmente para impedir que ela também se despisse. Jeremiah vestiu Brice e, mais uma vez, estávamos prontos para sair.

Jeremiah tomou Lindsay nos braços, eu peguei Brice, e nos encaminhamos para a porta. Pude ver gotas de suor na testa de Jeremiah.

— Muito bem, pegamos tudo? — ele indagou. — Todos têm botas, luvas, gorros? *Sleds?* Ótimo.

Quando ele girou o trinco, ouvimos uma súbita explosão na fralda de Lindsay.

— Ah, meu Deus! — Jeremiah murmurou. — Isso nunca aconteceu antes. Depressa! Assumam seus postos! Estamos, oficialmente, sob ataque! Levem o suspeito para o isolamento!

— Como uma coisa assim pode acontecer? — perguntei.

Ele se encostou à parede, cobrindo o nariz e a boca com o braço.

— Conjurei os cocôs ao contar a história a você. Nunca mais mencionarei cocô-soleira.

A essa altura, tínhamos de apanhar Lindsay, que havia corrido para a cozinha, puxando Brice consigo, tirando botas, gorro e luvas pelo caminho.

— Bricey! Vamos! — ela gritava.

Jeremiah e eu ríamos histericamente. Depois de termos conseguido pegá-la, trocar sua fralda e vestir todo o aparato de inverno outra vez, já estávamos a caminho da porta quando Brice agachou e começou a gemer. Encostei-me à parede e deslizei até o chão, pois não conseguia mais ficar de pé de tanto rir. Foi tudo muito engraçado. Eu ria tanto, que mal podia respirar, mas era um riso histérico; eu estava à beira das lágrimas e sabia que não demoraria a começar a chorar de verdade. E Jeremiah deslizou pela parede ao meu lado, enquanto as crianças corriam de volta à cozinha.

— Sabe por que isso tudo aconteceu, não sabe? — ele perguntou. — Porque mencionamos "aquilo" *outra vez* quando juramos nunca mais falar sobre isso. Aparentemente, o Universo está particularmente rigoroso, hoje, com relação a essas coisas.

Estendeu a mão para tirar pelos de luvas do meu queixo e, então, lá estávamos nós, sentados no chão, as costas contra a parede, olhando um para o outro. Foi exatamente como nos filmes, aquele olhar fixo, em câmera lenta, o resto do mundo se distanciando. Senti como se ele pudesse enxergar dentro de mim, naquele lugarzinho lá no fundo do meu peito, onde meu irmão acabara de me magoar, como se soubesse do medo do suicídio, da culpa e do vazio causados por estar tão longe de casa. Ele viu tudo; seus olhos refletiam isso. Pensei que nunca mais seria capaz de respirar. Ele murmurou meu nome e, chorando, eu disse:

— Ah, Jeremiah, meu irmão vai morrer.

Mais uma vez, em câmera lenta, ele foi se aproximando até seus lábios tocarem os meus, e me beijou — quatro beijos longos e suaves. Os primeiros foram lentos e hesitantes. Contei-os um a um, senti sua intensidade, e foi como se estivesse deslizando debaixo de uma corrente de ar, o que foi tão assustador quanto o dia em que quase me afoguei, logo que minha família se mudou para a casa com piscina e eu ainda não sabia nadar. Era a mesma sensação de estar afundando, de falta de ar, do pânico nos pulmões, o coração disparado no peito.

Q̲u̲a̲n̲d̲o̲ ̲n̲o̲s̲ sentamos para jantar naquela noite, eu estava certa de que bastaria Carly e Grant olharem para nós e saberiam que havíamos nos beijado. Nossos corpos se comunicaram um com o outro durante todo o jantar. Eu tinha consciência de cada pequeno movimento, cada vez que Jeremiah erguia o copo para beber seu vinho, cada nuance de seu discurso, a curva de sua mão. O mais fascinante era que ninguém parecia perceber. Comemos lasanha de espinafre que Jeremiah e eu preparamos no final da tarde, quando voltamos do parque. Grant, sentado ao meu lado, debruçou-se sobre o prato e comeu depressa, o olhar perdido nos pensamentos que haviam restado de seu dia. Toda vez que alguém lhe falava diretamente, ele erguia a cabeça e sorria, incerto, como se houvesse feito um esforço para voltar do mundo de sonhos, mas não houvesse trazido consigo todas as suas faculdades. Jeremiah reclinou-se na cadeira, apoiou um cotovelo sobre o encosto e olhou para mim, sorrindo. Carly, que como sempre falava sem parar, levantou-se para nos servir mais vinho. Por um momento, ficou parada à cabeceira da mesa, ergueu os braços e espreguiçou-se com movimentos graciosos. Tive de desviar o olhar. Como ele podia me beijar, ou sequer olhar para mim, quando ela era tão graciosa, tão sensual, tão... *tudo?*

    Jeremiah sorriu para ela e, quando os copos estavam cheios, ergueu o seu e bateu de leve no meu, e todos tocaram seus copos, e Carly voltou a se sentar. Eu esperava que ela dissesse: "Não quero mais essa gente em minha casa. É óbvio que Annabelle está loucamente apaixonada por você, Jeremiah". No entanto, ela começou a falar que estava tão cansada, como era difícil, depois dos trinta anos, fazer com que o corpo nos obedecesse.

    — Olhem para estes braços — ordenou, e nós obedecemos, fixando os olhos nos braços longos, esguios e musculosos. — E este abdome. — Levantou-se e ergueu a blusa, exibindo o ventre liso e maravilhoso. — Horrível! — declarou. Então, agitou o garfo na direção de Jeremiah. — Você! Foi *você* quem destruiu meu corpo, usando-o para seus propósitos egoístas. Você me engravidou, e ainda teve de plantar *dois bebês* de uma só vez, seu patife ganancioso! Mas, agora, este corpo é meu, meu, *meu* outra vez! Voltei a tomar posse do que me pertence! — Fixou o olhar em mim e senti minha garganta se apertar. — Annabelle, tenha cuidado. Os homens usam nossos corpos para sua finalidade egoísta de reprodução, para essa história de perpetuação da espécie, e é *você* quem fica com celulite, varizes e pneus. E eles se importam? É claro que não!

    Pegou um jornal de cima da mesa e deu com ele na cabeça de Jeremiah, que se abaixou rapidamente, com uma gargalhada. Olhei para Grant, que também ria, embora a expressão em seu rosto dissesse que ele considerava aquele comportamento mais perigoso do que engraçado.

Carly recebeu um telefonema, então, e foi atender na sala. Levantei-me, tirei a mesa e lavei os pratos, em vez de escondê-los no forno. Grant suspirou e perguntou se nos importaríamos se ele fosse para o quarto para corrigir alguns trabalhos. Seus olhos estavam fundos e cansados.

Meus braços estavam mergulhados até os cotovelos em água com detergente. Jeremiah pegou um pano de prato. Eu podia sentir seu corpo se movimentando em torno do meu; era como um campo de força. Só conseguia pensar no que sentira quando ele me beijara. Cada vez que eu passava por aquele lugarzinho no hall de entrada, me lembrava de como havia me derretido nos braços dele, pois fora isso o que acontecera: total derretimento! Queria dizer isso a ele. Tudo se tornara tão diferente... tocar seu prato, seu copo (e eu sabia exatamente qual era), o garfo que ele levara aos lábios. Era demais. Podíamos ouvir a voz de Carly na sala, a dois cômodos de distância de nós. Ela fazia planos com uma das bailarinas, com voz alta e insistente.

— Ora, *isso* está ficando interessante — Jeremiah sussurrou e riu.

Concordei com um aceno de cabeça e fixei os olhos na água com detergente, mal conseguindo respirar.

— Estou constitucionalmente incapacitado de pensar em qualquer outra coisa — ele continuou. — E devo dizer que você está linda.

— Também não consigo pensar em mais nada — confessei.

Ele gemeu e sorriu para mim.

— O que dá um tempero diferente à situação.

— Mas não é bom — protestei. — Somos ambos *casados*. Não acha que nós deveríamos nos mudar daqui?

— Nós? — ele repetiu, fingindo pânico, e me fez rir.

— Não *nós* nós. Grant e eu. Não podemos continuar morando aqui, com esse tipo de segredo, podemos?

Ele riu baixinho — como podíamos rir? — e afastou uma mecha de cabelos do meu rosto.

— Mudar? Não se atreva a mudar daqui. Normalmente, não sou fã de drama, mas...

Puxou-me para ele e me beijou. Não só deixei que me beijasse, como também retribuí o beijo, como se não houvesse acabado de dizer que éramos casados, que Grant e eu deveríamos nos mudar. *Olhe só para mim*, pensei, *seria capaz de me esquecer de tudo. Poderia tirar a roupa e fazer amor com este homem aqui mesmo, no chão da cozinha, e nem consigo me lembrar precisamente quais são as coisas horríveis que se seguiriam.*

Naquele instante, ouvimos um barulho na sala e nos afastamos de um pulo. Mergulhei as mãos na pia; Jeremiah abriu o armário dos copos. Carly entrou na cozinha e suas pulseiras tilintaram quando ela abriu a geladeira.

— Sabe de uma coisa? Deveríamos manter uma jarra de água gelada aqui, não acha? Acho que não estou bebendo água suficiente, e acho que o motivo disso é não haver uma garrafa disponível quando abro a geladeira.

— Boa ideia — murmurei.

— Na verdade, você nunca está em casa — Jeremiah apontou.

Carly se virou para ele.

— Estou aqui agora. E você, não vem para a cama, querido? Tenho compromissos cedo, amanhã.

— Claro. Só vou terminar de secar estes...

— Não, não, não — ela protestou. — Não! Conheço você. Quando acabar de secar os pratos, vai para a sala, coloca seus fones de ouvido e vai ler. Quando der por si, já será de madrugada. Então, quando for se deitar, vai me acordar. Vamos. É egoísmo seu querer ficar acordado quando eu preciso dormir.

Ele colocou o pano de prato no balcão com gestos deliberados.

— Está bem — disse.

Sem olhar para trás, foi com ela para o quarto. Rindo, Carly lembrou-o de fazer silêncio quando passassem pelo quarto das crianças.

— E quando for fazer xixi, mire a parede em vez do vaso sanitário — observou, em um sussurro extremamente alto.

Acabei de lavar a louça sozinha, apaguei as luzes e baixei a temperatura do termostato. Grant estava trabalhando em nosso quarto, e eu não podia entrar lá. Não podia. Fui até o cantinho da sala de jantar, que fora transformado no escritório de Jeremiah. A única luz era a que vinha da rua. Suas prateleiras e escrivaninha estavam abarrotadas de livros e papéis, um dicionário e uma enciclopédia, alguns livros sobre a Roma antiga. Sentei-me na cadeira giratória e passei a mão pelas lombadas dos livros. Havia um organizador de madeira, com pequenos cubículos abarrotados com mais livros e papéis. Inclinei-me e acendi o abajur verde. Um abajur de adulto. A máquina de escrever encontrava-se sobre a mesinha auxiliar junto à escrivaninha e havia um quadro de cortiça na parede, com um calendário. "Licença" estava escrito no topo com pincel atômico preto e, em dias diferentes, havia anotações em tinta azul, com sua caligrafia expansiva. Uma vez, minha caligrafia fora analisada, e eu sabia que letras abertas e desenhadas representavam uma personalidade generosa, aberta e afetuosa. Era como se ele estivesse me abraçando, ali; sua presença estava em torno de mim. Suas canetas estavam em uma xícara, e eu peguei uma por uma e as devolvi no lugar. Uma delas — a caneta-tinteiro que eu sabia ser a favorita dele — eu peguei e, bem devagar, num gesto sensual e ridículo, lambi.

JEREMIAH estaria em casa na semana seguinte, e Grant disse que precisávamos ganhar mais dinheiro. Assim, arranjei outro emprego temporário para trabalhar em um banco todos os dias. Era exaustivo, mas eu estava contente por poder ficar longe de casa. Na sexta-feira, nevava tanto que nos permitiram que saíssemos mais cedo. Mesmo indo de metrô, tive de andar quatro quarteirões da estação até em casa e, quando cheguei lá, estava encharcada e gelada. Quando tirava a chave da bolsa, Jeremiah abriu a porta.

— Ah, meu Deus, olhe só para você! — ele exclamou.

Então, riu. Provavelmente, eu estava horrível. Meus cabelos estavam molhados e cobertos de neve, assim como minhas roupas. E meus sapatos estavam arruinados. Ele me levou à sala de jantar e fez com que eu me sentasse. Ajoelhou-se diante de mim, tirou meus sapatos e massageou meus pés congelados. Insisti que estava bem e tentei me desvencilhar, mas ele ergueu um dedo no ar e inclinou a cabeça, como se ouvisse algo.

— Fique quieta; seus pés têm um recado para mim — disse. — Certo. Certo, direi a ela. Eles estão furiosos por você ter caminhado sobre cubos de gelo, usando nada além desses... dessas ridículas tiras de couro. Dizem que são da Califórnia e que aprenderam a andar descalços na calçada, mas este é o seu *limite*. Ah, sim, e dizem que devo continuar a massageá-los até que o sangue volte a seu lugar e os aqueça.

Caí na risada.

— Mais alguma coisa?

— Sim, eles querem pantufas de coelhinho, e também pedem que você beba um chá bem quente. Mas, primeiro, preciso fazê-los reviver.

Inclinou-se sobre meus pés, esfregando-os com seus dedos longos e delicados, enquanto eu examinava o topo de sua cabeça, os cabelos fartos e ligeiramente despenteados. De repente, sem nenhum aviso, eu me descobri completamente perdida. Como se algum sinal se passasse entre nós, ele ergueu os olhos e sorriu, e deslizou as mãos pelas minhas pernas. Primeiro, agiu com hesitação, por cima da meia-calça, massageando à medida que subia, exibindo o sorriso sério de um trabalhador, como se não estivesse fazendo nada mais que sovar massa de pão. Ouvi meu próprio gemido quando as mãos dele alcançaram a bainha de minha saia e deslizaram por debaixo dela.

Ele retirou a mão.

— Venha — sussurrou, colocando-me de pé.

Apoiei-me nele, e ele me beijou até me enlouquecer. Em seguida, começou a desabotoar minha blusa com a mão esquerda, enquanto a direita me apertava contra ele.

— Espere — protestei, ofegante.

— O que foi?

— Onde estão Brice e Lindsay?

— Brincando na casa de amiguinhos.

— Ninguém virá para casa?

— Não. Somos só nós dois.

Eu não sabia ao certo para onde iríamos, e fiquei um pouco surpresa quando ele me conduziu ao quarto que ele partilhava com Carly — um cômodo grande, mal iluminado e desorganizado, com roupas jogadas para todos os lados, como figurino depois de uma peça. Caímos na cama desfeita e seu corpo curvou-se sobre o meu, enquanto nos beijávamos. Começamos a desabotoar e abrir zíperes um do outro, como se houvéssemos enlouquecido; roupas caíam ou eram atiradas pelo quarto, até que ficamos nus. Senti a maciez da pele de Jeremiah, seu perfume másculo, seu rosto áspero pela barba já crescida contra meus seios, seus lábios passeando por todo o meu corpo. Cada toque dele em meu corpo despertava sensações que eu nem sabia existirem. Foi maravilhoso. Fechei os olhos e enterrei o rosto em seu ombro, aspirando sua essência.

Quando atingi o clímax — uma enxurrada de sensações, uma explosão da qual eu não sabia se conseguiria me recuperar — Jeremiah me apertou contra ele. Então, um instante depois, ele fechou os olhos e gemeu alto. Não, ele gritou! Eu nunca havia feito um homem gritar, antes. Mais tarde, deitados na cama lado a lado, ainda ofegantes, ele acariciou meu ventre e meus seios. Encontrei aquele cantinho aconchegante entre o ombro e o peito dele, e acomodei minha cabeça ali. Tudo em minha vida estava diferente, agora.

— Você é demais — ele disse.

Seu pênis repousava sobre sua coxa e eu o toquei de leve. Ele riu e gemeu.

— Somos horríveis? — murmurei.

— Repreensíveis.

— Não há dúvida de que iremos para o inferno.

— Se formos, os dois, poderemos fazer amor no inferno, também. Fará o tempo passar mais depressa entre as queimaduras do fogo eterno.

— Preciso perguntar uma coisa.

Ele se virou para mim.

— Pergunte.

— Você também trabalhava duro como Grant está trabalhando, quando era novo na universidade? Ele me disse que todos têm de trabalhar vinte e quatro horas por dia, no início.

— É claro que não!

— Então, por que disse isso a ele?

Jeremiah beijou e acariciou meus seios antes de responder:

— Porque Grant precisa fazer isso. É a única maneira de fazê-lo sentir-se realmente seguro.

— Quantas horas por dia você trabalhava?

Ele riu.

— Umas três.

— Três? Só isso?

— Eu me sinto cem por cento seguro quando *não* estou trabalhando. Minhas melhores ideias nascem quando não estou trabalhando.

Foi minha vez de rir.

— Acho que estou caidinha por você — disse e, imediatamente, me senti tímida.

— Ah, é? Bem, pois eu estou perdidamente apaixonado por você.
— Está brincando comigo.
— Não estou.
— Mas, então... há quanto tempo...?
— Deixe-me ver, há quanto tempo você está aqui?
— Seis meses, mais ou menos.
— Então, é isso.
— Verdade? Não é meio louco, isso?
— Se quando diz louco, você se refere à melhor coisa do mundo. — Levantou-se e sentou-se sobre mim, beijando todas as partes de meu corpo que podia alcançar. Então, endireitou-se e sorriu. — Você me deixa bobo de amor. Mas quero dizer uma coisa. — De repente, seu semblante se tornou sério e meu coração se apertou. Ele se abaixou e começou a pegar nossas roupas. — Não vamos nos preocupar demais com isso, está bem? A vida tem o dom de transformar coisas boas em coisas horríveis, quando não somos cuidadosos. Isso, querida, é um presente dos deuses. E vou viver essa felicidade por tanto tempo quanto for possível. Neste momento. Agora.
— Agora — repeti.
Ele beijou a ponta dos meus dez dedos e, assim, nossa promessa foi selada.

JEREMIAH E EU tínhamos de arquitetar planos mirabolantes para podermos fazer amor; éramos gênios criativos quando se tratava de roubar momentos e encontrar meios de passarmos longas e lânguidas horas juntos no meio da tarde. Nos dias em que ele conseguia combinar visitas dos gêmeos a amiguinhos, eu recusava trabalhos, mas saía de casa cedo, junto com Grant e Carly. Então, fazia meia-volta quando eles entravam na estação do metrô. Uma vez, nós nos encontramos em um cinema durante a minha hora de almoço e quase fizemos sexo na escuridão da última fileira, antes que eu tivesse de retornar ao consultório médico onde estava trabalhando.

Era *tão* bom. Era sempre bom, muito bom. Querem saber quanto era bom? Pois bem, o fato de estar apaixonada me tornou uma pessoa melhor. Eu sorria para desconhecidos, cedia meu assento no metrô a qualquer um que exibisse o menor sinal de cansaço. Era como se meu coração batesse um pouco mais depressa o tempo todo, meus pulmões aspirassem mais oxigênio, meus olhos recebessem mais luz. Eu vivia em estado de graça. Em meu emprego temporário no consultório médico, era alegre e cheia de energia, disposta a fazer qualquer trabalho, até mesmo cuidar dos exames de urina e conversar com pacientes difíceis ao telefone. Em casa — bem, em casa eu era positivamente, ridiculamente generosa com todos: os gêmeos, que de repente se tornaram tão queridos por mim, pois eram filhos de Jeremiah e carregavam em si partes de seu DNA; e com os pobres ignorantes, Grant e Carly, eu era extremamente gentil e prestativa, sempre disponível.

A verdade era que eu sentia pena deles. Grant era meu melhor amigo, e eu lamentava o fato de não poder partilhar com ele aquela experiência maravilhosa. À noite, eu me deitava ao lado dele e o via sobrecarregado com provas, trabalhos e aulas, o cenho franzido, a mão distraída afastando a minha, e tudo o que eu queria era colar meu rosto ao dele e dizer:

— Grant! Você não faz ideia de quanto isso tudo é desprovido de sentido, quando se leva em consideração o plano maior. Pense no *amor*, Grant! Você precisa se apaixonar. É maravilhoso!

Nós até fazíamos amor. Não era o mesmo que eu tinha com Jeremiah, é claro, mas tinha seus méritos. Embora não houvesse o *desejo selvagem* no qual eu estava começando a me viciar, havia suavidade e carinho. Não se deve comparar, eu sei, mas não conseguia pensar em outra coisa. Com Grant, o sexo era amigável, conciliatório, atencioso, generoso. Sorríamos um para o outro, acariciávamos a face um do outro e, depois, nos aconchegávamos nos braços um do outro, tomados por um cansaço calmo. O sexo era um tranquilizante. Com Jeremiah, porém, eu vivia me descobrindo nas fronteiras da estratosfera, estremecendo e esperando ser readmitida em meu corpo.

Havia também a emoção da situação proibida e arriscada — estávamos sempre tentando garantir que não seríamos descobertos. O inesperado sempre acontecia: o telefone tocava e um dos esposos queria conversar sobre o jantar, quando estávamos prestes a atingir o clímax. Uma súbita mudança de planos, a necessidade de correr para o banheiro com as roupas debaixo do braço e girar o trinco no exato momento em que a porta da frente se abria e a pessoa errada chegava inesperadamente. Fosse qual fosse o ângulo a partir do qual se analisasse a situação, era uma grande aventura.

Um dia, na cama, Jeremiah perguntou-me sobre meu irmão, e tive de enterrar o rosto em seu peito porque chorava demais para poder falar. Eu nunca havia chorado de fato por David e, naquele momento, foi como se a represa estourasse: as drogas, o perigo, o afeto, o que poderia ser minha culpa, o que era claramente culpa de meus pais, a inutilidade de culpar alguém. Tudo isso se transformou em lágrimas. E Jeremiah me abraçou, me ouviu, fez perguntas e me consolou. Não disse, como Grant diria: "Ora, vamos examinar o lado bom, as coisas que David *pode* fazer". Ou, então: "Não adianta você se preocupar tanto com ele, não é o que ele quer".

Jeremiah sabia como absorver a minha dor, equilibrando-a em uma das mãos, enquanto me acalentava com a outra — e foi nesse dia que nos aproximamos tanto, que quase não ouvimos o barulho da porta da frente se abrindo e fechando. Ele teve de se esconder atrás de minha cama, enquanto eu corria para a cozinha de roupão, fungando e me queixando para Carly de que havia apanhado um resfriado terrível e passado o dia todo na cama. Enquanto eu conversava com ela nos fundos do apartamento, Jeremiah saiu sorrateiramente pela porta da frente e, em seguida, fingiu chegar da rua.

Depois do jantar, enquanto nós dois lavávamos a louça, ele disse:

— Precisamos encontrar uma solução para o nosso problema de onde ficarmos juntos. Alguém ainda vai se machucar, e pode ser um de nós.

No entanto, no dia seguinte, estávamos fazendo a mesma coisa.

Havíamos acabado de fazer amor na cama que eu partilhava com Grant; éramos bastante democráticos nisso, usando diferentes lugares da casa, até mesmo o chão da cozinha em uma ocasião notável, embora eu não houvesse gostado tanto quanto havia imaginado que gostaria. Os ladrilhos italianos eram frios e faziam minha cabeça doer. Os sofás da sala eram melhores, apesar de serem mais vulneráveis — podia-se não ouvir a porta se abrir.

Bem, estávamos em minha cama — minha e de Grant — desfrutando a sensação deliciosa do depois, em meio aos lençóis revirados, e ele disse:

— Sabe o que acho difícil acreditar? Que Grant seja capaz de ignorar a mulher que tem em sua própria cama. Que ele é quem deveria ter tudo isso, em vez de mim. Você é a *esposa* dele, mas ele não está vivendo nada disso. Como pode ser?

Por um instante, fiquei surpresa e me senti culpada. Seria possível que Jeremiah acreditasse, honestamente, que eu não dormia com Grant? Pior ainda, seria possível que, do ponto de vista dele, eu *não* devesse fazer sexo com meu marido? Os gêmeos haviam acordado e estavam aos gritos do outro lado da porta. Jeremiah levantou-se e vestiu a calça.

— Duas coisas precisam acontecer. Preciso encontrar um berçário para as crianças, e nós precisamos encontrar um lugar para ficarmos juntos — disse. — Não posso continuar submetendo minha vida amorosa aos horários das sonecas desses dois. — Soprou-me um beijo. — Isso está me deixando neurótico.

Depois de um beijo rápido, saiu do quarto. Então, ouvi sua voz alegre e paternal conduzindo os filhos à cozinha para o lanche da tarde.

Vocês DEVEM estar se perguntando *como* nossos cônjuges nunca descobriram. Seríamos excelentes atores e conseguíamos esconder toda aquela paixão? Magda e eu costumávamos ter conversas intermináveis, sussurradas ao telefone, sobre a questão. Ela achava que eu estava louca por pensar que não sabiam, e aproveitava para dizer que eu havia perdido completamente a razão. E esperava que aquela febre passasse logo, antes que alguém me assassinasse.

— Você aumentou exponencialmente o número de pessoas que adorariam vê-la morta — afirmou, como se tal preocupação fosse razoável. — É por isso que dormir com homens casados é uma péssima ideia, em termos de segurança. E duas pessoas casadas dormirem juntas? Não quero nem pensar nas estatísticas sombrias.

Ri tanto dentro do armário, que tive de cobrir a boca com a mão.

Na verdade, Jeremiah e eu tínhamos muito cuidado em não deixarmos nossos olhares se demorarem no outro, e em não embarcar em conversas particulares nas noites em que Grant e Carly estavam em casa, além de não demonstrar emoções que pudessem ser consideradas exageradas.

Ainda assim, como Magda apontou do seu jeitinho inimitável, ninguém consegue ser *tão* cuidadoso. Hoje, quando reflito sobre o assunto, acredito que não fomos descobertos simplesmente porque tanto Carly quanto Grant se encontravam fechados em seus casulos, na época, tão envolvidos consigo mesmos e suas carreiras, que realmente não se interessavam por nós. Haviam mandado nossos corações saírem para brincar, confiantes de que voltaríamos quando precisassem de nós. Só pode ter sido isso. Sentavam-se à mesa, perdidos em seus devaneios de sucesso, e não percebiam as correntes de sentimentos que estremeciam o ar, assim como a maneira que Jeremiah e eu ficávamos sozinhos, só nós dois, mesmo quando estávamos os quatro presentes.

Era penoso assim mesmo.

Quando a primavera chegou ao fim, contei a história inteira para uma mulher no trabalho. Linnea Brown parecia ser o tipo de pessoa habituada a ouvir segredos alheios. Era mais velha — provavelmente perto da idade de minha mãe, calma, centrada e sábia. Usava saias indianas longas e blusas de tricô, tinha os cabelos naturalmente grisalhos e encaracolados e trabalhava em uma sala nos fundos, datilografando formulários de convênio e fazendo cobranças. Um dia, durante minha hora de almoço, quando eu a ajudava a dobrar as contas e colocá-las em envelopes, ela contou que fora casada com um homem maravilhoso, mas que ele havia morrido de derrame cerebral fazia três anos, e ela nunca conseguira superar a falta que sentia de sexo.

— Ele era *brilhante* na cama — confidenciou.

Foi assim mesmo que ela falou, como se sexo fosse uma matéria que se estudava na faculdade.

— Tive alguns envolvimentos desde então — continuou —, mas quando já conhecemos o melhor sexo do mundo com alguém, não queremos abrir mão do que passou a ser o aspecto mais importante da relação. Meu marido foi um homem *iluminado*. Entende o que estou dizendo, querida? Já fez amor com alguém que se ilumina de dentro para fora e transmite essa luz a você?

E foi assim que contei tudo a ela. Contei que tinha o melhor sexo do mundo, mas não com meu marido. Em vez de se mostrar chocada, ela simplesmente ouviu minha história, parecendo triste e excitada, ao mesmo tempo, com os detalhes, os riscos que Jeremiah e eu corríamos, o fato de não conseguirmos nos separar — não que houvéssemos realmente tentado. Em alguns momentos, ela cruzava as mãos diante do peito, sorrindo e fechando os olhos, como se relembrasse e revivesse o mesmo tipo de êxtase.

— É claro que vivemos com medo de sermos descobertos — eu disse. — A hora do jantar, quando nossos esposos estão lá, é *horrível*. E sempre que estamos na cama fico prestando atenção a possíveis ruídos na porta da frente. Em algumas ocasiões, escapamos por pouco, mas até agora conseguimos nos safar.

Contei que havíamos concordado em evitar cruzar olhares quando estivéssemos os quatro juntos. Era como um jogo, ignorá-lo quando Grant ou Carly estivesse presente, fingir não sentir a eletricidade que parecia irradiar de Jeremiah, fingir indiferença quando o nome dele era mencionado em conversas com os outros. A verdade era que essa situação nos deixava ainda mais loucos um pelo outro. Não podermos nos tocar, nem mesmo admitir que já havíamos nos tocado, era o afrodisíaco mais potente.

Linnea estudou meu rosto, levando tudo aquilo muito a sério. Disse que aquele tipo de amor era grave e necessário. Quando era real, tínhamos de protegê-lo como se fosse um ser vivo indefeso, porque era como nossa alma expressava o divino. Ela estava convencida disso.

— Você realmente o ama? — perguntou.

— Sim — respondi e, para minha surpresa, meus olhos se encheram de lágrimas. — Tenho vivido em *agonia*. Meu marido, a esposa dele... sinto-me tão mal por saber que talvez venhamos a magoá-los, mas o que podemos fazer? O que sentimos um pelo outro passou a ser tudo para nós.

— Escute, quero colocar meu apartamento à disposição para você e... como é mesmo o nome dele? Jeremiah?

— Ah, não, não podemos aceitar — protestei.

— Podem, sim. Aliás, devem. Não podem continuar fazendo amor no mesmo lugar onde vivem todos juntos, minha querida. Coisas terríveis podem acontecer. E se você não tem um lugar sossegado onde possa estar com ele, como vai descobrir se o ama de verdade ou se este é simplesmente o seu ano sexual?

— Meu... o quê?

— Seu ano sexual — ela repetiu com uma risada. — Tenho uma teoria de que todos nós temos um ano em nossas vidas, no qual vivemos para o sexo. É o ano em que não pensamos em mais nada. Todos passamos por isso. Na verdade, é um período maravilhoso, embora possa trazer muita agonia, como você diz. É como se tudo na vida girasse em torno de sexo.

— Inclinou a cabeça e sorriu. — Você é um pouco jovem para isso. Eu tinha trinta e três anos quando meu ano começou. Talvez você seja simplesmente precoce. Ou, quem sabe, terá múltiplos anos sexuais. Este pode ser só o primeiro. Seja como for, você tem o direito de explorar essa experiência, querida, e precisa de um lugar seguro e sossegado para isso.

E foi assim que Jeremiah e eu começamos a nos encontrar no apartamento de Linnea, a apenas uma caminhada curta do nosso. Era um espaço simples, limpo e organizado, com estantes de livros, tapetes turcos, mobília descombinada e uma cama espaçosa que cobríamos cuidadosamente com toalhas antes de fazer amor. Ligávamos o aparelho de som e nos atirávamos nos braços um do outro, rolando na cama e festejando nossa boa sorte — os gêmeos haviam sido aceitos em um berçário, não precisávamos mais ficar atentos ao som inesperado da chave na porta, nem pularmos da cama e vestir nossas roupas. Eu levava cestas de comida — frango e azeitonas, pão sírio e *hummus* — e nós ficávamos deitados juntos, conversando e comendo. Ele trazia seu livro e lia para mim os trechos que estava escrevendo. Sua voz soava tão nua e vulnerável quanto seu corpo. Sempre adorei que alguém lesse para mim, e muito tempo depois que aquele livro foi publicado, anos mais tarde, quando eu o li escondida entre as prateleiras de livros da biblioteca pública, pareceu-me ser uma obra que só poderia ser compreendida se lida sem roupa. Vestida, eu não entendia nada.

Em uma tarde de quarta feira, no final do outono, ele disse:
— Carly não faz a menor ideia do grande débito que tem com você.
— Sei. E que débito é esse? — Beijei-o vinte vezes no peito e abdômen. — Por tirar o marido dela de casa?

Jeremiah me lançou um olhar maroto.
— De certa forma, sim, eu acho. E Grant, também. Acho que se pode dizer que estou prestando um serviço a ele ao cuidar de sua esposa. Assim, ele não tem de ocupar sua preciosa mente acadêmica com algo mundano como sexo.
— Mas...
— Eu não deveria falar deles. Não podemos desperdiçar nosso tempo no apartamento de Linnea falando sobre isso. Esta é uma zona livre de Grant e Carly. Às vezes, não consigo deixar de pensar que poderíamos ter

perdido a oportunidade de estarmos juntos. Só isso. Quero dizer, pensando bem, foi um acidente.

— Como você e Carly se conheceram? — perguntei.

Ele abanou a mão.

— Não vem ao caso. Minha vida está dividida em duas partes. A parte que existiu antes de conhecer você, e a parte que existe agora. A parte Annabelle.

As palavras de Jeremiah tiveram um significado enorme para mim. Eu sempre fora a namorada descartável, aquela que estava disposta a fazer sexo e ir a qualquer lugar, que era trocada por outra assim que deixasse de ser novidade. Nunca, antes, eu havia despertado o interesse de um homem tão sofisticado. Embora Grant me amasse, e eu sabia que amava, eu não me acreditava capaz de emocioná-lo de verdade. Ele havia dormido no chão para que eu usasse sua cama, no apartamento em Isla Vista, e provavelmente salvara minha vida ao me dar uma razão para sair da Califórnia, mas teria procurado um berçário para seus filhos a fim de poder ir para a cama comigo? Teria se arriscado por mim? Ora, ele nem me deixava beijá-lo no trabalho.

— Grant — disse Jeremiah, beijando minhas faces e, depois, minhas pálpebras —, é um tolo.

Infelizmente, as coisas tiveram de mudar. Linnea me avisara que isso aconteceria; segundo ela, casos extraconjugais de trinta anos não existiam, especialmente quando os dois casais moravam juntos.

— Esteja preparada — ela disse.

E uma noite, no final da primavera, depois de termos vivido assim desde o verão, descobri o que Linnea quisera me dizer. Tudo começou inocentemente. Grant, em uma rara demonstração pública de afeto, agarrou-me pela cintura e me beijou enquanto eu tentava fazer Lindsay comer o resto de seu iogurte. Do outro lado da sala, senti Jeremiah congelar. Eu o conhecia tão bem, que meu sangue pareceu congelar-se também. Constrangida, afastei-me de Grant, mas Jeremiah surgiu do nada a meu lado, tomou Lindsay nos braços e saiu da sala.

— Ai! Pare, papai! — ela gritou.

— Ei, eu só estava tentando fazê-la comer... — comecei.

— Ela *nunca* precisa comer o iogurte até o fim! — ele interrompeu e desapareceu no corredor.

Jeremiah não voltou à sala. Passou o resto da noite em seu quarto com Carly, e na manhã seguinte, quando chegamos ao apartamento de Linnea, tivemos a briga terrível que eu já esperava. Havia passado a noite em claro por medo.

— Vejo você com ele e não reconheço aquela pessoa — ele esbravejou. — Deixa de ser você mesma quando está com ele.

— É mesmo? E quem sou eu, então?

— Sim, é *mesmo*. Quem é você? Você é, não sei, tão passiva e *submissa*. Submissa, é isso. Não é a mulher que conheço, capaz de se arriscar. Aquela que possui uma alma que precisa ser liberta. Você é *convencional*, só isso.

Aquele era, para Jeremiah, o pior insulto. O que o distinguia era justamente o fato de não ser convencional. Abandonar a Universidade de Colúmbia para escrever um livro. Deixar de lado a esposa bailarina para dormir com a esposa do amigo. E até mesmo conversar com moradores de rua e oferecer-lhes cigarros. Tudo que ele fazia era para causar impressão. Não passava de um tipo diferente de esnobe.

Senti meu rosto ficar vermelho.

— Talvez eu seja mesmo convencional — retruquei. — Já pensou nessa possibilidade? De que eu seja uma californiana fútil, criada na praia? Que não quero entender por que a vida tem de ser tão difícil?

— Não foi o que eu disse. Gosto da californiana em você. — Passou as mãos pelos cabelos em um gesto nervoso. — Não sei. Não é isso... É só a maneira como você age às vezes com Grant. Como se tivesse de respeitá-lo acima de tudo, ser a mulherzinha dele. É perturbador, sabia? Aliás, a maneira como você se comporta com ele chega a me causar nojo.

Parou de falar e fixou os olhos no teto. Olhei para seu peito, as mãos grandes e graciosas sobre a colcha de Linnea, e fiquei furiosa e apavorada ao mesmo tempo. Nosso caso corria o risco de terminar. Ele poderia me deixar! Via em mim coisas das quais não gostava. Jeremiah estava seguindo um código moral que, de repente, dei-me conta de que eu jamais havia questionado. Termos um caso era aceitável porque se encaixava na categoria *não convencional*? Desafiava a estrutura do poder? Mas e se não for mais isso? E se passou a ser só mais uma obrigação pessoal? Um relacionamento com exigências e papéis determinados.

— O que estamos *fazendo?* — gritei. — Por que achamos que está certo termos um caso?

Ele me encarou com olhar frio.

— Boa pergunta. Por que está comigo?

— Porque eu te amo. Porque tenho... uma *alma* que se expressa em você... em nosso relacionamento. Porque, quando estou aqui, sinto que não quero estar em qualquer outro lugar. Como se aqui fosse o meu lugar.

— E não sente isso com Grant. — Foi uma afirmação.

— Com Grant é diferente.

Jeremiah riu.

— É *diferente* com Grant? Espere um instante. Espere. Está dizendo que você e Grant... fazem *isso?* Vocês fazem sexo?

— Jeremiah, pare com isso.

— Você *trepa* com ele?

— Sim. Ora, vamos, Jeremiah. Acabamos de nos casar. Durmo na mesma cama que ele toda noite. É claro que acontece. Não é como o que tenho com você. Não chega nem perto do que tenho com você, mas tem de acontecer às vezes.

— Não, não tem.

— Está dizendo que você e Carly nunca...?

— Nunca. Bem, muito raramente. Qual a idade dos gêmeos?

— Ora, você não dormiu com ela pela última vez quando ela engravidou dos gêmeos!

Ele deu uma risada amarga.

— Não, é claro que não. Droga! Não acredito nisso! Você tem dois homens apaixonados por você, e eu sou só um deles. Quem você pensa que é?

De fato, quem eu pensava que era? Fiquei ali sentada, me perguntando se deveria dizer que ele era o único, e fazer sexo com ele significava muito mais que qualquer coisa que jamais houvesse acontecido entre mim e Grant, ou qualquer outro. E *seria* verdade, mas eu não poderia dizer nada disso naquele momento. Estava furiosa e magoada.

Sem dizer nada, comecei a me vestir.

Jeremiah se aproximou de mim e, também em silêncio, começou a desabotoar os botões que eu acabara de fechar. Após alguns momentos, disse:

— Então, quando vocês vão para o quarto à noite...
— Não é toda noite. Não seja ridículo. Não é o que você está pensando.
— Eu sei. Estou sendo ridículo. Volte para a cama. Nada disso importa, afinal.

No entanto, tudo mudou depois dessa briga. Eu podia sentir os olhos de Jeremiah fixos em mim, sempre que eu dizia qualquer coisa a Grant. Foi tão inesperado, o ciúme, a mudança de humor diante da menor interação positiva entre mim e Grant. Ficava nítido quando fazíamos amor, também. Ele passou a ser mais insistente, mais emocional. Segurava meus braços com força demais; havia momentos em que a expressão de seu rosto chegava a me assustar.

Um dia, na cama de Linnea, fizemos amor de maneira intensa e apaixonada, quase violenta, e depois que terminamos e estávamos deitados juntos — um momento de conversas despreocupadas e sonolentas que, antes, eu adorava — ele disse:

— E então. Vocês... ontem à noite?

Por acaso, acontecera.

— Não — respondi. — Não.

— Sim, vocês fizeram.

Dei uma mordida de leve, brincalhona, em seu braço.

— Ora, por que pergunta se não acredita em minha resposta?

Ele puxou o braço.

— Porque quero saber se está sendo honesta comigo.

— Escute, por que está agindo assim?

— Porque ouvi vocês. Estavam fazendo amor.

Senti meu corpo se tornar tenso.

— Já discutimos isso. Ele é meu marido e espera poder, às vezes, fazer sexo comigo. Quer que eu explique a ele que não posso transar com ele porque estou dormindo com você? É isso o que você quer?

Jeremiah fitou o teto por um longo tempo. Prendi a respiração até ele dizer:

— Seria interessante. Interessante e inflamatório. Certamente, nada convencional.

— Jeremiah! O que *quer* de mim, afinal? O que devo fazer?

Ele se levantou e começou a se vestir, de costas para mim.

— O quê? — insisti. — Diga-me o que você espera.

— Se você não sabe, então não sou eu quem vai dizer. — Vestiu a calça jeans e abotoou a camisa de flanela xadrez de azul da qual eu tanto gostava. — Não posso continuar com isso. Não posso confiar em você. E não tenho estômago para continuar assistindo passivamente ao que se passa.

— Não. Pare. Diga-me o que acha que devo fazer. Diga e eu farei.

Com um sorriso de fria condescendência que me fez ter vontade de agredi-lo, disse:

— Não vou dizer coisa alguma, Annabelle.

Em seguida, apanhou sua mochila e se encaminhou para a porta. Eu mal podia acreditar no que estava acontecendo.

— Está bem! — falei. — Nesse caso, acho que chegou a hora de Grant e eu nos mudarmos do seu apartamento.

Minha boca estava seca. Esperei que ele dissesse que eu não deveria fazer isso, que implorasse para que eu ficasse, como fizera da última vez. No entanto, tudo o que disse foi:

— Faça como quiser.

— Começaremos a procurar um apartamento imediatamente.

— Ótima ideia — ele murmurou com frieza, saiu e fechou a porta atrás de si.

EU ESTAVA tão furiosa, que me vesti e fui diretamente ao edifício ao lado e, ora vejam, aluguei um apartamento. Foi fácil assim. Fiquei chocada. Teria sido tão simples desde o início? Havia mesmo apartamentos sobrando na cidade?

Deixamos a casa de Carly e Jeremiah duas semanas depois, e decidi que não voltaria a me envolver com ele.

Magda foi me visitar logo depois da mudança. Como Grant estava ocupado demais, ela me ajudou a esvaziar as caixas, arrumar nossos pertences em seus lugares, comprar um escorredor de pratos e uma vassoura, toalhas de banho, panelas — tudo em que eu não precisara pensar até então.

Ela cuidou de Grant e de mim, com seu jeito generoso e reconfortante. Era uma mulher grande, de seios fartos, que sabia conversar como se espalhasse um bálsamo curativo sobre tudo e todos. Disse a Grant que ele precisava prestar mais atenção em mim, agora que vivíamos sozinhos. Quando ele disse não se importar com que sofá compraríamos, ela segurou seu queixo e disse:

— Querido, você tem de se importar! Foi o compromisso que assumiu na Califórnia, durante o casamento apressado de vocês. Um dos votos era se importar com o sofá. Não se lembra?

Ele acabou rindo e escolhendo o sofá verde com almofadas salpicadas de dourado.

Quando estávamos só nós duas, seus pronunciamentos eram firmes.

— Graças a Deus seu caso com Jeremiah acabou. Viu só? Foi perfeito. Você teve a sua aventura, seu pequeno escândalo particular, sem que ninguém soubesse. Agora, pode voltar ao seu casamento e manter nosso segredinho. E, ainda por cima, tem um sofá verde novinho.

Que maneira simples de ver as coisas! Mas, é claro, meu caso com Jeremiah não havia terminado.

CAPÍTULO TREZE

2005

Ele já estava sentado no Starbucks quando cheguei. O que foi bom. Eu não aguentaria me sentar sozinha e esperar por ele. A essa altura da vida, há coisas em mim que conheço muito bem, e sei que teria ido embora.

Aliás, quase não fui. Acordei com o coração aos saltos, dando-me conta de que havia sonhado com ele a noite inteira. Sem pensar, me virei, apanhei meu celular e liguei para Grant. Só queria ouvir a voz dele. Talvez eu quisesse que ele me alcançasse através da linha telefônica e me impedisse de ver Jeremiah, que dissesse alguma coisa que funcionasse como um sinal para mim. Acredito em sinais, e o sinal que tive não foi bom. Ele disse:

— Está tudo bem? — em vez de dizer alô.

Quem atende ao telefone perguntando se está tudo bem?

— Sim, tudo bem — respondi. — Só queria dar bom dia a você.

— Bom dia — ele replicou e ficou mudo.

— Nevou muito ontem à noite?

Mais silêncio. Então:

— Annabelle...

— Eu sei. O livro. Desculpe.

Deu uma risadinha tensa e aborrecida.

— Estou tentando terminar para poder ir a Nova Iorque na semana que vem. E, como você sabe muito bem, esta é a minha hora de escrever.

Depois que desliguei, fiquei deitada, esperando para ver se ele me ligaria. Como não ligou, me levantei e fui para o chuveiro.

Então, chegou a hora de me arrumar. Vesti e tirei quatro roupas diferentes, o que era um tanto complicado em um apartamento tão pequeno, com Sophie no quarto ao lado, bebendo o seu suco de laranja e assistindo ao noticiário matinal. Decidi usar minha saia longa preta, botas e um suéter cor de ferrugem com flocos marrons e dourados, porque essa roupa não me fazia parecer desmazelada e os flocos realçavam as cores dos meus cabelos, pelo menos conforme dizia o espelho situado debaixo da luz no banheiro de Sophie. Eu havia ficado ali parada, encarando meu reflexo por muito tempo, tentando decidir como eu queria que ele me visse. Passei pó compacto e blush, delineador e sombra, mas, em seguida, tirei a maquiagem e passei somente batom e rímel. Não queria parecer estar me esforçando muito. Que Deus não permitisse que Jeremiah soubesse o que vê-lo significava para mim.

E agora... bem, lá está ele. Quando entro no Starbucks e o vejo, por um momento não posso respirar. Está sentado em uma poltrona, falando ao celular, e quando nossos olhares se encontram ele desliga o telefone. Olhamos fixamente um para o outro e, lentamente, os lábios dele se curvam em um sorriso que parece surgir diretamente de 1980, exatamente igual aos sorrisos em meus sonhos — e não faço a menor ideia do que meu rosto demonstra. Droga! Tudo o que eu precisava era de um minuto antes que ele me visse, até mesmo um segundo, para que eu tivesse a chance de me recompor. Sinto-me fraca quando ele começa a se aproximar, fazendo um ziguezague entre as mesas, e então me abraça, hesitante e cauteloso de início, mas me aperta contra ele quando percebe que será recebido e aceito. Estou apavorada. Detesto e adoro essa sensação. Detesto a maneira como os olhos dele fitam os meus como faziam antes. Detesto o fato de nos conhecermos tanto, de nos enroscarmos no que poderia ser um simples abraço entre amigos, mas não é. E detesto o vislumbre de nosso reflexo na janela, quando vejo que pareço muito mais velha, ansiosa e desesperada. Não deveria ter escolhido a saia longa, deveria ter perdido três quilos, deveria ter usado maquiagem. Meu rosto repousa no suéter azul e macio que cheira a passado.

Estou completamente perdida.

— Venha se sentar — ele diz com sua costumeira gentileza quando nos afastamos. — Por milagre, consegui guardar uma mesa, enxotando as pessoas que se atrevessem a olhar nessa direção. O que você quer beber?

— Chá. Chá-verde.

Ele ergue as sobrancelhas e sorri.

— Sério? Não quer café? Lembro-me de que você sempre tomava café com creme extra e três cubos de açúcar, não? Mais parecia um doce que um café.

— Abandonei aquele hábito — digo, mas fico abalada por ele se lembrar. — Agora, só chá. Não quero ficar agitada.

Jeremiah ri e estende a mão, fingindo tremer.

— Nesse caso, terei de me agitar por nós dois. Quer creme extra e três cubos de açúcar no seu chá?

— Não, não. Preto.

— Mas é verde — ele provoca.

— Eu quis dizer puro, chá-verde puro.

Ele ri e vai até o balcão, e me sinto grata pelos instantes que terei sem precisar olhar para ele. Sento-me e observo suas costas, seu jeito preguiçoso de andar. Eu costumava dizer que ele trotava. Ainda trota, como fazem os homens confiantes. Ele se inclina e diz algo para uma mulher na fila, e ela se vira para ele, sorrindo, encantada com todo aquele charme. *Não*, tento sinalizar para ela e me surpreendo comigo mesma.

Quando retorna, Jeremiah me entrega a xícara de chá, senta-se à minha frente e bebericamos simultaneamente. Ele se inclina sobre a mesa e murmura com voz suave:

— Ainda não acredito que um belo dia, lá estou eu fazendo uma compra rotineira, no velho mercadinho onde sempre compro minhas maçãs, quando ergo os olhos e me deparo com *você*. A rainha do meu passado.

— Ah, sim. Foi incrível, mesmo.

— E com uma filha! Uma filha *grávida*.

Aliso a saia e concordo com a cabeça. Logo estaremos perguntando onde os anos foram parar, como um casal de velhinhos.

— Sophie, certo? E como está ela? Há algum tipo de... complicação, não é? Ou entendi errado?

— Não. Há uma complicação, sim. Placenta prévia. Ela teve um sangramento e precisou ficar de repouso. Por isso, eu vim...

— De New Hampshire. Está vivendo lá, agora?

— Sim.

— Com Grant, certo? Ele está aqui com você?

Sacudo a cabeça em negativa.

— Não, ele continua lá. Está dando aulas e escrevendo um livro que toma todo o seu tempo.

Paramos de falar para bebericar novamente. Estamos sendo tão corteses que já começo a me irritar, porque sei que ele não dá a menor importância a nada disso. Trata-se de um *script* que ele tem de seguir. É como se — e eu me lembro disso no passado — nossos corpos estivessem tendo uma conversa totalmente diferente. Sou obrigada a depositar a xícara na mesa, antes que minha mão comece a tremer. Vejo que ele percebe isso e, quando ergo os olhos, ele está olhando para mim.

— Está achando este encontro muito estranho? — pergunta.

— Bem, é estranho, claro, mas não poderia ser diferente. Não nos vemos há vinte e tantos anos...

— Vinte e seis anos, oito meses, duas semanas e quatro dias — ele sussurra.

— Você não calculou todo esse tempo.

— Quer que eu diga os minutos, também?

— Não, por favor. Não podemos... eu não quero conversar sobre tudo o que aconteceu.

— Não? Está bem. Seremos apenas dois velhos amigos se encontrando em um dos tantos Starbucks de Nova Iorque, para tomar um café e um chá. — Ele se endireita na cadeira, junta os joelhos em uma pantomima de decência e sorri. Reconheço o velho espírito travesso.

— E como tem passado, sra. McKay? Imagino que a senhora e o sr. McKay estejam muito bem.

— Sim, muito bem, obrigada. E você?

— Para ser franco, uma merda — ele diz, ainda sorrindo. Estende a mão para segurar a minha e, no mesmo instante, meu mundo sai de órbita. — Você, ao contrário, parece uma visão. Está, assim... posso dizer? Ora, para o diabo se não posso. Está mais linda do que nunca, Annabelle.

Quero dizer algo em resposta, mas minha garganta se fecha, e tenho de me inclinar para frente a fim de não tossir, e ele continua segurando minha mão, e... ah, esta situação é tão absurda! Não tenho para onde olhar, porque cada vez que deixo meus olhos se fixarem em Jeremiah, ele está me encarando, mais intenso e excêntrico do que nunca, como se estivesse prestes a cair na risada. Não quero isso. Não foi por esse motivo que vim vê-lo de novo. Ou talvez seja. Não era o que eu realmente queria? Viver mais uma vez a sensação de que o mundo está saindo de sua órbita?

— Jeremiah — murmuro, e o simples fato de pronunciar o nome em voz alta faz algo dentro de mim se soltar. Retiro a mão da dele. — Precisamos agir normalmente. Eu preciso que este encontro seja normal. Diga-me o que está fazendo agora, como é sua vida. Pode começar explicando por que está uma merda.

Finalmente, ele se põe a falar, contando sobre os livros que escreve e o trabalho de consultoria que oferece; faz um pouco disso, um pouco daquilo. Trabalhou por algum tempo para uma fundação que tentava construir um museu, mas o patrocínio simplesmente secara. Ninguém se importa mais com esse tipo de coisa, muito menos ele. Perdeu o interesse por museus. Diz que escreve um pouco, encontra amigos, viaja.

Para de falar e sorri. Está prestando tanta *atenção*. Eu havia me esquecido como é ter alguém olhando para mim desse jeito.

Percebo que estou tremendo.

— Está com frio? — Jeremiah pergunta. — Podemos nos mudar para uma mesa próxima à janela.

— Não, não. Estou bem.

Falo do frio intenso em New Hampshire, um assunto seguro. Qualquer um pode conversar sobre frio e gelo. Ele ouve, balançando a cabeça e sorrindo, mas sei que estou tagarelando como uma adolescente. Descrevo a propriedade que foi dos avós de Grant, o pomar, o lago onde se pode patinar no inverno, o ritual de colher as maçãs, as celebrações tradicionais de uma cidade pequena e tudo mais.

— Eu não fazia ideia de que ainda existiam pessoas vivendo assim — confesso. — É como um cenário saído de um romance.

— Com certeza, não do *nosso* romance — ele corrige, com uma risada.

— Ei, aquele romance era todo seu, camarada. Mal reconheci a história, quando foi publicado.

Os olhos dele se iluminam.

— Ah, meu Deus! Não diga que leu o livro publicado. Sei com certeza que você não comprou um exemplar. Tenho os nomes das duas pessoas que compraram meu livro, e uma delas foi minha mãe.

Caio na risada.

— Não, não comprei. Como você pode imaginar, eu não poderia ter o livro em casa.

— Por quê? Não me diga que Grant me considerava tamanha ameaça, mesmo tanto tempo depois.

— Acho que ele sempre vai considerar você uma ameaça — falo com um tom de voz baixo. Então, porque sinto que estou sendo injusta com Gant, acrescento: — Afinal, *foi* uma grande traição... ele ficou muito magoado e com muita raiva, o que é compreensível.

— Tão magoado e com tanta raiva quanto você? — Jeremiah pergunta e morde o lábio, fitando-me diretamente nos olhos.

Lembro-me daquele gesto — ele mordia o lábio quando se sentia mal por algum motivo, como quando conversávamos sobre o que estávamos fazendo com Carly e Grant, e decidíamos nos afastar. Eu ficava à beira da histeria, enquanto ele mordia o lábio.

Sinto minhas faces arderem e, por um instante, não consigo falar. Bebo um gole de chá e desvio meu olhar.

— Bem... sim... Senti muita raiva durante muito tempo.

— Posso imaginar, mas, então, voltou para ele e, ao que parece, vocês superaram tudo aquilo de maneira admirável... a propriedade da família, filhos e tudo mais.

— Sim, superamos, mas levou tempo.

Ele se reclina na cadeira e se limita a olhar para mim por um longo momento.

— Como ele poderia não aceitar você de volta? Ora, vamos. Você foi a melhor coisa que aconteceu na vida dele. Eu fui apenas uma nota de rodapé, triste e fácil de ignorar, no casamento longo e feliz de Grant e Annabelle McKay.

— Bem, nada foi fácil para nós durante muito tempo.

— Ora, e o casamento é fácil para quem? Ninguém. Mas você, Annabelle, conseguiu exatamente o que queria: toda a segurança e estabilidade que alguém como Grant podia oferecer. E devo parabenizá-la por isso. — Ergue seu copo de café. — Vamos brindar à segurança de Grant McKay. Com raiva ou não, o homem supera todos os obstáculos.

Sua voz adquire um tom que não me agrada. Não consigo me controlar: inclino-me para ele e digo:

— Quer saber a mais pura verdade? A verdadeira história? O que realmente aconteceu foi que acabei me apaixonando por ele como, provavelmente, deveria ter me apaixonado antes de nos casarmos.

Jeremiah deixa minhas palavras flutuarem no ar por um instante, antes de dizer:

— É bom ouvir isso. No final das contas, deu tudo certo para você.

— Sim, deu tudo certo. Quem teria imaginado?

— Quem, de fato?

— E... você? Como foi sua vida com Carly?

Ele revira os olhos.

— Como foi minha vida com Carly? Aí está uma pergunta interessante, que requer uma resposta mais séria e elaborada do que estou preparado para dar agora. Não tenho ido às minhas sessões de terapia, ultimamente. Posso refletir sobre a questão e responder outro dia?

— Não — respondo com um sorriso exagerado. — É agora ou nunca.

— Agora ou nunca? Por quê?

— Porque não vou ver você de novo.

Ele arregala os olhos.

— O que disse?

— Isso mesmo. Este nosso encontro é apenas um intervalo, um dia de folga de nossas vidas cotidianas.

— É mesmo?

— Sim. Não sabia? Achou que eu explicaria a Grant que eu e você decidimos ser amigos e que ele estaria convidado a se juntar a nós? Quem sabe nós três pudéssemos sair para jantar uma noite dessas, para relembrar os velhos tempos?

— E você não acha que seria divertido? — Jeremiah indaga, com fingida inocência. Então, agarra minha mão. — Annabelle, senti tanta saudade de você. Preciso contar uma coisa, agora que recebi a notícia chocante de que nunca mais terei outra chance. — Abaixa a voz porque um homem acaba de se sentar à mesa ao lado. — Sabe que nem posso mais ler aquele meu livro, porque só consigo pensar em nós dois na cama, escrevendo os malditos capítulos?

Nós dois na cama, ele diz, e é como se uma corrente elétrica percorresse meu corpo. Vejo em seus olhos que ele percebe minha reação com imensa satisfação. Ninguém vai convencê-lo de que eu me apaixonei por Grant McKay.

— A parte da história de amor — ele murmura — fez você se lembrar?

Digo que li o livro na biblioteca. Eu levava as crianças para as sessões de leitura de histórias infantis e, assim que os dois se distraíam com a leitora, eu subia para o segundo andar, onde escondera o livro entre outros. Às vezes, alguém o encontrara e o levara de volta à seção dos lançamentos de ficção, onde qualquer um podia vê-lo e tomá-lo emprestado. Não conto a ele que, uma vez, não consegui encontrar o livro por três dias e fiquei muito preocupada com a possibilidade de alguém tê-lo emprestado e de eu ter de esperar — e poderia ser alguém como eu, que demora a devolver qualquer livro. Mas, então, consegui encontrá-lo: alguém colocara na prateleira errada. Lembro-me do dia em que li o final, quando o casal se separa. Era diferente quando ele o lera para mim, no passado. Tive de me apoiar nas prateleiras porque meu coração batia descompassado.

Jeremiah sorri.

— Nós na cama. No apartamento de — como era mesmo o nome dela? Lynn?

— Linnea.

— Ah, Linnea. Uma santa entre as mulheres. Quantos brindes fiz a ela e a sua cama macia em minha vida! Ainda a incluo em minhas preces de gratidão, todas as noites.

— Aparentemente, com nome errado.

— Em orações de agradecimento, a intenção é o que conta. Não sabia disso? — Bebe um gole de café e sussurra: — Adoro a ideia de você lendo meu livro atrás das prateleiras, enquanto seus filhos ouvem historinhas no andar de baixo. Gostaria de ter sabido que isso acontecia. Queria ter entrado em contato com você.

— E eu, com você.

Sei que está estampado em meu rosto quanto me agarrei à lembrança dele, que talvez até saiba dos sonhos que tive com ele à noite, que seu rosto aparecia diante de mim nos momentos mais inesperados ao longo dos anos

— enquanto eu trocava fraldas, lavava pratos, até mesmo quando fazia amor com Grant.

Jeremiah sorri, afasta os cabelos da testa e suspira. Diz que o romance o deixa embaraçado, agora, pelo excesso de sentimentalismo. Não suporta lê-lo.

— Foi um... sintoma da época, digamos — explica. — A história de traumas passados, a licença, as dificuldades no casamento, a adaptação aos filhos pequenos correndo pela casa, demolindo tijolo por tijolo. Eu era tão louco quanto um ser humano pode ser e, ainda assim, vivia solto por aí. Aqueles anos... ora, o que eu tinha na cabeça? — Ergue as mãos para o céu. — Eu era um idiota.

Bebo meu chá e sinto uma onda de calor se espalhar por meu corpo. O que estávamos fazendo era uma dança. Lancei o desafio quando disse que estou apaixonada por Grant, e Jeremiah está determinado a me mostrar que ainda me faz balançar. Dentro de alguns minutos, ele vai me punir dizendo que eu também fui um sintoma de sua estupidez. Então, mais alguns minutos de conversa tensa, embora gentil e ambígua, e diremos adeus e nunca mais voltarei a vê-lo. Pelo menos, saberei como arquivar todo aquele período de minha vida. O lado positivo será que não precisarei mais me agarrar àqueles sonhos que, agora sei, sempre interpretei como mensagens do meu inconsciente, de minha alma, aquela parte de mim tão protegida que deixei nas mãos de Jeremiah.

O lado negativo, porém, será o fato de que tudo terá sido diminuído, tornado pequeno.

O que é claro que foi, mesmo. Foi pequeno. Fui tão idiota por me lembrar daqueles dias como tendo sido tão grandiosos e importantes, por chamar aquele envolvimento de *minha alma*. E por ir à biblioteca para ler aquele livro e até procurá-lo no Google — todas essas atitudes só serviram para transformar o passado em algo maior do que realmente fora, um namorinho ridículo que ele tivera quando tudo em sua vida estava confuso e errado, e ele precisava encontrar uma maneira de se rebelar. A verdade era que eu havia sido uma porcaria de esposa, uma garotinha mimada e adúltera que tivera a sorte de ter sido perdoada pelo marido. Deveria me ajoelhar e agradecer à minha estrela da sorte por ter escapado ilesa. Volte correndo para a sua vida, Annabelle. *Agora*.

Busco às cegas pela alça de minha bolsa, pronta para me levantar e inventar uma desculpa qualquer, quando ele se inclina para mim e toca meu braço. Seus olhos parecem enxergar meu coração.

— Annabelle, só quero que saiba que nunca superei o fato de ter perdido você. Foi o maior erro que cometi. Talvez eu não tenha outra chance de dizer isso.

Não olhe. Desvie o olhar. Agora.

— Mas você está mesmo feliz, não está? — ele continua. — Estou me referindo à felicidade no sentido mais amplo.

Faço um gesto afirmativo de cabeça e, em seguida, dou de ombros. Então, sacudo a cabeça em negativa. Sim. Não. Não consigo falar.

Ele continua sorrindo, tão próximo de mim, que tenho de recorrer a toda minha resistência para não estender a mão e acariciar aquele rosto que costumava me enlouquecer.

— Na verdade, me ajuda muito saber que você não sofreu tanto depois que fugiu de mim naquele último dia. — Sacode a cabeça, deposita o copo na mesa e suspira. — Por muito tempo, não tive a certeza de que sobreviveríamos àquele amor.

Levo a mão aos olhos para esconder as lágrimas que começam a cair, e ele pede:

— Ah, não! Não, por favor...

Levanto-me de um salto.

— Pare. Não vamos entrar nesse assunto! Não posso falar sobre isso. — Dou-me conta de que falei mais alto do que pretendia, mas não posso evitar, pois estou chorando de verdade. — Não quero chorar — sussurro.

Jeremiah também se levanta e tenta secar minhas lágrimas com um guardanapo, e eu me afasto, praticamente gritando:

— *Não!*

O homem da mesa ao lado ergue os olhos. Cubro o rosto com as mãos.

— Por favor, fale comigo. Se esta é a única chance que temos, precisamos conversar sobre o que aconteceu — Jeremiah implora com voz baixa, urgente, puxando-me para ele. — Vamos sair daqui. Vamos ao meu apartamento.

— Não quero. Não posso sair daqui junto com você. — Preciso voltar para Sophie. Quero ir embora.

Devo parecer muito tola, com o rímel se espalhando por todo meu rosto e a voz trêmula.

— Mas você não está bem. Fique comigo mais um pouco. Vamos conversar. É nossa única chance. Que tal caminharmos pelas ruas?

Lá fora, o sol é fraco e pálido, e há poças ainda com pedacinhos de gelo por todo lado.

— Vamos fazer uma daquelas caminhadas que sempre fazíamos juntos — ele sugere. — Nada pesado nem triste. Lembra-se daquele ano em que empurrávamos os carrinhos dos gêmeos por quilômetros e quilômetros, enquanto tentávamos decidir o que seria da sua carreira e do meu livro, e por que não queríamos fazer as coisas que todos achavam que devíamos fazer?

— Sim, eu me lembro.

— Aqueles passeios podem ter salvado minha vida.

— A minha também.

— E aqui estamos de novo, com um único dia para reviver o passado. Difícil acreditar.

À medida que percorremos os quarteirões, fico surpresa por constatar que a situação parece tão familiar e correta, como se houvéssemos voltado no tempo, tirado férias da vida real. Jeremiah segura minha mão, e não vejo nada de errado nisso, também. Sorrimos um para o outro, sem falar, e mal posso acreditar que estou ali, com ele, e como tudo é tão lindo. Ele é o mesmo homem de antes, e não temos de passar por todo aquele sofrimento outra vez. É maravilhoso estarmos juntos nesse instante, e é isso o que quero lhe dizer. Que não precisamos de mais nada porque esse momento será o bastante para que eu viva os próximos vinte e seis anos e tantos meses e semanas quanto forem necessários. Então, pergunto-me se ele realmente fez aquele cálculo ou se simplesmente inventou os números, mas quando me viro para ele na intenção de esclarecer a questão, ele interrompe nossa caminhada, me puxa para perto do edifício diante do qual estamos passando e seus lábios cobrem os meus. E nos beijamos como se fosse 1979, e nenhum segundo tenha se passado.

Sinto em sua boca o sabor de café e algo mais muito familiar, conhecido e *real*, mais real do que qualquer coisa que eu tenha experimentado desde então. Jeremiah está em meu sangue; sempre esteve. É exatamente igual a todas as vezes que nos beijamos em público, e as lembranças inundam minha mente: no parque, quando levamos as crianças aos balanços, e quando corremos para casa e nos atiramos na cama, ou fugimos para o apartamento de Linnea, rindo ao abrir a porta e fazendo amor no hall de entrada, rolando sobre o tapete turco, incapazes de esperar até chegar ao quarto. Talvez não faça mais de uma hora desde que aquele dia se passou, e estes sejam os beijos que se mantiveram vivos em meus sonhos — talvez *sejam* sonhos; talvez eu acorde e pense *Ah, tive um daqueles sonhos com Jeremiah, mas este aconteceu no Starbucks!*

Então, ele diz:

— Moro perto daqui; vamos ao meu apartamento?

Sinto-me pronta para ir com ele, porque não sou mais a Annabelle triste que fugiu de casa, sou a velha Annabelle e preciso desse momento. Aliás, ele é *meu* por direito.

Estou prestes a dizer sim, mas meu celular começa a tocar no bolso do casaco, são as primeiras notas de *Thriller*, de Michael Jackson, que Sophie achou que seria engraçado. Praticamente pulo de susto, como se houvesse sido apanhada em flagrante e, em seguida, atirada de volta ao presente.

— Ah, não... Alerta de gravidez? Pode ser? — Jeremiah pergunta baixinho, muito perto de mim, mas nos afastamos quando tiro o telefone do bolso.

Não é Sophie, graças a Deus. É Nicky. Olho para Jeremiah, dou de ombros e digo:

— O *outro* filho.

Atendo. A ligação está muito ruim, ou ele está comendo e falando ao mesmo tempo. Sua voz preguiçosa e casual me traz de volta à realidade.

— Oi, mamãe. Tenho uma pergunta. Papai já pagou pelo próximo semestre da minha faculdade?

Esse é o menino — chega a ser engraçado — que tinha um sexto sentido infalível para saber quando Grant e eu estávamos fazendo amor. Bastava Grant tocar meus seios no meio da noite, e lá estava Nicholas, materializando-se do nada, com seu pijama de flanela, o dedo na boca, exigindo ser acomodado entre nós dois.

— Ele está voltando à cena de sua origem — Grant dizia. — É como as andorinhas voltando a Capistrano.

E, agora, aqui está ele, guiado por algum instinto cego de preservar a santidade do casamento dos pais. Não consigo raciocinar.

— Por que está me perguntando? Algum problema?

— Não sei. Estive pensando e talvez eu tire algum tempo de folga para viajar ou algo assim — ele diz. — Se ele ainda não pagou, eu poderia pegar o dinheiro que ele gastaria com a faculdade e ir para a Europa no próximo semestre, como mochileiro. Não é uma ideia legal?

— Espere. Mochileiro? Em vez da faculdade?

Reviro os olhos para Jeremiah e ele ri. Está encostado na parede com os braços cruzados, observando-me em meu papel de mãe.

— Por que não pega sua mochila e viaja no verão, para então voltar à faculdade no outono, como deveria? — sugiro.

— Porque a faculdade não está me acrescentando nada. É uma idiotice. Minhas aulas são insuportáveis e não quero ficar aqui. Achei que você compreenderia. Você sempre me entende. Papai, não.

— Escute, querido, podemos falar disso mais tarde? Este não é um bom momento.

— Onde você está? Parece estar no meio de uma estação de trens.

— Não, estou na rua. Por que não me liga à noite?

— Mas, mamãe, devo me inscrever nas matérias agora, e não quero de jeito nenhum voltar para cá. Estou desperdiçando o dinheiro de papai. Diga isso a ele, já que ele detesta a ideia de desperdiçar dinheiro.

— Nicky, faça a sua inscrição. Conversaremos melhor durante o intervalo de primavera. Você vem para cá, também, não vem?

Jeremiah se desencosta da parede e se afasta alguns passos a fim de me dar privacidade. Vai até um pequeno quiosque e se põe a ler um cartaz, como se fosse a coisa mais interessante do mundo. É tão bom poder observá-lo sem que ele esteja me olhando. Se estreito um pouco os olhos, ele parece exatamente o mesmo Jeremiah de anos atrás — o mesmo peso, o mesmo jeito de andar, o mesmo *seja o que for* que me fez ficar louca por ele. De repente, percebo que estou grata pela distância, por este momento em que posso pensar e respirar. Volto a me sentir centrada.

Nicky choraminga, dizendo que o pai vai criar problemas se ele abandonar a faculdade. Diz que Grant nunca o compreendeu, que sou a única que pode ajudá-lo.

— Bem, seu pai é *professor* — lembro a ele. — Ele acredita na importância da educação acima de tudo.

Jeremiah põe as mãos nos bolsos e anda de um lado para outro, sem olhar para mim. Sua expressão se torna séria e pensativa enquanto ele observa um morador de rua cambaleando na calçada. Estende a mão para ampará-lo, retira algo do bolso e entrega ao homem.

A palavra *kryptonita* surte em minha mente. Jeremiah é minha *kryptonita*. Respiro melhor estando a alguns passos de distância. Minha força começa a retornar.

— Viajar *é* educação! — Nicky protesta. — Você precisa dizer isso a ele por mim. Pode fazê-lo entender. *Você* não terminou a faculdade e se saiu muito bem.

Eu deveria ter adiado essa conversa, mas não o fiz porque em meu inconsciente queria um pretexto para me distanciar um pouco de Jeremiah. A verdade é que estou prolongando a conversa, agarrando-me ao telefone como tábua de salvação.

— Em primeiro lugar, meu querido — continuo —, você e eu somos pessoas diferentes. Em segundo lugar, os tempos são outros. E sempre lamentei não ter voltado à faculdade. Foi um erro.

Não vou para a cama com Jeremiah. Agora, tenho certeza disso.

— Não diga uma coisa dessas! — Nicky quase grita ao telefone. — Você é uma *grande* artista ilustradora de livros! Conseguiu o que queria sem precisar de um diploma para isso.

— Não é bem assim. Não fiz exatamente o que eu queria. Vamos conversar mais sobre isso esta noite. A ligação está muito ruim.

— Está bem. Mas se falar com papai...

Há um ruído que interfere na ligação, e ela cai; mas, por alguma razão, não afasto o telefone da orelha. Finjo estar ouvindo meu filho e me aproximo de Jeremiah, sopro um beijo em sua direção e aceno, aponto para o telefone, faço uma careta de tristeza, sopro outro beijo e articulo sem emitir sons "Preciso ir"... e, então, vou embora.

É fácil ir embora. Quem diria que eu poderia fazer isso?

O brilho da luz divina me envolve à medida que me afasto, quase me cegando.

CAPÍTULO CATORZE

1979

O apartamento para o qual Grant e eu nos mudamos quando saímos da casa de Jeremiah e Carly era pequeno, mas aceitável. O único problema era ser ao lado do edifício de Linnea, o que significava que eu pensaria em Jeremiah cada vez que entrasse ou saísse. Ficava sobre um mercadinho, tinha uma cozinha estreita e um quarto que seria parte da sala, não fosse pelo degrau que demarcava a divisão.

Mudamos e nos organizamos. Grant estava muito mais perto do trabalho e satisfeito com isso. Além disso, pareceu aceitar com naturalidade minha súbita decisão de mudar.

— Já é hora; vivemos com eles por dois anos — eu disse, sem dar nenhuma outra explicação.

Foi o mesmo que disse a Carly, que ficou confusa com o que deve ter parecido uma decisão precipitada. Jeremiah se absteve de comentários. Chorei quando me despedi dos gêmeos.

— Espere — Carly protestou. — Não podem, simplesmente, desaparecer de nossas vidas. Voltarão para muitos jantares e festas. E passaremos os feriados juntos.

Não voltamos para jantares nem feriados. Eu inventava desculpas para cada convite. Chegava a doer a saudade de segurar as crianças nos braços, ler *Boa Noite, Lua*, sentir o perfume de seus cabelos e o calor de seus corpinhos aconchegados ao meu. Mesmo assim, não voltei.

Jeremiah e eu não nos vimos por algum tempo, semanas, aliás. Fiquei deprimida. Talvez não fosse depressão clínica, mas era depressão assim mesmo. Queria dormir o tempo todo; perdi o apetite. Procurava por Jeremiah na rua. Nos dias em que não trabalhava, pegava o metrô e passeava a pé pelo bairro onde ele morava, sem nunca me aproximar do edifício. Demorava-me na esquina, observando a rua. Idiota, idiota. Tudo o que eu queria era vê-lo — entrando em um dos mercados, empurrando o carrinho com os gêmeos, simplesmente caminhando pela rua com as mãos nos bolsos. Grant estava sempre ocupado e distraído com seu trabalho, e eu sentia falta de Jeremiah, de como ele olhava para mim e me *enxergava*, pelos dedos longos acariciando meu rosto, pelo peso de seu corpo sobre o meu. Rindo. Lendo para mim o seu livro secreto, que era tão real e lindo, e que eu adorava porque vinha de uma parte vulnerável dentro dele.

Eu repassava as cenas em minha mente. Meus sentimentos iam de mal a pior. Era como se eu estivesse fisicamente doente. Grant finalmente percebeu.

— Será que você está grávida? — perguntou uma manhã, quando eu estava cansada demais até mesmo para sair da cama.

— Não — respondi.

— Mas, então, o que você tem?

— Não sei.

— Talvez esteja deprimida. Deveria conversar com alguém.

— Não quero conversar com ninguém.

— Por que não? É possível que a depressão seja um traço familiar. Seu irmão...

— *Não sou como meu irmão!*

Ele desviou o olhar.

— Desculpe. Esqueça o que eu disse.

Ora vejam, ainda não cheguei ao que aconteceu a seguir. Estão vendo como postergo o assunto? Como dou voltas e relembro coisinhas sem importância da vida cotidiana, como aquela discussão tola com Grant, que estava apenas tentando ser um marido atencioso? É o que faço quando me sinto culpada. Transformo-o no marido atencioso e não menciono todas as vezes que ele ficou na universidade até tarde da noite e, quando chegou a casa, colocou os fones de ouvido e corrigiu provas até de madrugada. Também não digo que ele se esquecia de comprar leite e não percebia que eu havia mudado os móveis de lugar, ou que eu havia cortado os cabelos, e que nunca pegava minha mão e me fitava nos olhos. Era como se eu fosse apenas mais um móvel no apartamento. E então, quando eu estava triste, ele queria saber se eu estava *grávida*.

Mas já estou chegando lá.

Um dia, encontrei Jeremiah no parque. Não foi totalmente inesperado, de minha parte. Eu sabia que ele às vezes levava Brice e Lindsay até lá — e, assim, fui caminhando depressa, de cabeça baixa. Era inverno e o dia estava particularmente frio.

E lá estava ele. Nossos olhares se encontraram. Ergui a mão para acenar, mas ele se aproximou. Deixou as crianças no *playground* cercado, juntamente com outras crianças e babás, veio a mim e me puxou para trás de uma árvore, onde ninguém nos veria, e começamos a nos beijar loucamente. E nos abraçamos, acariciamos, apertamos. Quando finalmente paramos e nos afastamos, ele falou em tom urgente:

— Não suporto mais isso. Preciso ver você.

— Sinto tanto a sua falta, mais que qualquer coisa em minha vida — murmurei.

E recomeçamos. Pelo resto do inverno, e, embora ele houvesse retomado as aulas, encontramos tempo para ficar juntos. Voltamos a nos encontrar no apartamento de Linnea e, quando não estava disponível, usávamos o meu. Grant nunca estava em casa; não havia a menor chance de sermos apanhados. Jeremiah disse que já não se importaria se fôssemos pegos. Era diferente agora, nós estávamos diferentes. A principal diferença era que não mencionávamos Grant ou Carly. No tempo em que passávamos juntos, nos despíamos com menos pressa e abandono, e, apesar de muitas vezes passarmos horas deitados na cama, nos abraçando e nos beijando, sem fazer sexo, nosso relacionamento parecia mais apaixonado e intenso do que fora quando morávamos no mesmo apartamento. A única explicação que encontrei foi o fato de, agora, termos o *propósito* de estarmos juntos, não eram mais encontros fortuitos na porta do banheiro, quando ninguém estava por perto.

A primavera chegou e continuamos juntos. Eu não conseguia ficar mais que três dias sem vê-lo. Jeremiah era a trilha sonora, o pano de fundo, a tela onde tudo o mais era pintado.

Um dia, quando estávamos na cama, ele disse:

— Estamos perdidos.

Já era fim de primavera, uma época frustrante. As mudanças estavam no ar, mas o clima parecia se esquecer de que já deveria estar quente, e ainda ocorriam dias frios, chuvosos e nublados. Sendo da Califórnia, eu mal podia acreditar que Nova Iorque resistisse por tanto tempo ao calor de verdade, ao tempo bom. Jeremiah e eu passamos a tarde na cama, lendo seu livro e dormindo, minha cabeça apoiada em seu ombro, abraçados. Ele foi o primeiro a acordar, e quando pronunciou aquela frase, senti seu hálito quente em meus cabelos.

Não precisei perguntar a que ele se referia. Peguei sua mão e beijei cada um de seus dedos. A cada beijo eu pensava *"Não"*. Eu não achava que seria capaz de suportar se ele se separasse de mim naquele momento, quando a noite caía e o verão parecia decidido a não chegar nunca.

— Annabelle, acho que não consigo mais viver assim.

Fechei os olhos e murmurei.

— Ah, por favor, não *agora*. Não podemos ter esta conversa outro dia?

— Não. — Apoiou-se em um cotovelo e beijou meu nariz e minhas faces. — Acho que precisamos tomar algumas decisões que estamos evitando.

Engoli seco. Os olhos dele estavam fixos nos meus. Ele ia terminar comigo outra vez.

— O fato é que — continuou, beijando minhas pálpebras — quero você o tempo todo.

Eu mal podia respirar.

— Quer?

— E estive pensando. Não amo Carly. Descobri que não a amo já faz algum tempo. Nós não compartilhamos nossas vidas. É como se vivêssemos separados. Nem mesmo nos *beijamos*. Tentei beijá-la outro dia e ela se esquivou, literalmente se encolheu, como se eu fosse mordê-la.

Limitei-me a assentir.

— Nunca houve um grande amor entre mim e ela — acrescentou, sacudindo a cabeça. — Não. Prometi a mim mesmo que não falaria sobre isso. Não vou me queixar do meu casamento. — Suspirou. — Simplesmente, Carly e eu não podemos ficar juntos quando nosso casamento é uma fraude e eu estou apaixonado por outra mulher.

— Ah... — balbuciei, sem saber o que dizer.

— Isso é tudo que você tem a dizer? Só "ah"? Não quer nada disso?

— Quero — respondi de pronto e me sentei na cama. — Estou apenas... surpresa. Só isso. Afinal, é um grande passo. E como ficam as crianças?

— Encontramos uma solução. Venho pensando nisso há muito tempo. Você é minha vida. É em você que penso quando acordo, e também a última pessoa em que penso antes de dormir. É para você que conto minhas coisas, é você que quero ter ao meu lado.

— Mas, Brice e Lindsay...

— Não terei de abrir mão deles, Annabelle. Pais separados costumam dividir a guarda dos filhos.

— Carly vai...

— É claro que vai. Ela não é um monstro. Sabe tanto quanto eu que os filhos vivem melhor quando seus pais são felizes. Você também sabe disso. Nós dois viemos de famílias nas quais os pais ficaram juntos pelo suposto bem dos filhos. E não nos fizeram nenhum favor, fizeram? Escute, não vai ser fácil, mas é a solução. É o único jeito.

— Jeremiah, o que *aconteceu* para você se sentir assim? Tem *certeza* do que quer? Pensou bem?

— Se pensei bem? Não tenho pensado em outra coisa. E sei que você sente o mesmo que eu. Vejo quanto Grant a decepciona. Sei que não deveria falar mal dele. É um grande sujeito, um historiador brilhante, uma pessoa decente. Não quero tirar nada dele, mas Annabelle, ele não te ama como eu. Ou, quem sabe, ele te ame muito e eu esteja cego para o que existe entre vocês. Não devo pensar nisso, eu sei. O que você tem com ele não é da minha conta. Mas você precisa de mim. Sou o seu amante. Estou me jogando aos seus pés. Farei o que for necessário para te fazer feliz. Diga-me o que quer e realizarei os seus desejos.

Meu coração estava prestes a saltar do peito.

— Carly e Grant ficarão atordoados. Dói imaginar a expressão no rosto dos dois.

— Dano colateral — ele murmurou. — É o que eles são: dano colateral. É muito triste, mas não há nada que possamos fazer.

Minha vontade era pedir um tempo a ele, colocá-lo em estado de suspensão, correr ao telefone e ligar para Magda naquele mesmo instante. Jeremiah *me queria?* Eu estava excitada, mas também aflita, com azia e... uma descarga de adrenalina. Meus cabelos cobriam meus olhos; eu tinha de afastá-los a todo instante. As sombras do anoitecer escureceram a cômoda onde estavam as roupas de Grant e as minhas. Meu marido estaria naquele quarto em breve. De repente, vi os acontecimentos se passarem diante de meus olhos em velocidade acelerada, como uma sequência cômica de uma câmera apontada para a cama: Grant e eu acordando naquela manhã, espreguiçando, saindo da cama, nos vestindo, eu arrumando a cama. Então, eu deitada depois que ele saiu, assistindo à televisão, lendo um livro. A cama fica fazia por algum tempo e, depois, a câmera mostra Jeremiah chegando, nós dois nos despindo, entrando debaixo dos lençóis, fazendo amor, dormindo. Então, nos levantamos, arrumo a cama outra vez, e mais tarde Grant e eu nos deitamos. Poderia ser um filme: *Um Dia na Vida de Uma Cama*. A cama de uma mulher má.

Jeremiah estava andando de um lado para outro.

— Como vamos fazer? — indagou. — Nosso próximo passo é planejarmos os detalhes.

Acendi o abajur, na esperança de que a luz me acalmasse. O rosto de Jeremiah estava tenso enquanto ele se vestia. Eu sempre dizia que na Califórnia se transava com muito menos suspense, uma vez que eram poucas as camadas de roupas a serem despidas. Elas praticamente caíam. Em Nova Iorque, para se despir, era preciso um bocado de determinação. A cada dia, um *strip-tease*.

Dois dias depois, ele me telefonou e falou muito depressa:

— Muito bem. Já pensei em tudo. Quero ir embora com você.

Havia conversado com um amigo que tinha uma casa de campo no interior do Estado de Nova Iorque. Iríamos para lá, já que o semestre havia terminado, e passaríamos o verão. Ele terminaria de escrever seu livro. Isso daria a todos a chance de se acostumar à ideia. Carly ficaria furiosa, mas não surpresa, quando refletisse sobre o que acontecera. Fazia muito tempo que os dois não estavam juntos de verdade. Ela merecia mais. No outono, voltaríamos à cidade, e ele retomaria sua vida na Universidade de Colúmbia e veria os filhos duas vezes por semana, como qualquer outro pai divorciado que conhecia.

Àquela altura, eu havia conversado com Magda e Linnea, e as duas concordaram que a situação necessitava uma resolução. Aparentemente — especialmente pela maneira como contei a história — Jeremiah era a pessoa com quem eu tinha a maior ligação. Se eu só podia ter um deles, o que parecia ser a regra, então teria de ser Jeremiah. Era ele quem fazia meu coração cantar, como disse Linnea. Magda ainda cultivava grande carinho por Grant, pela maneira como ele me salvara do drama maluco de meus pais, e também por seu compromisso com meu talento artístico. Linnea, porém, sabia que Jeremiah era o homem certo para mim. Ela me vira desabrochar com aquele amor, e seus olhos ficaram cheios de lágrimas quando contei que ele queria oficializar nossa situação.

— É um bom homem — ela disse —, como meu Paolo.

Fui ficando mais e mais excitada com a ideia à medida que Jeremiah e eu planejávamos nossa fuga. Eu o amava, e era claro que não poderia viver sem ele. Bastava ver a expressão no rosto dele, fazendo aqueles planos, para me fazer mais feliz do que eu jamais imaginara que seria. Aquele rosto, aquele ombro no qual eu aconchegava minha cabeça, aquele corpo maravilhoso e sexy — tudo seria meu.

Decidimos partir no sábado seguinte. De acordo com o plano, na tarde de sábado, Jeremiah contaria a Carly que estava indo embora e, ao mesmo tempo, eu informaria Grant. Então, nos encontraríamos na estação Grand Central, às seis. Pegaríamos o trem das seis e trinta e sete para New Haven, onde passaríamos a noite com o ex-companheiro de quarto de Jeremiah, dos tempos de faculdade, que tinha um carro que não usaria no verão e deixaria conosco.

— Será um dia péssimo, mas teremos um ao outro — Jeremiah disse.

— Encontrarei você debaixo do relógio da estação, às seis, no máximo seis e dez, ouviu? Aconteça o que acontecer, no máximo seis e dez. Meu coração só voltará a bater quando estivermos juntos de novo.

Tive de marcar uma hora com Grant para poder dizer a ele, pois havia planejado passar o dia todo na biblioteca, como de costume. Mas acabou concordando em voltar para casa às três horas, que seria o horário perfeito. Passei a manhã fazendo as malas e escondendo-as debaixo da cama, para que não fossem a primeira coisa que ele visse ao entrar. Então, andei de um lado para outro, sem parar, esperando que ele chegasse. Imaginei Jeremiah fazendo o mesmo em sua casa: arrumando as malas e esperando até o momento de se despedir de Carly e dos filhos.

Meu estômago doía toda vez que eu pensava nele. Como conseguiria se despedir dos gêmeos, se eu havia chorado ao abraçá-los, no dia em que Grant e eu nos mudamos de lá? E eu só os conhecia havia alguns meses.

— Eu me despeço deles todos os dias — Jeremiah argumentara. — Não saberão que quando eu sair, desta vez, será diferente. Como poderiam saber?

E eu pensei: *"Mas você sabe. Sabe que não estará de volta para colocá-los na cama, que não sentirá mais seu cheiro delicioso quando eles acordam pela manhã, que não ouvirá suas risadas alegres, nem mesmo o que vai acontecer com eles quando você for embora".*

— Você se preocupa demais — ele disse, antes de me beijar com paixão. — É parte do que adoro em você: a maneira como você sente o problema de todos, quase mais do que os seus próprios.

Foi nisso que pensei enquanto acomodava meus pertences nas malas que havíamos ganhado como presente de casamento. Quando terminei, o apartamento parecia fazer eco. Nem peguei tanta coisa, apenas roupas, artigos de perfumaria e alguns utensílios da cozinha. Jeremiah pedira que eu levasse meu espremedor de alho e meu livro de receitas. Tirei um quadro da parede, que meu professor de arte fizera para mim — uma aquarela de um salgueiro à beira de um lago.

Às três e quinze, ouvi a chave de Grant na porta, sentei no sofá e sequei o suor das mãos na calça. Minha boca estava seca e lamentei não ter pensado em ter um copo com água ao meu alcance, mas não me senti capaz de levantar e ir até a cozinha, pois meus joelhos tremiam.

Ele entrou, colocou a mochila em um canto da sala e ficou ali parado, me olhando com expressão surpresa. Parecia um galo, com os cabelos eriçados em um milhão de redemoinhos.

— Olá — falou e sorriu. — Por que está sentada aí... desse jeito?

— Que jeito?

— Na beirada do sofá, como se esperasse por um trem. Está estranha. Acabou de desligar o telefone?

— Grant, preciso dizer uma coisa.

— Posso comer alguma coisa, antes? Quer um lanche, também?

— Não.

— Sério? Já almoçou? Comprei amendoins da máquina na biblioteca, mas é óbvio que já estou com fome de novo. — Abriu a geladeira. — Posso comer esse resto da comida de ontem?

— Claro.

— *Moo goo gai pan* — lê na caixinha de papelão, antes de voltar para a sala com a caixa e um garfo. — Sabe de uma coisa? Está muito mais gostoso do que na noite em que foi comprado. Bem, é verdade que comi à uma da manhã e tive azia a noite inteira, o que pode estar alterando minha lembrança. Tem certeza de que não quer um pouco? — Estendeu o garfo na minha direção.

— Grant, preciso dizer a coisa mais difícil, mais horrível, e não sei bem como começar. Por favor, sente-se e deixe-me falar.

Ele deixou a caixinha de lado e me encarou de olhos arregalados, o pomo de adão subindo e descendo.

— Aconteceu alguma coisa? Foi seu irmão? Ah, não! Ele...?

— Não, não é ele; sou eu.

Sentou-se ao meu lado no sofá e segurou minha mão.

— Você está bem? O que aconteceu? Você está... espere! Está grávida?

Meus olhos se encheram de lágrimas, o que o fez me abraçar. Aquilo tudo estava sendo muito pior do que eu havia imaginado — na verdade, pior do que a briga terrível para a qual eu estava preparada. Só então me dei conta de que não havia realmente pensado nas palavras que usaria.

— Não — respondi entre lágrimas. — Não estou grávida.

— Então, o que é? Minha pobre querida — Grant murmurou, e tive de me desvencilhar do abraço, levantar e atravessar a sala. Precisava endurecer meu coração, parar de chorar, mas não conseguia. Meus olhos continuavam produzindo mais e mais lágrimas, e Grant ficava mais e mais preocupado comigo. Finalmente, gritei: — Pare!

Ele se endireitou no sofá, piscando.

— Bem, então, diga o que está acontecendo.

Comecei a soluçar.

— Vou... vou deixar você.

Ele não disse nada, mas a luz foi se apagando em seus olhos. Após um instante, ele cruzou os braços como se precisasse deles para se proteger. Por alguma razão, o gesto me deu coragem. Eu tinha de seguir adiante. Não havia volta. Jeremiah dissera: "Quando estiver contando a ele, imagine o meu rosto. Visualize como será a noite de sábado, quando estivermos juntos no trem, como estaremos felizes".

— Estou infeliz e quero ir embora — falei e respirei fundo. — Sinto muito, mas é a verdade.

Grant olhou para baixo.

— Certo... entendo — murmurou. — Quando tomou essa decisão?

— Acho que venho decidindo já faz tempo.

— Vem *decidindo?*

— *Sim, há algum tempo.* Pensei muito em tudo.

— É mesmo?

— Você e eu parecemos não ter mais nada juntos.

Ele ouviu e arquivou minhas palavras. Então, perguntou:

— É por causa de sua família?

— Não. Sim. Um pouco, talvez.

— Então, vai voltar para a Califórnia?

— Acho que não. Não de imediato.

— Mas... o que vai fazer? Por que está fazendo isso agora? É loucura vivermos separados. Não temos dinheiro para isso e, além do mais, se você não gosta de mim e precisa de tempo longe de mim, já tem. — Parou de falar por um momento e, então, fechou os olhos. — Ah... Como sou idiota. Você tem alguém.

Ergui os olhos para o teto. *O rosto de Jeremiah, o rosto de Jeremiah.*

— Sim, estou apaixonada por Jeremiah.

Algumas frases são pronunciadas em letras maiúsculas e pairam no ar, e essa foi uma delas. Pude sentir suas reverberações. Esperei que Grant se levantasse, se aproximasse de mim e me esbofeteasse. Achei que ele, talvez, atirasse a mesa de centro na parede. Na verdade, eu não fazia a menor ideia do que ele faria — esperava qualquer coisa, exceto o que fez. Grant permaneceu sentado, me olhando, esfregando o bico do sapato. Então, baixou os olhos para o chão e falou em tom desprovido de emoção:

— Ora, vejam.

— Eu sei. É a pior coisa que poderia ter acontecido. Sinto muito.

— Uau. — Sacudiu a cabeça. — Uau.

— Eu sinto muito — repeti. — Não fiz de propósito. Sinto muito, mesmo.

De repente, ele abaixou a cabeça até a altura dos joelhos e cruzou as mãos diante de si. Vendo sua aliança de casamento, desejei que aquilo terminasse logo e que eu parasse de dizer que sentia muito.

— Vai me deixar para ficar com ele? — Grant perguntou, ainda com a cabeça entre os joelhos.

— Sim, quando terminarmos esta conversa.

— Carly já sabe?

Hesitei.

— Ele está dizendo a ela, agora.

— Agora? — Ele se endireitou no sofá.

— Acho que sim.

Grant riu.

— Nossa! Bela orquestração, essa de vocês. Duas pessoas sendo informadas do inimaginável, ao mesmo tempo. E vocês ensaiaram o que dizer? Fizeram um, como se chama?, *role play?*

Não respondi.

— Importa-se se eu perguntar há quanto tempo isso vem acontecendo? — perguntou, mas no mesmo instante ergueu a mão. — Espere. Esqueça. Não quero saber. Não há motivo algum para eu saber quando começou.

Fui até o sofá e me sentei no banquinho diante de Grant.

— Direi tudo o que você quiser saber, tudo o que possa ajudar. Nós não queríamos magoar vocês. Acredite.

Ele soltou uma gargalhada amarga.

— Ah! Há algo que pode fazer por mim. Durante esta conversa, por favor, não use a palavra *nós* para se referir a você e... ele. Afinal, até um segundo atrás, quando você dizia *nós*, eu pensava em você e em mim.

— Claro, claro. Não quero ser insensível.

— Ah, não! Não seria *apropriado* ser *insensível* em uma hora dessas, seria? Deixar o marido sem nenhum aviso prévio é uma coisa, mas ser *insensível* para com ele é outra.

Ouvimos uma porta se abrir no corredor e uma voz feminina chamar por Cal. Toda vez que isso acontecia, tínhamos a impressão de que ela dizia *Cow! Cow!*, que em inglês significa "Vaca! Vaca!". Jeremiah e eu achávamos engraçado, e ele gritava *Sheep! Sheep!*, que quer dizer "Ovelha! Ovelha!". Na ocasião, perguntei-me se Grant teria feito uma brincadeira parecida, mas então me dera conta de que ele nunca ficava em casa por tempo suficiente para ouvir a vizinha chamando por Cal. Acrescentei esse detalhe tolo às minhas justificativas para abandoná-lo. Agora, parada diante dele, eu me senti tão horrível que tive calafrios.

Ele ficou em silêncio por muito tempo, inclinado para frente como se tentasse evitar um desmaio, e então percebi que ele chorava. Ah, meu Deus, estava chorando por *mim*. Como não sabia o que fazer, limitei-me a continuar sentada, quieta. O relógio do fogão indicava três e cinquenta e cinco. Eu ainda tinha tempo. O que fazer? Deveria tentar consolá-lo? Eu já estava prestes a chorar, também.

— Grant — murmurei e toquei de leve seu ombro.

Sem se afastar, ele sussurrou:

— Não acredito que isso esteja mesmo acontecendo.

— Eu sei. Nós... quero dizer, *eu*... eu nunca imaginei que isso pudesse acontecer.

Grant finalmente ergueu a cabeça e me encarou.

— Sabe o que é pior? Sempre admirei e amei tanto vocês dois, que acho que não conseguirei deixar de sentir nenhuma das duas coisas tão cedo.

— Ah, Grant, não diga isso. — Essa era uma atitude tão típica de Grant, que me senti sufocar. Ele não podia sequer fazer o que se esperaria, o papel do marido traído, furioso. Por mais horrível que uma demonstração agressiva pudesse ser, sua reação era pior. — Você deveria nos odiar. Desculpe. Deveria *me* odiar! Pode ficar furioso comigo, gritar, xingar. Desabafe. Não quero que guarde o que está sentindo.

— Bem que eu gostaria — ele replicou. — Sei que vai acabar acontecendo. Vou ficar furioso. Terei o resto da vida para ficar furioso. Terei de passar por isso, mas agora, nesse instante... fui pego totalmente de surpresa.

— Sim, foi — concordei, massageando suavemente as costas dele, como se pudesse ser sua amiga.

— Há quanto tempo?

— Quer mesmo saber?

— Sim. Diga.

— Começou no inverno em que chegamos aqui.

Ele respirou fundo.

— Como vocês faziam?

Tive um sobressalto.

— Como fazíamos o quê? — perguntei e, após um instante, nós dois rimos.

— Não estou falando *daquilo*. Como nunca foram pegos? Como nunca percebi?

— Bem, você praticamente nunca estava lá e...

— Não diga mais nada.

— Está bem.

— Você já disse o que eu queria saber. Foi muito tempo. Muito mais do que eu poderia imaginar.

Não dissemos mais nada. O sol formou um paralelogramo no assoalho. Observei os contornos oscilarem e se tornarem difusos quando uma nuvem passou e obscureceu o sol por um instante. Então, vi a figura clarear e se tornar muito nítida outra vez. Todo o meu ser doía: meu corpo, minha alma. Eu havia magoado esta pessoa que, agora, se dobrava de dor, uma dor que eu havia causado, e nada que eu fizesse a tornaria menos intensa. Decidi observar mais três nuvens passarem e, então, iria embora. Não conseguia imaginar como seria atravessar a sala, retirar minhas malas de debaixo da cama e me encaminhar para a porta, mas havia chegado até ali e tinha de continuar. Não havia volta.

No entanto, foi Grant quem se levantou de súbito, entrou no banheiro e fechou a porta. Também me levantei, peguei as malas e as arrastei até a porta. Quando ele saiu do banheiro, eu estava na cozinha. Sem saber o que fazer com minhas mãos, cruzei os braços.

— Há uma coisa que preciso dizer — ele disse. — Trata-se de algo que pertence só a nós dois, a mim e a você. Não tem nada a ver com Jeremiah.

Passei a língua pelos lábios, embora meu corpo parecesse totalmente desprovido de qualquer umidade. Como não podia estar certa de que ele não me agrediria, preparei-me para o golpe, mas Grant pegou minhas mãos e olhou nos meus olhos.

— Você tem uma grande tristeza dentro de você — disse. — Eu a senti e acho que sei de onde ela vem: sua família. Pensei que nós dois ficaríamos juntos por tempo bastante para nos livrarmos dela, mas não conseguimos, em parte por minha culpa, pelo momento de nossas vidas, minhas aulas e outras tantas coisas. Talvez você precise de alguém que possa estar ao seu lado em tempo integral. Você merece isso. Se ele é capaz de fazê-la feliz, de lhe dar o que você precisa, então eu acho que tudo isso tinha mesmo de acontecer. É possível que você tenha encontrado o grande amor de sua vida.

— Grant...

— E fico muito feliz por você, do fundo de meu coração, porque precisamos nos agarrar a tudo que é possível na vida, o que quer que nos faça felizes. São poucas as oportunidades de se fazer isso.

Um nó imenso se formou em minha garganta. Grant colou a testa à minha e continuou:

— Dói muito. O fato de ser ele... perdi vocês dois, de uma só vez, mas não sou idiota a ponto de não saber que tudo acontece por alguma razão. Talvez meu papel nessa história tenha sido, justamente, de apresentar você ao homem que vai amar para sempre. Grande ironia, não? Grant ama a garota, mas a entrega de mão beijada ao sujeito que mais admira. — Sacudiu a cabeça e fechou os olhos. Então, afastou-se de mim e falou num tom de voz diferente, mais frio: — Agora, vá. E não ligue para mim. E não volte. Se, por alguma razão, sua vida com ele não der certo, sinto muito, mas você não poderá voltar.

Tentei abraçá-lo, mas ele me empurrou. Dissemos adeus. Eu não chorava. Não conseguia chorar. Então, sem saber exatamente como, eu estava no corredor, arrastando as malas para a escada, pensando: *"Adeus a tudo isso!"*. Cheguei à rua, fiz sinal para um táxi e segui para Grand Central.

O rosto de Jeremiah. O rosto de Jeremiah. Minha nova vida estava começando. Abandonei a velha, sem olhar para trás, nem mesmo para o edifício, por medo de Grant estar na janela. Não suportaria vê-lo ali. Demorei uma semana para me dar conta de que Grant não fizera absolutamente nada para me impedir de partir.

CHEGUEI à estação às cinco e quarenta e cinco, o que me deu tempo para arrastar minhas malas até o banheiro e lavar o rosto com água fria. Fiquei parada diante do espelho por vários minutos. Tentei sorrir. Mechas de cabelo haviam escapado de meu coque, e eu as prendi novamente. Meus olhos pareciam assustados. Um dia, pensei, vou me lembrar deste momento, apenas alguns minutos antes de minha nova vida tomar forma. Talvez Jeremiah e eu possamos contar aos nossos netos como foi este dia, o dia em que fugimos juntos, sabendo que fomos feitos um para o outro. Naquele exato momento, porém, eu parecia esgotada e doente. Passei batom e tentei me recompor. Ia encontrar o amor de minha vida e não queria parecer tão trágica.

Quando terminei de me arrumar, voltei ao grande relógio no andar superior. Havíamos combinado de nos encontrarmos ali, onde todos os encontros são marcados. Ao meu redor, muitas outras pessoas esperavam, para de repente se atirarem nos braços de outra, beijando, abraçando, rindo, gritando, dando tapinhas nas costas e se afastando juntas. Eu era a mais jovem de todas, parada ali sozinha, com um sorriso congelado nos lábios, muita expectativa no olhar, esperando para ser a escolhida.

E Jeremiah estava atrasado.

Inicialmente, ele estava apenas cinco minutos atrasado, depois seis, sete. Disse a mim mesma que não deveria olhar para o relógio enquanto quinze minutos não houvessem passado. Concentrei-me no chão, no lixo que as pessoas jogam sem pensar: passagens antigas, papéis de chicletes, chicletes mastigados. Então, passei a observar sapatos. Mocassins masculinos engraxados, tênis infantis, saltos altos produzindo ruídos altos ao tocar o chão, chinelos surrados, sandálias. Vi até mesmo botas, embora fosse óbvio que já era primavera, tempo de recomeçar, de guardar tudo o que lembrava inverno. Senti pena de quem usava botas.

Seis e doze.

Talvez eu devesse comprar as passagens.

Não. Era melhor esperar.

Ergui os olhos e estudei a multidão de rostos vindo em minha direção — todos desconhecidos, expressando pressa, sofrimento e pensamentos que eu não conseguia ler. Estremeci. Não podia sequer pensar no que aconteceria se Jeremiah não aparecesse, mas o pensamento emergiu e foi muito difícil afastá-lo da consciência. De repente, o pensamento eclodiu, pulsante e radiante, em letras maiúsculas e negrito, com asteriscos em volta. Senti o início de uma dor de cabeça.

E se ele não aparecesse?

Então... era ele?... sim! Alguém com cabelos da cor dos de Jeremiah se aproximava e, GRAÇAS A DEUS, era mesmo Jeremiah; o alívio que me invadiu foi como oxigênio. Ele caminhava devagar, sem pressa alguma, embora estivéssemos atrasados, e me ocorreu que não conseguiríamos pegar o trem das seis e trinta e sete, mas quem se importava? Tínhamos o resto de nossas vidas; podíamos pegar o trem que quiséssemos. Podíamos, simplesmente, ir a qualquer lugar escuro e discreto, beijar e beber e contar um ao outro como fora a saída de casa. A minha estava tomando forma como algo que eu provavelmente conseguiria digerir e falar a respeito. Não estava desapontada com a maneira que havia conduzido a situação; já começava a me perdoar, colocando de lado o pesar pelo casamento desfeito... e, em meio ao meu perdão, percebi que Jeremiah não trazia nenhuma mala consigo. Então, quando ele ainda estava distante, nossos olhares se encontraram e ele fez o menor dos gestos, um leve e irônico arquear das sobrancelhas, um movimento dos lábios, e em uma fração de segundo eu soube tudo o que precisava saber — eu estava sozinha, completamente sozinha no mundo. Jeremiah não contara a Carly, não saíra de casa e era de mim que ele estava prestes a se despedir.

Lembro-me de todos os detalhes daquele momento, é claro, a textura da camisa que ele usava e na qual eu chorei, as marcas deixadas por sapatos no chão da estação, o zumbido dos ruídos ao nosso redor, abafando o que ele repetia sem parar: "Eu te amo tanto. Eu te amo tanto". Meus pensamentos desconexos em disparada, os clarões de luz que me cegavam.

Jeremiah não conseguira deixar os filhos. Seus olhinhos, rostinhos, as mãos gorduchas... Brice gaguejava, Lindsay era mandona; ambos precisavam muito dele. E naquela tarde — sua voz embargou — os dois se divertiam com uma brincadeira muito barulhenta, mas também muito inocente, e Carly gritara com eles, furiosa. Como ele poderia deixar os gêmeos com ela? Com sua impaciência, sua ira? Sim, ele sabia que ela não era assim o tempo todo, mas também sabia que ela passava a maior parte do tempo irritada, e era por isso que ele teria de continuar com ela. E não seria fácil. Ele tinha de ficar e servir de anteparo entre o gênio de Carly e aquelas crianças inocentes. Ele me amava e sentia muito, mas não podia partir comigo. Tínhamos de parar de nos vermos, não havia esperança para nós, não havia esperança para o amor em um mundo enlouquecido pelo remorso.

Foram exatamente essas as suas palavras: "um mundo enlouquecido pelo remorso", como se ele fosse o narrador das atrações em um cinema, e depois disso eu parei de ouvir o que ele dizia e comecei a rezar para deixar de amá-lo imediatamente. Bastava prestar atenção à sua linguagem corporal, à expressão em seu rosto, para ver que estava aliviado e orgulhoso de si mesmo. E quando fechou os olhos e declarou em tom falsamente angustiado "Estou tão confuso", tive ímpetos de esbofeteá-lo e arrancar seus olhos com minhas unhas.

— Canalha miserável! É *esta* a primeira vez que pensa em tudo isso? *Agora?* Não sabia disso antes?

Ele tentou dizer alguma coisa. Vi seus lábios se movendo, seus olhos se arregalarem, escuros e pesarosos, mas não consegui ouvi-lo porque as batidas desesperadas de meu coração eram ensurdecedoras. Vi a escuridão crescer, preenchendo todo o espaço em torno dele. Eu estava prestes a cair, já não sentia minhas pernas. Quando dei por mim, estava correndo e, não sei como, fui parar no banheiro, onde perdi tudo o que ainda não havia perdido, sentindo o chão tremer com a vibração dos trens que partiam.

Seria muito melodramático de minha parte dizer que nunca voltei a vê-lo? É a mais pura verdade. Nunca mais vi Jeremiah. Fiquei furiosa por muito tempo, e aquela fúria me fez bem. Eu a alimentava no café da manhã, no almoço e no jantar, e a embalava à noite, porque era tudo o que eu tinha.

CAPÍTULO QUINZE

2005

— Algum problema? — pergunta Sophie, quando volto ao apartamento. — Você parece esgotada. O passeio não foi bom?

— Foi muito bom. Só estou cansada — respondo, pendurando o casaco no encosto da cadeira no quarto.

Pensando bem, estou *mesmo* cansada, além de abalada. Tive um vislumbre do meu reflexo no pequeno espelho oval do saguão de entrada do edifício e fiquei chocada ao ver minhas faces coradas e o brilho agitado em meus olhos. *Deus do céu,* penso, *hoje beijei Jeremiah em público. Agora, estou oficialmente enganando meu marido e, pior, não sei o que vai acontecer comigo.*

Tudo o que quero é ir direto para a banheira e ficar lá sentada, olhando fixamente para o azulejo branco, até conseguir compreender como me sinto em relação ao que acabei de fazer. Sophie, porém, está sentada na cama com a luz apagada, embrulhada nas cobertas, fungando e parecendo triste.

— E então... a conversa com seu velho amigo foi depressiva? Foi, não foi?

— Depressiva?

— Sim, afinal, ele parece tão acabado. Ele não disse que a esposa morreu? Aposto que está todo deprimido e patético e só quer sua companhia para que você possa animá-lo. — Ouço o som de um soluço.

— Sophie, está chorando?

— Não... sim. Um pouquinho. — Enquanto puxa um fio do cobertor, passa a falar com sua voz de menininha. — Você pode se deitar aqui comigo? Por favor! — Agora, ela chora de verdade.

— O que houve? — Com um suspiro, tiro os sapatos e me acomodo ao seu lado. O quarto está excessivamente quente e abafado, e tenho vontade de sair novamente, mas ela passa os braços em torno de meu pescoço e ficamos deitadas, abraçadas, enquanto ela soluça baixinho. — Conte-me o que aconteceu. Eu não deveria ter deixado você sozinha, não é?

— Não, essa parte foi tranquila — ela fala contra meu pescoço, que me dou conta de que está ficando molhado. Então, se afasta e assoa o nariz no lenço que lhe dou. — Acontece que agora sei a verdade. Descobri a verdadeira realidade.

Meu coração quase para. Ela *sabe*?

— Ele... ele está dormindo com Juliana. Agora tenho certeza.

— Espere. Não estou entendendo. Em primeiro lugar, quem é Juliana?

— É a mulher que Whit está praticamente beijando na foto.

— Beijando, não. Ele está sorrindo na direção dela.

— Tanto faz. Você sabe quem é, e isso já significa alguma coisa. Descobri o nome dela hoje, e sei que é filha do empreiteiro responsável pela construção do orfanato e que está *sempre* lá.

Talvez haja algo errado comigo, porque a fidelidade não me dá a segurança dourada que parece oferecer aos outros. Um casamento pode implodir de tantas maneiras diferentes; infidelidade sexual é apenas uma delas e, na minha opinião, nem mesmo a mais interessante. Acredito que, geralmente, ser infiel é algo que acontece quando outros quinhentos aspectos da relação desmoronaram. Mas sei que estou sozinha nessa avaliação.

— Ele me disse o nome dela! — Sophie continua. — Aliás, escreveu praticamente um e-mail inteiro sobre ela... o pai dela está construindo o lugar, ela tem dezenove anos, eles têm jogado cartas, mais especificamente "paciência dupla" e, até agora, ela o derrotou aproximadamente seiscentas e quarenta e cinco partidas a duas, e agora ele está ensinando o jogo a algumas crianças para praticar e *limpar sua honra*.

— E daí? — pergunto. Ele ama *você*.

Ela pega o notebook de cima da mesa de cabeceira.

— Dê só uma olhada nisso, por favor. Leia este e-mail e diga que ainda acredita no que acabou de dizer!

Quase todos os dias sou obrigada a ler e decifrar e-mails de Whit, que me parecem mensagens muito pessoais que ele preferiria morrer antes de me deixar ler. Devo admitir que ele escreve mensagens amorosas e sensuais, que mais parecem beijos longos, molhados, eróticos. Diz que mal pode esperar para estar com ela de novo, rolando na cama, sentindo seu corpo nu sob o seu... e assim por diante. Por mais fascinante que seja, eu não deveria estar lendo essa correspondência.

— Juliana! — diz Sophie. — Se está me dizendo o nome dela, é porque ela é importante para ele. E veja só os olhos dela!

— Está bem, ela tem olhos bonitos. E daí? E o fato de ele mencionar o nome dela não significa nada. Se estivesse mesmo traindo você, seria bem menos provável que lhe contasse o nome da amante, não acha?

— Ele joga *paciência* com ela, mamãe!

— Sophie, querida, paciência é apenas um jogo de cartas.

— *Eu sei que é um jogo de cartas!* Não é essa a questão. Por que ele não pode simplesmente encerrar as filmagens e voltar para casa, já que tem tempo livre sobrando para jogar paciência com outra mulher?

— Não faça isso, querida. Para que se torturar assim? Você é uma mulher de sorte. Tem um marido fiel, com quem vai ter um filho muito em breve, mas por alguma razão, está se tornando paranoica. Não se deixe dominar por sua imaginação. Está cansada, só isso. Bebeu bastante água, hoje?

Ela me encara com ar de piedade. Sim, *piedade*.

— Provavelmente, você não vê assim, mas Whit é um homem muito sexy — diz. — *Você* pensa nele como sendo um garoto, mas acredite: as mulheres olham para ele e o desejam.

Dou uma risada.

— Pensa que não sei disso? Sou perfeitamente capaz de reconhecer um homem sexy, mesmo na minha idade avançada.

— Não foi isso que eu quis dizer. Acontece que você e papai... Bem, ele não é exatamente... *fogoso*.

Olho para o teto e penso que acabei me tornando o oposto de minha mãe, que falava abertamente de suas opiniões, necessidades e desejos sexuais em nossas conversas diárias. Talvez por ser tão alérgica a esse tipo de conversa, nunca me aventurei nesse território com Sophie. Acho que nunca pronunciei a palavra *orgasmo* perto dela. Nunca sequer fiz alusões a quaisquer questões sobre sexo. O que havia de errado comigo? Deveria ter conversado com minha filha. Agora, é evidente que ela acredita que sou simplesmente desprovida de sexualidade.

Por isso, falo com todo cuidado, sabendo que estou prestes a pisar em terreno delicado:

— Acho que toda geração acredita que inventou o sexo. Seu pai e eu...

— Ah, não me diga que ele já foi um amante ousado! — ela me interrompe e ri.

— Ele era... é... muito amoroso.

— Ora, você e papai parecem...

— Parecemos o quê? — pergunto, quando ela interrompe a frase. — Diga-me como foi ser nossa filha. O que você via?

— Via... muita consideração, boas maneiras, conversas divertidas, uma divisão de tarefas tradicional. Você era a chefe da casa, garantindo que tudo funcionasse direitinho, e ele vinha do trabalho para brincar, jogar e fazer outras coisas conosco, mas... ele era distraído, também. E rígido, sempre querendo que fizéssemos exatamente o que era certo. Você estava sempre prestando atenção, mas era como se tivesse de mantê-lo na linha. Ao mesmo tempo em que papai habitava a periferia em nossas vidas, era a ele que tínhamos de agradar. Você era fácil de conviver, fácil de dobrar.

— Está dizendo que eu era a *mãe?*

Ela ri.

— Sim, você era a mãe e ele, o pai. Aquele que te amava e apoiava, enquanto você corria de um lado para outro, tentando garantir que todos estivessem felizes.

— E imagino que — faço uma pausa para escolher as palavras certas — nós não transmitíamos o tipo de *paixão conjugal* em que os casais não conseguem ficar longe um do outro e se tocam a todo instante.

— Lembro-me de uma vez que entrei na cozinha e vocês estavam se beijando, mas beijando de verdade, não aquelas bicotinhas no rosto. Quando me ouviu, papai se afastou de você num pulo e fez uma grande encenação, fingindo estar ocupado com alguma coisa. Todos nós caímos na risada. Você se lembra?

— Não, não tenho o menor registro desse incidente.

— Sabe de uma coisa? — Sophie continua. — Whit me contou que há mais ou menos um ano ele entrou no escritório dos pais quando estavam... Eu não deveria contar isso a você. Sou péssima.

— Ah, não, vá em frente. Eu insisto.

— Bem, eles estavam mesmo fazendo *aquilo!* Credo! Whit disse que foi tão esquisito, tão inesperado que, inicialmente, ele não conseguiu sequer registrar na mente o que estava acontecendo. Ficou parado na porta, chocado, até seu pai se virar para ele e dizer: "Quer fazer o favor de sair?". Então, Whit saiu fechou a porta. — Ela franze o nariz e ri. — Você tem de concordar que é uma imagem perturbadora, os Bartholomew *na cama!* No dia em que fomos almoçar com eles, eu não conseguia pensar em outra coisa.

— Muito obrigada — agradeço às gargalhadas. — Na próxima vez que estiver com eles, eu é que não vou pensar em outra coisa.

— E o pai dele, com aquela barriga flácida! — Sophie estremece.

Abro a boca para dizer que o sexo não é só para os jovens e belos, quando ela abaixa a cabeça e diz:

— Fico imaginando se Whit será um pai igual ao meu, mesmo não tendo vivido a experiência da gravidez ao meu lado. Quando ele voltar, já serei mãe. Será que ainda vai me amar? — Seus olhos se enchem de lágrimas.

— É uma grande adaptação para qualquer casal, mas simplesmente conseguimos. Vocês vão descobrir o seu próprio jeito de conviver com as novidades. O casamento é isso.

— Mas...

— Mas o quê?

— Whit é um homem tão *apaixonado*, mamãe... mais parece um namorado que um marido. Ainda não se tornou um homem doméstico e, depois de ser livre por tantos meses, vai voltar e... Ah, não sei o que estou tentando dizer.

Eu sei o que ela quer dizer e falo o que realmente acredito: que sexo, amor, paternidade e complicações podem coexistir, que podemos ser felizes mesmo quando o sexo se torna um luxo disponível apenas depois que lavamos o último dos pratos e finalmente conseguimos fazer o filho doente dormir. Porém, um nó se forma em minha garganta, ameaçando me sufocar de tristeza e arrependimento. E esse nó é resultado da tarde de hoje, de tudo o que o encontro com Jeremiah despertou em mim — lembranças daquela sexualidade espontânea de que Sophie está falando, da juventude e paixão que ela pensa que nem sequer conheço.

Nunca mais terei nada disso.

Essa é a pura verdade. Nada voltará a existir. Há poucas horas, eu estava na rua, rindo, livre, beijando Jeremiah como se fôssemos dois adolescentes. E por que tive de fugir? Talvez o que a vida estivesse me oferecendo fosse uma chance de sentir alguma coisa de novo. Sentir algo que tenha a ver comigo, só *comigo* — nada relacionado a Grant, Sophie ou Nicky. Só eu, Annabelle Bennett McKay. Não mereço ter meus sentimentos de volta?

Tive tudo isso, perdi tudo, e o que recebi em troca foi... o quê? O direito de estar neste quarto ouvindo minha filha. O que é *bom*. Mas por que não posso ter tudo: paixão, maternidade e família?

Após algum tempo, as sombras se alongam no quarto. Eu me levanto, espreguiço e vou para a cozinha fazer espaguete para o jantar. Sophie entra na cozinha, usando a colcha da cama como se fosse uma capa que arrasta pelo chão, e se senta no banquinho junto à parede de tijolos. Quando olho por cima do ombro, ela sorri.

Estou no mercado alguns dias mais tarde, segurando uma caixinha de *blueberries* — o desejo de gravidez mais recente de Sophie — e tentando decidir se estou disposta a pagar cinco dólares pelas frutinhas azuis, quando meu celular vibra em meu bolso.

Vejo que é Jeremiah. Por um momento difícil, penso em não atender, mas quando finalmente pressiono o botão, meu coração já está disparado.

— Ah! — ele diz. — Você atendeu. Eu já estava me preparando para deixar um recado.

— Posso desligar para você ligar de novo e deixar o seu recado — respondo, e ele ri.

— Não, não. Assim é melhor. Liguei para tentar convencê-la a vir me ver. Tenho uma coisa que acho que é do seu interesse.

Dou uma risada.

— Tenho certeza de que sim, mas pensei que havíamos concordado que não faríamos mais isso.

— Ah, sim. Se é o que você diz... Acontece que percebi que você ainda atende às minhas ligações, e me enchi de esperança.

— Bem, é verdade que uma pessoa em sã consciência não o atenderia.

— A maioria delas não atende. Onde você está?

— No mercadinho, comprando *blueberries*.

— Por acaso trata-se de um desejo de gravidez?

— Sim, mas estão caríssimas e estou tentando decidir se compro ou não.

— A menos que custem quatro mil dólares, você deve comprar. Os desejos de gravidez devem ser realizados. Não se lembra dos seus?

Adoro a facilidade com que ele sempre foi capaz de me fazer rir, de me trazer de volta a mim mesma.

Em seguida, acrescenta:

— É claro que não a vi grávida, mas se me lembro bem, mesmo quando não estava grávida, você costumava ter desejos intensos e maravilhosos.

Sinto a cabeça girar.

— Quero ver você — ele continua. — Por favor, diga que vai comprar as frutinhas e vir ao meu apartamento.

Tento protestar. Aliás, protesto. Digo que não posso ir ao apartamento dele, não acho que seja boa ideia, blá-blá-blá, mas falo e rio ao mesmo tempo, porque ele geme a cada palavra minha e porque nós dois sabemos que não estou me levando a sério como deveria. Quando esgoto meus argumentos e me calo, ele diz:

— Vou ao seu encontro.

— Mas...

— Não, não. Isso tem de acontecer. Onde você está, exatamente?

— Union Square.

— Ótimo. Encontre-me na esquina a noroeste. Estarei lá em dez minutos, onze no máximo.

— Jer...

— Não, não. Vai esperar, imóvel, até me ver. Afaste todos os maus pensamentos enquanto eu não chegar. Quando eu estiver aí, descobriremos juntos o que fazer com essa sua nova insanidade.

Não consigo parar de rir.

— Prometa que não vai pensar em nada ruim até ver o branco dos meus olhos.

— Realmente, não acho que seja boa ideia... — começo, mas ele me interrompe.

— Seria porque, pela primeira vez na vida, está com medo do meu magnetismo animal? Ou está preocupada com a possibilidade de eu forçar você a viver aqui comigo e ser minha escrava do amor?

— Eu...

— O que está acontecendo, afinal? — A voz de Jeremiah trai certa irritação. — Não estou tentando afastar você de sua vida. Não podemos nos sentar em um apartamento sossegado e conversar sobre nossas vidas? Somos adultos, Annabelle, e temos um passado juntos. Gostamos um do outro, mas isso não significa que você está correndo perigo. Não acredito que estou ouvindo toda essa resistência vinda de *você*.

— Jeremiah, ouça. Prometi a Grant que nunca mais voltaria a ver você. Foi parte do acordo para voltarmos a viver juntos. Compreende, agora?

Faz-se um momento de silêncio e, então, ele explode em uma gargalhada.

— Você teve de abrir mão de mim? Para sempre? Uau. Nunca antes tinha me sentido como moeda de troca.

— Bem...

— Não sei exatamente como me sinto em relação a isso. Estou me vendo sob um ângulo completamente diferente.

— Poderia, por favor...

— Além disso, Annabelle querida, detesto dizer o óbvio, mas a esta altura você já quebrou essa promessa *duas* vezes. Vai ser, assim, tão pior para ele se nós nos encontrarmos pela terceira vez?

— Não sei. Acho que não. Talvez você esteja certo.

Ele *está* certo, é claro. Estou sendo ridícula. Sou uma mulher adulta; tenho minha própria vida, separada da minha vida com Grant. E... ora, mereço poder olhar para trás, para o meu passado. Este sentimento, esses desejos, não vão se dissipar sem que eu os examine profundamente. Até mesmo Ava Reiss concordaria que não se pode seguir em frente enquanto não se tem a coragem de descobrir quem realmente somos.

— Você sabe tanto quanto eu que as pessoas não deveriam fazer esse tipo de promessa — ou, pior ainda, *pedir* que alguém a faça. É o mesmo que prometer não sentir mais nada pelo resto de sua vida, e a mulher que conheci vinte e seis anos atrás jamais teria prometido isso.

— Está bem — concordo por fim.

— Vou ao seu encontro. Conversaremos mais, então — ele diz, antes de desligar.

Ligo para Sophie, falo das *blueberries* que comprei e digo que as levarei para ela mais tarde.

— Está tudo bem com você? Pergunto por que acabei de receber um telefonema de Jeremiah, aquele velho amigo que encontramos no outro dia...

— Sim, mamãe. Eu me lembro de Jeremiah — diz ela com uma risada. — Afinal, o encontro aconteceu há poucos dias.

— Bem, ele está aqui perto e quer me encontrar para um café. Se você não precisa de nada, aceitarei o convite. Se você não se importar.

— É claro que não me importo. Ficaria chocada se você não aceitasse.

— Ficaria?

— Ora, mamãe, você cuida de todo mundo... sempre.

O APARTAMENTO de Jeremiah é uma versão menor daquele em que moramos todos juntos, situado no terceiro andar, com janelas altas, assoalho de madeira e muita claridade. Ele ainda tem a maior parte da mobília de antes: a escrivaninha, as estantes de livros e a mesa da cozinha são as mesmas. Vejo pilhas de livros, revistas, papéis por todo lado, além de gavetas de arquivo abertas, transbordando de pastas pardas. Quadros grandes e coloridos enfeitam as paredes, e uma garrafa de vinho acompanhada de um copo solitário estão no balcão. Amontoados de correspondência. Seu notebook está no sofá, ao lado de uma manta azul da qual ainda me lembro. Eu costumava brincar com as franjas quando lia para Brice e Lindsay.

— Aqui está... meu palácio — Jeremiah diz com um sorriso.

Tira o casaco de couro preto e espera que eu tire o meu e entregue a ele, para pendurar os dois no armário e virar-se novamente para mim.

Segue-se um silêncio constrangedor, como se não houvesse um assunto sequer sobre o qual possamos conversar. O que é estranho, pois no caminho ele falara o tempo todo sobre suas viagens ao exterior, as palestras que dava em universidades e como o mundo dos museus havia mudado — todos tópicos seguros e pouco interessantes que me acalmaram a ponto de me sentir entediada.

— Há quanto tempo mora aqui? — pergunto.

Trata-se de um espaço muito típico de Jeremiah — os aromas culinários, a desordem casual, as obras de arte —, tudo exatamente como antes. Menos Grant e Carly, é claro. E os gêmeos. Ocorre-me que seria esse o tipo de lar que haveríamos tido juntos.

— Uns dez anos, eu acho. Moramos na Alemanha por algum tempo, depois que os gêmeos terminaram o colegial e, quando voltamos a Nova Iorque, nos mudamos para cá. — Seus olhos brilham e ele segura meu braço. — Dê uma olhada em tudo. Aposto que vai reconhecer os móveis. Tenho dificuldade de jogar qualquer coisa fora.

Exceto a mim, penso em dizer. *Isso, você fez de maneira brilhante.*

Jeremiah vai até a cozinha, dizendo por cima do ombro:

— Aceita um chá? — Quando digo que sim, ele acrescenta: — Falando sério, por favor, fique à vontade.

Ando pelo apartamento, espio o minúsculo banheiro de azulejos pretos e brancos e o quarto, que fica ao lado da cozinha e é grande, mal iluminado, com uma cama desfeita bem no meio do aposento. A cama de Jeremiah sempre fora uma grande bagunça, se bem me lembro. Podíamos estar prestes a ter uma parada cardíaca, tamanho era o desejo de um pelo outro, mas tínhamos de parar e retirar roupas, livros, papéis de cima da cama, antes de nos atirarmos nela e fazermos amor. E aqui estamos. Este quarto é tão parecido com o antigo, até os cheiros são os mesmos. As roupas dele estão espalhadas por todos os lados. Eu poderia ir até a cama, apanhar o travesseiro dele e apertá-lo contra mim. Poderia me deitar ali e fechar os olhos, e o tempo simplesmente não teria passado.

Ele fala comigo da cozinha, tagarelando para me deixar à vontade, mas mal ouço o que ele diz porque, de repente, preciso me sentar. Sento-me no chão do quarto, a testa apoiada nos braços, completamente tomada pela emoção. Tudo volta à minha mente de uma só vez: sua voz, este lugar, seu jeito de me olhar, a facilidade de me fazer rir e, claro, a maneira horrível como me deixou. E, então, há só *desejo*. Quero Jeremiah. Ergo os olhos para a cama e sinto medo de que, dentro de alguns minutos, nós dois estejamos ali, rolando juntos como se vinte e seis anos não fizessem a menor diferença.

Em seguida, tenho medo de que isso não aconteça.

Vejo fotos dos gêmeos nas paredes — como bebês com rostinhos risonhos, como crianças em idade escolar e como jovens adoráveis. Lembro-me das mãozinhas gorduchas de Lindsay nas minhas e da risada de Brice. Então, vejo o porta-retratos com a fotografia de Carly em preto e branco sobre a mesa de cabeceira. Levanto-me, vou até lá e pego a foto na qual ela usa uma boina francesa, com finas mechas de cabelo escapando, e encara a câmera com seus olhos imensos e expressivos, os lábios simulando um beijo.

Dano colateral.

Foi assim que Jeremiah se referiu a ela, então. Carly e Grant seriam nossos danos colaterais.

— Prefere chá-preto ou de ervas? — ele pergunta da cozinha. — Tenho camomila e... deixe-me ver... chá para dormir. *Este*, provavelmente, não é uma boa ideia.

— Chá-preto, por favor. — O olhar de Carly na foto é triste. Pigarreio e pergunto: — Jeremiah, Carly ficou sabendo de nós dois?

— Meu Deus, não! Quero dizer, eu acho que não.

Pego o porta-retratos e vou até a porta da cozinha, onde ele está tirando duas xícaras do armário e colocando sobre o balcão.

— Como *acha* que não? Como pode não saber ao certo?

Eu havia me esquecido de que Jeremiah é um homem doméstico, movimentando-se com confiança na cozinha, concentrado no que faz.

Ele me vê e sorri.

— Ora, Annabelle, talvez você tenha se esquecido de como era meu relacionamento com Carly. Fazíamos questão de não conversar sobre nada além do fato terrível de que eu não trabalhava tanto quanto ela.

— Naquele dia, na estação, você me disse que não ia deixá-la, que voltaria para casa. E então, o que aconteceu? Você simplesmente se sentou para jantar com ela e agiu como se nada houvesse acontecido?

— No mundo de Carly, nada havia acontecido.

— Quero saber de você. Estava triste? Zangado? Deu algum motivo a ela para ao menos suspeitar de leve que havia chegado muito perto de perder você?

Jeremiah despeja água fervendo no pequeno bule e, por um instante, o vapor obscurece sua expressão. Quando finalmente me responde, sua voz soa aborrecida.

— Ora, quem poderia adivinhar o que ela sabia, Annabelle? Que diferença isso faz? Voltei para casa e, provavelmente, os gêmeos precisavam de um banho e Carly, sem dúvida, queria ficar sozinha. Provavelmente, jantamos, fomos dormir, acordamos no dia seguinte. O tempo passou. O que posso dizer? Por que as mulheres gostam tanto de relembrar tantas vezes esse tipo de coisa? — Ele sorri. — Para quê? Venha, vamos tomar nosso chá e, então, quero lhe mostrar uma coisa.

— Não — protesto, e nós dois nos sobressaltamos com meu tom de voz. — Não. Como pode falar assim? Essa questão é *importante.*

— Não, não é, não no esquema geral das coisas. — Entrega-me uma xícara de chá e murmura. — O que *é* importante, e sempre será, é que você e eu quase construímos uma vida juntos. E quando isso não aconteceu, quando decidi fazer a chamada *coisa certa*, não importava se Carly sabia ou não, porque o cerne da questão era que você e eu não ficaríamos juntos. E isso causou sofrimento a nós dois por muito tempo. Agora, cá estamos nós, com aparentemente uma única tarde para passarmos juntos, pelo resto de nossas vidas. Sinceramente, não acho que deveríamos passá-la revivendo um passado doloroso.

— Então, nada aconteceu? Nenhuma repercussão?

— Qual é o problema, Annabelle? Quer ter a certeza de que você não foi a única que teve de sofrer? É isso? Se serve de consolo, eu também sofri. Tive de viver com aquela mulher pelo resto da vida dela, sabendo que nunca mais teria *você*. Não é sofrimento suficiente para um homem? — Tira a foto de minhas mãos e a coloca na mesa, virada para baixo. — Por favor, Annabelle querida, vamos mudar de assunto. Deixe-me mostrar o que guardei para você. — Passa um braço em torno de meus ombros e me conduz à sala. — Prometo que vai gostar.

Relutante, deixo-me levar até a escrivaninha que, um dia, tanto me fascinou, simplesmente por ser dele. Lembro-me de ficar maravilhada com os lápis, e da noite em que lambi um deles. Deus, eu era tão jovem!

— Eu estava esvaziando algumas velhas caixas e encontrei isto. Lembra-se?

Com os olhos brilhando, ele abre uma gaveta e retira um exemplar de *Cachinhos de Ouro e os Três Ursos* e estende para mim com um floreio. *Cachinhos de Ouro* havia sido riscado por um pincel atômico e substituído por *Cachos*.

— Ora, é claro que me lembro.

A capa exibe três ursos sentados em uma cama junto a uma criança loira. Carly insistira para que eu não só trocasse o nome, mas também desenhasse um boné sobre os cabelos de Cachinhos de Ouro para que ela se parecesse com um menino. Cachos. Por que aquele único livro não fora devolvido? Certamente, havíamos nos esquecido dele.

— A incursão de Carly na literatura infantil feminista — Jeremiah murmura com um sorriso. — Lembra-se de como ela obliterou todos aqueles livros e, então, você e eu tivemos de contar à dona do berçário o que ela fizera?

— Bem, não foi exatamente...

— Que injustiça para conosco, não? Mas sabe do que me dei conta? Sem esse ato específico de rebeldia de Carly, você e eu talvez nunca houvéssemos nos unido. *Esse* foi o início de tudo. Viva *Cachinhos de Ouro e os Três Ursos*!

— Não, não. Espere, Jeremiah. Não foi assim que começamos. Não se lembra? Carly me obrigou a sentar com ela uma noite e riscar tudo o que ela considerava machista e, no dia seguinte, *eu* tive de devolvê-los antes que a dona do berçário desse pela falta. Só que ela me pegou em flagrante e ficou furiosa. Foi horrível. Lembra-se de que ela nos disse que não cuidaria mais de Brice e Lindsay, e nós dois voltamos para casa, tentando pensar no que fazer com as crianças?

Abro o livro e vejo as marcas pretas que eu mesma fiz, minha caligrafia alterando as palavras, e tudo o que aconteceu naquela noite volta à minha mente — Carly me advertindo de que os homens sempre tentariam roubar meu poder, eu me sentindo tão jovem e insegura, mas fazendo o jogo dela apenas para ser simpática. Por que, naquela época, eu estava sempre tentando ser simpática?

— Bem — diz Jeremiah —, você pode ter feito as marcas, mas acho que finalmente descobri *por que* ela forçou você a fazê-las. E, acredite, não foi pelo bem do feminismo.

Ele atravessa a sala, senta-se no sofá e sorri para mim. Conheço essa sua tática: afastar-se de mim para me fazer ir até ele. É um jogo de gato e rato. No entanto, estou muito zangada.

— Ela disse que tínhamos de alterar os livros porque eram machistas demais — protesto. — Fez um longo sermão a respeito de machismo e poder, sobre os homens querendo tirar o meu poder.

— Não. Não foi essa a verdadeira razão. Carly não queria que eu terminasse de escrever meu romance, e sabia que eu estava muito perto do final. Por isso, *queria* que os gêmeos fossem expulsos do berçário. Se eles tivessem de ficar em casa, eu teria de cuidar deles e, assim, não teria tempo de escrever meu livro até o fim da minha licença. Carly foi muito maquiavélica, muito *Carlyesca* por assim dizer.

— Mas, Jeremiah, ela ainda nem sabia que você estava escrevendo um romance. Não se lembra? Era o *nosso* segredo.

— Ela era uma peça rara — ele comenta. — Fazia tudo para que as coisas fossem exatamente como ela queria.

Ora, ele não se lembra sequer do dia em que começou a escrever o romance, quando nos sentamos juntos no chão e conversamos sobre o livro. Foi o dia em que ele se deu conta de que escrever um romance era o que ele mais queria fazer. E Carly não fazia a menor ideia! Só eu sabia. Fomos nós dois que chegamos à conclusão de que era o que ele tinha de fazer. De repente, percebo quanto ele parece admirar essa visão da Carly que acaba de conjurar. Teríamos contado histórias tão diferentes a nós mesmos? Somos, agora, uma história de amor que começou porque Carly não queria que Jeremiah escrevesse? Não, não, não.

Sei que deveria abandonar o assunto, mas não posso.

— Deixe-me lembrá-lo — digo pacientemente, sentando-me na poltrona do outro lado da sala e colocando o livro na mesa de centro entre nós. — Foi a *mim* que Carly pediu para cuidar dos gêmeos. Lembra-se? Como eu não estava mais pintando, ela achou que eu estava disposta a retribuir nossa estadia, minha e de Grant, cuidando das crianças. E se mostrou muito zangada comigo por ter abandonado minha arte.

Jeremiah sorri e fala com voz macia como seda, inclinando-se para frente como se quisesse me tocar.

— Sim! Essa era a Carly que interagia com você. Ela sempre tinha opiniões fortes sobre o que cada um deveria fazer com sua vida. Mas fomos mais espertos que ela, não fomos? Carly não se deu conta de que *você* não só era bonita e que estava disposta a ir para a cama comigo, mas também *muito* interessada em ouvir minha prosa estúpida e até mesmo me dizer que era maravilhosa. — Os olhos dele brilham. — Annabelle, por favor, venha se sentar ao meu lado. Ainda não acredito que estou vendo você aqui. Nunca imaginei que isso aconteceria. Nós, juntos novamente. Mesmo que seja por pouco tempo, preciso ter você perto de mim.

Sacudo a cabeça e fico onde estou.

— Ora, vamos, não fique brava. Muito bem, digamos que você esteja certa. Carly queria que *você* cuidasse dos gêmeos. Não sabia do romance. Está bem assim? Entendi tudo errado.

— Não. Esqueça. Desculpe.

Ficamos ali sentados em silêncio por algum tempo. Então, ele diz:

— Bem, eu me lembro das coisas importantes: você e eu fazendo amor pelo apartamento enquanto as crianças dormiam, todas as vezes que quase fomos apanhados em flagrante.

Volta a sorrir e acaricia o livro como se fosse um talismã sagrado do passado, o Cálice Sagrado. Ouço o radiador estalar e sinto o calor do aquecedor, coisas da vida doméstica. Sinto-me enfraquecida pela mistura de sentimentos — decepção, desejo e algo que drena toda a esperança que acalentei por tantos anos. Olho para Jeremiah e me pergunto se fui apenas mais uma de muitas amantes que ele teve durante seu casamento com Carly, um casamento que, agora, acredito ter sido sempre indestrutível. Por que não percebi isso na época?

— Muitas vezes, eu me perguntei o que significávamos de fato um para o outro — falo devagar.

Ele olha para mim e sorri. A mim, parece um sorriso ensaiado, daqueles que se esperaria de um ator.

— Sabe o que eu acho? — ele murmura. — Você me salvou. Acho que adrenalina, especialmente a adrenalina sexual, é uma droga capaz de impedir que uma pessoa chegue ao fundo do poço. Você e eu... o sexo que eu tinha com você pode ter salvo minha vida.

— Então, devemos pensar no que aconteceu simplesmente como sexo? Você está dizendo que foi a adrenalina que o salvou, não eu.

— Não, não, não! Foi você. Por que está levando tudo o que digo para o lado errado? Você, Annabelle, foi a *causa* da adrenalina. Estou tentando dizer que você me salvou. Ainda não sei se poderíamos ter continuado juntos pelo resto da vida, mas foi ótimo enquanto durou.

Seu sorriso é triste e, subitamente, ele parece cansado. Pela primeira vez desde que nos reencontramos, percebo quanto envelheceu, quanto mudou. Ele fica em silêncio, esfrega as mãos no rosto com força e suspira.

O silêncio que se faz entre nós parece demarcar alguma coisa. Estou chocada com quanto me sinto vazia. Observo Jeremiah se levantar e ir até a cozinha, caminhando lentamente. Provavelmente, sou um problema maior do que ele esperava. *Jeremiah não se lembra de como era.*

Estar aqui é um grande erro. Ouço ruídos na cozinha. Ele está lavando sua xícara. Lembro-me de quando ele costumava esconder a louça suja no forno, em um ato de rebelião contra as regras de Carly. De repente, quero sair e respirar ar fresco, afastar-me desta visão das coisas. Quando volta da cozinha, Jeremiah traz uma foto de Carly, dizendo algo como *"Foi tirada dois dias depois de termos descoberto que o câncer estava em remissão. Renovamos nossos votos. Ela disse que tínhamos de fazer isso. Eu não queria, mas foi... emocionante. Estive ao lado dela no final de sua vida, como deveria ter estado sempre".*

Meu sangue lateja nas veias com tamanha intensidade, que mal compreendo o que ele diz. Então, ele reconhece algo em meu rosto que o faz se aproximar e tocar de leve minha face, dizendo:

— Fiz você se zangar. Desculpe, Annabelle. Eu não queria magoá-la de novo.

— Tudo bem. Eu só achava que... achava que nós dois tínhamos enxergado a situação da mesma forma, mas não foi assim. — Olho para ele e vejo seu rosto tomado pela dor. — Simplesmente não suporto ouvir você chamar de adrenalina o que foi amor. E *foi* amor. Um grande amor. E me agarrei a ele por todos esses anos, mesmo estando certa de que nunca mais voltaria a vê-lo; eu pensava em você, sonhava com você, e quando as coisas ficavam difíceis para mim, eu me lembrava de que *você* havia me amado, de verdade, e essa lembrança me dava força para seguir adiante. Agora, você me traz aqui, insiste para que eu venha, e tenta agir como se tivéssemos alguma substância química tóxica no sangue, ou algo parecido. O que está me dizendo é que teria sido um erro horrível ficarmos juntos.

Ele sorri com os olhos cheios de lágrimas.

— Não, não teria sido um erro. Nós teríamos construído uma vida juntos, mas também teríamos magoado muitas pessoas. Também senti sua falta. *Ainda* sinto, Annabelle.

— Mas não como eu senti a sua. Durante muito tempo, acreditei que não conseguiria viver sem você.

— Mas conseguiu.

Mesmo ligeiramente tonta, sou obrigada a concordar.

Jeremiah ri e toca meu nariz com o indicador. Fitamos os olhos um do outro, e penso que vamos nos beijar outra vez, que provavelmente iremos para o quarto, tiraremos tudo o que está sobre a cama, nossas roupas, e faremos amor pela última vez. Não será como foi um dia; ora, não será sequer como imaginei que seria esta manhã. Ainda assim, poderia acontecer, como numa peça de teatro. Sinto-me mergulhar naqueles olhos azuis e profundos. Então, a eletricidade se faz sentir entre nós, mas é *ele* quem resiste. O beijo suave que deposita em meu nariz é de adeus.

— Bem — ele diz —, nós dois vivemos, não é? Temos esse passado maravilhoso juntos para guardar na memória. É muito mais do que a maioria das pessoas tem. E, se eu a feri, sinto muito, mesmo. Eu estava muito confuso na época. Talvez devesse ter sido colocado em quarentena como ameaça à sociedade.

Afasto-me dele. A temperatura de meu corpo parece ter caído quinze graus. Estou prestes a começar a tremer.

— Foi bom você não ter sido posto em quarentena. Eu te amei tanto em meio a tudo o que aconteceu.

— Mas não me ama mais.

Ele está errado. O amor que tenho por ele encontra-se agora em um cantinho de minha mente, diminuído pelo tempo e pela realidade. Perdeu parte do brilho de sua promessa, mas está lá.

Permito-me beijá-lo, mas vou embora sem ter ido para a cama com ele. Tenho de caminhar por vários quarteirões antes de poder admitir que fui até lá faminta pelo drama que sempre o cercou, que desejei a sensação exaltada de amar e ser amada mais uma vez. Sinto-me tão solitária no que diz respeito ao amor. Sou obrigada a parar por um momento e me apoiar contra a parede de um edifício. Observo um mendigo que espera calmamente, aproximando-se de cada pessoa que passa, pedindo moedas. Então, em meio a tudo aquilo — o mendigo e as pessoas que sacodem a cabeça em negativa e continuam andando, deixando-o ali parado, o sol banhando a cena —, tenho a certeza de que o autocontrole foi a melhor coisa que poderia ter acontecido, que ficarei bem e que não há nada de errado em continuar amando Jeremiah, só um pouquinho, ou mesmo muito, sem fazer nenhuma coisa a respeito.

CAPÍTULO DEZESSEIS

1980

A coisa mais louca nessa história foi que, quando saí da estação de trem naquele dia, eu acreditava que Jeremiah correria e me alcançaria, que a qualquer momento eu fosse sentir sua mão em meu ombro e, quando me virasse, ele estaria sorrindo para mim. "Mudei de ideia", ele diria. "Como eu poderia jogar tudo isso fora?" Ou talvez ele dissesse que tudo não passara de um teste — um teste do meu amor.

Quando começou a escurecer e meus braços e pernas começaram a doer, entrei em um restaurantezinho ao qual nunca fora antes e me sentei a uma mesa no fundo do salão, sozinha. Foi a primeira vez que estive em um restaurante sozinha. Fiquei ali sentada durante muito tempo, deslizando os dedos pelas iniciais entalhadas na mesa de madeira. Quando a garçonete se aproximou pela terceira vez, pedi uma porção de fritas e pudim de tapioca e fiquei surpresa quando, alguns minutos depois, foi exatamente o que ela depositou na mesa à minha frente. Meu irmão costumava chamar tapioca de "pudim de olho de peixe" quando éramos pequenos, só para me deixar com nojo e poder comer a porção dele e a minha.

Ouvi conversas de pessoas normais e observei pela janela distante as luzes que surgiam e se dissipavam, verdes e vermelhas piscando, faróis passando. A porta se abria e se fechava, grupos chegavam e saíam. A certa altura, percebi que chegavam molhados. Estava chovendo. Vi a água escorrer pelo vidro, distorcendo os luminosos de néon e os faróis dos carros. Um trovão fez as luzes piscarem, mas elas permaneceram acesas.

Pensei que talvez devesse ligar para Grant. Se dissesse a ele que eu havia sofrido alucinações e implorasse seu perdão, ele viria me encontrar e me levar de volta para casa? Provavelmente, estava sofrendo muito, agora. Poderíamos sofrer juntos e superar a dor, apoiando-nos um ao outro.

Ele havia sido claro ao dizer que eu não poderia voltar. Não havia a menor possibilidade que me deixasse chegar perto dele outra vez. Afinal, o que eu havia feito fora horrível.

Quando a chuva parou, arrastei minhas malas para fora da lanchonete e fui para um hotel perto dali. Tinha um pouco de dinheiro e foi quase uma surpresa me dar conta de que não teria de ligar para ninguém e explicar que precisava de um lugar onde ficar, até descobrir o que fazer a seguir.

Dormi em lençóis brancos engomados, em um quarto de paredes bege, com o barulho do trânsito ferindo meus ouvidos. No dia seguinte, liguei para minha mãe de um telefone público no saguão do hotel e contei o que havia acontecido, esperando que ela insistisse para que eu voltasse para casa, o que ela não fez. Naquele momento, meus pais estavam se divorciando de fato, e mamãe havia se apaixonado por outro homem. "Este é para sempre", disse ela.

— Ah, querida, você vai ficar bem — garantiu. — Acredite. Sei o que estou dizendo.

— Sinto falta de Grant — lamentei. — Magoei quem me amava de verdade, e quero que você me ofereça sua simpatia maternal.

Ela riu e replicou:

— Quem se casa aos vinte anos nem sequer sabe o que é amor. Essa fase é só uma parte do processo de amadurecimento pelo qual você tem de passar, mas é melhor que aconteça agora, enquanto é jovem, do que mais tarde, quando for velha como eu. Eu me casei com seu pai quanto tinha vinte anos e demorei vinte e três para conseguir me libertar do casamento.

— Nenhuma outra mãe diria algo assim.

Ela pareceu considerar meu comentário por um instante.

— Porque eu digo a verdade — concluiu. — Acho que você deve aproveitar o verão para encontrar um trabalho que a agrade e se divertir um pouco. Se no outono ainda quiser voltar para a Califórnia, venha.

Quando meu dinheiro estava prestes a acabar, consegui um emprego como garçonete em um restaurantezinho no centro da cidade, o tipo de lugar repleto de turistas. Fiz amizade com duas outras garçonetes, Mona e Brianna, e nós três passamos a morar juntas em Hell's Kitchen. Por algum tempo, foi como se eu estivesse de férias, com um trabalho temporário de verão. Vivíamos de comida de restaurante, macarrão instantâneo, refrigerantes e biscoitos, e o apartamento vivia cheio de música, bagunça e drama, dia e noite. Drama era o que não nos faltava. Sempre havia uma de nós recebendo alguma visita, enquanto outra passava por alguma crise ou fim de relacionamento. Eu nunca havia experimentado tamanha sobrecarga de emoções, ou estado em contato tão intenso com meus sentimentos.

À noite, quando saíamos do trabalho, íamos a boates que Mona e Brianna conheciam: lugares com música alta, de batidas fortes e rápidas, e um grande globo que refletia pontos de luz que percorriam o chão e as paredes. Nós fumávamos, bebíamos e dançávamos, partilhávamos roupas, maquiagem, comida e gargalhadas.

Uma vez — nunca contei isso a ninguém, nem mesmo a Magda — voltei ao antigo apartamento, onde eu havia morado com Grant, e usei a chave que guardara para entrar. Ele estava trabalhando, claro. Eu só queria me lembrar dele, tocar seus pertences. Abri a geladeira e examinei os alimentos que ele comeria, pousei a mão sobre a cafeteira que ganhamos de presente de casamento, fui até o quarto e vi suas camisas penduradas no armário, todas impecáveis. A última coisa que fiz foi deitar minha cabeça no travesseiro dele, na cama de uma mulher má. Tirei os sapatos e fiquei ali deitada, sentindo o cheiro de Grant me envolver.

Antes de sair, lavei os pratos, limpei o banheiro e deixei o produto de limpeza que usei sobre o balcão. Queria que ele ficasse confuso, tentando se lembrar se ele mesmo havia limpado. Imaginei se ele se perguntaria *"Annabelle esteve aqui?"*. Não, ele nem desconfiaria. Pensei em escrever "sinto sua falta" com batom no espelho, mas Grant detestaria. Ora, ele me odiava. Por que piorar ainda mais as coisas?

Saí do apartamento e voltei para casa.

Depois disso, mudei minha aparência, comecei a desfiar os cabelos e usar blusas de lantejoulas e calças muito justas. Aprendi a dançar. Era capaz de carregar vários pratos quentes e servir café sem derrubar uma só gota — e a cada dia minha vida como esposa de Grant e amante de Jeremiah parecia mais e mais distante. A única coisa que não conseguia era gostar de alguém *daquele jeito*, como Grant um dia explicara com tanto charme. Embora houvesse homens aos montes, eu não fazia sexo. Não queria. Na única vez em que tentei dormir com um rapaz, explodi em lágrimas assim que tiramos nossas roupas, e ele praticamente decolou do apartamento.

E, um dia, quando eu começava a me cansar daquele tipo de vida, Magda telefonou dizendo que iria a Nova Iorque para uma entrevista de emprego em uma pequena editora. Havia se formado — dei-me conta de que eu também teria terminado a faculdade àquela altura — e queria sair da Califórnia e viver na Costa Leste.

Tivemos um encontro histérico depois da entrevista. Os cabelos de Magda estavam curtos, ela usava colar de pérolas e salto alto. Não se parecia em nada com a garota do alojamento capaz de fumar a maior quantidade de maconha sem cair, e que uma vez ficara de pé em minha cama, durante uma "viagem de ácido", gritando que era a filha abandonada de Jimi Hendrix e Janis Joplin.

— Olhe para você! — comentei. — Parece garota propaganda do encontro do mundo feminino com a América corporativa.

— E olhe para *você*! Parece uma artista!

Eu estava usando *legging*, blazer rosa-choque com ombreiras e um colar de contas verde-limão. Meus cabelos estavam frisados, presos em um rabo de cavalo lateral e amarrado com uma gravata masculina. Era óbvio que ela estava tentando se adaptar à novidade.

— Garçonete — corrigi. — E, talvez, rainha da discoteca.

Levei-a em um *tour* pela cidade e, depois, para meu apartamento, onde ela conheceu Brianna e Mona, que haviam acabado de acordar. O lugar cheirava a cinzeiros sujos e cerveja azeda. Brianna esquentava os restos de uma pizza, enquanto Mona procurava pelo vidro de analgésico em uma pilha de roupa suja. Magda disse que era igualzinho ao nosso antigo quarto no alojamento da faculdade. Emprestamos roupas confortáveis a ela e a ensinamos como usar sombra azul nos olhos, e ela se comportou como se achasse tudo aquilo muito interessante, embora eu pudesse reconhecer o choque em seu olhar.

Quando pegamos o metrô para o aeroporto, ela perguntou:

— E então, por qual deles você está sofrendo mais, Jeremiah ou Grant?

— Nenhum dos dois. E não estou sofrendo. Estou me divertindo.

— Não, não está. Já vi você se divertir e sei que não é o caso, agora.

Fixei o olhar nos cartazes presos às paredes da estação e fingi não ouvir.

— Não acho que Jeremiah jamais seja capaz de se resolver, mas tenho certeza de que Grant a aceitaria de volta se você quisesse. Acho um bom sinal o fato de ele ainda não ter entrado com o pedido de divórcio.

— Provavelmente porque é ocupado demais para procurar um advogado.

— Talvez não seja essa a razão. Ele pode estar esperando para ver se você vai voltar. Não haveria mal algum em você se certificar.

— Acontece que não quero voltar. Estou muito bem sem ele.

— Tudo bem, eu não ia dizer nada, mas não acredito na vida que você está levando! Não pensa seriamente em continuar assim, pensa? Esta é só uma fase, certo?

— Na verdade, estou pensando em voltar para a Califórnia, no outono.

— Não, não, não volte. Fique aqui comigo. Vamos nos dar muito bem nesta cidade. Quando for contratada, conseguirei trabalho para você, também, e poderá voltar a ser artista.

— Mas já nem sei se ainda sou uma artista. O que consegui realizar em matéria de arte? Nada.

— E daí? Acha mesmo que sua vocação é ser garçonete? É o que você quer?

— Fique sabendo que, outro dia, carreguei sete pratos de uma só vez.

— Não vou me dar ao trabalho de comentar o feito. — Magda olhou em volta e percebi que ela não usava mais as pérolas, mas seus cabelos eram lisos e brilhantes, e ela não seguira nossa sugestão de usar sombra azul. — Gosto muito desta cidade. Acho que é meu destino viver aqui por algum tempo. E quem sabe? Talvez eu tenha sido mandada para cá pelo Universo — ou por sua mãe — para ajudar você a encontrar o seu caminho.

— Deve ter sido pelo Universo, porque sei que não foi minha mãe. Ela acha que minha fuga foi brilhante.

* * *

Um mês depois, Magda e eu dividíamos um apartamento, e eu trabalhava na editora como assistente do diretor de arte, um homem maravilhoso que me deixava desenhar e me encorajava, embora meu trabalho fosse datilografar e arquivar. Magda era uma desenhista de futuro, e me pressionava para conseguir mais e mais trabalhos de ilustração, até que finalmente fui promovida. Estávamos muito bem. Magda sempre fora mais ousada do que eu, atenta a oportunidades que eu nem sequer notava, e mesmo em Nova Iorque ela parecia possuir um instinto para se adaptar ao sistema. Fazia questão que nos arrumássemos para trabalhar e que adotássemos postura profissional, fazia amizade com pessoas da área que demonstravam ter futuro, gente que eu teria riscado de minha lista por estarem muito acima do meu nível. Frequentávamos festas e lançamentos de livros. Fazíamos as unhas. Ela saía com uma porção de rapazes e parecia gostar que fosse assim. Por algum tempo, saí com Henry, que, segundo Magda, era parecidíssimo com Grant, mas não tão adorável e sem diploma de mestrado. Eu disse a ela que gostava de Henry porque ele era tímido demais para fazer qualquer coisa além de me beijar. Uma vez, ergueu a mão até a altura dos meus seios, talvez esperando que eu em inclinasse para colocar um deles em sua mão, mas quando percebeu que eu não faria isso, retirou a mão delicadamente. Mais tarde, eu disse a Magda que aquela característica era o que tornava Henry perfeito para mim, e ela retrucou que aquela fora a frase mais triste que ela jamais ouvira de mim.

Magda tinha seus próprios problemas. Envolveu-se com um homem que queria se casar, e nós duas passamos boa parte de nosso tempo livre discutindo o que havia de errado com ela, por não querer se casar com ele.

— Por que não consigo sentir algo mais profundo por alguém? — ela indagou uma noite. — Ele é um amor, me trata muito bem. Vai ser rico, a mãe dele gosta de mim, e ele quer ir a Paris em nossa lua de mel. Mesmo assim, fico me perguntando como posso saber se serei capaz de suportá-lo pelo resto da vida.

— Não olhe para mim! — protestei. — Sou a última pessoa capaz de dar conselhos sobre esse assunto. A única coisa que posso dizer é que, se você já pensa assim agora, as chances de isso acontecer são enormes.

— Mas eu *sempre* penso assim. Aliás, não acho que exista no mundo alguém que eu consiga suportar, se eu souber que será para sempre.

— De certa forma, eu gostava do casamento — confessei. — Algo muito gostoso acontece quando se tem um parceiro.

— É mesmo? — Magda indagou. — Então, o que aconteceu com você e Grant? Já falamos muito disso, mas nunca chegamos ao cerne da questão. O que aconteceu com o seu casamento? Simplesmente deixou de amá-lo, ou nunca o amou de verdade?

Estávamos arrumando a cozinha do jantar — comida chinesa, nossa preferida nas noites de domingo, quando ficávamos em casa e nos organizávamos para a semana. Foi estranho: quando Magda perguntou, lembrei-me com clareza de como me sentia fascinada por Grant, como achava tudo o que ele fazia engraçado e desastrado e, ainda assim, adorável. Pensei nas mãos enormes e hábeis, no rosto sério que se iluminava quando ele se empolgava, e em como eu me sentia quando o via depois de termos passado algum tempo separados. O jeito tímido e desajeitado com que ele me pediu em casamento, o que senti ao vê-lo no aeroporto, quando fui encontrá-lo em Nova Iorque, a sensação de segurança por poder estar com ele e ser eu mesma, sem precisar fingir.

— Eu amava Grant de verdade — murmurei devagar.

— Até se apaixonar por outro homem.

— Não, não. Quer saber a verdade? Amei os dois, todo o tempo. E acho que ainda amo.

Ela riu.

— Está dizendo que ama os dois?

— Sim. Cada um deles despertou uma parte diferente em mim, mas eu poderia ter sido feliz com qualquer dos dois. Eu nem havia planejado deixar Grant. Fiz isso porque Jeremiah estava tão infeliz, mas minha escolha teria sido continuar exatamente como estávamos, eu amando os dois.

— Você é única! — Magda murmurou com um sorriso. — Como minha avó costumava dizer: "Não se pode ter tudo". E você não pode ter os dois.

— É o que parece, mas por que não? Os dois são criaturas tão...

— Não, não, não — ela interrompeu. — Essa linha de raciocínio vai levar você à loucura. Acho que precisa decidir o que realmente quer da vida, para então fazer acontecer. O que você, Annabelle McKay, realmente quer?

— Quero voltar para Grant — respondi de pronto, dando-me conta de que essa era a mais pura verdade, que eu sentia falta de ter alguém que se importasse comigo, sem dramas nem loucura, um homem que oferecesse constância e firmeza.

— Nesse caso, é nesse sentido que precisa se esforçar — Magda concluiu.

— Ele nunca vai me aceitar de volta. A única coisa que disse foi que eu jamais poderia voltar. Talvez já esteja saindo com outra.

— Bem, até vocês se divorciarem, tudo é negociável.

Depois disso, decidi que o encontraria na rua, um dia, acidentalmente, mas de propósito. Não seria difícil, uma vez que eu me lembrava dos hábitos de Grant. Ele gostava dos *bagels* de passas com canela de uma padaria na esquina de nosso antigo apartamento, e por três manhãs de sábado consecutivas eu me plantei na padaria, na esperança de que ele aparecesse. Não apareceu. Então, decidi ser mais ousada e passei a ficar por perto da estação de metrô em que ele descia — e numa noite chuvosa de sexta-feira, bingo! Ele emergiu da estação carregando uma valise e um guarda-chuva, caminhando depressa e de cabeça baixa. Vestia calça cáqui, camisa azul amarrotada e suéter, e seus cabelos brilhavam à luz dos postes. Passou por mim sem nem sequer erguer os olhos.

Voltei para casa e disse a Magda que era óbvio que Grant me odiava.

— Não posso acreditar que ele não me viu ali — desabafei.

— Ora, é claro que ele te odeia — ela respondeu, em tom animado. — Você roubou o coração do pobrezinho, pisou em cima, atirou para cima e deixou cair no chão outra vez, só para pisar nele de novo. — Segurou meus ombros e me sacudiu. — Garota, você traiu Grant com o melhor amigo dele. Acha que ia mesmo querer um homem que te aceitasse de volta, sem mais nem menos? Ele vai te ignorar por quanto tempo puder. Vai ter de lutar por ele.

Então, um dia, ela chegou a casa e anunciou:

— Muito bem, liguei para Grant hoje, e ele concordou em ver você.

— Você fez o quê?

Larguei a bolsa no sofá e me deixei cair ao lado dela.

— Telefonei para Grant — Magda repetiu. — Disse que vocês deveriam conversar. Inicialmente, ele disse não, mas então suspirou e concordou. Quer encontrar você no *Donovan's Coffee Shop* no sábado de manhã.

Eu suava frio quando cheguei lá, e meus cabelos estavam armados e eriçados, mas ele parecia — sou obrigada a dizer — ainda mais terrível. Aparentemente, não dormia, nem passava as camisas antes de vesti-las. Minhas roupas eram um pouco chamativas demais para o horário, mas vesti saia porque sabia que ele gostava de minhas pernas.

Percebi que as mãos dele tremiam, quando ele abriu o pequeno sachê de creme para despejar no café. Não me encarou, mas, quando desviei o olhar, senti que ele me estudava.

— Como está o trabalho? — perguntei.

— Por que ainda usa sua aliança? — ele perguntou, apontando para minha mão.

— Eu... não sei. — Retirei a mão da mesa e a pousei na coxa. — Como está o trabalho?

— O mercado dos historiadores das relações trabalhistas nunca esteve melhor.

— Ótimo — eu disse.

Contei a ele que estava "fazendo minha arte", algo que ele sempre insistira que eu fizesse.

— E está morando com Magda? Se bem me lembro, não era esse o plano original.

— Sim. Acho que você já sabia que não deu certo comigo e Jeremiah.

— Foi o que calculei.

— Ele não... naquele dia... ele não contou a Carly. Ele...

— Por favor. — Grant ergueu a mão. — Não quero ouvir os detalhes.

— Claro. Desculpe. E então, como estão as coisas com você? Está saindo com alguém?

Ele me encarou por um longo momento, como se aquela fosse uma pergunta impertinente, que eu não tinha o direito de fazer. Então, pigarreou e disse que sim, que estava saindo com alguém.

— Ela está morando com você?

— Você sabe que não acredito nesse tipo de coisa.

— Certo. E onde a conheceu?

Mais um longo momento se passou antes que ele dissesse:

— Em uma conferência.

— Interessante! E, agora, ela está em Nova Iorque? Ela se mudou para cá por sua causa, como eu fiz?

— Annabelle... — Grant sacudiu a cabeça, exasperado, e riu. — Ela sempre viveu aqui. É historiadora, também.

— Ah, então vocês conversam sobre estatísticas trabalhistas o tempo todo? Deve ser divertido.

— Por que está fazendo isso? — ele inquiriu. — Que motivo você pode ter para fazer isso?

— Talvez porque queira me desculpar.

— Totalmente desnecessário. Você fez o que tinha de fazer. Acho que chegou a hora de pensarmos no futuro e decidir o que vamos fazer.

— Em que sentido?

— No sentido legal. Se não somos exatamente marido e mulher, por que não oficializar a situação?

Bebi um longo gole do meu chá, ganhando tempo para pensar no que dizer.

— Seus pais me odeiam? Aposto que sua mãe disse que você deveria simplesmente se divorciar e me esquecer, não foi?

Após um instante de hesitação, ele assentiu.

— Seu pai preferiu a cautela e sugeriu que você esperasse algum tempo.

— Ora, é como se você estivesse na sala quando a conversa ocorreu.

— Bem, concordo com seu pai. Acho que precisamos de mais tempo. Acho que deveríamos jantar juntos na semana que vem para vermos como vamos nos sentir depois.

— E por que deveríamos fazer isso?

— Porque... porque somos pessoas curiosas, de mente aberta.

Grant me encarou, seu olhar passeando por todo meu rosto. Pude perceber que ele começava a vacilar, que bem lá no fundo ele tentava manter as paredes e os muros que construíra, mas que estavam sendo demolidos por meu sorriso e meu olhar. Quando ele estava prestes a dizer sim, algo aconteceu. Sua mãe apareceu em seus olhos. E a vi com clareza, vi Grant se tornar frio.

— Isso não vai acontecer — ele disse. — Tenho de ir.

Com isso, pediu a conta, depositou uma nota de cinco dólares sobre a mesa, levantou-se e saiu.

Foi uma estupidez. Telefonei para Grant algumas vezes, mas ele sempre dizia que estava ocupado. Quatro meses mais tarde, comecei a sair com um rapaz chamado Luther, vendedor da editora. Era lindo, mas havia uma aura de perigo em torno dele. Ele me fazia lembrar de Jay — possuía o mesmo senso de posse e expectativa. Segundo Magda, isso se chamava otimismo, e eu estava tão habituada à melancolia, que não era capaz de reconhecê-la quando a via.

— E nada a impede de se divertir, enquanto espera por Grant — ela acrescentou. — Pratique suas estratégias com Luther.

Magda havia terminado com seu futuro noivo e, agora, declarava ter um plano de devoção à carreira pelo resto da vida e, possivelmente, celibato. Tive de dizer a ela que, embora estivesse certa quando dizia que eu era como um camaleão capaz de se adaptar a qualquer coisa, ela era como uma mula incapaz de se adaptar a coisa alguma. Ninguém conseguia agradá-la com seus planos e modo de vida. Ela estava determinada a fazer tudo a seu modo. Meu comentário a deixou satisfeitíssima. Eu não poderia ter feito elogio maior.

O passo seguinte — quando aconteceu — foi surpreendente e maravilhoso, coreografado apenas pelo destino. Eu estava perto da Universidade de Colúmbia. Uma garoa fina caía naquele final de tarde quente de setembro. Fiz sinal para um táxi e, quando fui entrar no carro, Grant estava bem ali, tendo acabado de sair do trabalho e pensando que o táxi havia parado para ele. Caímos na risada quando nos reconhecemos, e eu disse, magnânima:

— Pode ir.

Grant curvou-se de leve e sugeriu:

— Por que não vamos os dois?

Eu vinha de uma reunião com uma mulher que me havia contratado para fazer as ilustrações de um livro infantil sobre o espaço, e minha cabeça estava repleta de planetas e galáxias, além do copo de vinho que ela e o marido me haviam servido, enquanto discutíamos os detalhes. Eu me encontrava nas nuvens, depois de ser muito elogiada pelos esboços iniciais, e estava a caminho de casa para me arrumar e sair para jantar com Luther — mas ver Grant ali, com seu jeito tão professoral e viril, fez meu coração quase parar.

Eram cinco horas, o trânsito estava lento, e durante todo o trajeto senti o olhar de Grant fixo em mim. Tudo parecia perfeito. Era como se eu estivesse imbuída de uma energia gigantesca e sobrenatural. Quando chegamos ao meu apartamento, eu disse:

— Por que não sobe e janta comigo?

O momento era mais que perfeito. Magda fora visitar a irmã prestes a dar à luz seu terceiro filho e passaria o fim de semana fora. Além disso, o apartamento estava limpo e impecável, já que nós duas, em um raro momento de boas donas de casa, havíamos limpado cuidadosamente o lugar todo. Grant e eu paramos em um mercadinho e compramos queijo, pão, vinho e uvas, e quando chegamos ao apartamento fiz macarrão com tomates frescos e manjericão. Enquanto ele foi ao banheiro, peguei o telefone, corri para a varanda e liguei para Luther, dizendo que estava doente.

Tudo parecia se encaixar com perfeição: o jazz que pus para tocar, o reflexo da luz nas panelas de cobre, as margaridas sobre a mesa. Observei Grant andar pelo apartamento com seu copo de vinho, piscando por detrás dos óculos. Eu sabia o que ele procurava: o presente de casamento que Magda nos dera, *Os Prazeres do Sexo* e *Os Prazeres da Culinária*. "Os prazeres", como costumávamos chamá-los. Eu ainda tinha os dois, lado a lado, na estante. Ele estendeu a mão para tocá-los, enquanto me limitei a observar da cozinha, bebericando meu vinho. Quando ele se virou, nossos olhos se encontraram, mas ele desviou o olhar rapidamente.

Grant não parava de pigarrear, um sinal de seu nervosismo. Enquanto comíamos, conversamos sobre os pais dele e seu horário de aulas naquele semestre. Então, ele perguntou sobre meu irmão.

— Ele não está nada bem — respondi. — Parece estar sofrendo muito e se colocando fora do alcance de todos. Acho que está tomando muitas drogas.

— Sempre gostei dele — disse Grant. — Na última vez em que conversamos, ele me disse que havia uma cirurgia que talvez fizessem, mas ele não...

— Verdade? Você fala com ele? Eu não sabia. Ele nunca comentou.

— Bem, nossas conversas não tem nada a ver com você. Como já disse, sempre gostei dele, e é horrível o que ele teve de suportar.

— Uma vez, ele me disse que não vai ser o paraplégico favorito de ninguém, se esforçando para ser um herói para o resto de nós — murmurei.

— Ele me disse a mesma coisa. Fez o possível para afastar a todos. É preciso perseverança para continuar amigo de David, atualmente — Grant continuou. — Ele se transformou em um homem triste, solitário e perdido, tentando lutar para se reencontrar, mas lutando só contra si mesmo.

Aquela era outra coisa de que eu sentira falta: da sensibilidade de Grant.

— Sinto sua falta — confessei. — Demais.

Ele riu.

— Não, não sente.

— Sinto. E tem sido devastadora.

— Podemos pular a próxima cena desse filme? Já assisti, e não vou suportar a reprise.

— Mas preciso dizer. Sei que o que fiz foi imperdoável, mas...

— Espere, Annabelle. Não diga mais nada. Quero dizer que vou entrar com o pedido de divórcio. Eu ia escrever uma carta avisando.

— Está dizendo que decidiu se divorciar de mim enquanto jantávamos juntos, hoje? Quando pensei que estávamos tendo uma noite maravilhosa? Ora, Grant, não é bom estarmos juntos?

— É muito bom, mas não resta mais nada, e não vejo por que adiar mais. Venho pensando nisso há algum tempo, e acho que devemos regularizar nossa situação, torná-la oficial.

— Será que não percebe que eu ainda te amo? Não faço macarrão com tomates e manjericão para mais ninguém, sabia?

Ele me observava com desconfiança.

— Olhe para nós! — prossegui. — Não é isso o que sempre precisamos? Tempo para estarmos juntos, só nós dois? Estou me sentindo tão feliz, aqui com você, e não venha dizer que não sente o mesmo. Vi a expressão em seu rosto quando viu "os prazeres". Lembra-se como rimos quando abrimos aquele presente e quando...

— Por que você tem de tornar tudo tão difícil? — ele me interrompeu.

— O que resta entre nós, afinal? Vivemos um namoro e um casamento muito, muito breves, e agora acabou.

— Mas eu te amo!

— Não, não me ama. Pensa que sim só porque Jeremiah não abandonou a esposa. Do contrário, nós dois sabemos que você estaria com ele agora, fazendo bebês e ajudando-o a escrever seu livro. Era isso o que você queria e não conseguiu, e eu sou um substituto conveniente, agora que está se sentindo solitária.

— Não é nada disso, eu juro. Cometi um grande erro. Estava vivendo um momento muito ruim da minha vida, e pensei muito sobre as razões pelas quais fiz o que fiz. Acho que eu te amava *muito*, mas era tão jovem e tola quando nos casamos, e aconteceu aquele acidente que me fez voltar para casa, e quando vim para Nova Iorque ainda estava traumatizada e nem me dava conta disso. Você nunca estava por perto, Grant... você me abandonou completamente, e eu não conhecia ninguém, e simplesmente... perdi minha capacidade de julgamento. Eu não estava raciocinando direito.

Ele soltou uma risada.

— Não sei se você, algum dia, raciocinou direito. — Olhou para a porta. — Preciso ir, Annabelle. Preciso sair daqui.

— Grant, por favor, não ria de mim. Estou falando sério, a mais pura verdade. Estou falando de nossas vidas. Há meses venho tentando dizer quanto sinto pelo que fiz e quanto quero uma segunda chance. Cometi um erro muito, muito terrível. Pergunte a Magda. Ela me ouve falar o tempo todo do quanto te amo e do quanto sinto a sua falta.

Grant se limitou a olhar para mim, mordendo o lábio. Foi nesse silêncio que eu soube que o persuadira. Sentindo meu coração bater como louco, atravessei a sala e segurei sua mão. Ele ficou indefeso. Nem sequer tentou se afastar.

— E — continuei, segurando a mão dele e falando muito depressa —, você sabe que também me ama. Você é como aqueles cisnes que escolhem uma parceira para o resto da vida. E eu sou a sua parceira. Admita.

— Não posso. Eu simplesmente não posso deixar você fazer isso comigo outra vez.

Estávamos tão próximos, que vi meu reflexo nos olhos dele.

— Nunca mais vou magoar você — sussurrei. — Nunca, nunca mais.

Passei os braços em torno de seu pescoço.

— Não — ele pediu. — Annabelle, *não*.

Sacudindo a cabeça sem parar, Grant foi até a porta e saiu sem dizer mais nada. Profundamente chocada, fiquei ali parada, querendo chorar, mas não encontrando lágrimas. Então, tirei a mesa, lavei os pratos e os guardei. Minha boca estava seca, minha mente enevoada pelo vinho. De repente, eu me senti exausta e esgotada. Vesti a camisola e fui para a cama. Assisti ao *The Tonight Show* por algum tempo. Depois, não consegui dormir e me sentei à escrivaninha e comecei a desenhar.

Às duas da madrugada, a campainha tocou. Sem nem pensar, estiquei o braço e apertei o botão que abria a porta do edifício, sabendo que era Grant. Encontrei-o na porta do apartamento e, como seria de se esperar, ele entrou como um raio, os cabelos esvoaçando. Parecia embriagado. Empurrou-me de encontro à parede e, quando me beijou, seus lábios pressionaram os meus com tamanha força, que eu podia sentir seus dentes. Quando se afastou, seus olhos estavam fechados, seu rosto contorcido, como se ele sentisse uma dor profunda.

— Diabos, Annabelle, não posso deixar você fazer isso de novo!

— Não vou fazer. Juro que não. Desta vez, vai ser diferente. Você vai ver.

Ele me agarrou pelos ombros.

— Está bem — disse com uma voz que eu nunca ouvira antes. — Andei sem parar desde que saí daqui. Pensei muito sobre se as pessoas podem se amar, mesmo diante da... desconfiança? E cheguei a uma conclusão. Se eu aceitar você de volta, será com uma condição. É a única maneira possível de eu aceitar a situação. Sei muito bem o que é obsessão, e sei que você nunca vai conseguir se esquecer... *dele*. Por isso...

— Não, eu *já* o esqueci...

— Minha condição não é negociável, Annabelle. Sei que sempre vai amá-lo, mas a condição é que você não volte a vê-lo nem a falar com ele...

— Nunca mais o vi!

— Não poderá dizer, mais tarde, que decidiu ser amiga dele. Não posso ser amigo daquele patife.

— Não, nada de amizade.

Com olhar firme, pressionou-me ainda mais contra a parede.

— E temos de deixar Nova Iorque e recomeçar nossa vida em outro lugar.

— Vamos voltar para a Califórnia? — A ideia me apanhou de surpresa.

— Podemos ir para lá, ou para New Hampshire e viver na casa onde cresci. Meus pais estão falando em se aposentar e mudar para a Flórida. A casa será nossa. Serei professor na universidade local. Podemos criar uma família, lá.

— Universidade local? Mas você não quer deixar Colúmbia...

Ele colocou um dedo em meus lábios.

— Quero, sim. É o que tenho de fazer para salvar este casamento. É como as coisas têm de ser. É importante o suficiente para me fazer seguir esse caminho, mas, se eu deixar tudo isso, você terá de fazer sua parte.

— Vou fazer — prometi.

— Não diga isso enquanto não ouvir todos os termos. A coisa mais importante para mim... precisamos fazer um pacto de sermos completamente fiéis um ao outro. Não voltarei a tocar no assunto, e não vou me preocupar se confio em você ou não. Não consigo viver assim, desconfiado e me perguntando se o próximo homem que você conhecer será com quem vai decidir fugir. Não posso e *não vou* viver assim.

Sacudi a cabeça.

— Ninguém tem de viver assim.

— Serei totalmente honesto com você, Annabelle, e você será totalmente honesta comigo. Simples, assim. É um recomeço. O início do nosso verdadeiro casamento.

Assenti.

— É o nosso pacto. Um pacto sagrado. Tudo o que já passou não aconteceu. Acha que é capaz?

— Nunca...?

— Um novo casamento. Só quero deixar o passado para trás, sair desta cidade e começar uma vida nova e verdadeira. É capaz?

— Sim — respondi, erguendo o queixo.

— Mesmo?

— Sim.

— E nunca mais falaremos nisso.

Voltei a assentir.

— Está bem.

Grant estudou minha expressão.

— Estou falando sério. Não vou desconfiar de você. Não vou procurar evidências, nem ler sua correspondência nem pensar o pior, porque vou confiar na sua palavra, Annabelle. Isso significa tudo para mim. Não quero ter meu coração partido outra vez.

— Não, não. Pare de me olhar assim. Não voltarei a partir seu coração. Quero o mesmo que você.

— Certo — Grant murmurou sem sorrir. — Então, nada de traição, nada de conversas sobre traições *passadas*. Deixaremos nossos empregos e mudaremos para New Hampshire.

— New Hampshire — repeti.

— Isso mesmo. É muito bonito, lá. No inverno, poderemos esquiar e patinar no lago congelado; no outono, colheremos maçãs; no verão, nadaremos, faremos churrascos e nossos filhos crescerão sabendo pescar e jogar beisebol. Quando entrarem para times de basquete, talvez eu seja o técnico, enquanto você estiver pintando seus quadros e tornando nossa casa linda. Em pouco tempo, você fará amizades e a casa se encherá de tudo o que é bom e...

— Espere — interrompi. — Também quero algo, já que estamos fazendo um pacto.

— O que você quer?

Embora ele se esforçasse para que sua voz soasse neutra, pude perceber que ainda tinha medo.

— Um bebê — respondi. — Quero ter um filho com você, logo. Não há recomeço melhor.

Grant me beijou com sentimento verdadeiro. Eu nunca o vi tão feliz.

— Claro! Claro, sim, vamos ter um bebê muito em breve, para selar nosso pacto.

Já eram três da manhã. Fomos para a cama e fizemos amor até o sol nascer. Então, saímos para caminhar pelas ruas, abraçados. A lanchonete abriu às seis, e comemos *doughnuts* e tomamos café, conversando com os policiais e trabalhadores de construção que tomavam seu café da manhã. Eu era a mulher de maior sorte em toda Nova Iorque.

Magda estava certa: eu havia vivido meu escândalo, minha liberdade, muita sombra azul, além da oportunidade de aprender a carregar sete pratos de uma só vez. Havia tido apartamentos, empregos temporários e, agora, acabara de conhecer uma mulher que queria que eu ilustrasse livros infantis. Acima de tudo, tinha meu casamento de volta e meu marido voltara a confiar em mim — e, embora eu amasse profundamente aquela cidade louca, eu sabia que a deixaria muito em breve para viver a vida para a qual eu havia nascido.

Nossa viagem para New Hampshire, dessa vez em um caminhão U-Hall lotado com os detritos de nossas vidas separadas — dois sofás, duas torradeiras, dois aparelhos de televisão —, foi uma jornada totalmente diferente. De mãos dadas na cabine, ouvíamos fitas cassete em vez de rádio.

E não olhamos para trás.

CAPÍTULO DEZESSETE

2005

Grant e Nicky chegam para as férias de primavera, e Sophie e eu temos de abrir espaço para eles. Ansiosa pela chegada dos dois, limpo o apartamento, guardo nossos cosméticos e secadores de cabelos e preparo bastante comida. Eles entram com suas botas e casacos enormes, seus odores e suas complicações declaradas em voz alta e, de repente, o lugar parece despreparado para recebê-los. Sophie e eu temos de nos encolher e nos contentar com o restinho de oxigênio que deixam para nós.

Os dois estão no meio de uma discussão, ou o que mais se parece com uma discussão no mundo de Grant, que se mantém em silêncio enquanto Nicky esbraveja na tentativa de persuadi-lo. Trata-se da questão se Nicky deve tirar um semestre de folga ou se isso vai acabar de vez com sua ambição e sua carreira universitária e colocá-lo no caminho da ruína e da desgraça. Ao que parece, a discussão se estendeu por todo o percurso da viagem, e, pelo que vejo, parece não conseguir sair do círculo vicioso da irritação. Cada vez que olho para Sophie, ela faz uma careta de pânico, idêntica ao quadro de Edvard Munch, *O Grito*, e tenho vontade de rir.

A posição firme do queixo de Grant é a mesma que vejo durante nossas brigas, quando seus dentes cerrados e um pequeno espasmo do maxilar indicam a medida exata de sua fúria. Assim que entra e me beija, ele diz:

— Acho que vou ter de levar esse menino até o metrô e deixá-lo por lá.
— Não se atreva — respondo. — Ele é o meu docinho.

— Você diz isso agora, mas nenhum garoto de dezenove anos é um docinho depois de seis horas dentro de um carro com você.

Nicky está usando barba curta e eriçada e parece mais maduro e musculoso do que da última vez que o vi, que foi apenas algumas semanas atrás, nos feriados de Natal. Ainda assim, apesar da aparência máscula, ele ainda tem o mesmo jeitinho infantil de abaixar a cabeça e sorrir com timidez. E se mantém em movimento constante, fingindo lutar boxe, saltando de repente para tocar a luminária de teto, ou se atirando no chão e fazendo flexões, o que quase enlouquece Sophie.

— Pode parar quieto por um segundo? — ela grita. — Está me deixando tão nervosa que vou dar à luz agora mesmo. E garanto que não vai ser um espetáculo bonito!

— Ótimo! — Nicky responde, agora correndo no lugar. — Acho que, quanto antes esse bebê pipocar, melhor você vai se sentir.

— Não, se a placenta sair antes — ela retruca. — Caso você não saiba, vou precisar de *cirurgia* para ter esse bebê. Nada vai *pipocar*.

Ele a encara por um momento, e vejo que começa a se interessar. Aproxima-se da cama com cuidado e se inclina sobre a irmã.

— Uau! Veja só isso. Está enorme. Posso tocar? O bebê se mexe? Sim, eu sei que ele se mexe, mas você consegue fazer com que se mexa para mim?

— Não é *ele*, é *ela*. E se mexe quando quer. Ponha a mão aqui. Está sentindo? Acho que é o joelho. Ela tem joelhos ossudos.

Nicky estende a mão hesitante.

— Você precisa pressionar com força — Sophie explica. — Ela está lá dentro, sabia? — Reconheço a satisfação dela pelo interesse do irmão. — Aqui. Está sentindo? Ah, ela chutou! Você sentiu?

Nicky senta-se nos calcanhares e a encara com olhos muito brilhantes.

— É tão bizarro! — diz. — Não é a sensação mais estranha do mundo, alguém te chutando de dentro para fora? Uau! É como se *morasse* aí. Ela deve pensar que você é a casa dela!

— Eu *sei!* — Sophie concorda. — Acredite, ela pensa que é a dona da casa!

Parado na porta do quarto, de braços cruzados, Grant olha para mim e sorri. Sei o que está pensando: está se lembrando da vez que, grávida de Sophie, eu estava no sofá, recostada nas almofadas com um prato sobre o ventre, comendo um sanduíche e lendo um livro. De repente, Sophie chutara com tamanha força, que o prato fora parar na mesinha de centro e se quebrara. Depois disso, ele passara a chamá-la de *Killer*, em homenagem ao lutador "Killer" Kowalski, famoso por seus chutes certeiros. Quando ela nasceu, eu disse a ele que teria de abandonar o apelido de mau gosto. Evidentemente, ele não conseguira se livrar do hábito, até eu começar a multá-lo em um dólar cada vez que ele se referisse à filha daquela maneira.

Então — será que ele também se lembra disso? —, anos mais tarde, assistindo a um jogo de futebol, no qual Sophie atravessou o campo e chutou a bola para o fundo do gol, enquanto tanto suas companheiras de time, quanto as do time adversário simplesmente observavam, boquiabertas, Grant se inclinara para sussurrar ao meu ouvido:

— Meu Deus! Ela treinou esse chute no útero! Nossa filha é mesmo Killer!

Continuamos sorrindo um para o outro, agora. Ele pronuncia a palavra "killer" em silêncio. Caio na risada. É um momento delicioso. Estamos todos juntos neste apartamento minúsculo, e ninguém está brigando. Nicky, aliás, deitou-se na cama ao lado de Sophie e tomou posse do controle remoto, mantendo uma das mãos respeitosamente pousada sobre o ventre da irmã, que ele decidiu chamar de "a casa de Beanie". Sintoniza o canal infantil Nickelodeon, que exibe algum programa que ambos se lembram dos tempos de infância e, por um breve instante, os dois riem juntos. Grant e eu passamos por cima de malas, casacos, gorros e botas e vamos à cozinha, onde ele serve dois copos de vinho e nós conversamos enquanto preparo uma pizza para o jantar.

Eles ficam conosco por cinco dias, e ficamos bem, os quatro. Bem, a verdade é que ficamos ótimos. É como nos velhos tempos, o bom e o ruim misturados. Sentamos na cama de Sophie e jogamos Scrabble e Banco Imobiliário. À noite, nós nos aconchegamos na mesma cama para assistir a filmes em DVD. Apesar da cozinha pequena e com poucos recursos, preparo os pratos preferidos de cada um: carne assada, lasanha, torta de maçã. Fazemos piqueniques no quarto e comemos na cama, estendendo uma toalha de mesa sobre a colcha.

Coisas ruins: Nicky fica inquieto e nós o mandamos para a rua com alguma incumbência, e para explorar a cidade, e ele demora demais para voltar e não atende ao celular. Passamos metade da noite em claro, preocupados, e, quando ele finalmente chega, Grant diz que é exatamente por isso que ele tem de voltar para a faculdade no próximo semestre, para que possamos saber ao certo onde ele está.

Um outro momento ruim ocorre uma tarde, quando Sophie conversa com Whit ao telefone e começa a ficar visivelmente emotiva, esforçando-se para não chorar, e Grant fica tão nervoso, ouvindo só o lado dela da conversa, que tem de sair do quarto.

Coisas boas: Grant, sempre bobalhão diante de mulheres grávidas, cuida de Sophie, providenciando tudo o que ela quer, além de algumas coisas que ela nem sabia que queria, como um livro ilustrado sobre gestação, com fotos lindas de fetos. Ele também monta o carrinho-berço que compramos, assobiando cantigas de ninar enquanto trabalha. E gosta até mesmo de examinar todas as roupinhas do bebê, e provoca Sophie com sugestões de nomes como Grantina, Grantette e Grantaluna.

O melhor: Na noite anterior à partida de Grant e Nicky, vamos a um restaurante, só nós dois. Nicky concorda em ficar em casa e cuidar de Sophie e, quando saímos, os dois estão na cama, assistindo à televisão e comendo comida chinesa.

Grant e eu caminhamos até a Rua Dezessete, onde há um restaurante pelo qual passei muitas vezes e tive vontade de entrar. É aconchegante, com um quarteto de jazz tocando ao vivo. Sentamos em uma cabine, os joelhos se tocando, e conversamos, cautelosos de início, mas o ambiente agradável, o vinho e o simples fato de termos ficado separados por tanto tempo tornam a conversa íntima e relaxada. Ele conta que o livro vai bem, adiantado na verdade, e que Clark anunciou oficialmente que Grant passará a ser chefe do departamento. Diz que se sente solitário. O inverno foi longo e ele ficou praticamente sem nada em casa, pelo menos quatro vezes, até mesmo cuecas limpas. Teve de começar a lavar as cuecas no chuveiro e estendê-las no banheiro para estarem secas no dia seguinte.

— Você se lembra de que temos máquina de lavar, não? Afinal, vive naquela casa desde que nasceu e tem de saber onde fica a lavanderia — eu digo e ele ri.

Grant não consegue se lembrar de tudo o que precisa comprar. Está sem sabão para lavar roupa desde a terceira semana.

— E vamos mudar de assunto porque este é horrível. Conte-me o que tem feito desde que veio para cá. Fica no apartamento o tempo todo?

— A maior parte do tempo. Vou ao mercado todos os dias e, às vezes, vou passear no parque.

— Fico um pouco assustado ao ver quanto você gosta daqui — ele comenta, mas continua sorrindo.

— Gosto muito. Sempre gostei de viver em Nova Iorque. Gosto de New Hampshire, também, mas às vezes acho...

— O quê? — Grant pergunta, inclinando-se para mim.

— Acho que New Hampshire foi ótimo quando tínhamos filhos em casa. Contávamos com toda a comunidade em torno de nós, e eu sentia que fazíamos parte dela. Agora, sem as crianças, acho que perdi meu rumo.

— Ora, e eu pensando que era o meu livro que a deixava tão infeliz!

— Ah, o livro me deixa infeliz porque absorve você, mas é mais do que isso. Eu disse à minha terapeuta que sinto como se tivesse sido demitida do meu trabalho.

Grant volta a sorrir e me olha nos olhos.

— Você não foi demitida. Fez seu trabalho muito bem e foi promovida.

— Foi o que ela disse. Só preciso encontrar outra coisa para me preencher. Este tempo aqui me mostrou que preciso ter mais contato com o mundo, não só com as outras esposas de professores. Não que não goste delas, mas, outro dia, quando fui entregar meu livro, peguei o metrô e fui ao escritório de minha editora. E foi então que me dei conta do que está me faltando. Colegas.

— Colegas — Grant repete.

— Sim, colegas. Ainda não pensei em todos os detalhes, mas Sophie vai precisar de ajuda com o bebê, e talvez eu possa ir e voltar, passar algum tempo aqui todo mês. Poderia discutir com minha editora a possibilidade de assumir a ilustração de uma série...

— Vou ser incluído nessa sua nova vida?

— Seja bonzinho, querido, e será.

Caminhamos de volta ao apartamento de Sophie, de mãos dadas, na noite de primavera. Quando chegamos ao edifício, ele me puxa e me beija.

— Quantas quartas-feiras você acha que perdemos, até agora?

— Grant, meu amor, não leve a mal, mas acho que quando eu voltar para casa, teremos de suspender a programação das quartas-feiras.

Ele arregala os olhos, fingindo-se alarmado.

— O que está dizendo? Nada de sexo a partir de agora?

— Não. Nada de sexo com dia marcado. Quero sexo espontâneo, que não seja um item da sua lista de afazeres. "Limpar as calhas. Rejuntar a banheira. Fazer sexo com Annabelle."

Grant reflete sobre minhas palavras, acariciando meu rosto e sorrindo.

— Fiz isso por você, para que soubesse que, por mais ocupado que eu estivesse, teríamos esse tempo reservado para nós.

— Eu agradeço, mas não, obrigada. Sabe o que estou querendo dizer? Talvez eu queira sexo três vezes na mesma semana, ou três vezes no mesmo dia!

— Bem, isso pode ser um problema — ele murmura e cai na gargalhada.

Grant está muito perto de mim, o corpo pressionado ao meu, sorrindo. Está relaxado e à vontade, mais do que posso me lembrar em muitos anos. E cheira bem.

— Sabe de uma coisa? — digo. — Gosto de você assim.

— Assim, como?

— Com saudade de mim. Quando você não me vê como um simples impedimento que o mantém longe do seu livro.

— Sinto muito a sua falta, até mesmo das suas conversas malucas sobre a vida sexual dos outros. Falando nisso, existe um jeito de celebrarmos o fim da nossa programação de sexo nas manhãs de quarta-feira... agora? Antes que eu vá embora?

É claro que não, com exceção do ato radical de irmos para um hotel, o que é difícil quando se tem filhos adultos prestando atenção a cada movimento nosso. A verdade é que, devido à configuração do apartamento, tive de dormir na cama com Sophie, e Grant com Nicky no sofá-cama da sala, todos esses dias. Assim, nos contentamos com beijos ardentes e longos no saguão do edifício, e pela primeira vez na vida Grant parece não se importar que as pessoas que passam na calçada possam olhar para dentro e ver tudo.

Mais tarde, lamento não termos seguido o caminho radical. Gostaria que tivéssemos ido para um hotel e, em seguida, Grant houvesse desaparecido de volta a New Hampshire.

Na manhã seguinte, antes da partida dos dois, acordo cedo e preparo ovos mexidos com espinafre, queijo *feta* e tomates, e torradas para o café da manhã.

Estou tão ocupada, cozinhando e levando a comida para nosso último piquenique no quarto, que demoro a me dar conta de que, enquanto vou e volto, Sophie fala de mim, sorrindo o tempo todo. Por que não me ocorreu que isso poderia acontecer? Que a história viria à tona?

— Pobre mamãe — ela está dizendo quando chego com o bule de café. — Tem estado tão solitária aqui, tendo só a mim para cuidar, depois de ter se acostumado a cuidar de tantas pessoas ao mesmo tempo.

— Por favor — interrompo —, não tenham pena de mim. Tenho estado muito bem. Ótima, aliás.

— Estou chocado por ela ainda não ter encontrado nenhuma criatura abandonada para adotar em Nova Iorque — Grant comenta sorrindo. — Está dizendo que ninguém neste edifício precisa dos serviços de sua mãe? E no metrô, também não?

— Bem, na verdade — Sophie responde —, algumas de minhas amigas estiveram aqui se aconselhando sobre seus maus namorados. E, ah, sim, mamãe encontrou uma criatura para adotar — um velho amigo de vocês! Que sujeito acabado, coitado! Deveria ser eleito a criatura mais necessitada de atenção no mundo!

Ouço pequenos sons se formando no fundo de minha garganta. *Não*, penso. *Nãããããoo.*

Tudo parece acontecer em câmera lenta, como os segundos que antecedem o momento em que o carro bate em outro, ou o para-brisa estilhaça, ou o cadeirão com o bebê tomba ao chão, ou a bola de beisebol atinge o crânio a cento e cinquenta quilômetros por hora. Abro a boca para dizer alguma coisa, *qualquer coisa,* mas ela já voltou a falar:

— O nome dele é Jeremiah. Mamãe esteve com ele algumas vezes. Certo?

Jeremiah? Seu velho amigo?

Não é esse o nome dele, mamãe?

CAPÍTULO DEZOITO

1981

*P*eço que me desculpem, mas não tenho a menor vontade de voltar ao passado agora, tendo em vista o que aconteceu. O que há para dizer sobre nossa antiga vida, afinal? Fomos para New Hampshire. Tivemos um casal de filhos. Os anos passaram. Envelheci. Eu amava meu marido, mas às vezes sonhava com meu antigo amante. Isso não basta?

Está bem, vou tentar.

Depois de Nova Iorque, a vida em New Hampshire foi um grande choque para mim. Durante algum tempo, moramos no sítio juntamente com os muito educados, mas praticamente silenciosos, pais de Grant. Eu não acreditava que jamais conseguiria me acostumar à vida na cidade pequena, à ideia de um entregador de leite que não batia à porta, mas simplesmente entrava e depositava o leite diretamente na geladeira — e se descobrisse que não tínhamos ovos, deixaria uma dúzia sem sequer perguntar se queríamos. E ao fato de os vizinhos acharem que estávamos sempre dispostos a receber visitas. Um dia, Penelope Granger, que morava no sítio vizinho ao nosso, surpreendeu-me ao contar que todos na cidade usavam a mesma receita de massa para torta, e que ninguém se lembrava de onde a receita viera.

Pediram-me que chamasse os pais de Grant de Papai e Mamãe McKay. Tentei me comportar melhor do que jamais me comportara durante toda a minha vida. Dividia as responsabilidades culinárias com minha sogra, que acreditava piamente que os homens mereciam três refeições completas por dia, simplesmente por terem nascido homens, e que não deveríamos esperar que eles nos ajudassem em nada. Pior, ela sabia que eu havia partido o coração de seu filho e, portanto, não confiava em mim. Era uma mulher reservada, e eu era uma forasteira.

Uma noite, acordei de madrugada ao som de um grito agudo, e a encontrei no quintal tentando afugentar uma raposa que entrara no galinheiro. Juntas, vestindo apenas camisola à luz do luar, nos livramos da raposa e procuramos no escuro pela galinha assustada, que havia se escondido debaixo das tábuas do barracão. No dia seguinte, quando picávamos cebolas para jantar, ela perguntou:

— Querida, acha que um dia conseguirá me chamar de Mamãe?

Quando o inverno chegou, eles se mudaram para um apartamento na Flórida, e foi como se o manto da história houvesse sido passado à nossa geração e o mundo houvesse se tornado um lugar mais fraco por isso.

Então, Sophie nasceu e a vida foi preenchida por aquele caos adorável e confuso — berço, carrinho, talco de bebê, amamentação, chupetas, fraldas, noites em claro e passeios de carro na madrugada para fazê-la parar de chorar. Ela teve muitas cólicas e incômodos causados pela chegada dos dentes, e por meses eu a carreguei colada ao meu peito, em um saco de veludo. Mulheres de todas as idades, jovens e velhas, da faculdade, dos sítios e das lojas da cidade, nos visitavam para levar jantares prontos e varrer a casa, para dizer que gotas de hortelã-pimenta poderiam amenizar as cólicas e que um bebê ninado perto da secadora de roupas dormiria mais profundamente e por mais tempo.

Fizemos amizade com outros casais e, por algum tempo, todos nós nos deixamos arrebatar pela descoberta recente de que era possível criar novos seres humanos! Em seguida, vieram as tardes nas quais as crianças brincavam juntas e as noites em que os casais se reuniam em uma de nossas casas para preparar, juntos, um delicioso jantar. Alguns temas escolhidos: noite do taco, noite do filé à Wellington, noite indiana. No verão, fazíamos churrascos no quintal. Havia também as festas de aniversário, excursões ao lago, festas da faculdade, colheita de maçãs, a procissão dos cânticos de Natal, pesca no lago congelado.

Eu me apaixonei pelo meu marido. Sempre o amara, claro, mas passei a amá-lo de um jeito inteiramente novo, como se um novo compartimento houvesse se criado em minha mente — fui completamente tomada pelo amor. Eu ainda me sentia oprimida na maior parte do tempo, mas, de repente, lá estava ao meu lado esse homem sensível, capaz e sexy com quem eu tivera o bom senso de me casar. Grant estava em seu próprio ambiente, onde se sentia à vontade, e estava feliz. Ele me fazia rir, além de saber fazer tantas coisas que eu jamais sequer pensara a respeito: sabia patinar no gelo, consertar o vaso sanitário quando vazava e impedir que os canos congelassem e estourassem. Mantinha aceso o fogão a lenha e me ensinava a esquiar. Limpava a neve na entrada da casa, elogiava meus dotes culinários e não se importava de bancar o rei nas brincadeiras da princesa Sophie. Era capaz de jogar jogos de tabuleiro durante uma tarde de sábado inteira, sem gritar nenhuma vez, nem trapacear, e me beijar com ardor quando finalmente conseguíamos fazer Sophie dormir.

Nicky nasceu no auge de nosso amor. Adquirimos um cachorro cocker spaniel e, naquele mesmo ano, uma mesa de piquenique e um balanço. Fizemos uma horta e cultivamos acelga, tomates, cravos, centáureas e rosas. Ao longo dos anos, tivemos peixinhos vermelhos, porquinhos-da-índia, um gato e, durante um ano memorável, duas galinhas-d'angola. Uma ninhada de gatinhos nasceu no cesto de roupa suja. As crianças precisaram de drenos depois de oito infecções de ouvido no mesmo inverno. O aquecedor de água quebrou em uma noite de Natal, e tivemos de manter a lareira acesa por vários dias, até conseguirmos que um técnico de New London pudesse trocá-lo.

No centro de tudo, estavam as crianças com seus braços gorduchos, rostos sujos, precisando de nós no meio da noite. A vida era palpável, desordenada, mundana, impossível de ser separada do amor. As crianças diziam coisas engraçadas, e nós mantínhamos um diário onde anotávamos suas citações. Até mesmo as infecções de ouvido, a vez que todos pegamos gripe ao mesmo tempo, as noites nas quais dormíamos os quatro na mesma cama, enquanto tempestades rugiam lá fora e sacudiam os alicerces da casa — tudo isso era esplêndido e cheio de vida. Eu dormia colada a Grant, e pouco importava se tivéssemos de levantar duas ou três vezes por noite, para cuidar dos filhos, ou do cachorro, ou para alimentar o fogo na lareira. E não importava se, às vezes, um silêncio frio se abatesse sobre nós. Tínhamos nossas discussões, brigas e lágrimas, dias em que eu me sentava no chão da lavanderia com o telefone na mão, desabafando com Magda por Grant ser insensível e rígido, por ele não me ouvir. E, então, fazíamos as pazes por meio do sexo, nos agarrando na cozinha enquanto lavávamos a louça, ou na cama, quando eu acordava na madrugada, sentindo a mão dele, hesitante, deslizando pelo meu corpo em um pedido de desculpas e aceitação.

E havia, também, aquelas noites nas quais eu o observava dormir e me perguntava quem era aquele estranho com quem eu partilhava minha vida, mal acreditando que pudéssemos estar juntos apesar de termos tantas diferenças. Algumas vezes, quando eu me sentia esmagada pelo mundo, corria para casa e o encontrava lá, pronto para me ouvir e me compreender — como no dia em que minha amiga Jennie me acusou de não trabalhar com o mesmo afinco das outras mães no comitê do leilão da escola. Parece tolice, agora. É claro que é tolice, mas naquele momento foi real.

E havia, claro, os momentos em que eu estava arrumando a cozinha ou lavando roupa, e o rosto de Jeremiah surgia de maneira inexplicável em minha mente. Ora, mas isso não era errado, era?

Talvez fosse, simplesmente, a vida.

Uma vez, meu irmão foi nos visitar. Preparar a casa para receber um paraplégico foi um grande acontecimento. Treinei as crianças para serem agradáveis e recebê-lo bem. Grant construiu uma rampa para a cadeira de rodas, para que David pudesse entrar e sair à vontade pela porta dos fundos. Estávamos felizes por tê-lo conosco, mas era doloroso vê-lo tão limitado, tão infeliz. Estava nos olhos dele. David era quase formal nas conversas com os sobrinhos, como se não quisesse realmente conhecê-los, e Nicky tinha medo dele.

Dois meses depois de voltar para casa, ele morreu de overdose. Embora Grant afirmasse com determinação que fora um acidente, eu tinha certeza de que fora suicídio e me recusei a me conformar. Eu havia percebido a sombra que se lançara sobre ele.

E foi então que tudo começou a desmoronar. Eu deveria ter previsto: primeiro foi David, então, um a um, nossos pais, o cocker spaniel e o celeiro, que foi destruído por um incêndio. Nossos melhores amigos se mudaram para longe e deixaram de escrever ou telefonar, uma amiga muito próxima teve câncer e ficou famosa, por pouco tempo, ao escrever sobre a doença, e morreu... e finalmente as crianças saíram de casa.

E agora, talvez, nosso casamento seja mais uma perda.

Já perdi tanto, e vou perder isso também.

Ah, estou tão cansada. Quero me deitar no sofá de Sophie e observar o céu pela janela, os pássaros que ocasionalmente passam voando em grupos — como se chama isso, um grupo de pássaros? Perdi essa palavra, também. Um cardume de pássaros? Uma manada? Uma revoada? Sim, uma revoada de pássaros.

Quero tentar não pensar mais. Se, ao menos, eu conseguisse não pensar por algum tempo, seria tudo tão bom.

CAPÍTULO DEZENOVE

2005

Depois que Sophie pronunciou a palavra sagrada e impronunciável *Jeremiah*, depois que os olhos de Grant se tornaram opacos e que ele disse com voz fria e definitiva: "Bem, então é isso, o fim do que quer que tenha de ser dito", e saído do quarto para fazer as malas, Nicky me abraça e sussurra:

— Não deixe o que vem de baixo te atingir.

— O que disse? — indago, confusa.

Ele ri. Soube que um presidente havia escrito mensagem semelhante para seu sucessor e deixado sobre a mesa, na Casa Branca — e Nicky sempre quisera usar a frase.

— Achei que vinha a calhar — ele explica. — Não sei o que está acontecendo, mas sei que você é uma esposa exemplar. Aposto dez contra um que papai está agindo como um asno.

— Não é nada disso — corrijo e me desvencilho do abraço.

Vou até a sala e falo com meu marido, que se mantém de costas:

— Grant, por favor. Não é o que você está pensando.

— Tem certeza?

— Escute. Encontrei Jeremiah por acaso. Sophie e eu nos deparamos com ele, um dia, quando fomos ao mercadinho fazer compras para o jantar. Estávamos voltando de uma consulta médica, e por isso estávamos em outro bairro. E lá estava ele, comprando sorvete.

Sem se virar, Grant continua dobrando roupas e colocando-as na mala, os ombros se movendo de maneira metódica, sem emoção, para frente e para trás.

— Grant, não vou suportar se você não me ouvir. — Como não consigo ver seu rosto, dou a volta no sofá. — A lei da caducidade deve se aplicar aqui — continuo. —Você não tem nada a temer, no que diz respeito a ele.

Então ele para e me olha nos olhos com frieza.

— Ora, Annabelle, essa não é exatamente a verdade, é?

— Isso é ridículo! Muito bem, estive com Jeremiah Saxon. Vinte e seis anos se passaram, e grande coisa! Esbarro nele no mercado, por mero acaso, e vou tomar um café com ele, *sim*. Sento-me com ele no Starbucks e ele me conta sobre sua vida tediosa, banal e insípida.

— E, aparentemente, você volta a encontrá-lo para *mais* uma sessão dessa história tediosa, banal e insípida.

— Uma vez, Grant. Voltei a encontrá-lo mais uma vez, mas não é esse o ponto. Não é isso o que importa. O ponto é... *o ponto é...* que depois de todo esse tempo, você deveria saber como eu sou. Deveria me dar o benefício da dúvida. Mesmo que eu o tivesse encontrado mais *dez* vezes, cem vezes, mesmo que o tivesse convidado para nos visitar em New Hampshire, você deveria me conhecer, a esta altura. É *esse* o ponto.

Ele fecha o zíper da mala e endireita o corpo.

— Annabelle, são tantas coisas se misturando em minha cabeça, agora, que é impossível raciocinar com clareza. Acima de tudo, porém, está o fato de que você já mentiu para mim sobre esse homem antes, e não está acima de mentir novamente. É interessante que tenha sido Sophie, e não você, quem me contou sobre seu encontro com Jeremiah...

— E por que acha que não contei, Grant? Por que eu contaria algo assim, sabendo que você reagiria dessa forma?

—...e mais interessante ainda é você não ter mencionado isso, nem mesmo quando estávamos sozinhos ontem à noite, você dizendo quanto *adora* Nova Iorque, que basicamente *nunca* vai a lugar algum, com exceção do mercado e do parque. Você não tocou no nome do homem, *do único homem*, Annabelle, sobre o qual temos um acordo.

— Já lhe ocorreu que talvez não devêssemos ter feito um acordo como esse? Que é justamente esse acordo a raiz de todos os nossos problemas?

— A raiz de todos os nossos problemas — ele fala em voz baixa — é que você é apaixonada por outro homem e nunca o esqueceu.

— Não é verdade, Grant.

— Nicky! — ele chama. Pegue suas coisas e leve para o carro. Sophie, venha dar um beijo no papai. Estamos de saída.

Segue-se um vendaval de movimentação então, com nossos filhos aparecendo na sala e fazendo o que Grant diz. Nós quatro prosseguimos com as despedidas, como se tudo estivesse normal. Grant deposita um beijo mecânico no ar, sem chegar a tocar minha face. E, então, já se foi.

Assim que eles vão embora, Sophie volta para o quarto e fecha a porta. Tiro os lençóis do sofá-cama e dobro um a um. Fico parada diante da janela, olhando a rua, por um longo tempo. Depois, dedico-me à atividade terapêutica de lavar pratos. Mais tarde, preparo espaguete para o jantar. Minha mãe costumava dizer que alimentos vermelhos fazem bem quando estamos desolados.

Sinto falta de minha mãe. Imagino o que ela me diria agora, que lado positivo ela conseguiria encontrar nessa situação. Tento conjurar sua presença e sua capacidade de sempre dizer algo reconfortante sobre qualquer problema sentimental que eu tivesse. Infelizmente, ela morreu há muito tempo.

Quando o aroma do molho de tomate toma conta do apartamento todo, bato na porta do quarto de Sophie e pergunto se ela quer comer sozinha, ou se quer companhia.

Ela demora a responder:

— Acho que não quero ficar sozinha.

Levo nossos pratos em bandejas e comemos sentadas na cama, assistindo à reprise de um episódio de *Friends*.

— Essas gargalhadas gravadas estão me dando dor de cabeça. Detesto risadas falsas — diz ela, antes de desligar a televisão.

Empurramos a comida de um lado para outro de nossos pratos, em silêncio, sem olharmos uma para a outra.

— Você traiu papai com Jeremiah, certo? — ela pergunta, afinal.

— É mais complicado do que isso, Sophie. — Respiro fundo. — São coisas que aconteceram entre nós há muito tempo, muito antes de você nascer.

— Sabe o que mais me incomoda? Todo esse tempo, todas as nossas conversas sobre casamento e fidelidade, eu perguntando o que você faria se papai fosse infiel, e você sempre tão tranquila. E foi você! *Você* foi infiel! Não acredito. Quero dizer, não consigo sequer imaginar *minha mãe* saindo com outro homem, e meu *pai* tentando... tentando...

— Sophie...

— Como *pôde* fazer uma coisa dessas? É isso o que eu quero saber. Como pôde fazer isso? — Está aos prantos, agora. — Tem o marido mais meigo, mais fiel do mundo. Lembra-se quando eu disse isso durante uma de nossas conversas, um dia desses? E você ficou aí, *concordando* comigo, mas com certeza estava pensando em como o traiu! Como uma pessoa...

— Sophie, pare. Ouça o que tenho a dizer.

— O quê? Diga. Dê suas desculpas.

— Querida, não existem desculpas. Todo casamento tem seus problemas. Todo mundo enfrenta dificuldades diferentes, e todos nós cometemos erros horrorosos, às vezes. Magoamos um ao outro, fazemos coisas das quais nos arrependemos, e recuperamos o bom senso se temos a sorte...

— *Mamãe!* Viu a expressão no rosto dele? Ele ficou *arrasado*. Você não recuperou o bom senso, mamãe! Papai acha que você continua sendo infiel! E não posso culpá-lo! Você está, não é mesmo? Saiu com Jeremiah uma porção de vezes! Não posso acreditar! — Ela balança o corpo para a frente e para trás, sua voz se tornando mais aguda a cada instante. — Não posso mais confiar em você! Como poderia acreditar em qualquer coisa que você diga?

— Sophie, pare com isso. Se quer ter uma discussão sensata e racional sobre casamento e sobre a minha vida, vai ter de mudar de tom. Não vou admitir que fale comigo assim. Estamos falando de algo que aconteceu *vinte e seis* anos atrás.

Ela para de falar e cobre o rosto com as mãos, como uma criança desamparada, e se recusa a olhar para mim.

Levanto-me e vou ao banheiro, onde lavo o rosto com água fria e me olho no espelho por um longo momento. Quando volto para o quarto, sento-me na beirada da cama e toco de leve o pé dela.

— Quer conversar?

Ela balança a cabeça afirmativamente.

— Em primeiro lugar, quero dizer que isso aconteceu muito antes de eu me sentir casada de verdade, se é que faz algum sentido para você. E foi errado, não vou negar que foi errado, mas simplesmente aconteceu. Eu me apaixonei por dois homens. Foi o que aconteceu. Não tive essa intenção. Não estava tentando magoar seu pai. Mas o que aprendi, Sophie, é que às vezes o amor acontece quando não estamos esperando. O amor simplesmente chega a nossas vidas. Foi como... como uma força primitiva...

Ela me encara e posso ver que seu rosto se crispa.

— Isso não pode estar acontecendo! Não quero ouvir sobre essa sua *força primitiva*. Não posso ouvir!

Eu me levanto de novo.

— Está bem. Você não tem de ouvir nada.

Começo a calçar os sapatos.

Sophie continua chorando.

— Você e papai tinham o casamento perfeito, e ele sempre foi maravilhoso com você, e agora *nada* é o que parece. Como devo me sentir? Quer que eu tenha pena de você por ter se apaixonado por dois homens ao mesmo tempo? Veja o que você fez a todos nós!

Eu me viro e saio do quarto, e como ainda não estou longe dela o bastante, deixo o apartamento, pego o elevador e saio pela rua escura.

Quando me vejo lá fora, não consigo pensar no que fazer, e pego o celular e ligo para Magda. Minhas mãos tremem. Está mais frio do que havia imaginado, e não peguei um casaco. Tenho tanto para contar a ela. Em nossa última conversa, falei do que parecera uma incrível coincidência de encontrar Jeremiah. Durante aquele telefonema, eu ainda tentava decidir se tomaria café com ele ou não.

Ela reagira com bom humor:

— Antes de ouvir mais uma palavra sobre Jeremiah, preciso que me garanta que não está em uma estação de trem, reencenando seu plano de fuga com ele. Porque eu teria de perder alguns quilos e deixar meus cabelos crescerem antes de sequer considerar a ideia de ir buscar Grant e ficar com ele para mim. Grant nem me olharia, como estou agora.

Tratava-se de uma brincadeira antiga entre nós duas — desde que Magda arquitetara minha volta para Grant — que se eu voltasse a fazer uma loucura, ela não me ajudaria outra vez, mas ficaria com Grant para ela. Mesmo nos momentos mais difíceis do meu casamento, momento que agora sei terem sido pequenas poças de lama, se comparados ao oceano de problemas no qual me encontro agora, mesmo quando eu reclamava em alto e bom som de alguma pequena falha dele, como chegar a casa tarde, não se lembrar do Dia dos Namorados ou do Dia das Mães, Magda permanecia firmemente do lado dele.

Caminho vários quarteirões, contando a ela sobre meus dois encontros com Jeremiah, que teriam merecido uma ligação inteira, mas eu não tivera tempo. Então, tenho de contar a ela que Grant descobriu e está furioso comigo, e que Sophie está na cama dela, tapando os ouvidos com as mãos, dizendo "LALALALALÁ" quando tento conversar.

Quando termino, ouço apenas o chiado baixo da ligação interurbana no celular.

— Alô? A ligação caiu? — pergunto. — Está me ouvindo?

— Na verdade, estou sem palavras, Annabelle — Magda finalmente responde. — Não faço ideia do que você deve fazer. No momento, andar pela rua me parece a ideia mais sensata do mundo. — Ela ri. — Jesus! Sabe o que eu acho? Que essa é uma das melhores razões para não se ter filhos, para que eles não descubram que somos meros seres humanos e nos odeiem por isso.

— Já que mencionou, é uma boa razão — concordo. — Lembro-me de ter odiado minha mãe por tudo que ela fez. Eu a odiei por ter descoberto o feminismo e abandonado meu pai, por ter ficado com aquele imbecil e, depois, por ter voltado para meu pai. Fui mais implacável ainda por ela ter renunciado aos seus ideais feministas, mesmo tendo odiado que ela os tivesse adotado.

— Bem, mães e filhas... não é fácil. Mesmo assim, acho particularmente injusto você ser odiada pelo que fez muito antes de Sophie nascer. A lei da caducidade não se aplica a um caso como esse? — ela pergunta, indignada, expressando a mesma dúvida que expus a Grant.

— É exatamente o que eu gostaria de saber.

— E eu aqui sentada, com dó de mim mesma por ter me esquecido de me casar e ter filhos.

— Se quer saber minha opinião, você viveu sua vida da maneira mais perfeita.

— Quem diria! — Magda exclama com uma risada.

— Se eu pudesse voltar no tempo... não existe uma música que diz isso?

— Afinal, o que você vai fazer, além de andar pelas ruas de Nova Iorque até acabar a bateria do seu celular?

— Nem imagino — admito.

— Posso fazer uma sugestão?

— Por favor. Eu insisto. Qualquer coisa.

— Pois eu acho que deve se manter firme e forte. Lembre-se de que não tem de que se envergonhar. É uma pessoa maravilhosa, aberta e carinhosa, que dedicou a vida a criar seus filhos e ser uma boa esposa para Grant. Seu caso com Jeremiah foi resultado de fatores que não tem nada a ver com quem você é hoje. Annabelle, você fez tudo de maneira esplêndida — muito melhor que qualquer dos exemplos que teve enquanto crescia. E, aconteça o que acontecer, guarde essa certeza.

— Obrigada — murmuro com um nó na garganta —, mas está sendo generosa demais. Magoei tanta gente. Acabei magoando todas as pessoas que amo.

— Ora, mande todos eles plantarem coquinhos! Você e eu sabemos da verdade. — De repente, Magda muda de tom e pergunta: — Não que faça diferença, Annabelle, mas... Jeremiah continua gostosão?

Tento responder, dizer que sim, sim, continua, mas tudo o que sai de minha garganta é um som baixinho e estrangulado.

— Alô? — diz Magda.

— Desculpe — falo após um instante —, mas não posso... acho que preciso ir.

— Ah, querida, eu sei que é muito difícil, mas saiba que não é errado continuar um pouquinho apaixonada por Jeremiah. Trata-se de um sentimento só seu e não vai mudar coisa alguma.

ESTOU À ESPERA de alguma coisa, bom senso, provavelmente. Finalmente, chega abril e o apartamento se torna pequeno e abafado demais. Embora a primavera esteja em seu auge, a administração do edifício parece não ter percebido. O aquecedor continua emitindo o mesmo calor de sempre. Sofro com as ondas de calor da menopausa, acordo no meio da noite me sentindo em chamas e pareço estar atravessando a vida com uma dor de cabeça persistente que se recusa a me abandonar. Sigo funcionando normalmente: cozinhando para Sophie, limpando a cozinha depois, comendo, tentando dormir, assistindo à televisão, desenhando e esperando. Tento estar à disposição dela, mas decidimos ser melhor eu passar a dormir no sofá da sala, agora que sua barriga está tão grande e eu, tão inquieta à noite, tendo de me desvencilhar das cobertas, para então puxá-las de volta uma dúzia de vezes, no mínimo. Mesmo durante o dia, me esforço para dar espaço a ela, ficando na sala, lendo ou pintando. Minha editora telefona e fala de uma série de livros de figuras envolvendo crianças viajando pelo mundo e pede que eu lhe mostre alguns esboços.

Sophie e eu parecemos pisar em ovos. Às vezes, ouço as conversas dela com Grant ao telefone, fornecendo o relatório de saúde diário. *Minhas pernas doem e ontem tive dor de cabeça, mas o bebê não está chutando tanto, hoje.* O que é muito mais informação do que ela dá a mim.

Na sexta-feira, vamos fazer o ultrassom semanal. Quando o exame termina, a dra. Levine desliga a máquina, acende a luz e diz que chegou a hora de marcar a cesariana. Sophie está na trigésima quarta semana e a cirurgia deverá ser feita na trigésima sétima. Que tal segunda-feira, 25 de abril?

Beanie Bartholomew será taurina como a mãe. Teimosa, cabeça-dura e ligada à terra, mas também bondosa, verdadeira e honesta.

Quando a enfermeira escreve a data na agenda, olho para Sophie, que está deitada na mesa de ultrassom, torcendo um lenço de papel nas mãos.

— É mesmo o único jeito de o bebê nascer? — ela pergunta com voz surpreendentemente infantil. — Sempre achei que existia uma chance de ser parto normal.

Dra. Levine, minha favorita entre os obstetras que nos atendem, sorri.

— Bem, a placenta encontra-se firme, acima do cérvix, portanto esse será o nosso normal — ela diz. — E, Sophie, tenho certeza de que sua mãe vai concordar comigo em um ponto: pensar na cesariana como algo *anormal* não vai facilitar as coisas para você. O que é realmente positivo, aqui, é que você pode ter um bebê normal e saudável, que é muito melhor que uma gravidez normal, ou o que se chama de parto normal. Meu objetivo é sempre um bebê normal.

— A senhora acha que tudo vai mesmo dar certo? — Sophie pergunta e seu lábio inferior começa a tremer.

Pousando a mão em seu ombro, a dra. Levine afirma com confiança:

— Sim, eu acho. Você se comportou muito bem e seu corpo reagiu de acordo. Deveria estar orgulhosa de si mesma.

Em seguida, porém, lança um olhar significativo na minha direção e faz um sinal para que eu saia com ela para o corredor, enquanto Sophie se veste.

— Como estão as coisas em casa? — ela pergunta. — Algo que eu deveria saber?

— Não, nada de novo — respondo.

Será que vou ter de contar à obstetra, também, que tive um caso extraconjugal antes de Sophie nascer?

A médica sorri.

— Bem, sua filha é muito emotiva, não é? Imagino que não seja fácil para você, morar com ela todo esse tempo. Seria ótimo se o marido dela pudesse voltar antes do parto.

— Acredite: estou prestes a voar até lá e arrastá-lo de volta em pessoa — resmungo, e ela ri.

Pela primeira vez em várias semanas, consigo fazer alguém rir, e tenho vontade de convidar a dra. Levine para um drinque.

— O QUÊ, exatamente, aconteceu há mais de vinte anos? — Sophie pergunta quando estamos no táxi, voltando para casa. — Papai pegou vocês dois fazendo sexo e se separou de você?

Olho pela janela sem dizer nada.

— Esqueça. Não quero mesmo saber.

NICKY TEM uma visão completamente diferente das coisas, que não inclui a conclusão automática de que sou uma pessoa horrível. Ele me telefona para dizer que acha que Grant está atravessando uma crise de meia-idade ou, talvez, uma dissociação psicótica da realidade.

— Mãe, juro que a viagem de volta com papai foi como um filme de terror — ele declara. — Ele parecia Darth Vader, respirando ruidosamente e fervilhando de raiva. Tudo isso, dirigindo a cinquenta quilômetros por hora *na estrada*, enquanto os caminhões nos ultrapassavam, buzinando e xingando, e ele simplesmente ignorando e... *respirando*.

— Eu sei, Nick. Ele estava muito perturbado.

— Espere. O que está acontecendo, afinal? Ele descobriu que você foi apaixonada por outro cara, no passado?

Após um instante de hesitação, respondo:

— É complicado, Nicky. Fui apaixonada por um homem e... bem, seu pai não queria que eu jamais voltasse a vê-lo. Então, eu o encontrei por acaso, em Nova Iorque, e fui tomar café com ele.

— Você tomou café com o sujeito e papai surtou?

— Sim, basicamente, foi isso.

— Ora, mamãe, você tem de ser honesta comigo. Eu aguento a verdade. Meu pai é louco?

Caio na risada.

— Quando é que Sophie vai ter esse bebê? — ele muda de assunto.

Conto a ele que a cesariana está marcada para o dia 25.

— Estarei aí — ele diz.

— Mas você não pode vir. Será o final do semestre e...

— Mamãe, eu tenho de ir. É tão incrível. Ainda mal posso acreditar como aquela criatura chutou e tentou fazer com que eu tirasse minha mão, como se eu estivesse invadindo a casa dela, ou algo parecido. Você passa o tempo todo sentada, olhando para a barriga de Sophie e observando os joelhos e cotovelos passarem de um lado para outro?

— Nem tanto.

— Pois, deveria. É o que eu faria.

— Nicky, você tem estudado?

— Mãe, a ligação está cortada! Não estou mais te ouvindo! Alô? Alô?

— Nicholas David McKay, não pense que consegue me enganar. Espero que saiba disso.

Ele imita o sinal de linha e cai na gargalhada.

* * *

Um dia, quando volto do mercado, antes mesmo de girar minha chave na fechadura, ouço Sophie ao telefone em seu quarto. Ela está gritando com Whit:

— Mas ela está em quatro das fotografias que você acabou de mandar! — Fica em silêncio um instante e, então, retoma a briga: — Ora, o que isso *significa* é que ela está sempre com você. E que você, obviamente, gosta muito da aparência dela, já que continua tirando fotos... Não! *Não* estou louca! Eu *sei.* Sei que você não acha... *não!* Não, não acho que posso confiar em você!

Ela abaixa a voz, e eu guardo as compras na cozinha, desejando não sentir esse frio no estômago.

Sophie volta a falar:

— Como posso ter certeza? Todas as mulheres querem dormir com você, e eu estou aqui sozinha, e estou gorda como uma baleia, e não sei se vou conseguir segurar esse bebê dentro de mim pelo tempo necessário! Não, não, não! Você *não deveria* ter me deixado aqui! E... — Ela começa a chorar e diz: — Acabei de descobrir que minha mãe traiu meu pai logo que eles se casaram. E, agora, não sei mais em quem posso confiar. *Ninguém* é fiel de verdade. E meu pai não está falando com ela. — Silêncio. — Não, ele não ficou sabendo agora, Whit. Ela *se encontrou com o sujeito de novo!* No mínimo duas vezes. Ela é horrível.

Não ouço mais nada por alguns instantes. Então, Sophie diz:

— Pois você pode tentar me convencer quanto quiser, mas vou falar uma coisa: este bebê vai nascer no dia 25 de abril, e quero que você esteja aqui!... Está bem. Prometa! Promete? Está bem.

Preparo *burritos* de legumes e, uma hora mais tarde, levo o jantar de Sophie ao quarto. Ela está deitada de lado, olhando fixamente para a janela.

— Sophie — falo com voz suave. — Sophie, você precisa esquecer isso. Está infeliz por algo que não tem nada a ver com você. Sabia que, quando eu tinha vinte anos, minha mãe deixou meu pai para viver com outro homem, um artista malvestido que dirigia uma perua coberta de desenhos? Minha mãe era a pessoa mais convencional na face da terra e, de repente, teve esse relacionamento, passou a frequentar reuniões feministas e fazer uma porção de coisas malucas. Pensa que deixei de amá-la ou de confiar nela? Não. Simplesmente, tentei encontrar um jeito de abrir espaço para aquele momento dela, e depois tudo passou. Sophie, as pessoas não vêm ao mundo para satisfazer todas as nossas expectativas. É o que torna a vida tão *interessante*, querida. Não consegue perceber isso?

Ela se vira para me encarar.

— Devo me sentir melhor, depois de ouvir esse sermão? Agora, você me conta que minha *avó* também foi infiel? Como isso pode me ajudar?

Sou forçada a admitir que ela tem razão. O que deu em mim para contar tudo aquilo a ela?

UMA NOITE, acordo sobressaltada e me deparo com Sophie sentada na beirada de minha cama, puxando e repuxando um fio solto da colcha. Não faço ideia desde quando ela está lá, nem desde quando estou ciente de sua presença. Sua respiração parece tomar conta da sala, tão alta, que finalmente penetrou meus sonhos.

Sento-me e esfrego os olhos.

— Você está bem? Algum problema? Aconteceu alguma coisa?

— Estou bem, eu acho.

O relógio marca duas e trinta e quatro. Quando era criança, Sophie dizia que podíamos fazer desejos quando os números no relógio eram consecutivos, assim. Ela vinha correndo ao meu encontro, de onde quer que estivesse, só para fazermos nossos desejos. Por um momento, penso que é o que ela quer fazer agora.

— Está chorando? — pergunto.

— Não. Estava, mas não estou mais.

— O que é, então? Quer conversar?

— Quero saber só uma coisa. Valeu a pena?

— Está falando sobre meu reencontro com Jeremiah?

— Não, sobre seu *caso* com ele. O que você ganhou com isso? Valeu mesmo a pena?

— Às vezes — digo — não fazemos as coisas pensando se vão valer a pena ou não. Somos impelidos por algo que parece... alheio. É difícil explicar, mas... quer mesmo saber?

— Sim.

— Muito bem. — Respiro fundo. — Acho que devo dizer que uma coisa que estava acontecendo era que o mundo era muito diferente do que é agora. É quase impossível explicar como, na época, não parecia exatamente traição. Chegava a parecer certo, simplesmente estender a mão e agarrar o que se precisava para viver. Era como se devêssemos isso a nós mesmos. E, Sophie, não sei se você é capaz de compreender, mas eu mal havia me casado. Ainda nem me via como uma pessoa casada. Você é dez vezes mais casada do que eu era, então. Conheci seu pai na faculdade, e ele me deixou ficar em seu apartamento quando meu pai parou de pagar meu aluguel. Então, voltei para casa, para cuidar de minha família, e não esperava que nada mais acontecesse entre seu pai e eu. Um dia, ele apareceu do nada e me pediu em casamento porque ia se mudar para Nova Iorque. E eu aceitei.

Ela estreita os olhos.

— Aceitou? Por quê? Você o amava?

— Sim, amava, mas hoje eu sei que faltavam coisas em mim, coisas que eu nem sabia que deveria ter.

Sophie me olha calmamente e diz:

— Não vou me apaixonar por outra pessoa.

— Não — concordo. — Não acho que vá se apaixonar. Os tempos são outros, para começo de conversa. E você é muito mais centrada do que eu era, na época. Por outro lado, outras coisas vão acontecer, filha. Você e Whit vão enfrentar pressões, e vão brigar por dinheiro, sexo, quem deve lavar os pratos, quem deve trocar as fraldas de Beanie e uma porção de coisas fúteis que nem se pode imaginar, agora. Mas, quando isso acontecer, não se desespere nem comece a culpar a si mesma, ou Whit, o tédio, o governo, Deus, o que quer que seja. É a vida, simplesmente, e você vai superar os problemas.

Ela voltou a repuxar o fio solto.

— Mamãe, acha que Whit está me traindo no Brasil? Porque eu realmente não sei se ele é capaz de ficar longe por...

— Sophie, sei que vai soar estranho, mas acho que você vai ter de habituar à ideia de viver com certa dose de incerteza em sua relação com seu marido. Não se pode conhecer completamente, ou controlar completamente, outra pessoa. E quando sua vida se resume em tentar saber o que ele está fazendo a cada momento, você está roubando de si mesma o simples prazer de estar junto, que é o que realmente interessa.

— Mas e se o amor, como você diz, "simplesmente acontecer" para ele? Se ele acabar se apaixonando por alguém e quiser me deixar?

— Tudo pode acontecer, querida. A vida é assim: incerta, louca. Você vai sobreviver, se isso acontecer. Lembre-se, porém, de que tem a chance de *evitar* que aconteça. Basta se permitir amá-lo de verdade, em vez de tentar controlá-lo. Faça com que ele saiba quanto é apreciado, em vez de quanto você desconfia de cada passo dele.

Ela fica em silêncio por um longo momento, antes de dizer:

— Whit vai voltar no dia 23. E diz que não há nada entre ele e Juliana, exceto pelo fato de ele haver se viciado em paciência dupla.

— Bem, pelo menos você terá o que fazer enquanto amamenta o bebê — sugiro em tom casual.

Caímos, as duas, na risada. Então, ficamos ali deitadas no escuro. Após alguns minutos, a respiração dela se torna profunda e regular, e sei que adormeceu. Continuo deitada até o sol nascer, pensando em Jeremiah e no fato de eu não conseguir mais experimentar aquele sentimento leve que costumava me invadir quando pensava nele. Aquele Jeremiah de minha fantasia, que me queria tanto e que se encontrava em algum lugar do mundo, sentindo minha falta e se lamentando pelo que havia jogado fora, não existe mais para mim. Talvez eu não precise mais dele.

Olho para Sophie adormecida ao meu lado, seu rosto iluminado pelo brilho suave da manhã. Ela não está mais preparada para ser mãe do que eu estava, e vai precisar de toda coragem e força que possui para salvar seu casamento e aceitar a incerteza. Será que falhei para com minha filha, dando a ela a impressão errada de que a vida é serena e fácil? Será que ela sempre teve tudo muito fácil — amigos, amor e sucesso, e quando os problemas surgem, ela não sabe como lidar com eles?

É possível, mas, deitada ao seu lado, me dou conta de que sei algo que não sabia antes: fui a maior defensora de Whit, acreditando que ele tinha de ir para o Brasil porque era importante para sua carreira. Agora, sei que ele não deveria ter ido, que o lugar dele é aqui, e ele vai ter de se esforçar muito para recuperar a confiança de Sophie.

E há mais uma coisa que sei agora. Sophie pareceu tão fraca e emotiva por todo esse tempo, e muitas vezes achei que ela assumia um papel passivo de vítima em sua própria vida. Porém, não é bem assim. Ela nunca sufocou seus sentimentos como eu ou seu pai teríamos feito. Não. As dificuldades surgiram e Sophie gritou, berrou, chorou, esperneou e lutou pelo seu casamento.

Trata-se de algo que nem eu nem Grant fizemos.

Nós, simplesmente, nos afastamos. E é com essa realidade que tenho de conviver.

CAPÍTULO VINTE

2005

Tento ligar para Grant porque quero muito contar a ele minhas conclusões sobre a atitude de nos afastarmos, mas ele não atende ao telefone, nem de manhã, nem durante toda a tarde. Posso imaginá-lo olhando para o identificador de chamadas, vendo que sou eu e decidindo que não tem a energia necessária para falar comigo.

Continua se afastando.

Tudo bem. Sei que estamos, todos, em compasso de espera. Não há nada que se possa fazer quando o momento certo ainda não chegou.

No momento, basta poder me deitar ao lado de Sophie à noite, ela tricotando uma manta e eu desenhando um bebê em um café de Paris.

Trata-se de um pedido de ajuda à minha neta, para que venha nos salvar. Já vi bebês fazerem isso antes, e sei que é possível. Talvez seja a única solução.

MENOS DE uma semana mais tarde, Sophie acorda antes do amanhecer para ir ao banheiro e, através da névoa do sono, ouço uma voz calma dizer:

— Mamãe. Mamãe, pode vir aqui, por favor?

Livro-me das cobertas e vou até ela, e então os fatos começam a se suceder exatamente como no cenário desolador que eu vinha imaginando e temendo mais que tudo. Sob o brilho forte da luz fluorescente que se reflete nos azulejos brancos do banheiro muito, muito branco, vejo o sangue vermelho, uma grande quantidade de sangue, muito mais do que jamais imaginei ser possível. Sophie está plantada no meio do banheiro, no centro da poça vermelha que só faz aumentar. Seu rosto está pálido, mas ela não está gritando ou se desesperando, e isso conta a nosso favor. Ela me deixa envolvê-la em seu roupão e ajudá-la a sentar-se sobre a tampa do vaso sanitário. Então, pego meu celular e disco o número de emergência.

— Minha filha está na trigésima sexta semana de gravidez e tem placenta prévia. Está sangrando... muito — explico e dou o endereço à telefonista, que promete que uma ambulância já está a caminho.

Devo dizer que me assusta o fato de Sophie se mostrar tão calma. Acho que me sentiria melhor se ela fizesse sua gritaria de costume, brigasse com a natureza, com Whit e até mesmo comigo. Se ela berrasse contra a injustiça da situação, seu medo, a dor, mas ela simplesmente fecha os olhos e respira devagar e profundamente. Os paramédicos iniciam a administração de soro intravenoso assim que embarcamos na ambulância, e dessa maneira percorremos a ruas encharcadas por uma tempestade, com os semáforos sincronizados para permitirem nossa passagem.

A situação deve ser muito grave, penso, *se até o sistema de trânsito de Nova Iorque está colaborando conosco.*

No hospital, tudo se transforma em sucessivos borrões fluorescentes, excessivamente iluminados, como se a sequência toda houvesse sido filmada com uma câmera portátil. Enfermeiras e médicos fazem coisas com Sophie, que exibe o pior tipo de calma, como se estivesse partindo, é o que me parece. Talvez ela nem esteja de fato comigo, nem mesmo agora.

Não, não, não! Não pense assim.

— Sophie — chamo e aperto sua mão, inclinando-me para ela e afastando mechas de cabelo de sua testa. — Está se saindo muito bem. Tudo está sob controle, agora. Sabe disso, não sabe?

Ela sorri, e percebo que seus lábios estão acinzentados.

Não pense assim. Se meus olhos se encherem de lágrimas, vão me pôr para fora daqui. Minha presença é permitida porque estou firme ao lado de Sophie, minha mão segurando a dela com suavidade, porque sou a pessoa com quem ela pode contar, a pessoa que dá apoio.

A equipe médica parece ter tomado uma decisão, e saem cada um para um lado, apressados, em busca de equipamentos e mais profissionais. Ouço algumas das palavras — sangramento sob controle... estancado... centro cirúrgico... imediatamente.

— O que está acontecendo? — pergunto a uma enfermeira de cabelos encaracolados, que está retirando o prontuário de Sophie do escaninho na porta.

— A senhora não foi informada? Vão fazer a cesariana agora.

— Mas... é aconselhável? Já está na hora?

— Ela está de trinta e seis semanas e meia — a enfermeira afirma com entusiasmo. — Os pulmões do bebê estão perfeitos. Não faz sentido esperarmos por outro sangramento.

— Posso acompanhar a cirurgia?

— É claro que pode, vovó. Vai ficar junto da cabeceira da mamãe e fazer companhia a ela. O seu papel lá dentro será o mais importante de todos, sabia? Estão trazendo a maca.

— Ah... — murmuro e volto a me sentar. — Sophie, abra os olhos, querida. Sophie, seu bebê vai nascer, filha. Está me ouvindo?

— Sim, eu ouvi — ela responde e me encara com olhos arregalados. — Está tudo bem, não está?

— O quê?

— Está tudo bem? Você está bem?

É uma brincadeira que vem de quando ela tinha dois anos de idade, com medo de entrar na piscina, medo do escuro, de penas e poeira. Por várias semanas, ela resmungava o tempo todo: "Você está bem? Você está bem?".

Dou uma risada.

— Estamos todos bem, querida. E Beanie está chegando!

Nesse momento, quem chega são as enfermeiras trazendo a maca, e vamos para a sala de parto — todas alegres, sorridentes e competentes, conduzindo Sophie como se ela fosse uma rainha e a estivéssemos acompanhando a um templo sagrado.

UMA CESARIANA não demora muito tempo, não se vê muita coisa, e mesmo as pessoas mais sensíveis não encontram dificuldades em participar. É o que digo a Grant. Uma tela bloqueia a visão da cirurgia propriamente dita, e fiquei sentada com Sophie, dizendo a ela como tudo aquilo era excitante. Então, ouvimos um choro e a médica — não a dra. Levine — dizer: "Ela chegou!".

— Uau — é tudo o que Grant consegue dizer.

Ela pesa dois quilos e oitocentos gramas, tem cabelos castanhos e olhos azuis. Se não me engano, todos os bebês têm olhos azuis quando nascem — não foi o que ouvimos? Portanto, é impossível saber qual será a cor definitiva. O que importa é que o bebê é saudável e os médicos estancaram a hemorragia de Sophie e, agora, ela passa bem. Tudo correu bem e não houve nenhum dano ao útero etc. etc.

Conto a ele sobre o sangue, o trajeto na ambulância, como o pessoal da emergência decidiu fazer a cesariana e não nos comunicou. Minhas palavras se atropelam. Não é como ele gosta de ouvir uma história. Não nos falamos desde o dia que ele foi embora de Nova Iorque, há quase um mês, e quando a história se esgota, surge um momento de constrangimento.

— Ora, temos só boas notícias — ele diz. — Como está o estado mental de Sophie?

— Bom. Você teria ficado orgulhoso de sua filha, Grant. Ela se manteve calma e controlada, não entrou em pânico nem uma vez, não chorou.

— Bom, bom.

Um silêncio pesado se interpõe entre nós.

— Já avisou Nicky? — Grant pergunta.

— Não! Queria contar a você, primeiro. Sabia que você gostaria de ser o primeiro...

— Ah... obrigado. Fico contente que tudo tenha corrido bem e que você estivesse com ela. Assim que tiver organizado tudo por aqui, irei para Nova Iorque.

— Você vem? Mesmo? — Não sei por que isso me surpreende.

— Annabelle, Sophie é minha filha. É claro que vou para aí. O que você acha?

— Certo. Bem... eu não sabia, só isso. Vou ligar para Nicky e avisá-lo, também. Talvez ele queira pegar carona com você.

— O quê? — Reconheço a impaciência na voz dele. — Não, Nicky não pode ir. Esta é a última semana de aula, antes dos exames finais. Ele poderá visitar a irmã quando acabarem as aulas e os exames.

— Acho que ele quer...

— Muito bem, eu mesmo vou *explicar* a ele por que *não pode* ir. Haverá tempo de sobra para ele ver o bebê, depois que terminar seu primeiro ano de faculdade. Poderá até mesmo passar o verão inteiro bancando o tio dedicado, se quiser.

— Grant...

— O que é, Annabelle?

— Por favor, não vamos transformar a questão escolar de Nicky em um drama, sim? Afinal, este é um momento de tanta alegria e...

— O momento será alegre de qualquer maneira — ele insiste. — Mas Nicky *vai* continuar na faculdade.

Nicky, é claro, não vê a situação da mesma forma. Meu telefonema o tira da cama, mas assim que falo do bebê, ele se põe a fazer um milhão de perguntas sobre "como as coisas rolaram", usando sua linguagem peculiar. Dou-me conta de que ele é, por assim dizer, a antítese de Grant. Nicky adora saber como foi sermos levadas na ambulância, a agitação do pessoal da emergência, a sensação de ver o bebê pela primeira vez.

— Tiveram de bater nela, como fazem nos filmes?

— Acho que, neste país, os médicos não batem em bebês há cem anos, se é que algum dia bateram.

— Bom. Seria odioso pensar que a primeira coisa que uma criança enfrenta são maus-tratos físicos — ele comenta. — Não me bateram, então?

— Não, não.

— Ótimo! Ufa! Vou fazer o seguinte: vou ligar para papai e pedir que ele me pegue aqui e me leve com ele.

— Nicky, pode ligar, se quiser, mas ele me disse que você está na sua última semana de aulas e ele quer que espere até terminar os exames finais.

— O quê?

— Isso mesmo. Está irredutível, Nicky. Enviarei fotos por e-mail para que você veja o bebê. Então, assim que terminarem os exames...

— Mas, mamãe, não tenho nenhum exame a fazer.

— Como assim?

Ele emite um longo suspiro antes de explicar:

— Estou saindo da faculdade.

— Abandonou o curso?

— Não exatamente, mas não vou às aulas há três semanas, desde que voltei das férias de primavera.

— Nicky! O que você tem na cabeça?

— Eu sei, mamãe. Deveria ter contado a você e ao papai, mas ele me deixou tão furioso, e eu estava assistindo a essas aulas que não tem nada a ver com nada. Peguei uma gripe forte justamente quando tinha de entregar o trabalho final de história e, como o professor não aceita trabalhos atrasados, já tenho um zero. De que adiantaria? E eu queria esquiar, já que a neve de final de temporada estava perfeita e meu amigo, Jason, precisava da minha ajuda no emprego que conseguiu na pista de esqui, e eu precisava trabalhar porque estava sem dinheiro e...

— Ah, Nicky. Por que não falou conosco?

— Foi um semestre horrível.

— Eu sei, mas mesmo assim...

— Seja como for, mãe, quero ver o bebê. Preciso ir até aí.

— Sinceramente, não sei o que dizer.

Ele fica quieto.

— Não pode, ao menos, tentar fazer os exames? Sabe como seu pai vai ficar furioso.

— É só isso que importa, mamãe? Sério? Sou tio, quero estar aí com vocês porque é um acontecimento familiar e sou parte dessa família! O cretino do Whit não pode se dar ao trabalho de voltar e, agora, vocês querem me manter longe, também?

Embora não consiga raciocinar, digo:

— Não é nada disso, Nicky. É claro que você deve vir. Vou mandar dinheiro para a passagem.

— Não, não. Vou ligar para o papai. Tenho certeza de que ele vai adorar bancar Darth Vader por mais seis horas de viagem.

— Nicky, talvez você devesse...

— Devesse o quê?

— Acho que não vai ser fácil convencer seu pai de que você deve vir para cá. Prometa que, se ele disser que não vai te buscar, você vai ceder e fazer o que ele pedir. Por favor. Já temos tensão demais nesta família, no momento, e o bebê ainda será um recém-nascido na semana que vem.

— Não acredito que esteja dizendo isso, mamãe!
— Nick...
— Irei de um jeito ou de outro. Não vou ficar longe só porque há "tensão na família"! Preciso ir.

E desliga o telefone.

CAPITULO VINTE E UM

2005

Grant chega ao hospital ao anoitecer. Entra no quarto no momento em que estão levando embora a bandeja do jantar de Sophie. Estou sentada na poltrona ao lado da cama, embalando o bebê, que dorme tranquilo. Sophie e eu estamos tão cansadas, que mal conseguimos falar. Passamos o dia todo mimando Beanie — ela continua sendo Beanie, mesmo depois de ter atingido status não-fetal —, embalando-a, murmurando elogios e palavras de incentivo quando mamava, abria os olhinhos ou agarrava nossos dedos indicadores. Estamos encantadas.

Foi um dia maravilhoso e gratificante, mas exaustivo. Sophie, além disso, passara quase uma hora ao telefone com Whit, relatando cada momento, com todos os detalhes, e depois tentando antecipar o voo dele de volta.

E, agora, entra Grant, todo amarrotado, trazendo um buquê de flores e um pirulito gigante e dizendo:

— Olá! É este o quarto onde o bebê mais lindo do mundo vai passar a noite?

— Papai! Entre! Estou tão feliz por vê-lo. Olhe só para ela!

Ele sorri e vai beijar Sophie, mas ela insiste:

— Não, vá ver o bebê. Está no colo de mamãe. Acho que ela tem o seu nariz!

Grant se aproxima de mim, então, e viro o bebê e afasto a manta de seu rostinho, para que ele a veja.

— Vejo que as notícias que ouvi estão corretas — ele diz. — É o bebê mais lindo do mundo, como estão dizendo nas três principais redes de televisão. A pequena Grantina Bartholomew, é o nome dela, não é? Foi o que disseram na NBC, mas a CBS ainda não confirmou.

— Ha-há... — Sophie finge uma risada. — Bela tentativa, mas, até agora, ela continua sendo Beanie.

Grant entrega as flores e o pirulito a ela, que enterra o nariz no buquê.

— Ah, rosas e lírios, tão perfumadas. Obrigada, papai.

— E então, como foi? — ele indaga. — Ouvi dizer que ganhou carona de uma ambulância, com sirene ligada e tudo. Você gosta, mesmo, de fazer as coisas em grande estilo, não?

E Sophie reconta toda a história, e Grant balança a cabeça e sorri. A certa altura, vejo que ele olha para o bebê com tamanha ternura, que me levanto e sinalizo para que ele se sente e possa tê-la nos braços. Grant reage com um sorriso agradecido, senta-se e se põe a mimá-la. Ela abre os olhos, espreguiça de leve e volta a dormir no mesmo instante. E nós três assistimos, fascinados, à incrível façanha.

— Nada de Nicky? — pergunto em tom casual.

Grant responde sem olhar para mim:

— Nada. Ele tem trabalho a fazer.

— Quando liguei, ele não tinha trabalho algum. Estava planejando telefonar e pedir para vir com você.

— Conversei com ele. Disse não.

— Mas, por quê?

— Annabelle, ele está me enlouquecendo com tanta irresponsabilidade. Nicky precisa terminar os estudos.

— Ele abandonou a faculdade! Não há mais estudos!

— Não abandonou oficialmente. Perdeu muitas aulas, sim, mas eu disse a ele que pode conversar com os professores e tentar fazer com que aceitem trabalhos atrasados. Sinto muito, mas simplesmente não entendo por que ele achou que se safaria...

— Ele só quer estar com a família — interrompo. — Estava preocupado com Sophie e o bebê, só isso. Queria se sentir parte dos acontecimentos.

— Alô? — Sophie decide participar. — Sou a parturiente e não quero ouvir nada negativo. Que tal eu ligar para Nicky e tentar convencê-lo a vir depois dos exames?

— Boa ideia — aprovo rapidamente, antes que Grant possa fazer qualquer objeção.

Como o celular de Sophie está descarregado, alcanço minha bolsa e pego o meu telefone para emprestar a ela. Por um longo momento, ela clica os números e espera. Então, diz:

— Oi, Nicky. Sou eu, sua irmã, que por acaso já é mamãe. Ligue para mim quando ouvir esta mensagem. Sinto muito por você não estar aqui. Eu te amo. Até mais tarde.

Lanço um olhar frio para Grant.

— Deveria ter ido buscá-lo.

Ele suspira.

— Só não quero que abandone a faculdade. Por que estou errado?

— Ora, Grant, está errado porque não pode impedi-lo. Já aconteceu. Deveria, simplesmente, ter ido até lá para buscá-lo. Não podemos deixá-lo de fora do que estamos vivendo... é óbvio que não estava preparado para a faculdade, e isso não é motivo para impedi-lo de participar deste momento tão importante.

O bebê tem um sobressalto e começa a chorar, talvez se dando conta do tipo de família na qual nasceu, e Sophie reclama:

— Quer, por favor, passá-la para mim, para que eu possa amamentá-la? E quem sabe... talvez vocês dois pudessem... sair um pouco... e só voltar amanhã.

— JÁ COMEU? — Grant pergunta quando chegamos ao saguão.

— Não. Comi uma barra de chocolate na última terça-feira, eu acho. Quer comer alguma coisa na lanchonete do hospital?

— Meu Deus, não! Há um restaurante grego do outro lado da rua. Vamos até lá.

Chove torrencialmente, mas ele tira o casaco e coloca sobre nossas cabeças. Atravessamos a rua correndo e entramos no restaurantezinho mal iluminado. Conseguimos uma mesa a um canto, Grant pede taças de vinho tinto e, então, fica ali sentado, estudando o cardápio de quarenta páginas como se fosse uma tese sobre a qual terá de fazer um teste. Finalmente, deixa o cardápio de lado, esfrega os olhos e admite:

— Eu deveria ter ido buscar Nicky.

O garçom traz o vinho e se posta ao lado da mesa, com o bloco de pedidos em punho, olhando para nós.

— Grant, o que quer comer?

— Nem sei. Vou tentar ligar para ele.

— Duas tortas de espinafre — dirijo-me ao garçom. — E duas saladas com azeite e vinagre, por favor.

— Ele não atende, a ligação cai direto na caixa postal. Acha que devo deixar recado?

— Espere — respondo. — Acho que tenho o número do colega de quarto em meu celular. Vou ligar para Matt e perguntar se ele sabe onde Nick está.

— Está bem.

Grant apoia a cabeça nas mãos.

Matt atende ao telefone e conta que viu Nicky pela última vez por volta das duas horas, quando ele disse que pegaria carona para Nova Iorque. Conhecia algumas pessoas que talvez fossem assistir a um jogo de basquete em New Jersey, e, se não pudessem levá-lo, iria para a estrada e simplesmente usaria o polegar.

— Ele vem de carona? Até Nova Iorque? — repito e lanço um olhar furioso para Grant, que geme e massageia as têmporas.

Quando desligo, as saladas já foram servidas, mas perdi a fome e afasto meu prato.

— Ele está na chuva, em algum ponto da estrada, tentando vir para Nova Iorque — murmuro.

— Eu deveria ter ido buscá-lo.

— É claro que deveria ter ido buscá-lo! Por que não foi?

— Por que ele não podia, simplesmente, ficar na faculdade? O que está acontecendo com esta família?

— Esta *família*? O que está acontecendo com você? Por que tem de agir como se fôssemos um bando de fracassados que nunca consegue alcançar as suas expectativas?

Ele levanta a cabeça para me encarar.

— É isso o que você vê?

— Sim! É isso mesmo, Grant! Você... — começo a falar, mas fecho a boca.

— Continue — ele ordena, afastando o prato de salada, também. — Fale, por favor. Vamos colocar tudo para fora, de uma vez por todas.

— Não quero conversar sobre isso agora. Já estamos vivendo uma crise enorme.

— Não estamos, não. Ainda nem chegamos perto de uma crise de verdade. É provável que Nicky apareça pouco antes que um de nós tenha um ataque cardíaco. Você vai ver. Enquanto isso, você tem de conversar comigo.

— *Não posso* conversar — retruco, mas converso assim mesmo. Estou furiosa com ele. — Sabe o que me irrita mais? Hoje deveria ser um dia feliz. É o dia em que nossa neta nasceu, Grant! Um dia maravilhoso e, em vez de estarmos celebrando, estamos sentados neste restaurante sem conseguir comer nada porque estamos nervosos demais! E por quê? Deixe-me enumerar os motivos, Grant. O primeiro é que você está enfurecido comigo por algo que aconteceu vinte e seis anos atrás e que não tem nenhuma consequência em nossa vida atual, mas que você decidiu ser da mais completa...

— Sei que pensa que estou furioso com você, mas não estou.

— Está, sim.

— Não, não estou. Estava. Fiquei tão chocado ao saber que você tinha se encontrado com Jeremiah, que me expressei da pior maneira. Se quer saber a verdade, estou com raiva de mim mesmo. Não consegui sair do lugar em meu livro, Annabelle. Não vivo bem sozinho, mas também não vivo bem com vocês. — Após um momento de silêncio, ele continua: — Dei-me conta de que passei toda a minha vida adulta tentando calcular o que poderia dar errado para esta família em todas as situações possíveis, e correndo como louco de um lado para outro, na tentativa de arquitetar um plano para proteger todos vocês em todas as situações. Acontece que foi um plano fracassado desde o início, porque, apesar do meu plano, coisas ruins aconteceram a todos vocês! Veja só... Você está perdida, se jogando para um homem que partiu o seu coração. Sophie está casada com um sujeito que, por alguma razão, acredita não ter a obrigação de estar aqui quando sua filha nasce. E meu filho decidiu que prefere fumar maconha e trabalhar em uma pista de esqui, como um vagabundo qualquer, a terminar a faculdade e se tornar alguém. — Ergue as mãos, aflito. — E daí? Grande coisa. O que aprendi de mais importante é que não posso continuar agindo assim. Não tenho como proteger nenhum de vocês, Annabelle.

— Mas estou bem — declaro. — Todos nós estamos.

Grant suspira.

— Eu sei, mas, estejam bem ou não, não posso mais protegê-los de tudo. E aparentemente... não consigo viver sem você. Acho que vou ter de aceitar isso, também. Você disse que, agora, quer passar parte de sua vida em Nova Iorque, ajudando Sophie com o bebê e fazendo ilustrações...

— Acho que isso será bom para nós. Preciso ter coisas só minhas para fazer.

— E quanto a Jeremiah? Meu Deus, ainda tenho dificuldade em dizer o nome dele.

— Minha decisão não tem nada a ver com Jeremiah. Não vou voltar a vê-lo. Mas foi errado fazermos um acordo no qual nunca mais sequer mencionaríamos o nome dele, ou simplesmente fingiríamos que nada aconteceu.

— Concordo.

— Acabamos dando poder demais ao erro que cometi. Não se pode fazer de conta que algo não aconteceu, só porque não gostamos do que se passou. E, se quer saber, nunca mais falei com ele depois do dia em que ele me deixou. Todos esses anos, e nunca falei com ele.

— Eu, sim — Grant murmura.

— Você o quê?

— Falei com Jeremiah. Ele não te contou nada, contou?

— Vocês conversaram?

— Dei-lhe um soco.

Cubro meus lábios com a mão.

— Grant, diga que não bateu nele.

— Ah, bati, sim. Quando soube que ele abandonou você na estação de trem...

— Mas eu não disse nada sobre aquele dia. Como você ficou sabendo?

— Annabelle, pense. Ele e eu trabalhávamos na Colúmbia. Um dia, entrei na sala dele e perguntei que diabos havia acontecido entre vocês, e ele contou tudo.

— O que ele disse?

— Disse que não havia conseguido ir com você. Deu a desculpa esfarrapada de precisar ficar junto da família e que nunca imaginou que o caso com você iria tão longe. Ah, e foi tão presunçoso e egoísta! Desculpe, Annabelle, mas ele não te merecia. Não merecia um minuto sequer do seu amor. Simplesmente, não pude me controlar. Fui até ele e dei-lhe um soco no queixo, com toda a força que tinha. E disse que ele havia magoado uma pessoa que o amava a ponto de querer abandonar alguém que a amava de verdade.

— Por que nunca me contou nada disso?

— Porque não quis. Não me orgulhava do que havia feito. E ainda não me orgulho.

— Lutou por mim quando eu pensava que não se importava.

— Ora, pare com isso. Se há uma coisa que você sempre soube é que eu era doido por você, como um cachorrinho, sempre abanando o rabo à sua volta.

— Não é verdade. Não me leve a mal, Grant, mas você nunca demonstrou verdadeira paixão por mim. — Ele fica chocado, e eu continuo: — Na cama, sem dúvida, mas é só sexo. Em se tratando de...

— Só sexo? *Só sexo?* Sou perdidamente apaixonado por você há décadas! E você partiu meu coração, e eu a aceitei de volta, e fiz amor com você milhares de vezes, em todas as circunstâncias conhecidas pela humanidade, e você diz que nunca demonstrei minha paixão?

— Você sempre foi tão... gentil.

— Ora, mulher, agora que sabe que agredi um homem por sua causa, espero que passe a ter uma visão diferente do meu ardor.

— Bem... queria ter sabido disso na época. E, também, você passava tempo demais fora de casa, Grant. Eu mal o conhecia. E, quando ficava em casa, estava sempre mergulhado no trabalho.

— Bem, tenho de admitir que nisso você tem razão. Não foi o melhor começo para um casamento, eu tendo mais trabalho do que jamais tivera na vida. Não sei se você sabe, mas o sistema universitário é exigente demais, e foi por isso que achei melhor voltarmos para New Hampshire. Calculei que, se desistisse daquela vida e fosse trabalhar na faculdade comunitária, teria ao menos mais tempo para ficar em casa. Não ficaria famoso, nem faria a pesquisa que planejara, mas teria você e seria um marido decente, talvez capaz de fazer você feliz.

Estudo seu rosto, o cansaço em seu olhar, e pergunto:

— Está... arrependido?

— *Arrependido?* — Ele ri. — Eu me arrependo amargamente, Annabelle! Durante o último ano inteiro, não fiz nada senão me arrepender! Era uma coisa quando as crianças eram pequenas, não me importar com o que havia perdido. Eu *amava* a vida que tínhamos, adorava educar nossos filhos... mas às vezes eu acordava e via você dormindo, e me perguntava se estava sonhando com *ele*. Havia dias em que eu estava no trabalho e, de repente, imaginava que você poderia estar em casa, falando com ele ao telefone. Ou, ainda, quando você se distraía, seu olhar se tornava sonhador, sua expressão trágica, eu temia que estivesse se lamentando por ele não ter escolhido você em vez da esposa e dos filhos. Afinal, ninguém deixa de pensar esse tipo de coisa, mesmo que nunca se fale nada a respeito.

— Você guardou tanto ressentimento, Grant, e eu sempre soube, mas não podia fazer nada. Por que não podíamos conversar? Por que teve de criar aquela regra e se manter fiel a ela, como se fosse um mandamento de Deus, ou algo parecido?

— Tive bons motivos para fazer aquele pacto com você. Eu sabia que ele era um filho da mãe muito esperto, e não queria que a magoasse novamente, caso voltasse a aparecer. — Grant passa a mão pelos cabelos e respira fundo. — Agora... bem, agora não posso mais ser seu guardião. Nunca deveria ter assumido esse papel.

— Foi um pacto idiota.

— Sim, bem... foi a maneira errada que encontrei de proteger você.

— Uma ideia muito errada.

— Muito bem, chega de falar do que foi ruim. Digamos que erros foram cometidos. Vinte e oito anos, muitos erros. Mas aqui estamos, ainda, o que é mais que a maioria das pessoas pode dizer.

— Como os Winstanley, por exemplo.

— O pobre-coitado. Aquela mulher... qual é mesmo o nome dela?

— Padgett.

— Ela faz dele o que quer. É patético. E disse à secretária do departamento que, quando voltarem e viagem, vai engravidar.

— Você está... fofocando, Grant?

— Ora, eu percebo as coisas. Aliás, percebo muito mais do que digo.

— Quando eu voltar para casa, talvez seja uma boa ideia você conversar comigo sobre suas percepções. Acha que consegue?

— Está dizendo que quer *conversar?*

Ele agarra o peito, fingindo um ataque cardíaco.

— Sim, quero conversar. E, deixe-me ver, o que mais? Deve haver outras coisas que eu queira incluir no acordo, já que estamos revisando as regras.

— Acho que já revisamos as regras o bastante para saber que não há regras — ele afirma. — Também gostaria de incluir algumas coisas, se fôssemos continuar fazendo esse tipo de acordo, mas não faremos mais.

— Que tipo de coisas você quer?

— Ah, quero treinar o time de basquete do colégio, mesmo não tendo mais filhos na escola, e que você vá assistir aos jogos. E, se não pudermos fazer sexo nas manhãs de quarta-feira, que você cuide para que o sexo aconteça, por mais ocupado que eu esteja. E, quem sabe, que não tenhamos de conversar sobre *cada* coisa que nossos filhos fazem. Ou os vizinhos, também.

— Está bem. Acho que consigo. Mas temos de conversar, assim mesmo.

— Eu disse que conversaríamos, não disse?

— Vai ter de pensar em assuntos, e prestar atenção, como se me achasse interessante.

— Mas eu acho você interessante. Na verdade, interessante não faz jus ao que penso de você. Você me fascina.

— Bem...

— Eu te amo tanto, Annabelle. — Grant me estuda por um longo momento, antes de sugerir: — Vamos para o apartamento de Sophie, fazer amor até esgotarmos a última gota de energia que possuímos. Acha que podemos fazer isso?

— Teremos o apartamento só para nós — comento.

— Só porque nos comportamos mal e fomos expulsos do quarto do hospital. Foi um golpe de gênio de nossa parte, não foi? Por que não pensamos nessa técnica anos atrás? Aborrecer os filhos até eles não nos suportarem mais e, então, fugir e fazer sexo.

Caio na risada.

— Acho que senti sua falta.

— Acha?

— Ora, eu estava furiosa.

— Imagino que a raiva possa afetar seu julgamento. — Grant afasta o prato. — Qual é a distância?

— Do apartamento de Sophie? Quatro quarteirões, eu acho.

— Acho que consigo. Cinco, já não sei, mas quatro, eu consigo.

Ele pede a conta e o garçom tenta puxar conversa sobre os motivos pelos quais não comemos, sobre o clima nos últimos dias e a crise econômica... mas não mordemos a isca. Ficamos abraçados, junto à porta, revirando os olhos, até conseguirmos nos desvencilhar. E, assim que nos vemos na calçada, Manhattan nos mostra seu melhor lado: edifícios altos e iluminados, carros passando regularmente, gente conversando e rindo. A chuva parou e a noite está linda, tudo muito limpo e molhado.

— Estou tão feliz — admito para Grant.

— Eu também. Acredita que já somos avós? Você é a vovó mais linda do mundo.

Nós nos beijamos e caminhamos abraçados pela noite perfumada de primavera. Conto outra vez o trajeto de ambulância do apartamento ao hospital e as conversas longas e loucas no meio da noite, e me dou conta de que estou falando demais, e só quero fechar os olhos e viver este momento.

— Ah, meu Deus! — Grant murmura, quando viramos a esquina do edifício de Sophie. — Aquele é...?

E é. Um homem caminha na nossa direção, com passos saltitantes.

— Oi, mãe! Oi, pai! — ele nos cumprimenta. — Pensei que nunca chegariam! Meu celular está descarregado e eu não podia ligar para vocês, mas consegui carona com um cara da faculdade. Ele toca em uma banda. Como está o bebê? Como está Sophie? Papai, sei que está zangado comigo, e sinto muito. Eu realmente sinto muito pela escola, este semestre, mas simplesmente não pude continuar... houve uma porção de fatores...

Grant sacode a cabeça e ri, envolvendo-nos em um imenso abraço a três. Continuamos na calçada, Nicky continua falando, e vejo que Grant está de olhos fechados, com a expressão típica de um homem que vai ter de esperar mais um pouco para fazer sexo, mas que provavelmente vai conseguir superar a frustração. Ele aperta minha mão e, em resposta, aperto a dele.

E, nesse instante, Nicky quebra o encanto.

— Bem, tudo isso é ótimo, mas estou faminto! — Olha para nós, de um para outro, e indaga: — Estou interrompendo alguma coisa?

AGRADECIMENTOS

Em primeiro lugar, quero oferecer minha sincera gratidão (e um pedido de desculpas) às pessoas que encurralei em meu carro e forcei a ouvir detalhes da trama e das características de personagens, enquanto eu dirigia pelas ruas: Diane Cyr, Leslie Connor, Deb Hare e Kim Steffen, assim como meus filhos, Benjamin, Allison e Stephanie. Há, também, aqueles que pacientemente leram rascunhos e ofereceram sugestões valiosas e o incentivo que me fez seguir adiante: Alice Mattison, Nancy Hall, Lily Hamrick, Nancy Antle e Helen Myers. Lynn Thompson e dr. Josh Copel ensinaram-me o que eu precisava saber sobre problemas obstétricos.

A Starbucks Corporation forneceu poltronas macias, aquecimento e música maravilhosa enquanto eu escrevia, além de muita gente para me distrair com suas conversas interessantes quando o trabalho se tornava difícil. E, quando eu precisava de uma trégua das conversas interessantes para poder *trabalhar de verdade*, a biblioteca pública de minha cidade reabriu com suas próprias poltronas, máquinas de café e chá, além de muitos e muitos livros. Quero agradecer a Judy Haggarty e a Sandy Ruoff em particular por tornarem a biblioteca um lugar tão relaxante e criativo.

Shaye Areheart e toda sua equipe foram incansavelmente prestativos, mas particularmente Sarah Knight, minha maravilhosa editora. Sarah Breivogel, Kira Walton e Christine Kopprasch me ajudaram muito, conduzindo-me ao longo dos altos e baixos da publicação. Nancy Yost, minha agente, que cuida de mim e segura minha mão.

Acima de tudo, preciso agradecer meu marido, Jim — que me encoraja, aceita minhas birras e parece não se importar com o fato de eu, às vezes, viver no mundo do meu livro em vez do mundo real.

O lugar da felicidade
foi reimpresso em São Paulo/SP, pela Gráfica Araguaia, para a Editora Lafonte, em 2017.